老重庆

巴渝印象

景 灏 ◎ 编

泰山出版社·济南·

图书在版编目（CIP）数据

巴渝印象：老重庆 / 景灏编 . –– 济南：泰山出版
社，2023.1
　（老城趣闻系列丛书）
　ISBN 978-7-5519-0762-0

　Ⅰ . ①巴… Ⅱ . ①景… Ⅲ . ①散文集—中国—当代
Ⅳ . ① I267

中国版本图书馆 CIP 数据核字（2022）第 257066 号

BAYU YINXIANG：LAO CHONGQING

巴渝印象：老重庆

编　者	景　灏
责任编辑	池　骋
特约编辑	史俊南
装帧设计	蔡海东

出版发行　泰山出版社
　　　　　社　　址　济南市泺源大街 2 号　邮编　250014
　　　　　电　　话　综 合 部（0531）82023579　82022566
　　　　　　　　　　市场营销部（0531）82025510　82020455
　　　　　网　　址　www.tscbs.com
　　　　　电子信箱　tscbs@sohu.com
印　　刷　山东华立印务有限公司
成品尺寸　160 毫米 × 235 毫米　16 开
印　　张　27.75
字　　数　340 千字
版　　次　2023 年 1 月第 1 版
印　　次　2023 年 1 月第 1 次印刷
标准书号　ISBN 978-7-5519-0762-0
定　　价　76.00 元

目　录

重庆行记

朱自清

这回暑假到成都看看家里人和一些朋友，路过陪都，停留了四日。每天真是东游西走，几乎车不停轮，脚不停步。重庆真忙，像我这个无事的过客，在那大热天里，也不由自主的好比在旋风里转，可见那忙的程度。这倒是现代生活现代都市该有的快拍子。忙中所见，自然有限，并且模糊而不真切。但是换了地方，换了眼界，自然总觉得新鲜些，这就乘兴记下了一点儿。

飞

我从昆明到重庆是飞的。人们总羡慕海阔天空，以为一片茫茫，无边无界，必然大有可观。因此以为坐海船坐飞机是"不亦快哉！"其实也未必然。晕船晕机之苦且不谈，就是不晕的人或不晕的时候，所见虽大，也未必可观。海洋上见的往往是一片汪洋，水，水，水。当然有浪，但是浪小了无可看，大了无法看——那时得躲进舱里去。船上看浪，远不如岸上，更不如高处。海洋里看浪，也不如江湖里，海洋里只是水，只是浪，显不出那大气力。江湖里有的是遮遮碍碍的，山哪，城哪，什么的，倒容易见出一股劲儿。"江间波浪兼天涌"为的是巫峡勒住了江水；"波撼岳阳城"，得有那岳阳城，并且得在那岳阳城楼上看。

不错，海洋里可以看日出和日落，但是得有运气。日出和日落全靠云霞烘托才有意思。不然，一轮呆呆的日头简直是个大傻瓜！云霞烘托虽也常有，但往往淡淡的，懒懒的，那还是没意思。得浓，得变，一眨眼一个花样，层出不穷，才有看头。这是可遇而不可求的。平生只见过两回的落日，都在陆上，不在水里。水里看见的，日出也罢，日落也罢，只是些傻瓜而已。这种奇观若是有意为之，大概白费气力居多。有一次大家在衡山上看日出，起了个大清早等着。出来了，出来了，有些人跳着嚷着。那时一丝云彩没有，日光直射，教人睁不开眼，不知那些人看到了些什么，那么跳跳嚷嚷的。许是在自己催眠吧。自然，海洋上也有美丽的日落和日出，见于记载的也有。但是得有运气，而有运气的并不多。

赞叹海的文学，描摹海的艺术，创作者似乎是在船里的少，在岸上的多。海太大太单调，真正伟大的作家也许可以单刀直入，一般离了岸却掉不出枪花来，像变戏法的离开了道具一样。这些文学和艺术引起未曾航海的人许多幻想，也给予已经航海的人许多失望。天空跟海一样，也大也单调。日月星的，云霞的文学和艺术似乎不少，都是下之视上，说到整个儿天空的却不多。星空、夜空还见点儿，昼空除了"青天""明蓝的晴天"或"阴沉沉的天"一类词儿之外，好像再没有什么说的。但是初次坐飞机的人虽无多少文学艺术的背景帮助他的想象，却总还有那"天宽任鸟飞"的想象；加上别人的经验，上之视下，似乎不只是苍苍而已，也有那翻腾的云海，也有那平铺的锦绣。这就够揣摩的。

但是坐过飞机的人觉得也不过如此，云海飘飘拂拂的弥漫了上下四方，的确奇。可是高山上就可以看见；那可以是云海外看云海，似乎比飞机上云海中看云海还清切些。苏东坡说得好："不识庐山真面目，只缘身在此山中。"飞机上看云，有时却只像一堆堆破碎的石头，虽也算得天上人间，可是我们还是愿看流云和停云，不愿看那死云，那荒原上的乱石堆。至于锦绣平铺，大概是有的，我却还未眼见。我只见那"亚洲第一大水扬子江"可怜得像条臭水沟似的。城市像地图模型，房屋像儿童玩具，也多少给人滑稽感。自己倒并不觉得怎样藐小，却只不明白自己是什么玩意儿。假如在海船里有时会觉得自己是傻子，在飞机上有时便会觉得自己是丑角吧。然而飞机快是真的，两点半钟，到重庆了，这倒真是个"不亦快哉"！

热

昆明虽然不见得四时皆春，可的确没有一般所谓夏天。今年直到七月初，晚上我还随时穿上衬绒袍。飞机在空中走，一直不觉得热，下了机过渡到岸上，太阳晒着，也还不觉得怎样热。在昆明听到重庆已经很热。记起两年前端午节在重庆一间屋里坐着，什么也不做，直出汗，那是一个时雨时晴的日子。想着一下机必然汗流浃背，可是过渡花了半点钟，满晒在太阳里，汗珠儿也没有沁出一个。后来知道前两天刚下了雨，天气的确清凉些，而感觉既远不如想象之甚，心里也的确清凉些。

滑竿沿着水边一线的泥路走，似乎随时可以滑下江去，然而毕竟上了坡。有一个坡很长，很宽，铺着大石板。来往的人很多，他们穿着各样的短衣，摇着各样的扇子，真够热闹的。

片段的颜色和片段的动作混成一幅斑驳陆离的画面，像出于后期印象派之手。我赏识这幅画，可是好笑那些人，尤其是那些扇子。那些扇子似乎只是无所谓的机械的摇着，好像一些无事忙的人。当时我和那些人隔着一层扇子，和重庆也隔着一层扇子，也许是在滑竿儿上坐着，有人代为出力出汗，会那样心地清凉罢。

第二天上街一走，感觉果然不同，我分到了重庆的热了。扇子也买在手里了。穿着成套的西服在大太阳里等大汽车，等到了车，在车里挤着，实在受不住，只好脱了上装，折起挂在膀子上。有一两回勉强穿起上装站在车里，头上脸上直流汗，手帕子简直揩抹不及，眉毛上、眼镜架上常有汗偷偷的滴下。这偷偷滴下的汗最教人担心，担心它会滴在面前坐着的太太小姐的衣服上、头脸上，就不是太太小姐，而是绅士先生，也够那个的。再说若碰到那脾气躁的人，更是吃不了兜着走。曾在北平一家戏园里见某甲无意中碰翻了一碗茶，泼些在某乙的竹布长衫上，某甲直说好话，某乙却一声不响的拿起茶壶向某甲身上倒下去。碰到这种人，怕会大闹街车，而且是越闹越热，越热越闹，非到宪兵出面不止。

话虽如此，幸而倒没有出什么岔儿，不过为什么偏要白白的将上装挂在膀子上，甚至还要勉强穿上呢？大概是为的绷一手儿罢。在重庆人看来，这一手其实可笑，他们的夏威夷短裤儿照样绷得起，何必要多出汗呢？这儿重庆人和我到底还隔着一个心眼儿。再就说防空洞罢，重庆的防空洞，真是大大有名。死心眼儿的以为防空洞只能防空，想不到也能防热的，我看沿街的防空洞大半开着，洞口横七竖八的安些床铺、马扎子、椅子、凳子，横七竖八的坐着、躺着各样衣着的男人、女人。在街心里走过，瞧着那懒散的样子，未免有点儿烦气。这自然是死心眼儿，但是多出汗又好烦气，我似乎倒比重庆人更感到重庆的热了。

行

衣食住行，为什么却从行说起呢？我是行客，写的是行记，自然以为行第一。到了重庆，得办事，得看人，非行不可，若是老在屋里坐着，压根儿我就不会上重庆来了。再说昆明市区小，可以走路；反正住在那儿，这回办不完的事，还可以留着下回办，不妨从从容容的，十分忙或十分懒的时候，才偶尔坐回黄包车、马车或公共汽车。来到重庆可不能这么办，路远、天热、日子少、事情多，只靠两腿怎么也办不了。况这儿的车又相应、又方便，又何乐而不坐坐呢？

前几年到重庆，似乎坐滑竿最多，其次黄包车，其次才是公共汽车。那时重庆的朋友常劝我坐滑竿，因为重庆东到西长，有一圈儿马路；南到北短，中间却隔着无数层坡儿。滑竿可以爬坡，黄包车只能走马路，往往要兜大圈子。至于公共汽车，常常挤得水泄不通，半路要上下，得费出九牛二虎之力，所以那时我总是起点上终点下的多，回数自然就少。坐滑竿上下坡，一是脚朝天，一是头冲地，有些惊人，但不要紧，滑竿夫倒把得稳。从前黄包车下打铜街那个坡，却真有惊人的着儿，车夫身子向后微仰，两手紧压着车把，不拉车而让车子推着走，脚底下不由自主的忽紧忽慢，看去有时好像不点地似的，但是一个不小心，压不住车把，车子会翻过去，那时真的是脚不点地了，这够险的。所以后来黄包车禁止走那条街，滑竿现在也限制了，只准上坡时坐。可是公共汽车却大进步了。

这回坐公共汽车最多，滑竿最少。重庆的公用汽车分三类，一是特别快车，只停几个大站，一律廿五元，从哪儿坐到哪儿都一样，有些人常拣那候车人少的站口上车，兜个圈子回到原处，再向目的地坐；这样还比走路省时省力，比雇车省时省力省钱。二是专车，只来往政府区的上清寺和商业区的都邮街之间，也只停大站，廿五元。三是公共汽车，站口多，这回没有坐，好像一律十五元，这种车比较慢，行客要的是快，所以我没有坐。慢固然因停的多，更因为等的久。重庆汽车，现在很有秩序了，大家自动的排成单行，依次而进，座位满人，卖票人便宣布还可以挤几个，意思是还可以"站"几个。这时愿意站的可以上前去，不妨越次，但是还得一个跟一个"挤"满了，卖票宣布停止，叫等下次车，便关门吹哨子走了。公共汽车站多价贱，排班老是很长，在腰站上，一次车又往往上不了几个，因此一等就是二三十分钟，行客自然不能那么耐着性儿。

衣

二十七年春初过桂林，看见满街都是穿灰布制服的，长衫极少，女子也只穿灰衣和裙子。那种整齐、利落、朴素的精神，叫人肃然起敬；这是有训练的公众。后来听说外面人去得多了，长衫又多起来了。国民革命以来，中山服渐渐流行，短衣日见其多，抗战后更其盛行。从前看不起军人，看不惯洋人，短衣不愿穿，只有女人才穿两截衣，哪有堂堂男子汉去穿两截衣的。可是时世不同了，男子倒以短装为主，女子反而穿一截衣了。桂林长衫增多，增多的大概是些旧长衫，只算是回光返照。可是这两三年各处却有不少的新长衫出现，这是因为公家发的平价布不能做短服，只能做长衫，是个将就局儿。相信战后材料方便，还要回到短装的，这也是一种现代化。

四川民众苦于多年的省内混战，对于兵字深恶痛绝，特别称为"二尺五"和"棒客"，列为一等人。我们向来有"短衣帮"的名目，是泛指，"二尺五"却是特指，可都是看不起短衣。四川似乎特别看重长衫，乡下人赶场或入市，往往头缠白布，脚蹬草鞋，身上却穿着青布长衫。是粗布，有时很长，又常东补一块，西补一块的，可不含糊是长衫。也许向来是天府之国，衣食足而后知礼义，便特别讲究仪表，至今还留着些流风余韵罢？然而城市中人却早就在赶时髦改短装了。短装原是洋派，但是不必遗憾，赵武灵王不是改了短装强兵强国吗？短装至少有好些方便的地方：夏天穿个衬衫短裤就可以大模大样的在街上走，长衫就似乎不成。只有广东天热，又不像四川在意小节，短衫裤可以行街。可是所谓短衫裤原是长裤短衫，广东的短衫又很长，所以还行得通，不过好像不及衬衫短裤的派头。

不过衬衫短裤似乎到底是便装，记得北平有个大学开教授会，有一位教授穿衬衫出入，居然就有人提出风纪问题来。三年前的夏季，在重庆我就见到有穿衬衫赴宴的了，这是一位中年的中级公务员，而那宴会是很正式的，座中还有位老年的参政员。可是那晚的确热，主人自己脱了上装，又请客人宽衣，于是短衫和衬衫围着圆桌子，大家也就一样了。西服的客人大概搭着上装来，到门口穿上，到屋里经主人一声"宽衣"，便又脱下，告辞时还是搭着走。其实真是多此一举，那么热还绷个什么呢？不如衬衫入座倒干脆些。可是中装的却得穿着长衫来去，只在室内才能脱下。西服客人累累赘赘带着上装，倒可以陪他们受点儿小罪，叫他们不至于因为这点不平而对于世道人心长吁短叹。

战时一切从简，衬衫赴宴正是"从简"。"从简"提高了便装的地位，于是乎造成了短便装的风气。先有皮茄克，春秋冬三季（在昆明是四季），大街上到处都见，黄的、黑的、拉链的、扣纽的、收底的、不收底边的，花样繁多。穿的人青年中年不分彼此，只除了六十以上的老头儿。从前穿的人多少带些个"洋"关系，现在不然，我曾在昆明乡下见过一个种地的，穿的正是这皮茄克，虽然旧些。不过还是司机穿的最早，这成了司机文化一个重要项目。皮茄克更是哪儿都可去，昆明我的一位教授朋友，就穿着一件老皮茄克教书、演讲、赴宴、参加典礼，到重庆开会，差不多是皮茄克为记。这位教授穿皮茄克，似乎在学晏子穿狐裘，三十年就靠那一件衣服，他是不是赶时髦，我不能冤枉人，然而皮茄克上了运是真的。

再就是我要说的这两年至少在重庆风行的夏威夷衬衫，简称夏威夷衫，最简称夏威衣。这种衬衫创自夏威夷，就是檀香山，原是一种土风。夏威夷岛在热带，译名虽从音，似乎也兼义。夏威夷衣自然只宜于热天，只宜于有"夏威"的地方，如中国的重庆等。重庆流行夏威衣却似乎只是近一两年的事。去年夏天一位朋友从重庆回到昆明，说是曾看见某首长穿着这种衣服在别墅的路上散步，虽然在黄昏时分，我的这位书生朋友总觉得不大像样子。今年我却看见满街都是的，这就是所谓上行下效罢？

夏威衣翻领像西服的上装，对襟面袖，前后等长，不收底边，不开岔儿，比衬衫短些。除了翻领，简直跟中国的短衫或小衫一般无二。但短衫穿不上街，夏威衣即可堂哉皇哉在重庆市中走来走去。那翻领是具体而微的西服，不缺少洋味，至于凉快，也是有的。夏威衣的确比衬衫通风；而看起来飘飘然，心上也爽利。重庆的夏威衣五光十色，好像白绸子黄咔叽居多，土布也有，绸的便更见其飘飘然，配长裤的好像比配短裤的多一些。在人行道上有时通过持续来了三五件夏威衣，一阵飘过去似的，倒也别有风味，参差零落就差点劲儿。夏威衣在重庆似乎比皮茄克还普遍些，因为便宜得多，但不知也会像皮茄克那样上品否。到了成都时，宴会上遇见一位上海新来的青年衬衫短裤入门，却不喜欢夏威衣（他说上海也有），说是无礼貌。这可是在成都、重庆人大概不会这样想吧？

　　一九四四年九月七日作毕，费时近半月

　　原载1944年9月10日、17日、23日、10月1日昆明《中央日报》副刊《星期增刊》

重庆一瞥

朱自清

重庆的大，我这两年才知道。从前只知重庆是一个岛，而岛似乎总大不到哪儿去的。两年前听得一个朋友谈起，才知道不然。他一向也没有把重庆放在心上。但抗战前二年走进夔门一看，重庆简直跟上海差不多；那时他确实吃了一惊。我去年七月到重庆时，这一惊倒是幸而免了。却是，住了一礼拜，跑的地方不算少，并且带了地图在手里，而离开的时候，重庆在我心上还是一座丈八金身，摸不着头脑。重庆到底好大，我现在还是说不出。

从前许多人，连一些四川人在内，都说重庆热闹，俗气，我一向信为定论。然而不尽然。热闹，不错，这两年更其是的；俗气，可并不然。我在南岸一座山头上住了几天。朋友家有一个小廊子，和重庆市面对面儿。清早江上雾濛濛的，雾中隐约着重庆市的影子。重庆市南北够狭的，东西却够长的，展开来像一幅扇面上淡墨轻描的山水画。雾渐渐消了，轮廓渐渐显了，扇上面着了颜色，但也只淡淡儿的，而且阴天晴天差不了多少似的。一般所说的俗陋的洋房，隔了一衣带水却出落得这般素雅，谁知道！再说在市内，傍晚的时候我跟朋友在枣子岚垭，观音岩一带散步，电灯亮了，上上下下，一片一片的是星的海，光是海。一盏灯一个眼睛，传递着密语，像旁边没有一个人。没有人，还哪儿来的俗气？

从昆明来，一路上想，重庆经过那么多回轰炸，景象该很惨罢。报上虽不说起，可是想得到的。可是，想不到的！我坐轿子，坐洋车，坐公共汽车，看了不少的街，炸痕是有的，瓦砾场是有的，可是，我不得不吃惊了，整个的重庆市还是堂皇伟丽的！街上还是川流不息的车子和步行人，挤着挨着，一个垂头丧气的也没有。有一早上坐在黄家垭口那家宽敞的豆乳店里，街上开过几辆炮车。店里的人都起身看，沿街也聚着不少的人。这些人的眼里都充满了安慰和希望。只要有安慰和希望，怎么轰炸重庆市的景象也不会惨的，我恍然大悟了。——只看去年秋天那回大轰炸以后，曾几何时，我们的陪都不是又建设起来了吗！

一九四一年三月十四日作

原载1941年11月10日《抗战文艺》第7卷第4、5合刊

重庆的印象

薛子中

如果说四川是天府，那么重庆就是天府的宝库，生活在这天府宝库中的人们，理应当是有福享，可是事实上不是这样。

不错，重庆是一个辉煌的都市，在这辉煌的都市里，建筑是辉煌的，街道是辉煌的，而且有一部分人也是辉煌的，可是在这些辉煌下面，却有不少人类中的可怜虫在蠕动着。

雨中的街道

重庆和汉口间的交通，只有五六天的水路，按理说重庆的物价应该和汉口差不多，但是因为每年一千多万元的地方税加到进出口的货物上，这样使重庆的物价，昂贵得较汉口差不多要高三分之一以上。

重庆的地皮是集中在少数人手里，这些地皮主人，多半是川省军政界的重要角色，地皮的购买是政治经济力量双管齐下，地皮的出租也是用这两种力量来操纵，这样遂使重庆的地价房价高过其他都市，虽然重庆市面现在是在闹着不景气。

重庆附近各县，都是土地肥沃，物产丰富，不过这些土地和物产是操在地主手里，大地主是没有的，多是些小地主。年来四川的苛捐杂税层出不穷，小地主们也是在大叫其苦，不过他们所受到的剥削，是要转嫁于一般佃农身上，使靠出卖劳动力以图糊口的佃农们，出卖了劳动力而糊不了口，不得已弃了旧业跑向这四川第一大都市来。

重庆市面流行的铜元，叫初到的人见了免不了要发笑，同别处当二十文铜元一般大的铜元，在重庆却明明印的是当二百文，而且是用生粗铜铸成。这样使赚钱以铜元为单位的人，赚来的钱，在数量上虽然不算少，可是用这些钱所换的生活品却是太有限，生活只有更加的困难。

有了上面的几种原因，才有下面的几种现象。

一个人到了生活无门时，所谓礼义廉耻，对他恐怕要失去效力，迫着妻子去操皮肉生涯的人，他本身何尝不知道这和"四维"中那一维也不合，但为了要生活才不得不这样。重庆当局虽然一再申说禁娼，但娼是越禁越多。据熟悉重庆情形者谈，重庆明娼不算多，暗娼则太不少了。因暗娼之多，明娼反被挤得没有生意可做，所有从下江来的班子，什么扬帮、苏帮，因为在重庆找不到买卖，都跑到附近的小都市，如涪陵、合川等处去。可是逗留在重庆的暗娼，又何尝能有好生意，无已则有另一种副业来糊口，这种副业就是卖唱。

重庆无论那一家旅馆，一到夜里，都可听到胡琴鼓板和歌唱的声音，这种声音的续连不断，是从七时至十一时左右，这时正是卖唱者找生意的时候。假若你是第一天住旅馆的新客，当天晚上至少要有十次的脸上擦粉涂胭脂的小姑娘拿着折子似的小戏本走到你面前说："先生请点戏唱。"你若是推辞不点戏的话，她总要花言巧语和你纠缠，这时门外站着的拉胡琴的，和唱戏的大姑娘，正在注意你和小姑娘的谈判，假若你是接过了小姑娘的戏本，允许她请点戏的要求，那么门外站的拉和唱的人，都很快地走进你的房间里来，先向你点头送笑，接着是唱起来。唱后戏价大约普通是两吊钱左右（合大洋七分）。但假若是每次请你点戏的小姑娘你都面情软地答应她的请求，那么一夜的工夫你就得六七角大洋的开销。

固然有一部分人因自己或自己的妻子卖淫卖唱得以糊口，但仍有大部分人糊口无门的，这样只有流落为叫化子。叫化子本来是中国任何城市少不了的点缀品，不过别处城市的叫化子或许没有重庆的叫化子多，而且重庆的叫化子，好像是很有毅力，他向你讨钱总能半里一里的跟着跑，跑着在你前面拦路磕响头，你真感到麻烦不过的时候，只有扔给他一个铜板。他们讨钱的对象大半是外省人，只要听到你的口音不是四川腔，总要和你麻烦，他们大约以为外省人来四川的多半是有钱，而且出钱上也要比四川人慷慨些。

暗娼多，歌妓多，叫化子多，这是重庆的"三多"。所谓天府宝库的重庆，在匆促的经过中所感到的印象，是这小小的几点。

选自《黔滇川旅行记》，中华书局1937年4月版

从吃茶漫谈重庆的忙

——旅渝随笔

李劼人

　　到重庆，第一使成都人惊异的，倒不是山高水险，也不是爬坡上坎，而是一般人的动态，何以会那么急遽？所以，成都人常常批评重庆人，只一句话："翘屁股蚂蚁似的，着着急急地跑来跑去，不晓得忙些啥子！"由是，则可反映出成都人自己的动态，也只一句话："太懒散了！"

　　懒散近乎"随时随地找舒服"。以坐茶馆为喻罢，成都人坐茶馆，虽与重庆人的理由一样，然而他喜爱的则是矮矮的桌子，矮矮的竹椅——虽不一定是竹椅，总多半是竹椅变化出来，矮而有靠背，可以半躺半坐的坐具——地面不必十分干净，而桌面总可以邋遢点而不嫌打脏衣服，如此一下坐下来，身心泰然，所差者，只是长长一声感叹。因此，对于重庆茶馆之一般高方桌、高板凳，光是一看，就深感到一种无言的禁令："此处只为吃茶而设，不许找舒服，混光阴！"

　　只管说，"抗战期中"，大家都要紧张。不准坐茶馆混光阴，也算是一种革命地"新生活"的理论。但是，理论家坐在沙发上却不曾设想到凡旅居在重庆的人，过的是什么生活呀！斗室之间，地铺纵横，探首窗外，乌烟瘴气，镇日车声，终宵

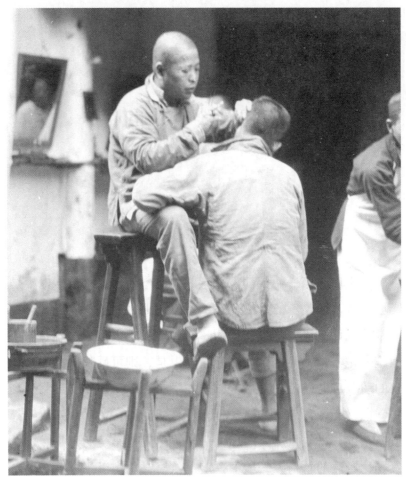

掏耳朵

人喊，工作之余，或是等车候船的间隙，难道叫他顶着毒日，时刻到马路上去作无益的体操吗？

我想，富有革命性的理论家，除了设计自己的舒服外，照例是不管这些的。在民国十二年当中，杨子惠先生不是用"杨森说"的标语，普遍激动过坐茶馆的成都人："你们为什么不去工作"，而一般懒人不是也曾反问过："请你拿工作来"吗？软派的革命家劝不了成都人坐茶馆的恶习，于是硬派的革命家却以命令改革过重庆人的脾胃，不许他们坐茶馆，喝四川出产的茶，偏要叫他们去坐花钱过多的咖啡馆，而喝中国不出产必须舶来的咖啡、可可，以及彼时产量并不算多，质地也并不算好的牛奶。

好在"不近人情"的，虽不概如苏老泉（即苏洵——原编者注）所云"大抵是大奸匿"，然而终久会被"人情"打倒，例如重庆的茶馆：记得民国三十年大轰炸之后，重庆的瓦砾堆中，也曾在如火毒日之下，蓬蓬勃勃兴起过许多新式的矮桌子、矮靠椅的茶馆，使一般逃不了难的居民，尤其一般必须勾留在那里的旅人，深深感觉舒服了一下。不幸硬派的革命下来了，茶馆一律封闭，只许改卖咖啡、可可、牛奶，而喝茶的地方，大约以其太不文明之故，只宜于一般"劣等华人"去适应，因才规定：第一不许在大街上；第二不许超过八张方桌；第三不许有舒适的桌椅。谢谢硬派的"作家"，幸而没有规定：只许站着喝！一碗茶只须五秒钟！

如此"不近人事"的推销西洋生活方式——请记着：那时我们亲爱的美国盟友还没有来哩——其不通之理由，可以不言，好在抗战期间，"命令第一"，你我生活于"革命"之下，早已成了习惯。单说国粹的茶馆，到底不弱，过了一些时候，还是侵到大街上了，还是超过了八张方桌，可惜一直未变的，只是一贯乎高桌子、高板凳，犹保存重庆人所必须的紧张意味，就是坐茶馆罢，似乎也不需要像成都人之"找舒服"！

原载1946年1月1日《新新新闻·柳丝副刊》

四位先生

老　舍

吴组缃先生的猪

从青木关到歌乐山一带，在我所认识的文友中要算吴组缃先生最为阔绰。他养着一口小花猪。据说，这小动物的身价，值六百元。

每次我去访组缃先生，必附带的向小花猪致敬，因为我与组缃先生核计过了：假若他与我共同登广告卖身，大概也不会有人出六百元来买！

有一天，我又到吴宅去。给小江——组缃先生的少爷——买了几个比醋还酸的桃子。拿着点东西，好搭讪着骗顿饭吃，否则就太不好意思了。一进门，我看见吴太太的脸比晚日还红。我心里一想，便想到了小花猪。假若小花猪丢了，或是出了别的毛病，组缃先生的阔绰便马上不存在了！一打听，果然是为了小花猪：它已绝食一天了。我很着急，急中生智，主张给它点奎宁吃，恐怕是打摆子。大家都不赞同我的主张。我又建议把它抱到床上盖上被子睡一觉，出点汗也许就好了；焉知道不是感冒呢？这年月的猪比人还娇贵呀！大家还是不赞成。后来，把猪医生请来了。我颇兴奋，要看看猪怎么吃药。猪医生把一些草药包在竹筒的大厚皮儿里，使小花猪横衔着，两头向后束在脖子上：这样，药味与药汁便慢慢走入里边去。把药包儿束好，小花猪的口中好像生了两个翅膀，倒并不难看。

虽然吴宅有此骚动，我还是在那里吃了午饭——自然稍微的有点不得劲儿！

过了两天，我又去看小花猪——这回是专程探病，绝不为看别人；我知道现在猪的价值有多大——小花猪口中已无那个药包，而且也吃点东西了。大家都很高兴，我就又就棍打腿的骗了顿饭吃，并且提出声明：到冬天，得分给我几斤腊肉！组缃先生与太太没加任何考虑便答应了。吴太太说："几斤？十斤也行！想想看，那天它要是一病不起……"大家听罢，都出了冷汗！

马宗融先生的时间观念

马宗融先生的表大概是、我想是一个装饰品。无论约他开会，还是吃饭，他总迟到一个多钟头，他的表并不慢。

来重庆，他多半是住在白象街的作家书屋。有的说也罢，没的说也罢，他总要谈到夜里两三点钟。假若不是别人都困得不出一声了，他还想不起上床去。有人陪着他谈，他能一直坐到第二天夜里两点钟。表、月亮、太阳，都不能引起他注意到时间。

比如说吧，下午三点他须到观音岩去开会，到两点半他还毫无动静。"宗融兄，不是三点，有会吗？该走了吧？"有人这样提醒他，他马上去戴上帽子，提起那有茶碗口粗的木棒，向外走。"七点吃饭。早回来呀！"大家告诉他。他回答声"一定回来"，便匆匆地走出去。

到三点的时候，你若出去，你会看见马宗融先生在门口与一位老太婆，或是两个小学生，谈话儿呢！即使不是这样，他在五点以前也不会走到观音岩。路上每遇到一位熟人，便要谈，至少有十分钟的话。若遇上打架吵嘴的，他得过去解劝，还许把别人劝开，而他与另一位劝架的打起来！遇上某处起火，他得帮着去救。有人追赶扒手，他必然得加入，非捉到不可。看见某种新东西，他得过去问问价钱，不管买与不买。看到戏报子，马上他去借电话，问还有票没有……这样，他从白象街到观音岩，可以走一天，幸而他记得开会那件事，所以只走两三个钟头，到了开会的地方，即使大家已经散了会，他也得坐两点钟，他跟谁都谈得来，都谈得有趣，很亲切，很细腻。有人随便哼了一句二黄，他立刻请教给他；有人刚买一条绳子，他马上拿过来练习跳绳——五十岁了啊！

七点，他想起来回白象街吃饭，归路上，又照样的劝架，救火，追贼，问物价，打电话……至早，他在八点半左右走到目的地。满头大汗，三步当作两步走的。他走了进来，饭早已开过了。

所以，我们与友人定约会的时候，若说随便什么时间，早晨也好，晚上也好，反正我一天不出门，你哪时来也可以，我们便说"马宗融的时间吧"！

姚蓬子先生的砚台

作家书屋是个神秘的地方，不信你交到那里一份文稿，而三五日后再亲自去索回，你就必定不说我扯谎了。

进到书屋，十之八九你找不到书屋的主人——姚蓬子先生。他不定在哪里藏着呢。他的被褥是稿子，他的枕头是稿子，他的桌上、椅上、窗台上……全是稿子。简单的说吧，他被稿子埋起来了。当你要稿子的时候，你可以看见一个奇迹。假如说尊稿是十张纸写的吧，书屋主人会由枕头底下翻出两张，由裤袋里掏出三张，书架里找出两张，窗子上揭下一张，还欠两张。你别忙，他会由老鼠洞里拉出那两张，一点也不少。

单说蓬子先生的那块砚台，也足够惊人了！那是块无法形容的石砚。不圆不方，有许多角儿，有任何角度。有一点沿儿，豁口甚多，底子最奇，四周翘起，中间的一点凸出，如元宝之背，它会像陀螺似的在桌上乱转，还会一头高一头低地倾斜，如浪中之船。我老以为孙悟空就是由这块石头跳出去的！

到磨墨的时候，它会由桌子这一端滚到那一端，而且响如快跑的马车。我每晚十时必就寝，而对门儿书屋的主人要办事办到天亮。从十时到天亮，他至少研十次墨，一次比一次响——到夜最静的时候，大概连南岸都感到一点震动。从我到白象街起，我没做过一个好梦，刚一入梦，砚台来了一阵雷雨，梦为之断。在夏天，砚一响，我就起来拿臭虫。冬天可就不好办，只好咳嗽几声，使之闻之。

现在，我已交给作家书屋一本书，等到出版，我必定破费几十元，送给书屋主人一块平底的，不出声的砚台！

何容先生的戒烟

首先要声明：这里所说的烟是香烟，不是鸦片。

从武汉到重庆，我老同何容先生在一间屋子里，一直到前年八月间。在武汉的时候，我们都吸"大前门"或"使馆"

牌；小大"英"似乎都不够味儿。到了重庆，小大"英"似乎变了质，越来越"够"味儿了，"前门"与"使馆"倒仿佛没了什么意思。慢慢的，"刀"牌与"哈德门"又变成我们的朋友，而与小大"英"，不管是谁的主动吧，好像冷淡得日悬一日，不久，"刀"牌与"哈德门"又与我们发生了意见，差不多要绝交的样子。何容先生就决心戒烟！

在他戒烟之前，我已声明过："先上吊。后戒烟！"本来吗，"弃妇抛雏"的流亡在外，吃不敢进大三元，喝么也不过是清一色（黄酒贵，只好吃点白干），女友不敢去交，男友一律是穷光蛋，住是二人一室，睡是臭虫满床，再不吸两枝香烟，还活着干吗？可是，一看何容先生戒烟，我到底受了感动，既觉自己无勇，又钦佩他的伟大；所以，他在屋里，我几乎不敢动手取烟，以免动摇他的坚决！

何容先生那天睡了十六个钟头，一枝烟没吸！醒来，已是黄昏，他便独自走出去。我没敢陪他出去，怕不留神递给他一枝烟，破了戒！掌灯之后，他回来了，满面红光，含着笑，从口袋中掏出一包土产卷烟来。"你尝尝这个，"他客气地让我，"才一个铜板一枝！有这个，似乎就不必戒烟了！没有必要！"把烟接过来，我没敢说什么，怕伤了他的尊严。面对面的，把烟燃上，我俩细细地欣赏。头一口就惊人，冒的是黄烟，我以为他误把爆竹买来了！听了一会儿，还好，并没有爆炸，就放胆继续地吸。吸了不到四五口，我看见蚊子都争着向外边飞，我很高兴。既吸烟，又驱蚊，太可贵了！再吸几口之后，墙上又发现了臭虫，大概也要搬家，我更高兴了！吸到了半支，何容先生与我也跑出去了，他低声地说："看样子，还得戒烟！"

何容先生二次戒烟，有半天之久。当天的下午，他买来了烟斗与烟叶。"几毛钱的烟叶，够吃三四天的，何必一定戒烟呢！"他说。吸了几天的烟斗，他发现了：（一）不便携带；（二）不用力，抽不到；用力，烟油射在舌头上；（三）费洋火；（四）须天天收拾，麻烦！有此四弊，他就戒烟斗，而又吸上香烟了。"始作卷烟者，其无后乎！"他说。

最近二年，何容先生不知戒了多少次烟了，而指头上始终是黄的。

载1942年6月22、23、24、25日重庆《新民报·晚刊》

八方风雨

老 舍

一　前奏

　　虽然用了个颇像小说或剧本的名字的标题——八方风雨——这却不是小说，也不是剧本，而是在八年抗战中，我的生活的简单纪实。它不是日记，因为我的日记已有一部分被敌人的炸弹烧毁在重庆，无法照抄下来，而且，即使它还全部在我手中，它是那么简单无趣，也不值得印出来。所以，凭着记忆与还保存着的几页日记，我想大概的，简单扼要的，把八年的生活有话即长，无话即短的写下来。我希望它既能给我自己留下一点生命旅程中的印迹，同时也教别离八载的亲友得到我一些消息，省得逐一的在口头或书面上报告。此外，别无什么伟大的企图。在抗战前，我是平凡的人，抗战后，仍然是个平凡的人。那也就可见，我并没有乘着能够混水摸鱼的时候，发点财，或作了官；不，我不单没有摸到鱼，连小虾也未曾捞住一个。那么，腾达显贵与金玉满堂假若是"伟大"的小注儿，我这里所记录的未免就显着十分寒碜了。我必定要这么先声明一下，否则教亲友们看了伤心，倒怪不大好意思的。简言之，这是一个平凡人的平凡生活报告。假若有人喜欢读惊奇，浪漫，不平凡的故事，那我就应该另写一部传奇，而其中的主角也就一定不是我自己了。

所谓，"八方风雨"者，因此，并不是说我曾东讨西征，威风凛凛，也非私下港沪，或飞到缅甸，去弄些奇珍异宝，而后潜入后方，待价而沽。没有，这些事我都没有作过。我只有一枝笔。这枝笔是我的本钱，也是我的抗敌的武器。我不肯，也不应该，放弃了它，而去另找出路。于是，我由青岛跑到济南，由济南跑到武汉，而后跑到重庆。由重庆，我曾到洛阳，西安，兰州，青海，绥远去游荡，到川东川西和昆明大理去观光。到处，我老拿着我的笔。风把我的破帽子吹落在沙漠上，雨打湿了我的瘦小的铺盖卷儿；比风雨更厉害的是多少次敌人的炸弹落在我的附近，用沙土把我埋了半截。这，是流亡，是酸苦，是贫寒，是兴奋，是抗敌，也就是"八方风雨"。

二　开始流亡

直到二十六年十一月中旬，我还没有离开济南。第一，我不知道上哪里去好：回老家北平吧，道路不通；而且北平已陷入敌手，我曾函劝诸友逃出来，我自己怎能去自投罗网呢？到上海去吧，沪上的友人又告诉我不要去，我只好"按兵不动"。第二，从泰安到徐州，火车时常遭受敌机的轰炸，而我的幼女才不满三个月，大的孩子也不过四岁，实在不便去冒险。第三，我独自逃亡吧，把家属留在济南，于心不忍；全家走吧，既麻烦又危险。这是最凄凉的日子。齐鲁大学的学生已都走完，教员也走了多一半。那么大的院子，只剩下我们几家人。每天，只要是晴天，必有警报：上午八点开始，到下午四五点钟才解除。院里静寂得可怕：卖青菜，卖果子的都已不再来，而一群群的失了主人的猫狗都跑来乞饭吃。

我着急，而毫无办法。战事的消息越来越坏，我怕城市会忽然的被敌人包围住，而我作了俘虏。死亡事小，假若我被他捉去而被逼着作汉奸，怎么办呢？这点恐惧，日夜在我心中盘旋。是的，我在济南，没有财产，没有银钱；敌人进来，我也许受不了多大的损失。但是，一个读书人最珍贵的东西是他的一点气节。我不能等待敌人进来，把我的那点珍宝劫夺了去。我必须赶紧出走。

几次我把一只小皮箱打点好，几次我又把它打开。看一看痴儿弱女，我实不忍独自逃走。这情形，在我到了武汉的时候，我还不能忘记，而且写出一首诗来：

> 弱女痴儿不解哀，牵衣问父去何来？
> 话因伤别潸应泪，血若停流定是灰。
> 已见乡关沦水火，更堪江海逐风雷；
> 徘徊未忍道珍重，暮雁声低切切催。

可是，我终于提起了小箱，走出了家门。那是十一月十五日的黄昏。在将要吃晚饭的时候，天上起了一道红闪，紧接着是一声震动天地的爆炸。三个红闪，爆炸了三声。这是——当时并没有人知道——我们的军队破坏黄河铁桥。铁桥距我的住处有十多里路，可是我的院中的树木都被震得叶如雨下。

立刻，全市的铺户都上了门，街上几乎断绝了行人。大家以为敌人已到了城外。我抚摸了两下孩子们的头，提起小箱极快的走出去。我不能再迟疑，不能不下狠心：稍一踟蹰，我就会放下箱子，不能迈步了。

同时，我也知道不一定能走，所以我的临别的末一句话是："到车站看看有车没有，没有车就马上回来！"在我的心里，我切盼有车，宁愿在中途被炸死，也不甘心坐待敌人捉去我。同时我也愿车已不通，好折回来跟家人共患难。这两个不同的盼望在我心中交战，使我反倒忘了苦痛。我已主张不了什么，走与不走全凭火车替我决定。

在路上，我找到一位朋友，请他陪我到车站去，假若我能走，好托他照应着家中。

车站上居然还卖票。路上很静，车站上却人山人海。挤到票房，我买了一张到徐州的车票。八点，车入了站，连车顶上已坐满了人。我有票，而上不去车。

生平不善争夺抢挤。不管是名，利，减价的货物，还是车位，船位，还有电影票，我都不会把别人推开而伸出自己的手去。看看车子看看手中的票，我对友人说："算了吧，明天再说吧！"

友人主张再等一等。等来等去，已经快十一点了，车子还不开，我也上不去。我又要回家。友人代我打定了主意："假若能走，你还是走了好！"他去敲了敲末一间车的窗。窗子打开，一个茶役问了声："干什么？"友人递过去两块钱，只说了一句话："一个人，一个小箱。"茶役点了头，先接过去箱子，然后拉我的肩。友人托了我一把，我钻入了车中，我的脚还没落稳，车里的人——都是士兵——便连喊："出去！出去！没有地方。"好容易立稳了脚，我说了声："我已买了票。"大家看着我，也不怎么没再说什么。我告诉窗外的友人："请回吧！明天早晨请告诉家里一声，我已上了车！"友人向我招了招手。

没有地方坐，我把小箱竖立在一辆自行车的旁边，然后用脚，用身子，用客气，用全身的感觉，扩充我的地盘。最后，我蹲在小箱旁边。又待了一会儿，我由蹲而坐，坐在了地上，下颏恰好放在自行车的坐垫上——那个三角形的，皮的东西。

我只能这么坐着，不能改换姿式，因为四面八方都挤满了东西与人，恰好把我镶嵌在那里。

车中有不少军火，我心里说："一有警报，才热闹！只要一个枪弹打进来，车里就会爆炸；我，箱子，自行车，全会飞到天上去。"

同时，我猜想着，三个小孩大概都已睡去，妻独自还没睡，等着我也许回去！这个猜想可是不很正确。后来得到家信，才知道两个大孩子都不肯睡，他们知道爸走了，一会儿一问妈：爸上哪儿去了呢？

夜里一点才开车，天亮到了泰安。我仍维持着原来的姿式坐着，看不见外边。我问了声："同志，外边是阴天，还是晴天？"回答是："阴天。"感谢上帝！北方的初冬轻易不阴天下雨，我赶的真巧！由泰安再开车，下起细雨来。

晚七点到了徐州。一天一夜没有吃什么，见着石头仿佛都愿意去啃两口。头一眼，我看见了个卖干饼子的，拿过来就是一口。我差点儿噎死。一边打着嗝儿，我一边去买郑州的票。我上了绿钢车。站中，来的去的全是军车，只有这绿钢车，安闲的，漂亮的，停在那里，好像"战地之花"似的。

到郑州，我给家中与汉口朋友打了电报，而后歇了一夜。

到了汉口，我的朋友白君刚刚接到我的电报。他把我接到他的家中去。这是二十六年十一月十八日。从这一天起，我开始过流亡的生活。到今天——三十四年十二月四日——已整整八年了。

三　在武昌

离开家里，我手里拿了五十块钱。回想起来，那时候的五十元钱有多么大的用处呀！它使我由济南走到汉口，而还有余钱送给白太太一件衣料——白君新结的婚。

白君是我中学时代的同学。在武汉，还另有两位同学，朱君与蔡君。不久，我就看到了他们。蔡君还送给我一件大衣。

住处有了，衣服有了，朋友有了："我将干些什么呢？"这好决定。我既敢只拿着五十元钱出来，我就必是相信自己有挣饭吃的本领。我的资本就是我自己。只要我不偷懒，勤动着我的笔，我就有饭吃。

在汉口，我第一篇文章是给《大公报》写的。紧紧跟着，又有好几位朋友约我写稿。好啦，我的生活可以不成问题了。

倒是继续住在汉口呢？还是另到别处去呢？使我拿不定主意。二十一日，国府明令移都重庆。二十二日，苏州失守。武汉的人心极度不安。大家的不安，也自然的影响到我。我的行李简单，"货物"轻巧，而且喜欢多看些新的地方，所以我愿意再走。

我打电报给赵水澄兄，他回电欢迎我到长沙去。可是武汉的友人们都不愿我刚刚来到，就又离开他们；我是善交友的人，也就犹豫不决。

在武昌的华中大学，还有我一位好友，游泽丞教授。他不单不准我走，而且把自己的屋子与床铺都让给我，教我去住。他的寓所是在云架桥——多么美的地名！——地方安静，饭食也好，还有不少的书籍。以武昌与汉口相较，我本来就欢喜武昌，因为武昌像个静静的中国城市，而汉口是不中不西的乌烟瘴气的码头。云架桥呢，又是武昌最清静的所在，所以我决定搬了去。

游先生还另有打算。假若时局不太坏，学校还不至于停课，他很愿意约我在华中教几点钟书。

可是，我第一次到华中参观去，便遇上了空袭，这时候，武汉的防空设备都极简陋。汉口的巷子里多数架起木头，上堆沙包。一个轻量的炸弹也会把木架打垮，而沙包足以压死人。比这更简单的是往租界里跑。租界里连木架沙包也没有，可是大家猜测着日本人还不至于轰炸租界——这是心理的防空法。武昌呢，有些地方挖了地洞，里边用木头撑住，上覆沙袋，这和汉口的办法一样不安全。有的人呢，一有警报便往蛇山上跑，藏在树林里边。这，只须机枪一扫射，便要损失许多人。

华中更好了，什么也没有。我和朋友们便藏在图书馆的地窖里。摹仿，使日本人吃了大亏。假若日本人不必等德国的猛袭波兰与伦敦，就已想到一下子把军事或政治或工业的中心炸得一干二净，我与我的许多朋友或者早已都死在武汉了。可是，日本人那时候只派几架，至多不过二三十架飞机来。他们不猛袭，我们也就把空袭不放在心上。在地窖里，我们还觉得怪安全呢。

不久，何容，老向与望云诸兄也都来到武昌千家街福音堂。冯先生和朋友们都欢迎我们到千家街去。那里，地方也很清静，而且有个相当大的院子。何容与老向打算编个通俗的刊物；我去呢，也好帮他们一点忙。于是我就由云架桥搬到千家街，而慢慢忘了到长沙去的事。流亡中，本来是到处为家，有朋友的地方便可以小住；我就这么在武昌住下去。

四 略谈三镇

把个小一点的南京，和一个小一点的上海，搬拢在一处，放在江的两岸，便是武汉。武昌很静，而且容易认识——有那条像城的脊背似的蛇山，很难迷失了方向。汉口差不多和上海一样的嘈杂混乱，而没有上海的忙中有静，和上海的那点文化事业与气氛。它纯粹的是个商埠，在北平，济南，青岛住惯了，我连上海都不大喜欢，更不用说汉口了。

在今天想起来，汉口几乎没有给我留下任何印象。虽然武昌的黄鹤楼是那么奇丑的东西，虽然武昌也没有多少美丽的地方，可是我到底还没完全忘记了它。在蛇山的梅林外吃茶，在珞珈山下荡船，在华中大学的校园里散步，都使我感到舒适高兴。

特别值得留恋的是武昌的老天成酒店。这是老字号。掌柜与多数的伙计都是河北人。我们认了乡亲。每次路过那里，我都得到最亲热的招呼，而他们的驰名的二锅头与碧醇是永远管我喝够的。

汉阳虽然又小又脏，却有古迹：归元寺、鹦鹉洲、琴台、鲁肃墓，都在那里。这些古迹，除了归元寺还整齐，其他的都破烂不堪，使人看了伤心。

汉阳的兵工厂是有历史的。它给武汉三镇招来不少次的空袭，它自己也受了很多的炸弹。

武汉的天气也不令人喜爱。冬天很冷，有时候下很厚的雪。夏天极热，使人无处躲藏。武昌，因为空旷一些，还有时候来一阵风。汉口，整个的像个大火炉子。树木很少，屋子紧接着屋子，除了街道没有空地。毒花花的阳光射在光光的柏油路上，令人望而生畏。

越热，蚊子越多。在千家街的一间屋子里，我曾在傍晚的时候，守着一大扇玻璃窗。在窗上，我打碎了三本刊物，击落了几百架小飞机。

蜈蚣也很多，很可怕。在褥下，箱子下，枕下，我都洒了雄黄；虽然不准知道，这是否确能避除毒虫，可是有了这点设施，我到底能睡得安稳一些。有一天，一撕一个的小的邮卷，哼，里面跳出一条蜈蚣来！

提到饮食，武汉并没有什么特殊的东西。除了珍珠丸子一类的几种蒸菜而外，烹调的风格都近似江苏馆子的——什么菜都加点烩粉与糖，既不特别的好吃，也不太难吃。至于烧卖里面放糯米，真是与北方老粗故意为难了！

五　写鼓词

当我还在济南的时候，因时局的紧张，与宣传的重要，我已经想利用民间的文艺形式。我曾随着热心宣传抗战的青年们去看白云鹏与张小轩两先生，讨论鼓书的作法。

在汉口，我遇见了富少舫（山药旦）先生，董莲枝女士，和她的丈夫郑先生。这三位，都能读书写字，他们的爱国心也自然比一般的艺员更丰富。他们的眼睛不完全看着生意。只要有人供给他们新词儿，他们就肯下工夫去琢磨腔调，去背诵，去演唱，即使因此而影响到生意（都市中有闲的人们，既不喜新词儿，又不喜接受宣传），他们也不管。他们以为能在生意之外，多尽些宣传的责任，是他们的光荣。

和他们认识之后，我便开始写鼓词。

这时候，冯先生正请几位画家给画大张的抗战宣传画，以便放在街上，照着"拉大片"——一名西湖景——的办法，教民众们看。这需要一些韵语，去说明图画，我也就照着"看了一篇又一篇，十冬腊月好冷天"的套子，给每张作一首歌儿。

在战争中，大炮有用，刺刀也有用，同样的，在抗战中，写小说戏剧有用，写鼓词小曲也有用。我的笔须是炮，也须是刺刀。我不管什么是大手笔，什么是小手笔；只要是有实际的功用与效果的，我就肯去学习，去试作。我以为，在抗战中，我不仅应当是个作者，也应当是个最关心战争的国民；我是个国民，我就该尽力于抗敌；我不会放枪，好，让我用笔代替枪吧。既愿以笔代枪，那就写什么都好；我不应因写了鼓词与小曲而觉得有失身份。

在冯先生那里，还来了三位避难的唱河南坠子的。他们都是男人，都会拉会唱。他们都是在河南乡间的集市上唱书的，所以他们需要长的歌词，一段至少也得够唱半天的。我向他们领教了坠子的句法，就开始写一大段抗战的故事，一共写了三千多句。他们都是河南人，所以在他们的书词里有好多好多河南土语。他们的用韵也以乡音为准，譬如"叔"可以押"楼"，因为他们的"叔"读如北平的"熟"。我是北平人，只会用北平的俗语；于是，我虽力求通俗，可是有许多用语与词汇不是他们所能了解的。由这点经验，我晓得了通俗文艺若失去它的地方性，无论在言语上，还是在趣味上，它就必定也失去它的活跃与感动力。因此，我觉得民间的精神食粮，应当用一个地方的言语写下来，而后由各地方去翻译成各地方的土语；它的故事与趣味也照各地方的所需，酌量增减改动，才能保存它的文艺性。反之，若仅用死板的，没有生气的官话写出，则尽管各地方的人可以勉强听懂，也不会有多大的感动力量。

这三千多句长的一段韵文，可惜，已找不到了底稿。可是，我确知道那三位唱坠子的先生已把它背诵得飞熟，并且上了弦板。说不定，他们会真在民间去唱过呢——他们在武汉危急的时候，返回了故乡。

六 组织"文协"

　　文人们仿佛忽然集合到武汉。我天天可以遇到新的文友。我一向住在北方，又不爱到上海去，所以我认识的文艺界的朋友并不很多，戏剧界的名家，我简直一个也不熟识。现在，我有机会和他们见面了。

　　郭沫若，茅盾，胡风，冯乃超，艾芜，鲁彦，郁达夫，诸位先生，都遇到了。此外，还遇到戏剧界的阳翰笙，宋之的诸位先生，和好多位名导演与名艺员。

　　朋友们见面，不约而同的都想组织全国文艺界抗敌协会，以便团结到一处，共同努力于抗敌的文艺。我不是好事喜动的人，可是大家既约我参加，我也不便辞谢。于是，我就参加了筹备工作。

　　筹备得相当的快。到转过年三月二十七日成立大会便开成了。文人，在平日似乎有点吊儿郎当，赶到遇到要事正事，他们会干得很起劲，很紧张。文艺协会的筹备期间并没有一个钱，可是大家肯掏腰包，肯跑路，肯车马自备。就凭着这一点齐心努力的精神，大家把会开成，而且开得很体面。

　　这是，一点也不夸大，历史上少见的一件事。谁曾见过几百位写家坐在一处，没有一点成见与隔膜，而都想携起手来，立定了脚步，集中了力量，勇敢的，亲热的，一心一德的，成为笔的铁军呢？

　　大会是在商会里开的，连写家带来宾到了七八百人。主席是邵力子先生。这位老先生是"文协"首次大会的主席，也是后来历届年会的主席。上午在商会开会。中午在普海春聚餐；饭后即在普海春继续开会，讨论会章并选举理事。真热闹，也真热烈。有的人登在凳子上宣传大会的宣言，有的人朗读致外国作家的英文与法文信。可是警报器响了，空袭！谁也没有动，还照旧的开会。普海春不在租界，我们不管。一个炸弹就可以打死大一半的中国作家，我们不管。

紧急警报！我们还是不动。高射炮响了。听到了敌机的声音。我们还继续开会。投弹了。二十七架敌机，炸汉阳。

解除警报，我们正在选举。五点多钟散会，可是被推为检票——我也是一个——及监票的，还须继续工作。我们一直干到深夜。选举的结果，正是大家所期望的——不分党派，不管对文艺的主张如何，而只管团结与抗战。就我所记得的，邵力子，郭沫若，茅盾，胡风，冯乃超，郁达夫，姚蓬子，楼适夷，王平陵，陈西滢，张恨水，老向，诸位先生都当选。只就这几位说，就可以看出他们代表的方面有多么广，而绝对没有一点谁要包办与把持的痕迹。

第一次理事会是在冯先生那里开的。会里没有钱，无法预备茶饭，所以大家硬派冯先生请客。冯先生非常的高兴，给大家预备了顶丰富，顶实惠的饮食。理事都到会，没有请假的。开会的时候，张善子画师"闻风而至"，愿作会员。大家告诉他："这是文艺界协会，不是美术协会。"可是，他却另有个解释："文艺就是文与艺术。"虽然这是个曲解，大家可不再好意思拒绝他，他就作了"文协"的会员。

后来，善子先生给我画了一张顶精致的扇面——秋山上立着一只工笔的黑虎。为这个扇面，我特意过江到荣宝斋，花了五元钱，配了一副扇骨。荣宝斋的人们也承认那是杰作。那一面，我求丰子恺给写了字。可惜，第一次拿出去，便丢失在洋车上，使我心中难过了好几天。

我被推举为常务理事，并须担任总务组组长。我愿作常务理事，而力辞总务组组长。"文协"的组织里，没有会长或理事长。在拟定章程的时候，大家愿意教它显出点民主的精神，所以只规定了常务理事分担各组组长，而不愿有个总头目。因此，总务组组长，事实上，就是对外的代表，和理事长差不多。我不愿负起这个重任。我知道自己在文艺界的资望既不够，而且没有办事的能力。

可是，大家无论如何不准我推辞，甚至有人声明，假若我辞总务，他们也就不干了。为怕弄成僵局，我只好点了头。

七　抗战文艺

这一来不要紧，我可就年年的连任，整整作了七年。

上长沙或别处的计划，连想也不再想了。"文协"的事务把我困在了武汉。

"文协"的"打炮"工作是刊行会刊。这又作得很快。大家凑了点钱，凑了点文章，就在五月四日发刊了《抗战文艺》。这个日子选得好。"五四"是新文艺的生日，现在又变成了《抗战文艺》的生日。新文艺假若是社会革命的武器，现在它变成了民族革命抵御侵略的武器。

《抗战文艺》最初是三日刊。不行，这太紧促。于是，出到五期就改了周刊。最热心的是姚蓬子，适夷，孔罗荪，与锡金几位先生，他们昼夜的为它操作，奔忙。

会刊虽不很大，它却给文艺刊物开了个新纪元——它是全国写家的，而不是一个人或几个人的。积极的，它要在抗战的大前提下，容纳全体会员的作品，成为"文协"的一面鲜明的旗帜。消极的，它要尽量避免像战前刊物上一些彼此的口角与近乎恶意的批评。它要稳健，又要活泼；它要集思广益，还要不失了抗战的，一定的目标；它要抱定了抗战宣传的目的，还要维持住相当高的文艺水准。这不大容易作到。可是，它自始至终，没有改变了它的本来面目。始终没有一篇专为发泄自己感情，而不顾及大体的文章。

在武汉撤退的时候，有一部分会员，仍停留在那里。他们——像冯乃超和孔罗荪几位先生——决定非至万不得已的时候不离开武汉。于是，在会刊编辑部西去重庆的期间，就由这几位先生编刊武汉特刊。特刊一共出了四期，末一期出版已是十月十五日——武汉是二十五日失守的。连同这四期特刊，《抗战文艺》在武汉一共出了二十期。自十七期起，即在重庆复刊。这个变动的痕迹是可以由纸张上看出来的：前十六期及特刊四期都是用白报纸印的，自第十七期起，可就换用土纸了。

重庆的印刷条件不及武汉那么良好，纸张——虽然是土纸——也极缺乏。因此，在"文协"的周年纪念日起，会刊由周刊改为半月刊。后来，又改成了月刊。就是在改为月刊之后，它还有时候脱期。会中经费支绌与印刷太不方便是使它脱期的两个重要原因。但是，无论怎么困难，它始终没有停刊。它是"文协"的旗帜，会员们决不允许它倒了下去。在武汉的时候，它可以销到七八千份。假若武汉不失守，它一定可以增销到万份以上。销得多就不会赔钱，也自然可以解决了许多困难。可是，武汉失守了，会刊在渝复刊后，只能行销于重庆，昆明，贵阳，成都几个大都市，连洛阳，西安，兰州都到不了。于是，每期只能印五千份，求收支相抵已自不易，更说不到赚钱了。

到了日本投降时，会刊出到了七十期。"文协"呢，由文艺界抗敌协会改名为文艺协会，《抗战文艺》也自然须告一结束，于是编辑者决定再出一小册作为终卷；以后就须出文艺协会的新会刊了。

在香港，昆明，和成都的"文协"分会，也都出过刊物，可是都因人才的缺乏与经费的困难，时出时停。最值得一提的是香港分会曾经出过几期外文的刊物，向国外介绍中国的抗战文艺。这是头一个向国外作宣传的文艺刊物，可惜因经费不足而夭折了，直到抗战胜利，也并没有继承它的。

我不惮繁琐的这么叙述"文协"会刊的历史，因为它实在是一部值得重视的文献。它不单刊露了战时的文艺创作，也发表了战时文艺的一切意见与讨论，并且报告了许多文艺者的活动。它是文，也是史。它将成为将来文学史上的一些最重要的资料。同时它也表现了一些特殊的精神，使读者看到作家们是怎样的在抗战中团结到一起，始终不懈的打着他们的大旗，向暴敌进攻。

在忙着办会刊而外，我们几乎每个星期都有座谈会联谊会。那真是快活的日子。多少相识与不相识的同道都成了朋友，在一块儿讨论抗战文艺的许多问题。开茶会呢，大家各自掏各自的茶资；会中穷得连"清茶恭候"也作不到呀。会后，刚刚得到了稿费的人，总是自动的请客，去喝酒，去吃便宜的饭食。在会所，在公园，在美的咖啡馆，在友人家里，在旅馆中，我们都开过会。假若遇到夜间空袭，我们便灭了灯，摸着黑儿谈下去。

这时候大家所谈的差不多集中在两个问题上：一个是如何教文艺下乡与入伍，一个是怎么使文艺效劳于抗战。前者是使大家开始注意到民间通俗文艺的原因；后者是在使大家于诗，小说，戏剧而外，更注意到朗诵诗，街头剧，及报告文学等新体裁。

但是，这种文艺通俗运动的结果，与其说是文艺真深入了民间与军队，倒不如说是文艺本身得到新的力量，并且产生了新的风格。文艺工作者只能负讨论，试作，与倡导的责任，而无法自己把作品送到民间与军队中去。这需要很大的经费与政治力量，而文艺家自己既找不到经费，又没有政治力量。这样，文艺家想到民间去，军队中去，都无从找到道路，也就只好写出民众读物，在报纸上刊物上发表发表而已。这是很可惜，与无可如何的事。

虽然我的一篇《抗战一年》鼓词，在"七七"周年纪念日，散发了一万多份；虽然何容与老向先生编的《抗到底》是专登载通俗文艺作品的刊物；虽然有人试将新写的通俗文艺也用木板刻出，好和《孟姜女》与《叹五更》什么的放在一处去卖；虽然不久教育部也设立了通俗读物编刊处；可是这个运动，在实施方面，总是枝枝节节没有风起云涌的现象。我知道，这些作品始终没有能到乡间与军队中去——谁出大量的金钱，一印就印五百万份？谁给它们运走？和准否大量的印，准否送到军民中间去？都没有解决。没有政治力量在它的后边，它只能成为一种文艺运动，一种没有什么实效的运动而已。

会员郁达夫与盛成先生到前线去慰劳军队。归来，他们报告给大家：前线上连报纸都看不到，不要说文艺书籍了。士兵们无可如何，只好到老百姓家里去借《三国演义》，与《施公案》一类的闲书。听到了这个，大家更愿意马上写出一些通俗的读物，先印一二百万份送到前线去。我们确是愿意写，可是印刷的经费，与输送的办法呢？没有人能回答。于是，大家只好干着急，而想不出办法来。

八 入川

在武汉，我们都不大知道怕空袭。遇到夜袭，我们必定"登高一望"。探照灯把黑暗划开，几条银光在天上寻找。找到了，它们交叉在一处，照住那银亮的，几乎是透明的敌机。而后，红的黄的曳光弹打上去，高射炮紧跟着开了火。有声有色，真是壮观。

四月二十九与五月三十一日的两次大空战，我们都在高处看望。看着敌机被我机打伤，曳着黑烟逃窜，走着走着，一团红光，敌机打几个翻身，落了下去；有多么兴奋，痛快呀！一架敌机差不多就在我们的头上，被我们两架驱逐机截住，它就好像要孵窝的母鸡似的，有人捉它，它就爬下不动那样，老老实实的被击落。

可是，一进七月，空袭更凶了，而且没有了空战。在我的住处，有一个地洞，横着竖着，上下与四壁都用木柱密密的撑住，顶上堆着沙包。有一天，也就是下午两三点钟吧，空袭，我们入了这个地洞。敌机到了。一阵风，我们听到了飞沙走石；紧跟着，我们的洞就像一只小盒子被个巨人提起来，紧紧的乱摇似的，使我们眩晕。离洞有三丈吧，落了颗五百磅的炸弹，碎片打过来，把院中的一口大水缸打得粉碎。我们门外的一排贫民住房都被打垮，马路上还有两个大的弹坑。

我们没被打死，可是知道害怕了。再有空袭，我们就跑过铁路，到野地的荒草中藏起去。天热，草厚，没有风，等空袭解除了，我的袜子都被汗湿透。

不久，冯先生把我们送到汉口去。武昌已经被炸得不像样子了。千家街的福音堂中了两次弹。蛇山的山坡与山脚死了许多人。

因为我是"文协"的总务主任，我想非到万不得已不离开汉口。我们还时常在友人家里开晚会，十回倒有八回遇上空袭，我们煮一壶茶，灭去灯光，在黑暗中一直谈到空袭解除。邵先生劝我们快走，他的理由是："到了最紧急的时候，你们恐怕就弄不到船位，想走也走不脱了！"

这样，在七月三十日，我，何容，老向，与肖伯青（"文协"的干事），便带着"文协"的印鉴与零碎东西，辞别了武汉。只有友人白君和冯先生派来的副官，来送行。

船是一家中国的公司的，可插着意大利旗子。这是条设备齐全，而一切设备都不负责任的船。舱门有门轴，而关不上门；电扇不会转；衣钩掉了半截；什么东西都有，而全无用处。开水是在大木桶里。我亲眼看见一位江北娘姨把洗脚水用完，又倒在开水桶里！我开始拉痢。

一位军人，带着紧要公文，要在城陵矶下船。船上不答应在那里停泊。他耽误了军机，就碰死在绕锚绳的铁柱上！

船只到宜昌。我们下了旅馆。我继续拉痢。天天有空袭。在这里，等船的人很多，所以很热闹——是热闹，不是紧张。中国人仿佛不会紧张。这也许就是日本人侵华失败的原因之一吧？日本人不懂得中国人的"从容不迫"的道理。

我们求一位黄老翁给我们买票。他是一位极诚实坦白的人，在民生公司作事多年。他极愿帮我们的忙，可是连他也不住的抓脑袋。人多船少，他没法子临时给我们赶造出一只船来。等了一个星期，他算是给我们买到了铺位——在甲板上。我们不挑剔地方，只要不叫我们浮着水走就好。

仿佛全宜昌的人都上了船似的。不要说甲板上，连烟囱下面还有几十个难童呢。开饭，昼夜的开饭。茶役端着饭穿梭似的走，把脚上的泥垢全印在我们的被上枕上。我必须到厕所去，但是在夜间三点钟，厕所外边还站着一排候补员呢！

三峡有多么值得看哪。可是，看不见。人太多了，若是都拥到船头上去观景，船必会插在江里，永远不再抬头。我只能侧目看下面，看到人头——头发很黑——在水里打旋儿。

宽阔的峡谷口

峡谷两岸的高峰

八月十四，我们到了重庆。上了岸，我们一直奔了青年会去。会中的黄次咸与宋杰人两先生都欢迎我们，可是怎奈宿舍已告客满。这时候重庆已经来了许多公务人员和避难的人，旅馆都有人满之患。青年会宿舍呢，地方清静，床铺上没有臭虫，房价便宜，而且有已经打好了的地下防空洞，所以永远客满。我们下决心不去另找住处。我们知道，在会里——那怕是地板呢——作候补，是最牢靠的办法。黄先生们想出来了一个办法，教我们暂住在机器房内。这是个收拾会中的器具的小机器房，很黑，响声很大。

天气还很热。重庆的热是出名的。我永远没睡过凉席，现在我没法不去买一张了。睡在凉席上，照旧汗出如雨。墙，桌椅，到处是烫的；人仿佛是在炉里。只有在一早四五点钟的时候，稍微凉一下，其余的时间全是在热气团里。城中树少而坡多，顶着毒花花的太阳，一会儿一爬坡，实在不是好玩的。

四川的东西可真便宜，一角钱买十个很大的烧饼，一个铜板买一束鲜桂圆。好吧，天虽热，而物价低，生活容易，我们的心中凉爽了一点。在青年会的小食堂里，我们花一二十个铜板就可以吃饱一顿。

"文协"的会友慢慢的都来到，我们在临江门租到了会所，开始办公。

我们的计划对了。不久，我们便由机器房里移到楼下一间光线不很好的屋里去。过些日子，又移到对门光线较好的一间屋中。最后，我们升到楼上去，屋子宽，光线好，开窗便看见大江与南山。何容先生与我各据一床。他编《抗到底》，我写我的文章。他每天是午前十一点左右才起来。我呢，到十一点左右已写完我一天该写的一二千字。写完，我去吃午饭。等我吃过午饭回来，他也出去吃东西，我正好睡午觉。晚饭，我们俩在一块儿吃。晚间，我睡得很早，他开始工作，一直到深夜。我们，这样，虽分住一间屋子，可是谁也不妨碍谁。赶到我们偶然都喝醉了的时候，才忘了这互不侵犯协定，而一齐吵嚷一回。

我开始正式的去和富少舫先生学大鼓书。好几个月，才学会了一段《白帝城》，腔调都摹拟刘（宝全）派。学会了这么几句，写鼓词就略有把握了。几年中，我写了许多段，可是只有几段被富先生们采用了：

《新拴娃娃》（内容是救济难童），富先生唱。
《文盲自叹》（内容是扫除文盲），富先生唱。
《陪都巡礼》（内容是赞美重庆），富贵花小姐唱。
《王小赶驴》（内容是乡民抗敌），董莲枝女士唱。

以上四段，时常在陪都演唱。其中以《王小赶驴》为最弱，因为董女士是唱山东犁铧大鼓的，腔调太缓慢，表现不出激昂慷慨的情调。于此，知内容与形式必求一致，否则劳而无功。

我也开始写旧剧剧本——用旧剧的形式写抗战的故事。这没有多大的成功。我只听说有一两出曾在某地表演过，我可是没亲眼看到。旧剧，因为是戏剧，比鼓词难写多了。最不好办的是教现代的人穿行头，走台步；不如此吧，便失去旧剧之美；按葫芦挖瓢吧，又使人看着不舒服；穿时装而且歌且舞吧，又像文明戏。没办法！

这时候，我还为《抗到底》写长篇小说——《蜕》。这篇东西没能写完。《抗到底》后来停刊了，我就没再往下写。

转过年来，二十八年（1939年）之春，我开始学写话剧剧本。对戏剧，我是十成十的外行，根本不晓得小说与剧本有什么分别。不过，和戏剧界的朋友有了来往，看他们写剧，导剧，演剧，很好玩，我也就见猎心喜，决定瞎碰一碰。好在，什么事情莫不是由试验而走到成功呢。我开始写《残雾》。

初夏，"文协"得到战地党政工作委员会的资助，派出去战地访问团，以王礼锡先生为团长，宋之的先生为副团长，率领罗烽，白朗，葛一虹等十来位先生，到华北战地去访问抗战将士。

同时，慰劳总会组织南北两慰劳团，函请"文协"派员参加。理事会决议：推举姚蓬子，陆晶清两先生参加南团，我自己参加北团。

这是在五三、五四敌机狂炸重庆以后。重庆的房子，除了大机关与大商店的，差不多都是以竹篾为墙，上敷泥土，因为冬天不很冷，又没有大风，所以这种简单、单薄的建筑满可以将就。力气大的人，一拳能把墙砸个大洞。假若鲁智深来到重庆，他会天天闯祸的。这种房子盖得又密密相连，一失火就烧一大片。火灾是重庆的罪孽之一。日本人晓得这情形，所以五三、五四都投的是燃烧弹——不为炸军事目标，而是蓄意要毁灭重庆，造成恐怖。

前几天，我在公共防空洞里几乎憋死。人多，天热，空袭的时间长，洞中的空气不够用了。五三、五四我可是都在青年会里，所以没受到什么委屈。五四最糟，警报器因发生障碍，不十分响；没有人准知道是否有了空袭，所以敌机到了头上，人们还在街上游逛呢。火，四面八方全是火，人死得很多。我在夜里跑到冯先生那里去，因为青年会附近全是火场，我怕被火围住。彻夜，人们像流水一般，往城外搬。

经过这个大难，"文协"会所暂时移到南温泉去，和张恨水先生为邻。我也去住了几天。人心慢慢的安定了，我回渝筹备慰劳团与访问团出发的事情。我买了两身灰布的中山装，准备远行。此后，我老穿着这样的衣服。下过几次水以后，衣服灰不灰，蓝不蓝，老在身上裹着，使我很像个清道夫。吴组缃先生管我的这种服装叫作斯文扫地的衣服。

"文协"当然不会给我盘缠钱，我便提了个小铺盖卷，带了自己的几块钱，北去远征。

在起身以前，我写完了《残雾》。没加修改，便交王平陵先生去发表。我走了半年。等我回来，《残雾》已上演过了，很成功。导演是马彦祥先生，演员有舒绣文，吴茵，孙坚白，周伯勋诸位先生。可惜，我没有看见。

慰劳团先到西安，而后绕过潼关，到洛阳。由洛阳到襄樊老河口，而后出武关再到西安。由西安奔兰州，到由兰州榆林，而后到青海，绥远，宁夏，兴集，一共走了五个多月，两万多里。

这次长征的所见所闻，都记在《剑北篇》里——一部没有写完，而且不大像样的，长诗。在陕州，我几乎被炸死。在兴集，我差一点被山洪冲了走。这些危险与兴奋，都记在《剑北篇》里，即不多赘。

王礼锡先生死在了洛阳，这是文艺界极大的一个损失！

九　由川到滇

从二十九年起，大家开始感觉到生活的压迫。四川的东西不再便宜了，而是一涨就涨一倍的天天往上涨。我只好经常穿着斯文扫地的衣服了。我的香烟由使馆降为小大英，降为刀牌，降为船牌，再降为四川土产的卷烟——也可美其名曰雪茄。别的日用品及饮食也都随着香烟而降格。

生活不单困苦，而且也不安定。二十八，二十九，三十，这三年，日本费尽心机，用各种花样来轰炸。有时候是天天用一二百架飞机来炸重庆，有时候只用每次三五架，甚至于一两架，自晓至夜的施行疲劳轰炸，有时候单单在人们要睡觉，或睡的正香甜的时候，来捣乱。日本人大概是想以轰炸压迫政府投降。这是个梦想。中国人绝不是几个或几千个炸弹所能吓倒的。虽然如此，我在夏天可必须离开重庆，因为在防空洞里我没法子写作。于是，一到雾季过去，我就须预备下乡，而冯先生总派人来迎接："上我这儿来吧，城里没法子写东西呀！"二十九年夏天，我住在陈家桥冯公馆的花园里。园里只有两间茅屋，归我独住。屋外有很多的树木，树上时时有各种的鸟儿为我——也许为它们自己——唱歌。我在这里写《剑北篇》。

雾季又到，回教协会邀我和宋之的先生合写以回教为主题的话剧。我们就写了《国家至上》。这剧本，在重庆，成都，昆明，大理，香港，桂林，兰州，恩施，都上演过。他是抗战文艺中一个成功的作品。因写这剧本，我结识了许多回教的朋友。有朋友，就不怕穷。我穷，我的生活不安定，可是我并不寂寞。

二十九年冬，因赶写《面子问题》剧本，我开始患头晕。生活苦了，营养不足，又加上爱喝两杯酒，遂患贫血。贫血遇上努力工作，就害头晕——一低头就天旋地转，只好静卧。这个病，至今还没好，每年必犯一两次。病一到，即须卧倒，工作完全停顿！着急，但毫无办法。有人说，我的作品没有战前的那样好了。我不否认。想想看，抗战中，我是到处流浪，没有一定的住处，没有适当的饭食，而且时时有晕倒的危险，我怎能写出字字珠玑的东西来呢？

三十年夏，疲劳轰炸闹了两个星期。我先到歌乐山，后到陈家桥去住，还是应冯先生之邀。这时候，罗莘田先生来到重庆。因他的介绍，我认识了清华大学校长梅贻琦先生，梅先生听到我的病与生活状况，决定约我到昆明去住些日子。昆明的天气好，又有我许多老友，我很愿意去。在八月下旬，我同莘田搭机，三个钟头便到了昆明。

我很喜爱成都，因为它有许多地方像北平。不过，论天气，论风景，论建筑，昆明比成都还更好。我喜欢那比什刹海更美丽的翠湖，更喜欢昆明湖——那真是湖，不是小小的一汪水，像北平万寿山下的人造的那个。土是红的，松是绿的，天是蓝的，昆明的城外到处像油画。

更使我高兴的，是遇见那么多的老朋友。杨今甫大哥的背有点驼了，却还是那样风流儒雅。他请不起我吃饭，可是也还烤几罐土茶，围着炭盆，一谈就和我谈几点钟。罗膺中兄也显着老，而且极穷，但是也还给我包饺子，煮俄国菜汤吃。郑毅生，陈雪屏，冯友兰，冯至，陈梦家，沈从文，章川岛，段喆人，闻一多，萧涤非，彭啸咸，查良钊，徐旭生，钱端升诸先生都见到，或约我吃饭，或陪我游山逛景。这真是快乐的日子。在城中，我讲演了六次；虽然没有什么好听，听众倒还不少。在城中住腻，便同莘田下乡。提着小包，顺着河堤慢慢的走，风景既像江南，又非江南；有点像北方，又不完全像北方；使人快活，仿佛是置身于一种晴朗的梦境，江南与北方混在一起而还很调谐的，只有在梦中才会偶尔看到的境界。

在乡下，我写完了《大地龙蛇》剧本。这是受东方文化协会的委托，而始终未曾演出过的，不怎么高明的一本剧本。

认识一位新朋友——查阜西先生。这是个最爽直，热情，多才多艺的朋友。他听我有愿看看大理的意思，就马上决定陪我去。几天的工夫，他便交涉好，我们作两部运货到畹汀的卡车的高等黄鱼。所谓高等黄鱼者，就是第一不要出钱，第二坐司机台，第三司机师倒还请我们吃酒吃烟——这当然不在协定之内，而是在路上他们自动这样作的。两位司机师都是北方人。在开车之前他们就请我们吃了一桌酒席！后来，有一位摔死在澜沧江上，我写了一篇小文悼念他。

到大理，我们没有停住，马上奔了喜洲镇去。大理没有什么可看的，不过有一条长街，许多卖大理石的铺子而已。它的城外，有苍山洱海，才是值得看的地方。到喜洲镇去的路上，左是高山，右是洱海，真是置身图画中。喜洲镇，虽然是个小镇子，却有宫殿似的建筑，小街左右都流着清清的活水。华中大学由武昌移到这里来，我又找到游泽丞教授。他和包漠庄教授，李何林教授，陪着我们游山泛水。这真是个美丽的地方，而且在赶集的时候，能看到许多夷民。

极高兴的玩了几天，吃了不知多少条鱼，喝了许多的酒，看了些古迹，并对学生们讲演了两三次，我们依依不舍的道谢告辞。在回程中，我们住在了下关等车。在等车之际，有好几位回教朋友来看我，因为他们演过《国家至上》。查阜西先生这回大显身手，居然借到了小汽车，一天便可以赶到昆明。

在昆明过了八月节，我飞回了重庆来。

十　写与游

这时候，我已移住白象街新蜀报馆。青年会被炸了一部分，宿舍已不再办。

夏天，我下乡，或去流荡；冬天便回到新蜀报馆，一面写文章，一面办理"文协"的事。"文协"也找到了新会所，在张家花园。

物价像发疯似的往上涨。文人们的生活都非常的困难。我们已不能时常在一处吃饭喝酒了，因为大家的口袋里都是空空的。"文协"呢有许多会员到桂林和香港去，人少钱少，也就显着冷落。可是，在重庆的几个人照常的热心办事，不肯教它寂寂的死去。办事很困难，只要我们动一动，外边就有谣言，每每还遭受了打击。我们可是不灰心，也不抱怨。我们诸事谨慎；处处留神。为了抗战，我们甘心忍受一切的委屈。

我的身体也越来越坏，本来就贫血，又加上时常"打摆子"（川语，管疟疾叫打摆子），所以头晕病更加重了。

不过，头晕并没完全阻止了我的写作。只要能挣扎着起床，我便拿起笔来，等头晕得不能坐立，再把它放下。就是在这么挣扎着的情形下，八年中我写了：

鼓词，十来段。旧剧，四五出。话剧，八本。短篇小说，六七篇。长篇小说，三部。长诗，一部。此外还有许多篇杂文。

这点成绩，由质上量上说都没有什么了不起。不过，把病痛，困苦，与生活不安定，都加在里面，即使其中并无佳作，到底可以见出一点努力的痕迹来了。

书虽出了不少，而钱并没拿到几个。战前的著作大致情形是这样的：商务的三本（《老张的哲学》，《赵子曰》，《二马》），因沪馆与渝馆的失去联系，版税完全停付；直到三十二年才在渝重排。《骆驼祥子》，《樱海集》，《牛天赐传》，《老牛破车》四书，因人间书屋已倒全无消息。到三十一年，我才把《骆驼祥子》交文化生活出版社重排。《牛天赐传》到最近才在渝出版。《樱海集》与《老牛破车》都无机会在渝付印。其余的书的情形大略与此相同，所以版税收入老那么似有若无。在抗战中写的东西呢，像鼓词，旧剧等，本是为宣传抗战而写的，自然根本没想到收入。话剧与鼓词，目的在学习，也谈不到生意经。只有小说能卖，可是因为学写别的体裁，小说未能大量生产，收入就不多。

不过，写作的成绩虽不好，收入也虽欠佳，可是我到底学习了一点新的技巧与本事。这就"不虚此写"！一个文人本来不是商人，我又何必一定老死盯着钱呢？没有饿死，便是老天爷的保佑；若专算计金钱，而忘记了多学习，多尝试，则未免挂羊头而卖狗肉矣。我承认八年来的成绩欠佳，而不后悔我的努力学习。我承认不计较金钱，有点愚蠢，我可也高兴我肯这样愚蠢；天下的大事往往是愚人干出来的。

有许多去教书的机会，我都没肯去：一来是，我的书籍，存在了济南，已全部丢光；没有书自然没法教书。二来是，一去教书，势必就耽误了乱写，我不肯为一点固定的收入而随便搁下笔。笔是我的武器，我的资本，也是我的命。

三十一年夏天，我随冯先生去游灌县与青城山。

我真喜爱青城山。它的翠绿的颜色直到如今还印在我的脑中。三峡，剑门，华山，终南，祁连山我都看过了，它们都有它们的特点，都有它们的奇伟处，可是我觉得它们都不如青城。我是喜安静的人，所以特别喜欢青城的幽寂。

可惜，我没能到峨嵋去！四川真伟大，有多少奇山异水可看呀！一个人若能走遍了四川，也就够开眼的了！就是在重庆那么乱的山城里，它到底有许多青峰，和两条清江可以作诗料呀！

我爱花，即使不能去看高山大川，我的案头一年四季总有一瓶鲜花给我一点安慰。梅，各色的梅；腊梅，各种的腊梅；杜鹃，茶花，水仙，菊，和各种的花，都能在街头买到。看着花，我想象着那山腰水滨的美丽，便有些乐不思"离"蜀矣！

十一　在北碚

北碚是嘉陵江上的一个小镇子，离重庆有五十多公里，这原是个很平常的小镇市；但经卢作孚与卢子英先生们的经营，它变成了一个"试验区"。在抗战中，因有许多学校与机关迁到此处，它又成了文化区。此地出煤。在许多煤矿中，天府公司且有最新的设备与轻便铁路。原有的手工业是制造石器——石砚及磨石等——与挂面，现在又添上小的粉面厂与染织厂。

岸边的船只和小镇

这里的学校是复旦大学，体育专科学校，戏剧专科学校，重庆师范，江苏省立医学院，兼善中学和勉仁中学等。迁来的机关有国立编译馆，礼乐馆，中工所，水利局，中山文化教育馆，儿童福利所，江苏医院，教育电影制片厂……。有了这么多的学校与机关，市面自然也就跟着繁荣起来。它有整洁的旅舍，相当大的饭馆，浴室，和金店银行。它也有公园，体育场，戏馆，电灯，和自来水。它已不是个小镇，而是个小城。它的市外还有北温泉公园，可供游览及游泳；有山，山上住着太虚大师与法尊法师，他们在缙云寺中设立了汉藏理学院，教育年青的和尚。

二十八、二十九两年，此地遭受了轰炸，炸去许多房屋，死了不少的人。可是随炸随修。它的市容修改得更整齐美丽了。这是个理想的住家的地方。具体而微的，凡是大都市应有的东西，它也都有。它有水路，旱路直通重庆，百货可以源源而来。它的安静与清洁又远非重庆可比。它还有自己的小小的报纸呢。

林语堂先生在这里买了一所小洋房。在他出国的时候，他把这所房交给老向先生与"文协"看管着。因此，一来这里有许多朋友，二来又有住处，我就常常来此玩玩。在复旦，有陈望道，陈子展，章靳以，马宗融，洪深，赵松庆，伍蠡甫，方令孺诸位先生；在编译馆，有李长之，梁实秋，隋树森，阎金锷，老向诸位先生；在礼乐馆，有杨仲子，杨荫浏，卢前，张充和诸位先生；此外还有许多河北的同乡；所以我喜欢来到此处。虽然他们都穷，但是轮流着每家吃一顿饭，还不至于教他们破产。

三十一年夏天，我又来到北碚，写长篇小说《火葬》，从这一年春天，空袭就很少了；即使偶尔有一次，北碚也有防空洞，而且不必像在重庆那样跑许多路。

哪知道，这样一来可就不再动了。十月初，我得了盲肠炎，这个病与疟疾，在抗战中的四川是最流行的；大家都吃平价米，里边有许多稗子与稻子。一不留神把它们咽下去，入了盲肠，便会出毛病。空袭又多，每每刚端起饭碗警报器响了；只好很快的抓着吞咽一碗饭或粥，顾不得细细的挑拣；于是盲肠炎就应运而生。

我入了江苏医院。外科主任刘玄三先生亲自动手。他是北方人，技术好，又有个热心肠。可是，他出了不少的汗。找了三个钟头才找到盲肠。我的胃有点下垂，盲肠挪了地方，倒仿佛怕受一刀之苦，而先藏躲起来似的。经过还算不错，只是外边的缝线稍粗（战时，器材缺乏），创口有点出水，所以多住了几天院。

我还没出院，家眷由北平逃到了重庆。只好教他们上北碚来。我还不能动。多亏史叔虎，李效庵两位先生——都是我的同学——设法给他们找车，他们算是连人带行李都来到北碚。

从这时起，我就不常到重庆去了。交通越来越困难，物价越来越高；进一次城就仿佛留一次洋似的那么费钱。除了"文协"有最要紧的事，我很少进城。

妻絜青在编译馆找了个小事，月间拿一石平价米，我照常写作，好歹的对付着过日子。

按说，为了家计，我应去找点事作。但是，一个闲散惯了的文人会作什么呢？不要说别的，假若在从武汉撤退的时候，我若只带二三百元（这并不十分难筹）的东西，然后一把捣一把的去经营，说不定我就会成为百万之富的人。有许多人，就是这样的发了财的。但是，一个人只有一个脑子，要写文章就顾不得作买卖，要作生意就不用写文章。脑子之外，还有志愿呢。我不能为了金钱而牺牲了写作的志愿。那么，去作公务人员吧？也不行！公务人员虽无发国难财之嫌，可是我坐不惯公事房。去教书呢，我也不甘心。教我放下毛笔，去拿粉笔，我不情愿。我宁可受苦，也不愿改行。往好里说，这是坚守自己的岗位；往坏里说，是文人本即废物。随便怎么说吧，我的老主意。

我戒了酒。在省钱而外，也是为了身体。酒，到此时才看明白，并不帮忙写作，而是使脑子昏乱迟钝。

我也戒烟。这却专为省钱。可是，戒了三个月，又吸上了。不行，没有香烟，简直活不下去！

既不常进城，我开始计划写一部百万字的长篇小说。一百万字，我想，能在两年中写完；假若每天能照准写一千五百字的话。三十三年元月，我开始写这长篇——就是《四世同堂》。

可是，头昏与疟疾时常来捣乱。到三十三年年底，我才只写了三十万字。这篇东西大概非三年写不完了。

北碚虽然比重庆清静，可是夏天也一样的热。我的卧室兼客厅兼书房的屋子，三面受阳光的照射，到夜半热气还不肯散，墙上还可以烤面包。我睡不好。睡眠不足，当然影响到头昏。屋中坐不住，只好到室外去，而室外的蚊子又大又多，扇不停挥，它们还会乘机而入，把疟虫注射在人身上。"打摆子"使贫血的人更加贫血。

三十三年这一年又是战局最黑暗的时候，中原，广西，我们屡败；敌人一直攻进了贵州。这使我忧虑，也极不放心由桂林逃出来的文友的安全。忧虑与关切也减低了我写作的效率。

十二　望北平

三十三年四月十六日，"文协"开年会。第二天，朋友们给我开了写作二十年纪念会，到会人很多，而且有朗诵，大鼓，武技，相声，魔术等游艺节目。有许多朋友给写了文章，并且送给我礼物。到大家教我说话的时候，我已泣不成声。我感激大家对我的爱护，又痛心社会上对文人的冷淡，同时想到自己的年龄加长，而碌碌无成，不禁百感交集，无法说出话来。

这却给我以很大的鼓励。我知道我写作成绩并不怎么好；友人们的鼓励我，正像鼓励一个拉了二十年车的洋车夫，或辛苦了二十年的邮差，虽然成绩欠佳，可是始终尽责不懈。那么，为酬答友人的高情厚谊，我就该更坚定的守住岗位，专心一志的去写作，而且要写得更用心一些。我决定把《四世同堂》写下去。这部百万字的小说，即使在内容上没什么可取，我也必须把它写成，成为从事抗战文艺的一个较大的纪念品。

三十三年的战局很坏，我可是还天天写作。除了头昏不能起床，我总不肯偷懒。这一年，《四世同堂》得到三十万字。

三十四年，我的身体特别坏。年初，因为生了个小女娃娃，我睡得不甚好，又患头晕。春初，又打摆子。以前，头晕总在冬天。今年，夏天也犯了这病。秋间，患痔，拉痢。这些病痛时常使我放下笔。本想用两年的工夫把《四世同堂》写完，可是到三十四年年底，只写了三分之二。这简直不是写东西，而是玩命！

抗战胜利了，我进了一次城。按我的心意，"文协"既是抗敌协会，理当以抗战始，以胜利终。进城，我想结束结束会务，宣布解散。朋友们可是一致的不肯使它关门。他们都愿意把"抗敌"取销，成为永久的文艺协会。于是，大家开始筹备改组事宜，不久便得社会部的许可，发下许可证。

关于复员，我并不着急。一不营商，二不求官，我没有忙着走的必要。八年流浪，到处为家；反正到哪里，我也还是写作，干吗去挤车挤船的受罪呢？我很想念家乡，这是当然的。可是，我既没钱去买黑票，又没有衣锦还乡的光荣，那么就教北平先等一等我吧，写了一首"乡思"的七律，就拿它结束这段"八方风雨"吧：

茫茫何处话桑麻？破碎山河破碎家；
一代文章千古事，余年心愿半庭花！
西风碧海珊瑚冷，北岳霜天羚角斜；
无限乡思秋日晚，夕阳白发待归鸦！

三十四年十二月二十八日于四川北碚

原载1946年4月4日至5月16日北平《新民报》

自巫峡至重庆

侯鸿鉴

十三日晨起，五点半开轮。八点钟早餐后，往船头看山，与昨日之山又觉不同矣。盖鄂界之山，虽觉雄奇，而川界之山，尤觉奇峻，且烟雾朦胧间，又觉变幻其状态。自过巫峡后，今过黑石滩而至瞿塘峡，则有将军滩、风箱峡、孟良梯等。所见风箱峡，高广方形，纵横五六百尺，为大立方形，其组织之密，岩石之奇伟，殊堪记载。孟良梯亦高危平峭，有石孔可攀而上。下有宋中兴碑，在宕崖之石壁。过此三十余里，即为瞿塘滟滪堆矣。白帝城在其北岸，即为夔府之门户。山崖高耸，有石城在丛树间。楼阁亭台，耸出于林树中者，即昔昭烈帝托孤寄命之地也。滟滪堆者，巍然一小山，在大江中流。外形似下游之鞋山，所谓大姑山者是。余不觉作冥想：鞋山既称大姑，孤山则称小姑，滟滪堆可称瞿姑也。江心有乱石八堆，名水八阵，相传为昔蜀汉武侯防江所设。过此则江面轻宽，水势奔腾，亦无下流之险矣。余有诗四首：

瞿塘峡二首：

晓起看山山不断，蜀峰不与楚峰同。

舟人笑指风箱峡，方广之横势益雄。

瞿塘一峡胜巫峡，山势滩声两不同。
仰望雄奇俯奇险，楼船转瞬驶如风。

白帝城一首：

白云出岫本无心，吊古空怀梁父吟。
寄命托孤缘底事，徒留遗憾到于今。

水八阵一首（有石八大堆，每一堆中又分小八堆，共有八八
六十四堆小石云）：

水上犹留八阵图，江防战略未模糊。
吞吴遗憾咽流急，扶汉忠忱捧日孤。

北顾帝城寒隼睇，南横巫峡听猿呼。
眼前尽使风涛险，乱石平堆川不枯。

午后过云阳，南岸有张桓侯庙，北岸为新云阳，民居数
千户，有中学一校，内分师范一班，职业一班，初中六班，共
八班，学生五百余人。有女师一校，完全小学十二校，初小
一百二十余校。全邑公私立中小男女共约二百余校，有农业学
校一所，地方教育经费共六万余元：中学常年经费二万元，女
师常年经费一万余元，农业八千元，其余二万元则为小学之经
费。过此三十里，有云阳旧城，今城基及城墙，尚有遗址存
在。再过此十里，即兴隆滩。近年为蛟水陡涨，冲激山石崩

坠，故遇枯水时，舟行尤险。今过此，以水尚非冬令，故不甚险，惟流甚急耳。过五里，即盘石渡。北岸为磨盘寨，山头为峭石，周围如壁，昔日为谭某所据，而妄自霸者，后为某军所破，今已平靖。行五里，名小江。此为一镇市，有居民数十家。又三里，名九堆子，又名九龙子。在南岸有大石九堆，北岸为六冈子，又名六龙堆。见有居民在江滨淘金沙。又数里，折入巴岩峡，亦名巴阳峡。此峡两岸之山多寨堡。江行十余里，滨岸皆大石横堆，有数丈长之石，平铺堆积。过此，山上桐树甚多，盖川河两岸之山。桐子大如橘柚，可以榨油。知川省桐油，产量甚富。是晚停船后，二五税局及检查所来航检查行李，至为骚扰。有一客带新购皮袍，罚税四元云。

十四日晨六点钟开船，行九十里至武陵，三十里石宝寨。远望之，屹然高十数丈之石墩，有一塔，高十三层，下有民居十数家，风景甚佳。川中多黄桷，其根能深入石隙，在土中能长数里，其身有数抱之粗，其荫如张盖，可以为行人避暑。近有人研究黄桷，有粘性，可作树胶之用。川中植甘蔗于山田者亦多。

是日烟雾障前峰，望之层峦叠峰，浓淡相间，远近相衬，真有画工不能描摹者。余有句云：

近观烟嶂浓兼淡，远望云峦有若无。
雾里看山真妙境，似模糊处不模糊。

余绘武陵云嶂图、石寨宝塔图。

郭君示余以川江地名之歌诀，可知宜昌至重庆之地名及里数。歌诀如下：

黄君瞿溪归巴，万巫戴安云小。

万酿曹忠花丰，焦语蔺长木巴。

寺庙里的宝塔

（每站九十里，共二十二站，约计一千九百八十里）。

过安坪三十里古岭渡，有一镇市居民七八百家。此地产桐油，有船数十，为载桐油者。行五里，东梁子滩，势甚险。舟行较缓。有货船一艘，二十人拉纤过此滩。又五里，石矶子，亦一小滩。十里，见高山二，皆有一塔，知为忠州到矣。（忠州为明奇女子秦良玉率兵御流寇、大战破敌处，流寇之祸忠州，未遭惨杀者，良玉之功也。）

甲板上的船员

　　午刻过忠州。今日上午天气较昨日为晴爽，午后将过丰都。舟中人咸谓川人迷信神话者多，故对于丰都所谓天子殿者，相传其灵显之事甚多。有不信者，仅谓全系僧道所为愚人计耳。自石宝寨行六十里至忠州，自忠州行四十五里至高家镇。民居百余户，种植桐竹菜蔬，田园风景殊佳。行四十五里至丰都。闻舟人云，高家镇及丰都两处，为川土出产最盛之区，每年出口各数百万。运货往汉口上海者，均纳正税，所以不纳税者，罚则殊苛也。

　　余在舟中见丰都县城，户口甚繁盛，倚山为城，新筑马路十五里，工商业以运售烟土为出口大宗，是以下水船过此，载货甚多也。山麓神庙多处，在半山间有一石坊，俗传曰阴阳界，过此即登天子殿，此即俗所谓阎罗天子殿也。后有关帝庙。一亭甚高，在舟中望之，为山之最高顶。凡二三月间，各处乡民来此烧香者，一步一拜，上至山顶，朝山焚香，热闹非常，间有乡会甚盛，此均迷信之各端也。十五里至观音滩。

过丰都诗一首：

> 茂林丛树拥丰都，高筑丰碑建坦途。
> 如此山川笼景物，几多神怪语模糊。
> 庙留汉寿亭侯祀，殿仰阎罗天子呼。
> 瞬息鬼门关已过，故吾依旧是今吾。

过观音滩，江心大石一堆，横亘半里许，积沙成梗，轮船绕行。流急势险，缓轮开驶。过此三十里，即至汤圆石，停轮，天已黑矣。此地本一小村落，民居十数户，嗣以轮船往来，每停泊于此，是以小有买卖，渐见居户较多，成一小镇市矣。

划桨

大木船上的桨手们

川中橘柑甚多，山上累累结实者，除桐实外，即橘柑矣。又见盐船甚多，有划桨十八支，及十六支，或十二支者，皆重载盐包之成都式船也。轮船亦缓行以让者，盖川河中行船，非加以谨慎不可。

滩河之最险者，瞿塘峡及华滩等处。招商局轮船，名"峨眉"，在华滩触礁，此本年七月事也。全船过华滩时，见"峨眉"一艘，尚搁沙石，船身则已打坏，非重加修理，不克竟其用。

十五日晨六点钟开船，行九十里至涪陵，行三十里李渡，三十里蔺如场，相传昔蔺相如过此。三十里剪刀峡。两峰对峙，山脚平挹，峡口相差甚隘，远望之，状如剪刀，故名。峡旁有石灰窑，即以本山之石烧之，每年出货甚多。

是日雨，气候较寒。晨餐，饭粒太粗粝，菜皆辣甚，食后腹中不甚舒服，致腹泻两次，精神稍觉不爽。余入川以来，在舟中观览风景，与同船之客，互相谈话，记日记，赋诗作画，虽地窄而时促，精神上颇感兴趣。今日腹中不舒，神志颇感不畅。幸午后即至重庆，或稍休息，自当恢复精神也。得诗云：

莫言蜀道艰难甚，全恃山川景物多。

偶尔精神似劳顿，且枯橡笔作长歌。

川江道中

吾入川江凡六日，日日看山山佳绝。

蜀山不与楚山同，突兀雄奇不可说。

西陵一峡势回旋，山高水急滩危极。

渐来巫峡山更奇，层峦叠嶂山无缺。

曲折潆洄片刻间，江流转入滩深阔。

仰望巫山十二峰，烟云笼罩山容美。

须臾风拂岭云开，神女峰高态增媚。

洄溯高唐宋玉词，千秋佳话珍江贝。

忽看北岸峰插天，南岸烟峦势均配。

万流竞趋蛟龙惊，跳石浪花湿衣袂。

舟行转缓轮驶迟，左旋右折瞿塘矣。

瞿塘峡，滟滪堆，江心拥现堪平视。

状似鞋山疑大姑，景媲孤山耸江渚。

敬上嘉名曰瞿姑，盍偕诸姑同谱诗。

人齿三峡匆匆过，江山俯仰间。

行行二千里，万忠涪丰还。

有时疾趋水横溢，有时平流声幽闲。

有时大石磐磐堆高岸，有时凌霄叠嶂崖空嵌，

画工描写不得穷妙境，骚人吟咏不足探兴岩。

夜深惆怅不成寐，晓来风雨正迷漫。

雾里山峦又殊异，眼前滩水声流寒。

骤见剪刀双峡上，会有苍鹰空旋盘。

岭接举衔到长寿，飞泉百尺侧耳听潺潺。

须臾报道抵重庆，川行七日狂歌掷笔宇宙宽。

余询束二副"民贵"船之组织及船之吨数，束君导余参观船中一切，谓船之组织与他船无异，所异者，因川河之险，领港者有三人之多，所谓大领港、二领港、三领港也。船之吨数，为总吨数九百二十六吨，交通部注册载货吨数五百五十吨，船身吃水七尺五寸，排水量十三吨一寸，机器马力二千四百吨，船长二十丈零五寸，阔三十三尺。走长江上游之轮，后叶为双叶，取其旋转灵便，故不用单叶而用双叶也。

余在船上饭食，本拟付以十元，不料厨房头郭姓者，以余与束二副同乡帅友之关系，一定不受。且以余与二副同餐，彼以为并未另膳，尤为谦谢。余乃托束君与之，即伍元亦竟不受，此事殊为不安。仅给茶房五元之赏耳。

舟中之客，见余所作诗，爱读而手抄者，有王棣之、李昌泰、蓝纹波三君，各抄十余首而去。余得句云：

俯仰乾坤此孤身，同舟难得有三人。

爱余诗句手抄读，不待笼纱柒点尘。

天将暮，船至重庆。路过广元坊，有飞机场。此间有赵姓为巴县首富，沿江屋宇田亩，均属赵氏所有产权，每年冬间及水旱偏灾，闻颇能赐给贫穷，力行慈善事云。

晚六时登岸。船停南岸。李君为余雇一划子，言明三角。

束二副派茶房张姓者送余过江。划子久之不开，乃招客四五人同行，故延至七时始开船。待傍北岸，已七时矣。时细雨迷濛，道滑泥湿，石级数十级，至为危险。迨雇笋舆二，每乘四千文。至城门口，兵士检查行李，至为纠纷。既入城，乃以行李较重，行尤迟缓。抵第一模范市场吉记纱号，访蒋叔方君，适病卧未晤，由乃弟九皋招待。及晤尤君立三，乃故人惜阴先生之子，并同乡唐君世樑等。晤谈之顷，均无锡同乡也。数千里外，忽遇许多锡人，能无愉快之至乎。且蒋君昆仲，家住河埒口，与余外舅家为同族。论辈分遇春哥为其族叔祖云。翌晨，蒋君叔方病稍愈，出见客，并道歉，昨晚因病未能出见，且谓倘早得一信，当往船上迎迓也。余逊谢之。蒋君为吉记纱号经理一年余，吉记即申新之批发处也。并知振新纱厂亦有纱号在此，即名振记纱号批发处，其经理亦为锡人，姓楚，乃哲卿之戚也。

城　门

余自汉口至重庆，江行七日，所记至此，为本章告终。到重庆后所记，则下章详之。

夜卧不寐感赋

逆流上溯五千里，沪汉宜渝屈指思。

蜀道艰难今已识，川江曲折古称奇。

炎凉变态谁能喻，苦乐从心我自知。

一事长途差可慰，囊中画稿箧中诗。

选自《西南漫游记》，无锡锡成印刷公司1935年3月版

重 庆

侯鸿鉴

十六日，余至重庆。寓第一模范市场七十号门牌吉记纱号。此地昔为道署，今拆改市场，于去年新建。闻唐君世樑云，重庆商市，进口以纱布为大宗，每年十六万包，价逾银四千万元，出口以药材、皮毛、烟土为大宗，其数量则数倍于纱布也。

吴君朗西住蔡家石堡打铜巷，来吉记访余，拟同往参观学校。蒋君叔方以有病不克同往。蒋君九皋偕吴君导余先往夫子池，参观教育局、中心小学、县立图书馆等。时适小雨，即步行里许而至教育局。时已十时，局中除书记外，无人焉。见一服西装者，询之，则曰，局长已改为科长，往巴县县政府办公矣。于是出而至中心小学，见教室上课，殊欠秩序，晤一教员询之，知为级任陈瑜，号尔曼。对于巴县地方教育，言之甚详，特述之如下：

巴县地方教育概况

（一）巴县县立中学校一所，内分农业、师范、中学三部；女子中学一所；乡村师范一所；乡立中学东南三所；小学三十校，内分男小学二十所，女小学十所。职业学校附设于各校。

（二）私立建设学院：中学分教会立、非教会立两种。教会立者，有诚德中学、求精中学、广艺中学、明诚中学四校。非教会立者，有宏育中学、达材中学、赣岚中学三校。私立小学甚多，未立案者居大多数，故教育局无从知悉其确数。

（三）巴县市立中学一所，模范小学七校。今之中心小学，即昔之模范小学所改名。

（四）经费方面，全县教费约三十余万元：县中八万元，女中九万余元，乡师六万元，小学七万元，余为补助乡立中小学校之费。每校附设之职业教育，每校每年津贴一百元。

（五）教员薪水之规定：城中小学每学期一百五十元，八折。乡间小学每学期一百二十五元，级任一百三十元。

（六）校长薪水之规定：分永任、试任、连任三种，永任者每学期二百元，试任者每学期一百七十元，连任者每学期一百六十五元。

巴县省立学校概况

省立学校之在巴县者，川东师范一校。第二女师一校，商科一，工科一，职业一。

中心小学概况

（一）校长贺宗西，主任教员二人，级任十一人，科任四人，共十八人。学生十一级，共五百人。经费每年七千一百元。学费每学期收一元。

（二）是日所见高小学生体操课，在操场上练习国术，尚见精神。初小四年级国语课，秩序尚可。其他未见。

社会教育概况

（一）每学校附设平民教育者，每年每校津贴一百元。

（二）图书馆新近改组，正在筹划中。

（三）阅书报处三所。

余偕吴、蒋二君参观图书馆，述之如下：

（一）巴县县立图书馆，经费每年二千元。

（二）董事九人。旧馆长蔡君。新馆长尚未推出。

（三）藏书旧籍二万四千余册，新籍二千余册。阅览人每日平均五六十人，阅旧籍者三分之二。

（四）是日所见善本书：《大明一统志》，四十册，明版。《四川通志》，一百六十册，清蜀刻本。《蜀典》四册，张澍纂。《二十四史》全部，为局版，仿汲古阁本。其余善本书，大都清刻本。

（五）改组后，预备每年提四分之一经费为购置书籍费。

参观重庆大学高中部，访沈君同洽，适进城，晤其夫人吴慧英，为江苏二女师毕业，昔曾听余演说于二女师者，故识余也。略谈来川饮食起居之不便，拟欲南归云。吴君介绍成君。余询成君大学状况，适沈君自城返校，晤谈，知大学校舍尚未落成，每年经费预算三十万元，现以建筑故，额可十二万元。学生一百五十余人。分中国文学系、外国文学系、数理系、生物学系、农林系，共五系。当由成君（高中部主任）导观高中部一周，知教员二十二人，内有六人为大学教授之兼课者，不受薪水。学生一百零七人。经费每年三千七百六十元。教室甚宽敞。优点二：（一）学生完全寄宿，宿舍中洒扫，均归学生轮值，有整洁者，轮值有不佳者，定分数以别之，且制表以悬诸客堂，表示奖励之意。（二）浴室及盥洗室，布置整齐。其余设备，尚见简单而整齐。

参观私立巴蜀小学校。校长为周旭成，吴县人，余素认识，昔为二女师附小主事者。学校在张家花园，优点殊多：

（一）校舍新建，空气新鲜，环境得自然之美。（二）学生无论大小完全，均寄宿。女教员亦均住校，兼负保姆职责，待学生诚爱慈祥。（三）教员各富有研究性工作，非常勤奋。（四）学校行政。计划周详，会议研究，编著策略，均极尽小学应有之能事。（五）每年经费四万元：收学膳宿杂二万元外，由王治易师长捐洋二万元。

是日午间，蒋君偕余携曹校长、乌戴经理两君介绍函，至民生实业公司，晤卢作孚经理。卢君一见余名刺，即谓无锡侯先生，久慕而未见者。十一年往锡参观竞志女学，先生在闽未晤。十九年第二次往锡，又未晤。何幸今日到此，欢迎之至。即告余川省实业教育之不堪振理。连年灾害，经济破产，非由个人自辟事业，勤俭从事不可。余询以民生实业公司之组织及事业。卢君告以川省交通不便，第一须振兴航业，以利交通，是以创办民生实业公司，开航重庆、合川路线，重庆、宜昌线，继而开重庆、汉口线。今则共有大小轮船二十余艘，走重庆至汉口者上者，有"永年""民康""民宪""民族""民贵""民强"此六船，直达上海，其余走宜昌、万县，走涪州，走嘉定，走北碚者，尚有十余艘。

卢君又谓余曰："今日午餐，欲介绍几位成都友人及本地相知者，可为导游及介绍、招待等等之机会也，请即同至青年会午餐。"诺之。遂并邀蒋君昆仲及吴君同行。既至青年会，卢君介绍中国银行副经理张禹九君，及成都光明实业公司董事罗君隽承、何君仲、工程师薛君垣叔。少顷郑君璧城来，谓余曰："君尚忆惠山遇君全家摄影于二泉亭畔乎？尚忆登百一楼指导余等参观君所珍藏之宝物乎？"余为之茫然，仰首思之，仿佛所言，尚有印象于脑中也，唯唯称是，即往青年会午餐。罗君谓明日天晴，拟雇车行，君往成都可偕也。余曰："明日拟往北碚，后日返重庆，隔两日可同往成都。"罗君诺之。余既返寓。蒋君谓罗君有电话来，定十九日晨六时上车，明日准往北碚游。阅旅行杂志中，有小三峡风景游记。余因调查小三峡之风景，即自重庆走嘉陵江，入江行一百四十里即北碚。入第一峡，曰观音峡。第二峡，即温泉峡。第三峡，即沥鼻峡。是以余之往北碚，一为参观北碚新辟之教育实业，一为浏览所谓小三峡之风景也。

是晚中国银行经理张禹九君邀往中国银行办事处晚餐。余偕蒋君叔方同往晚餐，罗、薛、何三君亦在座。张君为余写介绍函十余封，预备往成都往返之东道所在。在内河、成都、嘉定、叙州、泸县均以中国银行为寄宿，且有参观学校之绍介函数封，殊为感谢。张君禹九，宝山籍，既为江苏同乡，又为在江苏学校时曾识余者，故招待周至也。

赠卢君作孚

吾来西陵巫峡瞿塘三峡间，

滩水奔腾万流竞趋声潺潺，

是乃地灵蕴蓄百千载，

始存一泻千里郁盘起伏之河山，

此中自是有人杰，

应运崛起荆榛芟。

建设实业与教育，

开辟北碚一多之层峦。

若为公园好风景，

若为学校窥一斑，

若为实业与民利，

若为公众辟婵嬛。

屈指未满十年耳。

小三峡名播人寰。

我今一言可为卢君赠，

人造环境莫使环境压迫我四环。

选自《西南漫游记》，无锡锡成印刷公司1935年3月版

北碚之游

侯鸿鉴

十七日，天未明，起盥漱，略食早点，即偕蒋君九皋同出千厮门。时适天阴雨湿，道路滑腻，不易行。下山抵盐码头，登民生轮船，购票，每张一元五角。往北碚轮船，是晨有"民生""民约""民有"三艘开行。余等乘"民生"船，载重总吨七百吨，登记数三百吨。携卢作孚君介绍信，晤朱钧权经理，邀账房坐。少顷"民贵"之刘经理润先、王君润槐亦乘是船返合川。盖民生开合川而过北碚者，舟中客大半至合川，少数至北碚。遇张君华略谈往白庙子之任务，余因询及北碚及白庙子一带之产品等。张君告以北碚有中学一所，小学、女学各一所，以及图书馆、动物园、科学馆等，大可参观。自白庙子至戴家沟，三十里，为江北、合川铁路线，已筑者开行二年，其余九十里正在建筑中。七点钟开船，行嘉陵江中。江之下游，水流平缓。帆船小船，往来甚多。北碚位于嘉陵江之南岸，因嘉陵江一带，如白庙子、戴家口、大田等处，均产烟煤、油煤，甚饶，是以江北至合川铁路，现已筑成之三十里，专为运煤之用者。煤油专为轮船锅炉燃烧之用，北碚、合川间，有甘洞子建洪济制冰厂，利用泉水之力为之。汤泉峡有汤泉公园。溯江而上九十里，入观音峡，三十里至北碚。过北碚十里，即汤泉峡。再上行三十里，为沥鼻峡。观音、汤泉、沥鼻为三小峡。惟将入观音峡时，两岸山崖竞势，山脚各叉入江中，水流甚急，舟行较缓。即入峡后，大石高堆，危峰欲堕。至北碚，计离重庆一百四十里。偕蒋君登岸，有张君义德在码头迎接，谓昨接罗经理电话，知侯先生来，政治股章主任特派来江边导引者。余感谢之。自登岸上山，连续步一百六十石级，足为之疲。既至，巴北璧合四县三峡防务局黄子裳主任出见，余携卢经理之绍介函面交之。黄君云，民国十年曾往无

峡谷和岸边的石崖

锡，当时在北京高师毕业，南下参观学校也。谈次，即午餐。余偕蒋君及张君、周君四人用膳，在礼堂，均立而食之。黄君告余云，此间既作办公室，又作礼堂、食堂，一室而三用之。餐后，即由张君义德导往清和路、西山路，登山参观北碚各教育实业之机关及场所。往返山路，约五里，为时四小时。道遇王君棣之，亦同参观焉。所见略述慨况如下：

1.三峡染织布厂：主任孟孝山，男工一百四十余人，女工七十余人，每日工资以织布之多少为断，大约织布最多者，每人可得两角以外。二场分染工场、织工场。织工场中，又分提花织工、普通织工以及放纱工场、经纱工场等。提花织机，木机十三架。铁机六架。普通机四十余架。提花所织之地毯甚佳。其阔为中尺四尺二寸，质厚工细。颇通应用。电机室发动机，电力十二匹马力。所出货，销路尚佳。

2.兼善中学校：校长张博和，训育申雪琴。学生第一年级两班，第二年级一班，共八十七人。学费中学十元。参观二年级严次笙上国文课，学生尚能注意。

3.兼善小学校：原名实用小学。学生一百三十余人。参观时正放午膳，学生在教室内补作手工者。询之，为临饭时，工艺尚未作就，已放课，故在此补齐。高小学费，每学期仅收一元。初小学费，每学期只收五角。

4.西部科学院：有生物研究所、理化研究所、农林研究所、地质研究所。陈列品既多，参观各室，美不胜收：（甲）四川植物标本。极合应用，且提倡本省植物，能令学生采集制作，实为要务。（乙）岩石、矿石、化石标本甚多。如宝塔虫化石一块，有尺四寸长。虫体完全可见。三叶虫化石多块，产南川石坝沟。腕足类三叶化石，产灌县水磨沟里土坡者，虫体完全可见。又彭县花梯子产铜矿及赤铁矿，南川金钟山产腕足类化石，平湖产珊瑚虫化石，灌县产磁铁矿。彭县产二叠纪新瓣腮类化石及纺锤虫化石，并铜矿，北川产珊瑚虫化石及铜矿、油煤、焦煤（此种炼焦，炼得甚佳）。

5.植物制作室：室内有采集植物用压榨标本器械。陈列橱中之植物，有二千数百种。

6.动物园：此园十九年（1930年）创办成立，饲畜兽类十三种：豹（产西藏）、熊（西康）、猿猴（川省）、熊猫（宝兴）、刺猪（贵州）、猪獾、猓香猫（北碚）等。鸟类三十一种：孔雀（产云南）、锦鸡（尾长羽毛浓厚）、白鹦鹉（澳洲）、绿罗哥交凤（羽毛美丽）、火鸡凤陵鸟（新金山）、马鸡（西康）、凤鸭、苍鹰、鸥鹨、鹑、灰鹭、鸳鸯（合川）。动物园一周，觉布置各种动物之分类说明均详明，点缀花木亦甚得当，上下层级，建筑一切，均甚美丽。

7.风物陈列室：（甲）南洋马来风俗物产。（乙）西部陈列室。西藏之喇嘛画像、佛像、藏经、铜像、法器、衣冠、印版、泥佛、瓦佛、土白塔、乐器、武器等。（丙）中国历史品陈列室。延平钱范、汉砖、钢剑、瓦器、铜器、铁盔甲、明砖、明瓦、明瓷、清瓷器等。（丁）西康风物陈列室。武器如刀剑弓箭之属，盔铠，石器如雕刻甚细之石茶杯。（戊）煤屑陈列室。江北东山龙王洞正连分十层：第一层赭山岩，第二层石灰岩。第三层赭石岩，第四层背连，第五层灰岩，第六层独连，第七层石灰岩。第八层双连子顶板岩，第九层页岩，第十层双连子底板岩。缙云山二岩、甲子洞、煤层模型。黄沙岩，外连灰负岩。青沙岩，门外有铜炮两尊。上有"总统九起川楚义勇都督府陈损刻"十四字。

8.矿石分析室。

9.图书馆：十九年创办，主任袁百坚，编目何一平，馆员彭湘。藏书一万八千余册，旧书占五分之一，社会科学书占四分之一，杂志四十余种。借书须铺保，以二册为限，时间以两星期为限。编目用十种法。经费每年二千零十元。目录卡，书名、著者、件名、杂志四种。阅书人数，每日百余人。

10.标本陈列室。

11.平民夜校：三所，经费五十元。

12.民众会场：每周演讲三次，电影每周三次，收音机每次开放。

13.问字处：每日平均十五人。

14.民众医院：便利民众疾病者，为益殊多。

15.农民银行：汇兑、借款，均能便于农民、劳工、商贾。

16.公共体育场：普通一般民众及团兵警士等，运动者甚多。

17.《嘉陵江日报》：（余本日来北碚，此报已登载）消息灵通，记载翔实，在实业方面及教育并建设等事，均能详载弥遗。

午后四点五十分钟，回峡防局，演讲"钱及人才并环境"，听者兼善中学学生、特务学生队、峡防局职员及士兵共三百余人。

是晚，雇船至嘉陵江公园。有江阴某君，任兼善体育教员，闻余改造环境忍耐痛苦之言，颇为感动，因偕张君义德，同至温泉公园。小舟十里，有一滩，水流急湍，舟屡进而屡退，久之，始得进，时已七时半。入温泉峡。此为小三峡之第二峡也。登岸，行三百余石级，两足殊酸疲。此为三百梯。入温泉旅社，为关帝殿，今为饭店食堂。寓农庄，余等四人，即向温泉入浴。此泉温度，不过为三十七度。

晚餐后，张君及某君乘船返峡防局及兼善中学，余与蒋君即卧。

温泉设备甚佳。有两池：一深六尺，宽二丈。一深九尺，宽四丈。屋外有茂林修竹，幽径石街，泉水澎湃之声震耳。出浴后，气候甚凉爽。浴资每人一角，余等四人，共五角。自温泉至卧室，数百步，为石子街及三合土街。建筑牢固，有武装巡士往来公园中守护。盖十年前，北碚为一荒僻之区。今乃有居民六百余户，四千余人，建设风景、实业、教育等等，固为良好之模范村。道路修整，人民自治程度，亦由劝化而知公共卫生。如每一路口，有马口铁水盘一，上悬一牌，谓吐痰必于盘中。此种办法，殊为特殊之成绩也。

十八日晨起，余与蒋君游览山中风景。访古迹，步林间，登花好楼，见石屏风，望飞来阁，谒铁瓦殿，蒋君摄观音照两帧。过大佛殿，见长臂佛。出天王殿，有明代浮雕蟠龙香盘一座，四层石刻，剔透玲珑，精巧无比，高约六尺，径亦三尺。殿后有万历新淦朱孟震题诗石刻，字既娟秀，诗句亦佳。余步其原韵，得一律如下：

温采喷激鼓鱼溍，入浴氤氲如醉春。
花木香清真断俗，园林寂静涤浮尘。
地宜春夏秋冬景，我是东西南北人。
如此仙境如此境，果谁努力破迷津。

黄子裳主任来，食点后，偕往磬室、乳花洞，经兰谷，观桃花流泉，越枫冈，绕竹径，过琴庐，观水磨面厂。入新开石径，穿翠竹坪，曲折下行，抵第二码头。待"民生"小轮，购票，每人八角。昨为上水，今为下水，故船价减半。舟中遇张君华，言白庙子至戴家沟三十里之铁道，不可不往一观。余以时间匆促，不及往观为言。十一点钟至磁溪口，有绍兴张君宗麟，任省立乡村建设院教导主任，此次领学生游北碚，在船中与余畅谈游况及研究教育，此时别去。十二时船抵重庆，即登岸，返吉记。午餐后，即在寓为蒋君昆仲、尤君、唐君以指绘竹，题诗赠与，并为九皋写堂幅：

赠蒋叔方

异乡欣晤故乡人，聊借指痕暂写真。

墨竹两竿挥手现，五千里外远游身。

赠蒋九皋

同游北碚归来后，弹指轻挥墨有痕。

老竹一竿珍赠与，绿阴朝话翠坪根。

赠尤立三，乃翁惜阴先生为四十年前与余同受知于孙襄臣大令之门者。

老竿直欲凌霄上，嫩叶还看着雨滋。

回首卅年旧交谊，异乡回溯故乡时。

赠唐世琴

干霄气概坚贞节，着雨多姿湿翠阴。

聊借客中指余墨，为君绘赠竹萧森。

赠卢作孚

心虚竿老节坚贞，绿叶疏披景物清。

北碚游归鸿爪印，墨痕弹指表深情。

是晚周旭成君邀余至东道楼晚餐，座有陈君父子，其夫人为松江方氏。席间江苏同乡，主客六人，浙江一人，川省二人。言语则川沪杂出，谈笑生风，亦客中嘉会也。

晚餐后，即至青年会。因明日偕罗君隽丞、何君仲尊、薛君耘叔三人，同乘汽车往成都，是以移住青年会，以便明晨六时即出发故耳。九皋与唐君将余行李送青年会，余颇感谢。少顷蒋、唐二君别去，余住青年会十四号宿舍。郑君璧城来。余询以成都风景。郑君告余以各地风景及古迹，因开一单示余曰："成都之东有望江楼、崇丽阁、九眼桥、白塔寺，南有惠陵、武侯祠堂，西有工部草堂、青羊宫、笔砚山，北有昭觉寺、驷马桥之胜迹，是皆足以流连者。"并告余以东坡故乡之眉山，为往峨眉必经之路，亦可停踪。——访嘉定之读书楼，亦苏氏遗迹。灌县青城山，胜迹尤多，亦有往游之价值。余固知岷江之水，成都河流，皆从松潘而来。所谓邛崃山脉者，青城诸山，水源奔腾而下，其利足以借水力而发电机之力，运用此天然之水，以成电力之用，岂独区区碾米之用而已哉。璧城为双流人，双流距成都五十里，有通江图书馆，有春晖小学，有马江寺，倘过此，亦可一观。璧城又言及成都已有十六县能通汽车者，有崇宁、新都、新繁、双流、郫县、广汉、温江、成都、华阳九县，其未通汽车者，有筠阳、崇庆、崇宁、新津、灌县、彭县、金堂、什邡八县。少顷，璧城别去，余即睡。

选自《西南漫游记》，无锡锡成印刷公司1935年3月版

由重庆至成都

侯鸿鉴

十九日晨六时，偕罗、薛、何三君及吴君，乘汽车往成都。吴君因病归家。此次所乘之车系小包车，可坐六人。昨日黄君棣之本拟同行，嗣因行李笨重，不克同行，故此车包价二百七十元，余等五人分摊，每人应出车价五十四元云。车夫张兆穰，为成都工业专门学校毕业，与薛君垣叔为同学，故二百元之定价，作九折算，已为便宜。装行李上车毕，即登车开驶，七时半开车出城，由巴县至璧山，道经青木关，山环如城，地有温泉，此地昔为征税常关，颇为巴璧间最繁盛之镇市。今裁关后，较为冷淡。由巴县至璧山，为一百二十里。汽车过歌乐山，相传李冰子二郎佐禹治水，住此，奏钧天之乐，故名。车行三十里，绕山腰两围，由跨线桥隧道而出，此为老鹰岩。山势高峻，闻当时欲凿山洞，不能凿穿，工程浩大，不如在山上绕行，较为便易，故车绕山腰。出跨线桥之隧道，而过老鹰岩也，过此则车路均沿山崖行，山景甚佳。余得诗一首：

晓起驱车蜀道行，冲风破雾此长征。
大桥蜿蜒化龙去，峻岭盘旋飞鸟惊。
上下双环穿月晕，崎岖一洞御风轻。
奔驰百六十余里，驿路停踪进早羹。

三十里，丁家坳。三十里，马坊桥。五里，小马坊桥。二十五里，永川县。三十里，步墟子。三十里，荣昌县。三十里，邮亭铺。三十里，峰高铺。三十里，烧酒坊，产陶器，如吾省宜兴之陶器，惟物品粗糙，不如宜陶远甚。此间泥土皆红色山泥，质颇细，能改良，必当有佳制。三十里，石燕桥，产煤，质佳，量亦多，开采用土法，销售运往区域，数百里中，均用石燕煤。三十里至隆川县。三十里，丁家沟。三十里泥路，颠簸不堪，道遇多人，均来往之车，陷于泥中之客也。余车其始尚硬挺横冲而过，继则陷于泥中者，一而再，余等亦下车步行数次。迨泥深数尺，亦经多人施工，扛车而过。余等再三猛进，车亦奋勇拔出于泥涂，前行。又步行十余里，勉强至一石桥小憩。见往来负贩者，皆石燕煤炭也。余检视一小块，知为烟煤之佳者。询其价，则云每百斤需钱二十千文云。

有许多顽童谓前途陷于泥中之车甚多，不兑行走，虽有民夫数十人，不能拉起，余等为之惊讶，且天已将暮奈何。汽车夫张兆秋毕竟心灵手敏、屡陷屡起与寻常车夫不同。

隆川道中

几番梗阻向前进，奈此艰难事远征。

驿路从知人世险，顽童慌语客心惊。

前车已覆扶难起，后辙追踪继又倾。

幸见舆夫心手敏，泥涂屡陷跃然行。

三十里，双凤驿。三十里，稗木镇。天已昏黑，用渡船将汽车渡河，每一汽车渡河费，票价十元。既乘船渡河，黑夜车行三十里，至内江县城，寓松柏宿舍。时已八点钟。晚餐后，步行街市，东西二里许，南北三里，中间鼓楼、县政府，商廛、夜市尚见繁盛。罗君等随意浏览，余往私立廖氏小学校，晤教员三人：一张姓，二廖姓。问答久之，所得如下：

（一）地方教育经费，不及四万元。学校经费缺乏，各公立学校，皆以八折七折领取，且将拖欠四五月不等。私立学校，比较的尚有办法，因一校之私立，皆由一姓之祠款为之。惟以年来地方田赋，已征收至民国六十年，是以祠产田亩，收租亦多不足，故办理亦觉困难（按：川省田赋，各区征收，预支年限不等，内江县则已征至六十年）。

（二）公立师范一校，中学一校，女师范一校，完全小学六校，初等小学三十余校，私立小学二十余校。城区私立小学，惟廖氏小学、裘氏小学两校耳。

（三）教员薪水：中学有五十元者。小学仅二三十元，初小之最低薪数，为十二三元，乡间小学教员之最低程限为六元耳。

（四）学生数：中学、师范、职业各校，每校无过二百人者，均初中程度，女师范则学生不满百人。全县学生总数，仅男生二千五百余人，女生则初小有男女兼收者，高小则最少数，中等学校则绝对无有。盖此间风气，中等学校，除女师小专收女生外，男女绝对无同校之可能者。

余返寓，入睡。是晚因一日之颠簸，觉睡乡安稳。一觉天明，人颇舒适。

二十日晨起即乘汽车向东行。出城未里许，汽车即陷于泥涂中，再三开足机轮，无拔出之可能，余等即步行。余先独行里许，始闻呜呜汽车声来，即上车行。七十里至资中县，即资州。由资中至资阳县，九十里，均沿内江行，泥路频陷，约五六十里，然后至一镇市。午餐，余忘其名。又行三十里，道路始较平垣。罗君谓此地修路之人较为勤努，故路工较平。铺石子之人，亦畚筑较勤也。

昨日上午见覆车两处：一在璧山，一在龙川。下午见撞破之两车，在转弯处，车中机件均已损坏，一颠一倒，已搁置久矣。今日上午又见一车覆山涧，不知何时倾覆者。对于覆辙，惟有唏嘘感叹而已。两日所见，共五处覆车，道艰工损，开车不慎，险哉。

车行百余里，较为爽直平坦，惟过一山，颇高峻。又行二十里，已到简阳。过此百里，即到华阳境。而崇蜂峻岭，车绕四曲，直上山顶，俯视车道，共四层，山顶曰鸦雀口，有居民数十户。成一小市集，曰南山镇。见覆车一乘，在鸦雀口山崖之旁。由此下山，亦盘曲四层，始到地平。计上山十五里，下山十五里，共三十里。旧时人行道，相差不远，有石级上下，惟隔山相望，似较近，盖由重庆入蜀之大道，到此则上下层峰，高低曲折。约二十余里，汽车道则平绕山崖。约多十里，即下山，为平坦之道。三十里，至龙泉驿，人民麇集，户口甚繁，约数百户。四野平望，茂林修竹，鸡犬相闻。高原肥沃之土，田亩丰富。罗君谓此间景物，与江浙如何。余谓有过之无不及。三十里至成都城，受第一次检查。余以护照示之，乃放行。迨将入东门，在城门口受第二次检查，示以护照，检查之排长，似有不豫色然，盖余车行较快，彼呼停车，始告以有护照，彼以为何明知故犯也。既入城，则道路宽广，车轿往来，市场繁盛，成西南都会繁庶之区，政治文化中心之地也。罗君等邀余寓光明实业公司，余即卸装于此。余在途中有诗数首，录下：

内江夜行寓松柏宿舍

行行车辙内江边，黑夜驰驱卅里前。

飒飒秋风侵帐冷，荧荧篝火黯愁眠。

鼓楼更柝惊残梦，松舍吟情寄短篇。

差幸征程五百里，泥涂振拔着先鞭。

鸦雀口

蜀山高峻千余尺，鸟道盘旋卅里程。

仰视飞鸦衔日落，俯观寒雀带云轻。

担篓拾级磴依旧，覆辙危崖险可惊。

磐路夕阳人影暮，良田美竹眼前横。

途中与罗、薛二君闲话戏以川中俗语成二十八字：

谈天共把龙门阵，旅客高呼鹞士名。

（龙门阵，一名农门阵。鹞士，一名么司。）

莫笑老硪愚且鲁，当窗犹足御风声。

（工人之愚者，呼之为老硪。是日风吹甚寒，适工人直立窗口，足御寒风之吹拂，故戏言及之。）

选自《西南漫游记》，无锡锡成印刷公司1935年3月版

自宜宾至重庆

侯鸿鉴

十四日晨起，收拾行装，登"民望"轮船。"民望"在十七年为江南造船厂所造，载重二百五十五吨，登记载货净吨四十五吨，船身长十二丈，阔二丈。是日送余行者，有王景霖、孙尊山、孙和盒、贺伯辛、韩承初、何代沂、曹泽如、熊郁村、陶伯宣等九人。贺伯辛云，蜀通轮船，为川江通航之第一只轮船，不可不记。时蜀通经理某君在船。景霖经理云："蜀通经理，欢迎侯先生乘蜀通轮下水。"余笑颔之。九点钟开船，王、孙、熊、贺诸君握别登岸，各脱帽高举，余亦挥巾遥答。彼此至人影模糊，渐远而退。余得句云：

前日同游适九人，九人话别又江滨。
从知九九占阳数，聚散尘缘有夙因。

昨日邓迪斋、张宋文各送川菜、云茶、元油、罐诰等物。余今日上船后，即酬以七绝各一首，寄往宜宾。

谢邓迪斋

川菜云茶惠我多，时鲜罐诰佐吟哦。
临歧无物酬完白，一曲阳关奈别何。

谢张宋文

永安佳产榨纯润，叙府新牙制最新。

尝遍川中好风味，季鹰鲈菜竞同传。

十点多钟过南溪，十一点钟过江安。已行二百二十里，一路顺风，下水非常之快，惟有滩险几处，船颇颠荡耳。至十二点半，又行六十里，抵大渡口。在将至大渡口时，左岸山势横斜，颇入画境。既至大渡口，人烟稠密，为一大镇。一点半钟，见有乘小舟之客来船者甚多，知到大渡口矣。两点钟过纳溪，此县距大渡口七十里，距泸县三十里。午餐，又行三十里至泸县。时已两点半矣，余即偕杨成芝同登岸。岸边有一人谓余曰："侯先生乎？"余曰："然。"盖宝元泸副经理郑星垣，因昨晚接叙府宝元通熊君函，知今日有远客来，特来迎候耳。即同行入城。至宝元泸百货公司，规模似较叙府为大。晤经理聂青云君，略坐，即偕郑君同往泸县教育科。时仅三点钟，张念祖科长、易主任等皆已出办公室而散矣。晤徐君正模，办事员也。导观各统计表，询问一切。郑君对于泸县教育状况颇熟悉，故一一告我，所得如下：

泸县男女公私中学五校。高小、初小四十七校。全邑分十乡区、一城区。经费收入，杂捐、拨款、租金、租谷四种，共十六万一千二百九十九元，支出共约十八万元，所亏之数，负债一万七千元左右。学生数高小共三千五百八十七人，初小共一万五千七百六十五人，中学师范男女共约二千人。

于是往川南师范学校参观。校长不在校，晤教务范君道隆，导观一周，所得如下：

此校编制分文史地组，有三级；数理化组，有三级；艺体组，有三级。学生为二十五县之官费，额共二百五十名，每名在各县津贴一百元，是以经费仅有此二万五千一百元。其余则自费生一百六十余人，可收膳费八千余元。然经费总数三万余元，仍是不敷常年支出，故今已呈请带征附税，已经批准，将来实行，约可得四万余元，届时可扩充一切也。图书仅八千余册，科学新书仅五百余册。中西画室中有三生临摹石膏像。音乐室亦有风琴三四架。仪器室则甚少，不敷用。学生课外劳作及活动皆无见。有学生年龄甚幼者，询知为附设初中一年级生也。

既出，即至泸县中学。校长不在校。门者通报后，久之久之，始出，谓校长他往，他人正晚餐，无暇招待参观者。余见门上所悬之牌示，官气十足，其内容可想见矣。余与郑君即出，往公园一周。地尚空旷，树木整齐，道路平正。公园门外，有大钟楼一座，甚高。即返宝元泸。聂君青云、郑君星垣、王君樵珊三人邀往餐馆晚餐。餐后在宝元泸公司中为三君指画墨竹三纸，写字二幅。

过泸州登岸一瞥口占二十字写存宝元泸公司

风雨征途苦，快哉泸县行。

片时一流览，亦足慰平生。

即返"民望"轮船，聂、郑二君送余上船而去。余函郁村道谢。在舟中为叶有声等画竹十幅。经理杨成芝将办事室让出为我卧室，优待极矣，是以画竹两纸谢之，又为各人题诗，录下：

为杨成芝君画竹题：

杯酒前宵留宿约，遍舟今日画新枝。

承君送我九百里，墨竹聊存远客思。

竹叶分疏密，墨痕间淡浓。
天然情寄托，弹指历三冬。

为张禹九画竹题：

弹指墨痕见性真，竹枝珍重赠风尘。
江湖水涨春归去，劲节潇湘幻梦身。

为王心纯画竹题：

把晤戎州杯酒欢，今来江上共盘桓。
指痕留墨赠珍重，竹叶纷披子细看。

为卢家声画竹题：

一枝老竿劲，万个叶阴斜。
君是粤东秀，相逢蜀水涯。

为马文藻画竹题：

邂逅风尘里，淋漓指墨留。
竹枝相赠处，恰听水东流。

为王海山画竹题：

相聚蜀江滨，指痕见性真。
一枝聊赠与，纪念在风尘。

是晚余至十一时睡，夜半醒，忽得句云："龙跃天池云直上，鸟惊林隙月悬空。"少顷朦胧睡去。鸡鸣船上，天将明矣。

十五日晨起，因雾，待至九点多钟始开船。行一百七十里至合江。此亦四川省之一等县，由舟中望岸上，居户鳞接，人烟稠密。闻产物以席草、山货、药材为大宗。过合江，行一百二十里，过石城口。崖岸高峻，水势奔腾。午餐后，又行一百六十里至江津停轮。杨经理云，距重庆尚有一百八十里，本日既不能赶到，不如在江津早停，明日上午即可抵重庆矣。余即偕杨经理及马文藩、陈某、毛仁斋四君同登岸闲步。入东门，觉城中街市热闹，马路宽阔，人烟稠密，商况甚佳。行行复行行，由东至西，折而南，至津县政府前，颇见市廛整齐，贸易喧阗。本欲往江津公园一游，因路尚远，故折回。见县立高等小学校一所，校舍规模尚宏。有豫章中学一所，为江西人旅居此间商业者公共所立。道旁见瓷器店，皆赣产也。本日所见，有两种感想：（一）道路宽阔。不但正街如此，即支路亦皆为三合土所造成之马路，足见江津路政在泸县之上。盖泸虽旧府，而道路破坏，无人修理。此间交通方面，路政有如是之整洁，可知修路实为要政之一端。（二）商店整齐。固足表示地方社会安宁状况之一种。而国货店面甚多，关于民食及文化方面之店亦多，如本地所织之各种应用衣帽、巾袜，粮食、酱油、油盐、食用之需，书局、印刷、笔墨、纸张等关于文化事业之用者，均触目皆是也。而外来之洋广各货以及舶来装饰之品，仅占全市三分之一。此皆足以表明江津一邑之良风俗也。又川省人喜以白布缠头，男女皆然，而此间则少数。惟除少数肩担背负之劳工者，均以白布缠头外，只见有数人以白布缠头，而后幅拖有三四尺及五六尺整幅之白布者，是知必为戴孝之人。询之杨君，果然也。迨返轮船，已上灯时矣。晚餐时，有客来访杨君者，知为职业学校之教员。言及有靖江徐君名云，为无锡第三师范毕业生，倘早知侯先生来此，必欢迎至校，或徐君来奉迓也。杨君云，因不知职业地点，故顷间登岸，未往参观耳。少顷，客去，余询杨君何时到渝。杨君云，明日上午。如今日彼蜀通轮开至江津，未停即行，闻彼须开至江口停轮，然亦须明日上午到渝也。

十六日晨由江津开船四十里，因雾停轮江口。俟九点钟雾开，始由江口开行五十里至小南海。风逆流急，至为危险。所谓小南海者，一小山突起江心，高逾十丈，上有绿树丛生，建一观音大士殿，以镇此溜，故名。余得句云："小南海似小孤山，独立江心水四环。绿树一丛高百尺，观音坐镇碧螺鬟。"行三十里至重庆，中间经过数处滩流，其较急者，一曰猫儿峡，一曰鱼洞溪。既至重庆，即别杨经理等，登岸雇轿，往道门口第一模范市场，言明三千四百文，岂知轿夫吸鸦片烟者，无力抬我，登岸至大街，即停轿街中，谓另雇轿抬，我们不能抬矣。余曰："半途如何停下？"彼云："速将钱付我，旁有他轿可坐。汝须给我二千文，其一千四百文，另给抬汝者。"余不应，争持久之，道旁茶馆中人，始出调停，谓另雇一人，肩铺程行李，仍使彼两人抬轿，惟另加一千文与肩者何如。肩者云，非一千四百文不肩。两轿夫允之，然后行。轿夫刁难，此一端也。

选自《西南漫游记》，无锡锡成印刷公司1935年3月版

重游重庆

侯鸿鉴

既至第一模范市场吉记纱号，晤蒋君昆仲曰："来去刚二十七日矣。"于是谈峨眉游况，并询及成都一切状况，较诸重庆如何。余答以重庆为商埠，成都为政治及文化之中心。重庆为山地，成都为平原。但经过龙泉驿、鸦雀口之高山，汽车须盘旋四层而至顶，共越五层之高峻。过去此顶，再须盘旋四层之盘路而至地面，亦为五层。此自下而上，及自上而下，为两日汽车经行之最高处也。午餐后，即有中国银行电话，来询余已回重庆否。尤君答以刚到此。电话中云，有周某者，为侯先生之学生，要来谒见，请少待。嗣以余待两小时，未见有客来，即偕蒋君九皋，同往大佛寺。听澄一和尚讲经，所讲为菩萨品中之"法、佛、僧、戒"四字及无尽灯等，约一小时，听者为寺僧十余人，居士二十余人，信女四五人。澄一和尚高坐法座，仪规甚肃。听者间或有耳语者数人。嗣有一寺僧登坛告假，澄一和尚大发其牢骚语。讲毕即下座，率众僧礼佛诵经一遍，即有二僧一托香炉，一托花瓶前导。赞礼者云："请法师还方丈。"二僧前行，澄一和尚披袈裟缓步前行，向方丈去。僧众始散。

余偕九皋同往重庆公园一周，道遇杨成芝、王心纯等，略聚寒暄而别。公园共有五层之道路，有高亭二，登览风景，至足观也。出公园门，即返吉记。晚餐后，时已八时，与蒋君等略谈，余稍觉倦怠，即卧。

是日接三侄自汉口来信，谓往潢川防区，每星期回汉一次。又接慰女来禀，告以竞校校事，有会考中学三二年级不愿与考者，结果每人各扣品行分数十分。

十七日晨起，早餐后，有中国银行行员名周钧者来，谓其母及其妹皆竞志学生，因得其父在嘉定来信，知侯先生来，故其母及妹同来谒见。余知此为周君耀森之子，其母乃褚兰芳，其妹即周英也。晤谈后事，母询及侯师母健否，并云二十四年前在竞校读书，其女则去年在竞校高小毕业，同来重庆，因毕业文凭遗失，即函竞校，得证明书后，于今年入淑德女学初中一年级。淑德管理甚严，此间重庆女学中之佳校也。学生必两星期告假回家一次。余即约周君今日往淑德参观，谈顷即去。

余应蒋君叔方往某餐楼午餐，在座有周旭人、沈同洽、郑邦一、殷祖寅字文虎、吴本澄字鉴泉、蒋某六君。本约卢作孚、张禹九两君，均以有事未到，盖卢君往北碚、张君往南岸也。

席散，余偕九皋回吉记，而周君孝和钧已久待，乃三人同乘汽车往曾家岩，参观淑德女学。周生英已先到校，导观各客堂、教室及家事实习室、寄宿舍、膳堂、操场、办事室、幼稚园等一周。优点有四：（一）训育注重严格。学生告假，非两星期不准出校。（二）家事轮值烹饪。每三人一组，轮值者另居实习室中。室分三间：一卧室，一起居之室，一烹饪之室，均甚整洁。（三）教员：全校只九人，校长在内，任事多而人数少，校中诸事毕举，足征非常尽职。（四）中学生一百二十六人，仅用男女校工各一人，校中一切洒扫洗涤，均由学生分任之。一男仆为门者，一女仆为伏侍女教员者。以上四端，均为各处女学可取法者。女校长邓莲芳出门未见，见算学教员吴女士，略谈。学生初中一年级七十人，二年级三十四人，三年级二十二人，幼稚生二十四人。妇女工读学校附设在大门以内，有学生二级，约共一百二十人。全体学生共二百七十人。学生学费，每学期四十五元。教员九人，内有外国女教员二人，中国女教员五人，男教员二人。总观此校，校风质朴，用费节俭，而学生成绩，大致尚属可观。设备方面，亦尚敷用。有中华人物地图一幅，为哈尔滨出版。各省有何种人类及所产何物，各以五色版将其人形及各种动植物，均用套版印出。如江苏无锡，则有一工房及烟突，表明吾锡为工业县也。悬挂楼梯上下，人人所能观到之壁上，是亦可见其特殊用意之一端。

自淑德女校出，即偕九皋、孝和至重庆市立第三中心小学参观。校舍新建，颇整齐。学生在运动场游戏活泼。校长陈守瑜女士，省立二女师毕业，不在校中。晤事务邱鹏程，谈悉此校经费，每年六千元零，教员八人，学生初小一年二年三年，高小一年，共四教室，一百二十五人。开办仅一年，一切均在幼稚时代云云。

参观求进中学，校长杨重熙。初中六班三百六十人，高中一班三十四人，共三百九十四人。寄宿生三百七十人。全体教职员三十人。经费每年三万余元，此款为美以美会所出。教员连铸九，招待导观一周，谈悉种种。教科上初中注重职业，在一二年级有农事常识、商业簿记、商业概论等科。训育主张严格，每日六点钟上自修课时，有训育员二人监课。至于各生有所请益及疑问，则各科教员均住校中，随时可以往教员处问询一切。至于学生来学籍贯，则各县均有。高中升学，直接可考入成都华西大学。初中学生学费每学期二十元，高中二十四元，膳费自理，宿费收四元。此校总括优点：（一）教室整洁，布置、设备敷用。（二）有三十余年悠久历史，前办分科中学，已皆毕业升学及服务社会，无失业之人。（三）寄宿生占全部百分之九五，管理上颇为一致。（四）自修监察，训育员始终不懈。（五）初中注重职业，为不升学者计。高中注重理科，为升学上进预备。（六）训育注重严格，观学生态度，尚能于严格之中，寓活泼气象。以上各端均为该校有组织有主张之办法，而行之有效者，惟以时间匆促，适值星期，故未能参观教授为憾耳。

晚间仍乘汽车回小梁子。汽车往返四元五角，均周君东道，颇为感谢。同至吉记，夜谈。晚餐后，周君别去。叔方夫人贾某女士见余，言及十八年前在徐巷竞化第四小学读书时，曾听过余之演说，讲江西遇虎等事。当时仲怀先生召集开原各男女小学听讲，王汝琳、徐志英两女教员率第四竞化学生到河埒口开原第一小学来，大家听得非常高兴。此事回首思之，犹在目前耳。今小女读书到此，竟无相当程度之学校可入，殊为困难。昨闻有同乡周氏有竞志学生在淑德女初中，故欲探听淑德之如何现状也。余告以淑德无插班生，即如周英之入淑德，亦自初中一年级考入。我想寒假时，可以报名投考。此校在重庆，亦可认为优良之女校矣。

十八日晨起，吴君本澄来，偕余及叔方、九皋昆仲同出储奇门，渡江至海棠溪，乘马行十余里，往南山，抵文蜂寺，有文峰塔高耸峰顶。余等至广益初中，晤杨校长芳龄，导观一周。与杨校长谈，悉此校自光绪二十三年（1897年）创办，迄今已三十七年，为英国公谊会出资办理，宗旨与一般教会不同，以革命精神排斥表面仪式，最忌世界战争，无会长、无牧师，凡会员专以和平为主旨。所办学校，其训育亦以和平、求学、努力、进步为旨。现有教职员十六人，学生二百十六人，分六级九班，每级须满四十人以上即分两班，在经济上似觉不甚合算。在教授上师生俱各有益。教授方面，注重职业：初一有商业概论、农业常识，初二有商业簿记，初三有银行簿记。初二三注重生物学，对于各处农产品，大为注意。关于训育方面，注重严格，星期六午后照常有上课，星期无假。有讲演会，辩诘会，有各种娱乐会及研究会。凡关于体育、饮食、电影等，均由学校设法招来校中，为师生同乐之需用。每日五点半钟晨起，即沐浴、自习。七点半早餐。八点钟上课。对于成绩之考查，有月考、学期考，考试不及格者，许以假期补习之机会。补考不及格则留级。超过十学分，品行复劣者，退学。学费每学期十六元，宿费六元，膳费二十八元。新生有保证金十元，杂费三元，电灯费二元五角。全年学校经费支出约两万元，薪工占一万元，特别购置及办公费等一万元。操场广阔，环境甚佳。图书馆藏书，新旧共一万余册。此校特点：（一）宗旨纯正，与普通教会所办学校不同。（二）杨校长学识经验均优，兼课三十小时而校务不废。（三）运动场宽广，左临岷江，右屏文峰，环境绝佳。（四）校舍在山上，距城甚远，学生认真向学，成绩甚佳。（五）毕业生投考各高中之升学者，十取其九。上届毕业生四十人，投考各高中，如金陵、之江、华西等附高中者，四十人中只有一人落第，可见成绩之佳。（六）星期不放假，而处处以师生共同娱乐及研究，是最为兴趣有方法之训育，殊为其他学校所难能可贵者。杨校长赠余以广益章程并广益操场照片一纸，余感谢之。

余偕吴、蒋诸君既别杨校长而出，仍骑马行五里至南山。山中避暑之别墅旅馆甚多，吴君去年曾住一月半，蒋君亦曾住一月。今来气候甚凉，各处胜迹游览一周，有可记述者如下：

（一）梅岭：岭长如吾邑鼋头渚，不过山石多而两旁植梅树，风景似较佳也。

（三）品塔亭：因恰对文峰塔，故名。余有题壁诗云：

"百尺梅花岭，孤悬品塔亭。文峰相对处，时见白云停。"有葛某题联语甚长，语亦佳。

（三）回味泉：山西深处，有清泉潺潺，终年不竭，其味有回甘。余题其名曰回味。余等四人，均以手掬泉饮之而甘。隔数分钟，舌尖愈觉甜润也。

骑马返海棠溪，时已午后二时半，渡江至餐店。午餐后，即返吉记。复往中国银行，应张禹九君之约，演讲四川之教育。余提出华西大学、华美大学、广益初中、巴蜀小学、嘉定幼稚园为四川最优良之校。听者八九十人。讲罢，即晚餐。

是晚有赵君永余、字虞公，为中国经济统计研究所研究员，为中央派来调查工艺者。吾锡同乡曹君天受，为梦渔之侄，学浣之子，新自清华大学毕业来重庆，任某银行会计科之统计员，晤谈之顷，颇以为于五千里外遇同乡，殊出意料外者。其余大都为中行各部主任，有周仲眉，为行长周宣甫先生之令郎，嗜诗文，善昆曲；戴君翼如、罗君时杰，为雁峰之侄；周鹓雏女士，为重庆女师毕业，现任教员，兼任中行办事员；王君、严君等；均于餐后乞予指画墨竹，余均一一允之，并题诗录下：

为周仲眉画竹题：

　　　　不爱莲花爱竹枝，此君嗜好有奇思。
　　　　只因词藻阳湖派，不独文章宗楚辞。

为戴翼如画竹题：

　　　　汉代传宗派，胸中有渭川。
　　　　墨痕弹指处，夺席愧经筵。

为严君画竹题：

> 绿竹漪漪态，新枝淡淡痕。
> 墨余一弹指，亦足见孤根。

为周鹓雏女士画竹题：

> 新枝披影袅，嫩叶着痕微。
> 此是巴山秀，临风映夕晖。

为王新华君画竹题：

> 太原望族重梁溪，移植京津嘉荫齐。
> 难得蜀中欣把晤，指痕乡谊墨痕题。

为罗时杰君画竹题：

> 一竿劲节凌云汉，万个疏枝斗夜寒。
> 莫道墨痕弹指易，聊存纪念学非难。

为唐湛甫君画竹题：

> 夜深墨有余，弹指绘葭竹。
> 户外风拂微，万个摇书屋。

为云阳刘敷五君画竹题：

道出云阳见葭竹，沿江嘉荫四纷披。

我今回首忆前景，万个依稀夕照时。

是晚指画墨竹甚多，尚有数人乞绘者，以时已夜深，恐途中戒严，张君云，明早尚欲赴南温汤，希即待明日再画也可。余曰诺，返吉记，已十一时矣。

十九日晨起，六时偕叔方、九皋盥漱，略食点心，即往四牌坊中国银行寄宿处。赵君已到，即偕周君、张君同行。周君赠余诗三首，余即在途中和诗一首：

愧我苦行者，行踪仅四洲。

狂歌嗟寡合，浴德幸同俦。

品洁莲花比，情深竹影留。

高吟欣辱赐，乐此共遨游。

（今日同往南温泉浴）

出储奇门，渡海棠溪，乘肩舆行二十里至黄葛垩，又行十里至文风场。稍憩，行十里至南温汤。参观巴县乡村师范学校，由杨主任及高、潘两教员导观一周，谈悉一切，所得如下：

（一）名称：巴县乡村建设实验区。"取消乡村师范名义，自本学期起。"

（二）组织：分讲学部、实施部、总务部。区长王平淑，讲学部主任杨励坚，导师若干人。分教务编辑两课，课设主事一人。

（三）编制：分男生两班四组、女生两班两组，有班主任四人，不称学生称学习员。

（四）毕业期：无毕业名义，一分两年，一分四年，两年者视高中程度，四年者视初中程度，经过若干学习时间，其知识能力足以解决乡村问题者，其成绩在乙等以上，即可回充本区或他乡服务，每月须向本区作报告。

（五）教科：注重经史，经用四子书及《诗经》；史男生用《人谱》，女生用《列女传》。选文用周秦诸子及三代古文。经世文用近代文章作文。每五日作一次。

（六）无星期，以十日为一旬，每旬有半日之休息。

（七）训练：分第一训练期、第二训练期，每期以一年为限。

（八）研究：在第二训练期内，即提出种种研究问题，令学生研究。

（九）经费：巴县全邑二万三千余元。每年薪工占百分之五十余，其余为办公费。

（十）导师：男二十五人，女二人。

（十一）学习员：男一百十人，女四十人。

（十二）工役：男工七人，女工无。有时女生宿舍在需用女工时，则教员所雇之女仆临时借用。

以上参观所得，觉有可供研究之问题：（一）规模：集合八乡之学习员而教导之。其实施总务两部，正在实行。统全区而言，规模较大。在两年或四年中，是否能使计划完全实现。（二）不用校长名称、教员学生名称，而改用区长、主任、教导师、学习员，不用星期而用旬日为期，等等，是皆含革命之意义，令人耳目一新。各称虽改，实施如何？训练期虽定，而训练之材料及详细方案尚未宣布。训练之期已过一半，而第二学期训练之细目亦均未见，是皆足以使参观者怀疑之处。（三）卫生常识，学习员尚未周知。（四）训练中心人材，是否集中，抑分工，是皆宜早为详订办法，以实施之者。

总其优点：（一）经费不多，而校地宽广，事业宏大，殊堪钦佩。（二）师生共同起居，饮食甘苦相共，最足见精神处。（三）学习员之实习工作，颇见能耐劳苦。（四）女学习员四十人，不用女工，一切均由女学习员自己操劳，养成真正家庭整理、社会服务之人才，至为得当。以上四端，均实验区草创之良好现象也。

往附小参观，办理亦质朴无华。观仙女洞、王向氏绝命诗碑亭等古迹而出。余等参观毕，即往小汤山餐馆。午餐毕，即乘小舟，在溪中荡舟缓行，一路风景之佳，殊令人欣快无涯。盖溪上山崖，怪石突出，或钟乳倒垂于岩洞，或藤萝高挂于危崖，而树木丛茂，竹柏两种尤多。往往竹荫纷披中，小鸟啾啾而鸣。又见水中乱石一堆，有翠鸟见人而惊飞。又有泥石高堆溪心，远望之，似江中滟滪，又似小孤山模样，所谓具体而微者是。行数里，张君禹九指一高崖云，此夏日瀑布高飞约十数丈，水花澎湃，飞越隔岸。人在此间舟行，可于水雾中过。今虽冬枯，而一洞犹在，旁有一碣，曰飞泉。行里许，有一矶突出，舟绕而过。则对岸崖上，大书"王向氏殉节处"。盖昔有王向氏，结褵未满一年，夫死家贫。事翁姑，抚小姑茗叔，以针黹自养，历七年。有以再醮之说进者，氏痛愤欲绝，即作绝命诗十首，而投溪流以死。后人悯其节孝，特建碑亭，以刻其诗，特志殉节处，以彰其迹。过此则风景虽佳，恐时将晚，乃回舟，过弓桥渡月，又行里许而停舟登岸。行数百步，但闻水声淙淙。遥望之，盖悬崖层积，自上而下，凡五层之瀑布，每层约七八尺或丈余，衔接而下，奔腾飞泻如白练，壮阔非常。雄壮之声，愈近愈大。停观久之，而勾绘一图而返。至青年分会少憩。有旅舍、有图书室，藏书数百册，供人观览。步行返旅馆，即晚餐。是日所得诗数首：

弓桥渡月

一溪碧晕平流水，五洞横飞卧月虹。
有客来游荡舟过，宛然人坐绿阴中。

节妇诗碑

呜咽当年绝命词，曷堪拂藓认碑诗。
即今舟过高崖下，金碧辉煌夕照时。

响泉飞画

一路溪行闻有声，登临始见响泉鸣。
画图半幅飞泉外，独听潺潺气自横。

花溪荡舟

昨日南山匹马游，今朝溪上荡轻舟。
此间别有好风景，竹影萧疏鸟语啾。

再叠仲眉原韵

白鸥戏波面，翠鸟语沙洲。
莫谈仁智见，且询水山俦。
竹影花溪梦，雪泥鸿爪留。
花深帘不卷，待月广寒游。

　　是晚温泉浴，觉此间之水，与北碚之温泉不同。北碚之温泉多石灰质，温度仅三十八度。此间温泉多硫黄质，温度为四十五度。小汤山旅馆，设备较北碚温泉为佳。余与叔方一室，赵君与九皋一室，张、周二君一室。翌晨，九皋与赵君及张、周二君，又往温泉浴。余与叔方因时间匆促，不及再浴也。

二十日晨，餐后即乘轿行数百步。乘小舟二：余等坐一舟，肩舆及舆夫另一舟。沿溪行两里许，过飞泉及王向氏殉节处。余与仲眉以晓起溪行，风景特佳，即成联句一首录下：

> 杯水苍茫境，（侯）
>
> 人从雾里来。（周）
>
> 风微衣带湿，（侯）
>
> 云压嶂难开。（周）
>
> 路僻溪多竹，（周）
>
> 潭空石篆苔。
>
> 轻艘回首望，
>
> 初日透林隈。

江中的渡船

舟行三里，登岸乘轿，行十五里，至李家渡，雇小舟下行，至杏春门，登岸乘轿，别张、周、赵三君而返模范市场。卢作孚君来谈，知余欲行，并介绍民强轮船之公司及宜昌民生公司之函，余为之感谢不止。盖余来川不觉已月余，收拾行装，拟明晨即离重庆矣。乃青年会总干事黄次咸、干事高毓嵩来电话，邀往青年会午餐。余以行装将发，不及往会参观谢之。少顷，卢君谈次别去。青年会又来电话，务请履会一谈。不得已，即偕九皋同往青年会，参观网球场、电影院、图书馆、民众问字处、娱乐室等。午餐，与黄、高二君谈，悉青年会事业，始于数年前，集款两万元，开始建筑此屋，以为基础，继即办理社教事业及青年改革旧时不良习惯，以养其固有之道德。于是凡入会者，概不嗜烟酒。有邓善秋先生，倡捐二万元，办理各种慈善事业及教育事业。现有民众学校两所，幼稚园一所。对于体育方面，亦颇注意国术，每晨上操者有八十余人，入会者收费二元。此外会中各种阅书、上操等种种权利，均能共同享受。图书室之阅书报者，每日共有一千四百余人。借书出会阅览者，每日平均有五十人。餐后王、高二君又殷勤导观民众学校、幼稚园等，均见设备楚楚可观，不禁赞叹不止。别王、高二君而往中国银行，由张君禹九、周君仲眉、蒋君叔方及周鹓雏女士导往四川省立第二女子师范学校参观。以周鹓雏女士为二女师毕业生，且今任小学教科，已先向校中接洽，故导往校中。由训育主任荣昌余海鹏女士接见，导观一周。余女士一见余面，便云二十年不见矣。盖昔为北洋女师毕业，曾在天津听余演讲过者。余亦垂询一切。校长曾纪瑞不在校中。教职员全体五十五人，内女教员十一人。学生高师三级一百十四人，高中三级九十二人，初中三级一百二十二人，共三百三十八人；小学四百零八人，幼稚园一百四十人，全校共八百八十六人。见高师一年级算术月考，高师二年级国文杨教员讲庾子山《哀江南赋》。其余各教室，均在自习时间及文理艺术选科钟点，有上动物学课者，有上手工课者。经费全年预算四万余元。小学上乐歌课，温游子心一歌及其他各歌。教者手指纯熟，学生音节尚合。宿舍，学生全体寄宿。对于训育方面，主张严格，寝室内殊为整洁可观。图书馆有新旧书籍一万四千余册，杂志二十余种，每日阅书者，有百人左右。学生课外体育，有级赛、球类、演说会、学生会，均包括在校友会中，无家事课。仲眉带一手镜，为余等四人与海鹏女主任摄影一张，以留纪念。即别。

返吉记，收拾行装，将卢君送来公票一纸，向公票房购房舱，计二十四元，至宜昌，半价十二元。晚餐后，别蒋君叔方行。蒋君适以航空信期，不克送余，乃命九皋及唐君世樑并店友某君及出店某四人，送余乘轿。出城，检查行李，余示以护照，乃罢。抵江边，乘渡船，往南岸登"民强"轮船。舟人索价甚昂，继以七角送上轮船。余此行，入川到重庆，住吉记，及卢、张两君之介绍，各内地之民生公司及中国银行之招待，临行得诗一首以谢之：

同乡戚谊感三径，异地朋侪契二人。
建设专家经济士，蜀中到处远迎宾。

九皋、世樑等既送余上船后，余遂携卢君之介绍函晤"民强"蒙华章经理，即命茶房置余行李于特别房舱（官舱），九皋、世樑等四人遂别去。余既安放行李后，即询及同官舱之客二人：一谢君，赣人，商业银行。一李则尧，川人，第二师参谋。均和蔼可亲，惟谢君吸烟。蒙经理知余不吸烟者，问余要调换房间否，余谢以不必。时有船中大副来，蒙君云："此大副宋君也。"宋君云："四年不见矣。"盖宋君为吴淞水产学校同学，四年前曾在镇江晤谈于省运动会中者。今日欣然把晤，快何如之。于是宋君邀余至大副室中谈。此室恰邻余室，因纵谈至深夜而返舱安眠。宋君鸣皋，字天声，海门人。

　　　　选自《西南漫游记》，无锡锡成印刷公司1935年3月版

由重庆至宜昌

侯鸿鉴

二十一日晨起，七点半钟开轮船。行甚疾，十点半已抵长寿，自重庆至长寿一百八十里。自长寿行一百二十里，午后半点钟至涪州。自涪州行一百二十里，两点半钟至丰都。停舟十分钟，下客。时有丰都李县长，江西抚州人，亦乘此船，与余谈话，因询及丰都教育，藉知概况如下：

（一）县立中学一校，编制初中一二三年三级，学生八十余人，有附小六级，学生一百七十八人，共不满三百人。经费年支四万元。

（二）私立女子中学一校。学生初中一二三年级，六十余人，有附小六级，学生一百余人。经费除收学费外，县款补助三千元。

（三）县立完全小学，城区一校，四乡六校，学生不满七百人。经费年支七千余元。

（四）区立完全小学六校，初小十二校，学生不满千人。年支经费八千余元。

（五）私立小学十余所，学生不满七百人。年约经费四千余元。

（六）丰都户口四十万，学龄儿童约十万，已入学者仅百分之三耳，去普及甚远云。

自丰都至忠州，五点零五分。行一百五十里。又行六十里，至石宝寨，停轮时已六点钟矣。

二十二日晨起，七点钟开轮，行一百二十余里，九点一刻钟至万县，停轮装货，盐包、黄表纸、橘子等，装船甚多。谢君登岸，室中仅余与李君矣。盖昨日余因烟味难闻，故终日在宋大副室补记日记。十二点开轮，行一百三十里，两点半钟至云阳。又行一百四十里，四点五十三分至夔府，停船下客。六点二十分，行九十里，至巫山，停轮。是日余至夔府时，见山势奇险，门户高峻，舟中川人皆云："此吾川门户也。"滩声甚急，浪穿船首，而水花四溅。从江流宽阔中，忽转折束成极隘之山峡。舟行其中，天风狂吼，迎面而来。客有既戴棉帽，复裹毛巾者，有披羊裘而又言风冷者，询余怕风否。余答以死且不怕，胡怕风为，皆大笑。余前日过夔府，未及细领夔门风景。此次由川出夔门，因绘一图并赋诗云：

夔门自古称天险，山势争雄咽水流。
两岸啼猿今绝迹，一滩卧虎晚生愁。
往来白帝城遥望，峻拔苍崖道凿留。
迅速画图勾半幅，夕阳旋绕送轻舟。

（沿崖小道为鲍超所凿。）

是日，又为蒙经理应民生公司征集各轮舟歌词两阕录下：

驾驶歌

浩浩川江，往来七百有余里。
滩险重重，指挥终日波涛里。
巫山峡，崆岭滩，惊心直履安全地。

洪水来，枯水去，四时任我轮机驶。

罗盘对准，舵工把稳，始终不懈，主持到底。

水手歌

走川江，齐用力。大家勤快，各人自立。

好男儿，齐用力。耐苦耐劳，胜优败劣。

洪水当心，枯水用力。

竹竿量水不模糊，傍岸抛锚当谨惕。

朝朝夕夕，大家努力。

懒惰两字，是我们的公敌。

道过万县，有英国军舰一艘，名嵯峨，舰上水军，正在练习军乐。敌舰驶入内地，可胜叹哉。

今日宋君遣茶房登岸购鸡两只，午晚两餐，炖鸡市酒，飨余及蒙经理等。余数日未饮，今晚觉微醺，又得四诗以赠宋君，即为画竹四帧，题其端，以谢宋君焉。

春雨宵滋笋透泥，婆婆嫩竹荫庭西。

东风三月桃花落，犹有高校来凤栖。

夏日炎威逼，扶疏竹影凉。

北窗读新句，籍此障斜阳。

秋风扫三径，落叶满阶除。

只有凌霄竹，犹堪荫敞庐。

冬岭有葭竹，老竿挺远峰。

　　　　试看风雪里，好友契梅松。

又为蒙经理画竹，题诗一首，录下：

　　　　一竿老竹凌霄上，万个新阴蔽户寒。
　　　　回首峨山白葭影，为君写照蜀江干。

　　是晚有田君峻农，涪陵人，往湖南大庸任连长，年少而才俊，偕刘君天柱及张君、管君、马君等数人，见余画竹题诗，因询余养生之道，于是惹起余之痛苦观念，即于蒙经理室中，演讲余之痛苦教育。兴趣浓厚，舟中乘客环而听者十数人，直至夜深约十二点钟而散。
　　二十三日晨六点钟闻开轮声，即披衣起。立船头，观巫山十二峰，得诗云：

　　　　峰峰烟雾迷峰顶，两岸山容变幻多。
　　　　忽似老人披絮帽，又疑神女隐云窝。
　　　　层峦叠嶂九霄耸，峭壁危崖百尺峨。
　　　　远近高低浓淡里，传神写不尽婳娜。

　　过巫峡后，早餐。过泄滩，又过清滩。川中谚语："清滩泄滩不足道，还有崆岭鬼门关。"以崆岭比鬼门关，想见崆岭之奇险矣。然而清滩、泄滩，吾来时已觉山奇石乱，滩势甚险矣，今日过此两滩，"民强"之轮不大，颇觉震荡摇动，滩声震耳，余有句云：

　　　　清滩转折泄滩急，两处奔腾震耳声。

一路颠簸溜太险，浪花喷雪拥舟轻。

少顷过崆岭，余得句云：

果然崆岭形危险，水急滩流势益奇。
磐石高横三曲折，江心航线字成之。
（航路曲折成"之"字形。）

上午为"民强"王买办新昆绘竹，题句云：

西风吹不尽，又耐北风寒。
生长蜀山峡，萧森气郁盘。

为同舟诸客画竹题句：
为田峻农题：

朔风寒逼蜀江干，落叶荒原鸟道盘。
只有孤竿坚劲节，任他世乱莫悲观。

为刘天柱题：

邂逅蜀江干，纵谈深夜寒。
一枝聊赠与，指墨洒琅玕。

为李则尧题：

今日是何日，霜风落木时。

同舟应共济，劲节敢和欺。

午餐时，有刘君绍介北平美术专校二年生杨女士来乞画竹。因无纸，答以到宜昌交通银行，购纸来，再画可也。

本日所行之水程及"民强"船之吨数、马力等，宋大副告我以确数，录下：

自巫山行一百四十里至巴东，时九点半钟。又行五十里至泄滩，五十里至清滩，停轮，十一点零五分，停二十五分钟。行六十里至崆岭，一百五十里至宜昌，时为午后两点半钟。

"民强"总吨数三百八十吨零三三，登记吨数二百四十五吨零一一。吃水前三尺八寸，后三尺八寸。速力十一海里。船长一百三十尺，宽二十一尺零六寸。引擎为德国新制柴油机，机器马力为五百二十四。

轮船既到宜昌，乘客雇划船登岸。而税关检查者一再搜查，竟有客人带少数鸦片而未报关者。搜出十余包，据云值仅数十元耳，不但充公，尚须议罚云。蒙经理告我谓检查之苛，既非一机关可了。在船查过，登岸仍须检查，无一幸免者，为之嗟叹不止。时轮机开往亚细亚煤油公司装货，故宋大副送余乘小船往美孚码头登岸，雇人力车至二马路交通银行。道遇民生公司宜昌经理李君肇基，约晚谈。既抵交通银行，晤谭种莘经理。谈次，即留晚餐。宋君回船，余偕谭君出门闲步，见宜昌市场，分新旧两处：一马路、二马路、通惠路、滨江街为新市场，其余环城马路及南门外护城街为旧市场，商号两方相勒。宜昌城墙已拆去，惟留南城门及城上关帝庙之古迹而已。宜昌商货，除鸦片外，以盐、油、漆四种为大宗。盐、糖皆川货，油、漆则为本地所产。晚间亦无夜市，七八点钟已皆收店矣。至滨江街民生公司晤李君肇基，知李君于民九曾到吾锡参观竞志，当时彼任滤县教育局事。十二年又往南京，入高师选科后，再往锡参观。十七年后卢经理即邀任民生公司，迄今已四年余矣。谈次，知明日星期，后日圣诞节，封关三日，各船下水，皆无开者，非待四五日不得行。余为之闷甚，即别李君，而偕谭君回中行，闭户补记日记。

出川抵宜昌追思蜀中风景古迹

蜀道艰难虽已过，川江风景足追思。

夔门天险峨眉秀，崆岭滩危巫峡奇。

工部草堂秋雨破，武侯祠宇夕阳移。

凌云大佛俯江水，曲水流杯尚有池。

姊归吊屈大夫

姊胡归兮姊胡归，弟死汨罗兮忠君，报国心未违。

姊负遗骸兮，弟魂千里其相依。

客闻姊归之名兮，莫不悲叹而嘘唏。

我今独采吊古兮，汀兰沅芷空斜晖。

选自《西南漫游记》，无锡锡成印刷公司1935年3月版

重庆观感录

徐蔚南

　　重庆是被称为山城的，走路要稍稍麻烦一点，但是土地真肥沃，任何土地都可以种植，农产品是丰饶之至。一到重庆最动人的，最刺眼睛的，便是那累累金黄色的柑子。在上海久已没有花旗橘子吃了，那种东洋货冒牌花旗橘子也要卖储备票五元一个，滋味大坏，而重庆的柑子，却这么鲜美，价目虽说现在已贵，也不过三四元一个。据说美国橘子还是重庆的种子呢。茶叶是已经国营了，其实柑子也大可国营一下，产量既那么丰富，品质既那么优良，消费既那么大量。番薯与红莱菔多么巨大啊，菜蔬多么肥胖啊。重庆任何农产品都有，而任何农产品的品质与产量都是甲等。重庆是不忧食粮的匮乏的。

　　重庆是山城，在山中开洞而造防空室。真是世界第一。房屋是可以被炸毁的，而山洞却不会被炸坍，市民生命的保障，在这世界大战中，还有什么地方可以比得过呢？

　　重庆因被轰炸而房屋缺少。但如复兴关那么朴素简洁的建筑，却又在轰炸后一座座落成了。嘉陵江边的房子更造得美丽可爱，就是自己无福去住，眼睛却已享受了。

　　重庆是陪都，是人才集中之地，能够在重庆立足的都是第一等好汉。譬如重庆一个司机，他是走过千万里最危险的山

江边小镇

路的，远比上海的司机要经验丰富得多了。重庆一个工友，他是见过多少党国柱石，目睹多少伟大的场面，经手多少重要事件，他们有的是见识，更有的是经验，有的是机智，他不会小觑你，但也无从欺骗他。就是重庆商人，也比旁地高明百倍，他们是发了财了，固然是发国难财，但也不容易，他们从上海经营起，迁移到香港，迁移到仰光，迁移到昆明，眼光准，手段棘，感情联络得巧，他们发点财也是用尽心计得来的。至于文化人，重庆更是多至不可胜数，在战争前，中国地方大，文化人散在南北，有什么海派京派之别，现在不论海派京派一古脑儿都聚汇到陪都里来，各显本领，互相竞争，造成一个很热闹的场面。

我到桂林时，就有人对我说，到重庆，第一话剧不可不看。上海沦陷区里的话剧也很发达，表现得也极好，总觉得不畅快，不过瘾。到重庆后虽则只看得一次话剧却觉得真不错。他们争生存，不得不认真地工作。好剧本也比较一天多一天，导演的才能也一天尖锐一天，无怪话剧表现，场场客满，买票子像抢发财票。

重庆现在已不是重庆人的重庆，是四川人的重庆，是全中国人的重庆，是世界的重庆了，重庆是国际化的大都市，是全世界战场的大本营的一个。上海话、北平话、英国话、苏联话、法国话甚至日本话，你在重庆都可以听到。你说任何一种话，也有人来听懂你。

重庆生活程度日高，一般月薪者的公务人员以及教员等等大都入不敷出，手头很窘，不免叹穷，可是他们都能挺起脊梁，苦干到底，这是何等的精神！

也许有人要说我太恭维重庆，说得重庆太好了，那末我来说重庆的坏话。

重庆的道路不好走，第一、是因为多的山坡，走上走下，要你喘不过气来。第二、路面是烂泥，一下雨变成泥浆，稍不留神，便滑到地上。代步为公共汽车、马车、黄包车、滑杆、轿子等等。公共汽车太挤，黄包车下坡如乘飞机太危险，坐滑杆身体弯曲如虾，轿子太贵，只有马车最好，那马车的样式很好，马铃的声响很好听，可惜限于地域。

重庆的臭虫虱子太多，清除实在不易。最讨厌是重庆老鼠，不怕太阳不怕人，大得像猫，黑夜固然跳梁，白天也出来抢食。仅存的一些衣服与书籍，耗子还是妒忌，要来咬破了方罢休，而且重庆老鼠，据说有毒，猫吃了要生病。

重庆做法事的风俗有点不顺眼，一个赤裸着上身的男人，头上结块手巾，裤脚管上系了三方画虎皮纹的布，口中念念有词，似哭似唱，一手提把切菜刀，一手紧握一只鸡喉管，翻筋斗，踏方步，似痴似狂，接着把刀切破鸡喉管，将鸡血滴在门口地上碗中鸡蛋上，又滴在纸上，作法事的时候，锣鼓敲得镇天响，仿佛是在做京戏，这种见神见鬼的法事，在风土学家的眼中，自然觉得大有意思，很可作为研究资料。但在我们上海人看来，实在有点惹气，在两路口，两浮支路的山坡下，夜夜听见锣鼓喧天，就是那种法事的举行。

四川风景是驰名于天下的，就是重庆，实在也不坏。沿嘉陵江牛角沱一带，马路已修得很好，江边风景尤佳，可惜靠江这一边，造了许多小房子，将风景完全遮去，真是杀风景！

我来重庆时间短，好坏两方面看不清楚，上面所说的，只是我的最初印象，如果住得久了，也许倒转来，觉得重庆老鼠非惟不讨厌，而且可爱了，这也是并非不可能之事，其余可以类推。

到了重庆，最给我温暖的，到底以友谊为第一。多年不见面的亲长，用最亲昵态度来接待我，一般老同事老同学知道我来重庆，他们一方面感叹，一方面欣喜。几个最知己的友侣，他们知道我来了，便到处打听我的地址，特地里赶来找我，知道我丢了墨水笔，便把自己用的给了我，并且因为重庆生活程度高，为我有限的经济担忧，他们没有闲工夫来伴我，可是恋恋地要和我在一起，至少五分钟。他们希望我留在重庆，又以为不如回上海，从他们的矛盾的心理中，看见了他们的真实友情。热烘烘的，苦痛的，隐秘的，深刻的厚爱。

有位年轻的太太讲述她最近的一段生活道："有一天，我同了宝宝和宝宝的爸爸一起出去吃中饭，因为节省起见，决定到社会服务处的餐厅里去吃，那里每客饭只要七元，比任何饭馆的客饭便宜，而且二客饭可以三个人吃，宝宝也有得吃了，可是在那里，要等旁人饭毕，有空位置，方可坐下去，先站在旁边，看人家吃，不得走开，否则永远没有空位子，宝宝看见旁人吃饭，来不及的样子，时刻向我吵闹要饭吃。他只有二岁半，也无怪他贪嘴，说好说歹把他骗住，居然有空位了，饭菜端来了。宝宝坐我膝上，我想自己吃一口，接着喂宝宝一口，我自己没有吃早饭，实在也需要吃饭了啊。可是宝宝不答应，他要自己吃饭，他要自己夹菜。我禁止他乱搅，他便大哭了。这时整个饭堂里的人都望着我看，那几百只眼睛光似在责备我扰乱秩序，我难为情得很，我怨恨宝宝，叫宝宝的爸爸抱去骗他。可是宝宝不要爸爸，要我，还是哭泣。爸爸抱去骗他，夹菜给他吃也无用，还是哭泣。爸爸发怒了，把他立在地上，他哭得更响了。没有法想，只有我来抱他，放在膝上，由他去乱搅，宝宝不哭了，可是我一口饭也没有吃。站在桌旁等饭吃的人，眼睛望我，仿佛谴责我不会做母亲，吃饭时间占得太长久了，不应当到这种公共食堂里来吃的。我真想哭出来，但我无论如何要噙住我的眼泪不使他流下来。我肚子是的确饿了，但为了免得宝宝哭泣，我忍受着饥饿。等到一桌上其余二人吃毕了，宝宝的爸爸也吃毕了，我们就站起来，让位给等待着的人。我空着肚子进膳堂，我仍旧带着空肚子走出膳堂，走到社会服务处的门前，宝宝的爸爸还说我太宠了宝宝，费了饭钞；自己却没有吃……"

她讲到这儿，我看见她眼镜下的眼睛里快要流出泪水来了，但她又忍住了眼泪微笑说："这便是我最近生活的一断片。"像这么描述的真实言语，从亲切的友人的嘴里讲出，叫我如何不感动呢？如何不感友谊的深刻呢？

　　给我最温暖的是深刻的友谊，给我最感痛苦的也就是深刻的友谊，当我到了重庆以后。

　　在重庆是空闲的，便写出从上海到重庆旅途上一切，可是所写的并不是一气呼成的，是断断续续写成的，有的最初用文言写的，现在勉强改作白话，有的是在旅途记在怀中日记簿上的，有的是回忆补写的，杂乱脱漏，当然很多，但已写了三万字左右，也可以搁笔了。

衣着的故事

徐蔚南

从沦陷区中出来时，是在十二月的上旬，身上穿的自然是寒衣。为了与正式商人一起走路，为了免去敌人检查时的麻烦，自然穿的是长袍子，俨然也是一个商人。

脱出沦陷区时的心理是很简单的，就是希望安全，行李愈少带愈好。因为是冬天，于是计划把全年的衣服都穿在身上。

着肉是穿上汗衫汗裤。汗衫之外，两件羊毛衫。羊毛衫外是一件老布衫。布衫外一件丝棉袄。丝棉袄外是一件驼绒袍子，外面再加一布单袍。下身汗裤外一条老布裤，老布裤外再是一条丝棉裤。

这样打扮，虽则略为臃肿，但足够一年的应用了。只要顺着季节的气候，一件一件地脱下来就是了。譬如到春天，把丝棉衣裤脱去，穿一件羊毛衫，加一件驼绒袍就够了，到了夏天，只穿汗衣，单袍。

及至到达山岳地带，一日之间，气候数变，身上计划应用一年的衣衫，在一天之内就实用到，觉得非常便利。可是在都市里生活，这计划的衣衫却感到困难了！第一所接触的人物，他们穿的，至少是笔挺的中山装，洋装，有的是最好的全新英国货的制品。混在他们中间，即自己并不自惭形秽，在这群人物眼中，也觉得此人寒酸极了！就是穿中国装，也得改换改换，如何老是这一件布袍！他们这样想时，有点很幽默的思想闪到他们的脑子里了，迫不及待地向我说道："汉口地方有句俗语道，'时不分春夏秋冬'，你老兄的一件袍子，倒可称为：'衣不分春夏秋冬'了！"我说"我就靠这件袍子穿过封锁线的"。这是一句聊以解嘲的话，逢到人家对于我的衣衫发生印象时，我就说这句话，所以这句话，我已不知说了几千几百遍了。同时，这句话对于身上的袍子仿佛也起了一种辩护作用，意思就是穿了这件布袍我才得脱出封锁线，假使穿了高贵的洋装，英国货哔叽制品，像你老兄所穿的，恐怕反而走不出了。

对于穿衣服，我素来有种主张，就是穿得不美丽，但必须清洁，挺括，很有精神的样子。奇装异服，固然只配女同志去专利，不必谈起，而衣衫破陋，实在也要不得。常见有一位先生身上穿一件布袍子，破了太太没有替他补，脚上登一双破了头的布鞋，他对着人总说起他的衣服破了鞋破了，而仍有怡然自乐之态，人家称赞他能吃苦，我却不甚欢喜他的样子，虽则我穿着和他同样的布袍，至少我有点讨厌他的态度，就是他有点"穷骄富傲"的态度。一般花花公子穿着漂亮衣裳目空一切固然可厌，而穿着破旧衣衫的，老是对着人说，我穿着破衣哪！那股"穷骄"的气息实在也有点要不得。

初到重庆时就有人告诉我，出门拜访，须得稍稍注意衣着，譬如拜谒某公，应穿中山装，致候某人，则须上品的洋服，访问某家，则可穿长袍。从这好意的指示中，知道此间人物对于衣着的研究如何深刻了，无奈我全部的财产，四季的衣衫，尽在七尺之躯上了，要变换也无从变换起。

曾在武汉时留下一大箱衣服的，而且蒙友人的好意，当武汉撤退时，代将衣箱被褥运至川中。可是这四五年间朋友们将我的衣着用的用了，卖的卖了，简直一无所有了。原来我也不希望那一箱的衣服的了。自己不用，朋友要用时，为什么不给朋友们用？用我衣着的朋友中间，有一个青年竟以胃出血而逝世了，哀悼且不暇，更那里会记起他用了我什么衣服。

在某一个地方，我曾和一个衣服丽都的朋友住在一起，他对于衣着时常发表意见，我只恭聆他的高论，半句也不插入，因为我自己明白，没有方法可以准备向家中拿几万元来制备新装的。有一天一个朋友来访我，恰巧衣服考究的同居者也在室中。我们随便谈着天，我的朋友也许恐怕我被同居人所轻视，他代我吹起来了，他说我从前也有过上品的西装中山装以及中装的，现在弄光了，今番从沦陷区里出来，衣服又不能多带，只有身上的衣衫。他的意思是要我的同居者同情于我的衣衫，而不以我的衣衫而轻视了我。朋友的好意，诚然使我非常的感激，但同时也叫我忸怩不安。倒如一个败落户，有人替他吹从前如何如何的富厚阔绰，在听的人的心里，只有引起对破落户的一种鄙视，却决不会重视破落户之所以破落的，更不会改变着当时对破落户的成见。

有几位亲戚的太太小姐，我到了这里应得去拜访一下。他们要请我上馆子。他们穿着多华丽的衣衫而出门了。我实在有点不敢和他们在一起。在一丛玫瑰花，红的妃色的乳白色的花朵，碧绿的枝叶中间，一条灰色的小毛虫，那情景多么索然，悚然！他们在路上走时，我是一个人走在前面，或者一个人跟在后面，从不敢和他们中间任何一人并行的。我不愿做玫瑰花中间的一个小毛虫。

记得在桂林时，有一家加啡店开幕，以某种的机缘，我也被邀去参加了。开幕的第一个晚上，何况又是加啡店的开幕，高贵的男女的中西来宾，不用说，花团锦簇，而我呢深灰色的布袍，还挟着一顶雨伞在胁下，这样一个道地的乡下老，推进门去，自然立刻吸住全座的眼光！这百多只的眼睛，没有一只不带着奇异的光彩的。如果是一个专门爱好人家特别注意他的人，我的衣装，倒是一个引人注意的方法。可惜我不特不是那一类人，而且平素最怕引人注意，在任何方面，我不愿意做一个"出众"的人，我所尽力追求的是一切的平淡无奇。所以在衣着方面，我不愿意穿得太破烂得不像样，我也不愿意穿得像花蝴蝶。我要穿得平淡无奇，如果做公务员，便得和普通一般公务员无异，不要叫人发生任何的印象。现在却到底叫人发生印象，而且是那么不佳的印象，真叫我对自己无法安排了！

青年时代谁不有好胜的心理？而我的青年时代久已过去了，好胜的心理也久成为过去。及至中日全面战争发生，我尽力要做一个平庸的爱国的人民。爱国是像老百姓一样的爱国，平庸和老百姓一样的平庸，我任何方面不愿意表现特异的倾向。我工作了，却没有特异的工作，耸人听闻的工作。我生活着，却没有过例外的生活，平淡到像战争时受难的老百姓一样的生活。我走出沦陷区时安排着平淡的衣装。岂知平淡的衣装在自由都市中却反而会引起不平淡的印象！

一双穿了一年又半的皮鞋，因为车胎底坚实一点，所以穿着到内地来，经过几千里的奔走，这双鞋子已满面风尘了。有一天，在社会服务处旁边给擦皮鞋的邀住，就化了三块钱一擦，居然擦得乌黑光亮。我也想不到这一双忠实的老皮鞋，一经磨擦，竟能神光焕发，一旦扬眉吐气似的，替皮鞋很高兴，自己也很高兴。可是因为没有替换，这对皮鞋日夜服务，不辞劳瘁，而已日就衰颓了，有的地方已脱线了，有点地方像患冻疮而龟裂了，惟其因为鞋子的日益衰老，我却愈爱惜起来，只有贫穷的朋友互相爱惜啊！

在需要奔走的重庆，袜子的消耗比鞋子更大。我虽带着十来双的袜子的，可是到一处歇宿，袜子必然遗失一双，简直毫无例外，待至上饶时已经添购，价目是愈贵了，破碎也更容易了。平常看见人家虽则穿着袜子，而袜子破了露出后跟，心上总觉得不舒服。现在轮到自己也将如此，心上担忧着，总不要露出后跟才行。为使袜子坚固起见，为节省起见，模仿旁人，叫缝婆去上一个布袜底，每双十二元。可是袜底虽坚，仍无补于脚跟的易破。于是袜子的消耗，仍成为一宗巨大的支出。假使经常一件夹布袍子之外，经常又是一双脚跟赤露的袜子，那不是更要引人注意了吗？

衣服领头脱线了，纽扣掉了，在家里自有妻子管理。一离开家，便不得不自己动手。于是我的钱袋中，不仅装法币，并且也装缝针与纱线了。缝针在女人的手里多么灵活，而一到我们男子手中却何等的重笨！一根纱线穿过针孔的艰难实在不下于骆驼的想穿过。"慈母手中线，游子身上衣"，要游子手握着缝针时才能感觉得这诗句的深意。

无论什么人，无论什么年纪，幼稚的行动多少会有一点，我也不能例外。关于衣服鞋袜，我虽则力有所未逮，但我也特意到拍卖行成衣店里去看看。拍卖行的中西衣服着实不少，从冬季用的到夏衣都有，可是定的价目，在我眼中总是觉得太贵了。战前十余元一套新的潘别去的中山装，现在是一套旧的定价二千五百元！一件花呢的上装，并不是上品货料，只是没有污迹，比较挺括一点，定价二千五百元。至于成衣店里，好的衣料还是有的，可是价目，看看那数目字中间仿佛要爆发出火花来，就在玻窗外望望已够，更不必进店，何况走进店去也并没有力去定制。在成衣店门口立着时，忽见一位老朋友走来，他是到这店里取一套新制的草绿色呢的中山装。我就跟他到店里，去看他穿着，矮胖的身材，无论怎样的衣裳穿上去总是不好看，他便如批评家一样，尽力指摘缺点，什么肩上不平伏，什么裤裆太大，噜苏一大堆，好在裁缝的嘴吧，是受过特别训练的，一切的指摘都有一个极好的答覆，而"这样子是现在最时行"一句话尤其有力量。结果，新衣服就穿在身上，旧衣裳包在包袱里，我的朋友堂而皇之和我一齐走出店门了。我的朋友便滔滔不绝讲他这套新衣服的经历。原来这种衣料是什么部里平价发售的，他怎样转托朋友，设法弄到一套衣料，只出法币六百元，旁的人绝对办不到的，他又怎样叫这成衣店裁制，手工钱只出二百元，又是别的人绝对办不到的。总之，他有办法，他以最低的价格弄得一套新衣裳，要我五体投地佩服，我是五体投地佩服他了！

有一次站在行人道上看壁上贴着的报纸，一个衣服丽都的青年，胁下挟着一套花呢的洋服，也挤到我旁边来看报。那胁下的一套洋服在白报纸包裹中露出脸来，仿佛向我示威似的。那青年没有注意我在注意他的胁下的衣服，他却时时留意他左边的那个短衣的工人，他把衣服愈挟愈紧，连白报纸都挟碎了。其实不必恐惧的，在青天白日之下，谁敢抢了他，偷了他，至多使人羡慕不止而已。

重庆土著，身上穿着破布袍，头上裹着一条白布，赤着一双足，坦然地走着。谁都不敢轻视，原来他们装束虽然如此简陋，他的田地却很多。这样的一位土著，也许竟是一个百万的富翁！但是我头上没有围着一条布，脚上还穿着一双皮鞋，虽则身上是一件破布袍，要叫我冒充一下土著也冒充不像。

有位王先生从上海避难到香港，后来又从香港逃出来到重庆。当三十年十二月八日香港战争后，逃出来的人，有的仅剩身上一套衫裤，有的仅带一个手提包，而我们这位王先生却带几箱子衣服逃出来的，四季的服装，香港货的衬衫领带，被面褥子，一概具全。亏他一边要逃命，一边管理行李，一路逃来，一直到达重庆，竟一无遗失。在重庆，衣装被褥是那么的贵，王先生有着那么几箱衣服，自然觉得是一大笔财产，非常珍惜的。大衣是那么漂亮，衬衫是那么坚实，甚至一巾一袜，也都不易再得的了。有一天下午，王先生因为搬家，便雇了一挑夫，挑着那儿箱衣着，由他自己押运着走路。王先生是高度的近视眼，并且一只脚曾经汽车辗伤，叫他走重庆上坡下坡的路，实在是一件艰苦的事。到某一个下坡时，天已傍晚了，不料那挑夫存心不良起来，他挑着衣箱迅速地向下跑，王先生跟着走，喘气得上一口不接下一口，他招呼挑夫慢慢地走，挑夫却更跑得很快了，一转瞬间，甚至看不见挑夫了。王先生高声喊起来，没有回答，他赶快向前进，踪迹全无。他知道发生了事故了，他的全部财产丢了，他彷徨，他愤怒，他兴奋，他呐喊，他甚至要哭泣了。当他理智再支配他的脑子时，已经是夜间八九时了。他知道唯一善后办法，只有赶快去报告警局。赶到一个警察分局报告时，局中人说，报告失窃等事，要向总局报告的。王先生便赶到总局去报告，总局中人说口头报告无用，须要正式报告并开明失单，而且报告与失单要抄三份，以便分发有关各局。王先生赶快赶到一个朋友家里，不理朋友的殷勤招呼，他立刻借了枝笔写起报告来，开起失单来。那几只箱子里的衣着仿佛贮藏在他脑中一般的，样样都记得。那一个箱子里是放着他从上海带出的二套春季西装，那个藤箱里是香港新制的雨衣和夏衣，新衬衫是放在一件大衣下面，羊毛衫裤是放在那个箱角里……他一一记忆，一一用笔录登，一张失单是开出了，他又细细读了一遍，又细细在脑中搜索一遍，将失单加以增订，没有错误了，他又钞录起来，一份二份三份，三份报告与失单的抄录完成已经是子夜了。他赶快奔赴警局，将报告失单递去，同时又向局中人恳切地请托迅速侦缉，那几个衣箱，是他全部的财产，是他的心血所换来的物资，也可说就是他的一部分生命，他说得几乎掉下泪来！这是谁都一样的，谁遗失了那么多的衣装，谁都要伤心。恐怕警局的侦缉不肯努力，他又请托大有力者通知了警察局长。一到明天，他希望那做贼的挑夫就被捕了，他的遗失的东西"物归原主"了，可是一直等到晚上也一无消息。一则因为是气愤，一则是因为等待消息，他老是待在家中不出门外一步，消息不来，他烦燥极了，可是烦燥也没有办法，三天没有消息，四天没有消息。直至相隔一星期后的一天下午，一个侦探到王先生家里来探问详情。王先生一见那侦探，心中就制不住的怒火上升，他觉得警局欺骗他，虽则那么恳切请托与急迫要求，而警局却迟迟地直过了一个星期才来调查。他对那个侦探的言语不免粗鲁起来，甚至骂人了。侦探却很客气地取出一个公文来道："我们是今天早上接到来文的，下午就赶来办了，我们并没有迟误啊。请先生体谅这个！"

王先生这时无言可说，只好苦笑。

王先生的几个衣箱，王先生的全部财产，是如石沉大海一般，永远也没有消息传来的了。无可奈何，王先生也只好达观起来，他觉得辛辛苦苦从香港搬运出来，一路上提心吊胆，仿佛不是行装随人，而是人随行装的，总算搬到了重庆，谁知竟仍为挑夫全部抢了去，真是运也命也！

在衣着感到十分缺乏的我们，对于王先生的重大损失自然是十分同情的。

福建南平出版的《东南日报》第一三二一期的"笔垒"里第一篇是风人先生写的《衣裳不是穿的》。他感慨地说："如果说衣裳是遮盖身体，那恐怕是愚夫愚妇的看法。"我们便可推想到南平，虽则不是一个大都市，但对于衣服想必也有不少的故事，正如陪都一样地考究衣着的。衣裳不是穿的，像煞有点牢骚，但他的引证却很正确。他说："你没有看过戏装吗？衣裳上如果绣了龙，那就是万岁老爷了，他不但贵为天子，而且富有天下，可以随便生杀予夺，作威作福的。反之，如果这件绣了龙的衣裳被脱去了，那他也就和愚夫愚妇一样，到处受人欺侮压迫，'刘秀过潼关'不是一个很好的例子吗？从衣裳的质料颜色和花纹上，就可以看出他是一个什么'路道'的人，譬如说，是大官，是小吏，是员外，还是公子。至于穿鼻犊裤的，则大概总是愚夫愚妇。"

前清时代，乡下人对于公役与兵士所穿的制服，称之为"老虎皮"。他们对于公役与兵士并没有什么惧怕，而对于"老虎皮"却不胜其恐惧。所以一旦公役被撤差，兵士免役还乡，他们的老虎皮剥去了，人家对他们就无所谓，而他们则怕起别个人的老虎皮来了。直到现在，老虎皮这句话没有完全消灭，而老虎皮的追求，则到处皆是。获得老虎皮的，到处占便宜，而无有老虎皮的，则到处受欺。据说从前苏秦没有抢夺到老虎皮时，个个人都看他不起，甚至他的嫂嫂都不理他，后来他想尽办法，找到了老虎皮了，人人就尊敬他，自然他的嫂嫂更是尊重他了。苏秦就"像煞有介事"起来了。那篇《衣裳不是穿的》里的哲学大抵就从这种故事出来的。

其实衣裳的作用，原始自然是只为了保卫身体，但跟着经济与文化的展开，衣着除了保卫身体而外，又增了一层装饰作用，所谓装饰也者，说得更堂皇一点，就是艺术啊。至于衣着之变为老虎皮，毕竟是看穿着这衣服的人的，要是他存心做老虎，衣服就变为老虎皮；反之，要是他不愿做假老虎，而一意要做万物之灵长的，那末真正老虎皮也就成为漂亮的衣裳了。

原载《文艺先锋》第3卷第2期，第16—20、28页，
1943年8月20日出版

食三题

徐蔚南

茶和咖啡

什么时候养成我爱好品茶的习惯，正如旁人一样，很难回答的了。因为我国是茶之国，而饮茶又是那么普遍，在家庭里，在社会上，时刻有饮茶的机会，积渐而养成品茶的习惯，更进而养成要饮好茶的习惯。杭州的龙井茶，真是要得，泡出来有一股幽香，而入口则味道甚厚，略带些些的苦味，而这苦味中却像是甜的。仿佛我们今日回想往时，就是困境也有点甜味，而今日要得甜味呢，却要如西洋人的饮茶一样，要用白糖搀进去，用人工方法制造的了。

福建的双燻三燻，因为和有花香，所以味道特别的浓厚，而我却爱他的颜色好看，注在白瓷的茶杯中，黄澄澄的仿佛一杯蜜糖。安徽的祁门红茶也着实够味，色香都妙。我在屯溪耽搁了一个月，好茶真尝到不少。郊外密云岩一个庙宇里，游客到时常供给一杯清茶，取资半元。那种茶叶在屯溪是极寻常之品，但在别地，便是佳品了。我好几次去密云岩，可说都为的饮茶。到了建阳，有人供给我品尝武彝山上最驰名的铁观音，只是真假莫辨。后来想想，一定是真的。到了桂林，又逢到中国茶叶公司的经理沈秋雁先生，他在公司所设茶室里请我们饮碧罗春。

我从屯溪到重庆，一路上随时买点土产，沿路送人，到重庆——送光，独有二包茶叶却不肯送人，要自己享受。那是屯溪一个茶店老板送给我的最好的红茶。用滚的水泡出来时，第一，那股香味先钻进你的鼻孔，百般的引诱着你，其次那味道真好，是厚的，但还是轻松，是一种感觉上的浓厚，一点不腻滞。可惜重庆水太重浊，常常泡坏了茶叶。尤其可惜的逢到梅雨天，工友取茶时，没有将铁罐闭紧，竟至使全罐茶叶发了霉，真气得我发昏。

泡茶的水要纯洁第一，而重庆的水却是泥浊，永远泡不出好茶。我到南泉王新甫家里才喝到纯清的泉水，注在杯子里，那是水晶，放了茶叶后，便是一块绿色的水晶，真美极了，可惜茶叶还是不好。在唐家沱同乡柴小姐那里也尝到好水，茶叶是本地沱茶。四川沱茶是不坏，但只是不坏而已。

"重庆茶馆的多，好比巴黎的咖啡店"，我初到重庆时，朋友就这样告诉我。我在城里城外观光时，真是五步一茶店，十步一茶馆，而且家家茶馆都有生意，高朋满座。

摆龙门阵——瞎谈天的术语，是产自重庆，而摆龙门阵最好的地盘，自然就是茶馆了。茶馆里大多是放着躺椅，或者白帆布做的，或者竹做的。茶客躺在那儿，多舒服，如果和朋友们聊天到口干了，旁边茶几上就是一碗沱茶，顺手取来解渴，润润喉咙。

茶馆大都带卖瓜子花生香烟，还有小贩不时来叫卖糖果，还有报贩，还有擦皮鞋的，进进出出，川流不息。躺在椅子上的茶客无聊时便叫茶房拿盆瓜子来吃吃，或者叫小贩敲下一元钱的麦芽糖来甜甜嘴巴。识字的等报贩来，化一元买份报纸看看国家大事。

茶馆拥有经常去喝茶的老茶客，或者是早上的，或者是中午的，或者是晚间的。早上的老茶客大抵一起身就到茶馆，连洗脸刷牙等等早晨清洁卫生的工作，全在茶馆里做。及至洗脸等事完毕，他们便躺下来，喝杯清茶外加吃点心，茶已喝饱，点心吃过，然后回去，不知回去做什么。中午的茶客，大都是吃过午饭去的。中饭后小睡是重庆流行的风气，在家里或者因为有小孩吵闹，或者因为地方太狭窄，或者因为人多，他们便坐茶馆，因为这时茶馆比较清闲，他们喝了几杯茶，便在躺椅小睡，睡了一二小时，然后去办公所工作。晚上的老茶客，大抵是晚饭后去的，他们是去茶馆聊天的，上至世界大事，下至臭虫白虱，无所不谈。谈到茶馆快要闭门，才络续回去睡觉。

除开此种老茶客之外，偶然的茶客也是有的，因为路走得多了，便借茶馆来休息一下，或者要赶车子，时间未到，车子未来，便在茶馆等待一下，或者因有什么事务密谈，便约在茶馆相叙。

茶馆，不仅是在重庆，在任何一个地方，总是个乐园，在那儿一切放纵，一切自由，仿佛从严酷的人生下解放了一小时，仿佛从无情的社会压迫下逃避了一回，享受着闲适的趣致。

我对于坐茶馆是没有什么好感，但也没有什么恶感。在不讲工作效率，舒徐闲适惯了的社会里，中国茶馆的存在是有其必然理由的。既然有存在的必然理由，便对于茶馆无好恶之可言，应当从更深处去着想了。

一个没有工作的人，而又无可以安居的房间，又无公园之类的场所，闲着的身体无处安排，除了坐茶馆外，请问还能做什么呢？

争取时间果然不易，而耗去时间何常容易呢？要浪费生命，预支年岁，极短时间享受多年的幸福是有条件的，不是任何人能做得到的。即如打麻将是杀去时间的一法，可是打麻将要有赌本，没有赌本便无从借麻将来杀时间。茶馆中去坐坐，真正是最廉价的杀去时间的方法。

在破落不堪的社会制度下，在冷酷无情唯利是图的"人鼠之间"的城市中，借茶馆作为避难所，争取一二小时的安慰，我们还有什么理由来谴责呢？

人人有向上的意志，而无自甘下流的。下流的社会才逼迫人下流。人人有爱好清洁的心，而无自愿污秽的，只有那污秽的环境才叫人污秽而不自觉。虽则不能因噎而废食，但攻击茶馆是不合理而且无效的。

我到重庆后，曾有一个短时期，因为一切工作的必需品都没有，又无生活的必需品，百分之百无聊中，便也去坐茶馆。在茶馆中望望街上来往的行人车马，或者瞭望江中的风帆，屋顶，田地，将寞寂苦闷暂时赶走了，虽则并未得到一丝一毫的快乐，但至少在这一二小时里也没有任何的不快。

从无聊消磨时光方面说来，坐茶馆怕是为害最小的了。扑克、麻将、逛窑子、抽大烟等等，那为害之大，真是一言难尽了。我不是为茶馆作辩护，茶馆有其必然存在的理由，用不着我来辩护，我只是为坐茶馆的人说法。用不到坐茶馆的人不知坐茶馆人的心境。虽则坐过茶馆而从未反省的人也不知道坐茶馆的心境。

有人说中国茶馆等于外国的咖啡店。但是坐茶馆的心境与坐咖啡店的心境是全然不同的。前者是无聊的消遣，后者是业余的休息哪。

喝咖啡自然也是一种嗜好。炒咖啡时那一种强烈的香味，是最诱惑人的。上海霞飞路上有家出卖咖啡的商店，老是放射那咖啡香味刺戟行人，叫你一走到这家商店左右，立刻想咖啡喝，就到他那里去买一二磅的芬芳的咖啡。朋辈中间，有不少喝咖啡的专家，像华林先生就是一个，他亲自烧咖啡，水泡得用开，咖啡完全泡透，不留一点余味。我来重庆后，蒙他叫我到中国文艺社去讲过话，承他特别优待，将其秘藏的珍爱的没有启盖的一罐S.W.咖啡牺牲，凡到会的人都有一小杯，在重庆禁止喝咖啡的严令下，能得喝下这杯咖啡，实在是走运。后来在同乡丁趾祥兄处又吃到了他所秘藏的S.W.咖啡。后来，又在一个公务员的家里，又吃到了S.W.咖啡。我是与其吃咖啡还不如吃好茶的，但物以稀为贵，在上海只有喝C.P.C.的咖啡，无S.W.牌子的了，到重庆后反而得着，自然最高兴不过的。还有位马宗融先生，他的喝咖啡癖是从巴黎带回，现在在北碚教书，不知他现在还在烧咖啡喝否？

咖啡是一种常青树的种子。这种咖啡树是生长在热带区域，高的有二三丈，短的只齐到腿旁。叶子像桂花，小而白，果像红莓台子，中间有子二三粒，那就是咖啡。咖啡是半圆形，两粒背合，成为圆形，如桐子那么大小。果肉是甜的，但世人倒喜欢吃其子，而不喜其果。

据说咖啡最初发见于阿比西尼的加法Kaffa，因其地的名，后来传讹为咖啡云。后来有人将咖啡传到阿剌伯去栽种，大告成功，那就是现在著名的木却咖啡（Mocha Coffee）。到十七世纪之末，又移栽于爪哇，于是热带区域都有咖啡树了。

近赤道或南或北约十五纬度的区域，栽培咖啡最为得宜。距离赤道较远，或南或北约三十纬度的区域。如果温度终年在五十度以上，咖啡也能生长结实，不过不能如近赤道的那么的好了。咖啡最怕浓霜，经霜一染，咖啡即死；酷热虽不致咖啡于死命，但能阻滞其发育。所以种咖啡，以沿海山麓二处为最宜，因为气候常常可以得中和。

　　全世界最大的咖啡的仓库是南美洲的巴西。那里所产的咖啡量占全世界产量三分之二，而全世界产量是二千三百余万万磅左右。在世界经济不景气的年代，巴西会议把咖啡当作柴烧的。上面我所说过的CPC咖啡，是一个华侨所经营的，听说是巴西华侨，在静安寺路西端，开设一家美国的咖啡店。店中放几张很干净桌椅，顾客去买咖啡时，最初可以免费得饮咖啡一杯。那杯咖啡是在柜台上当场煮成的，所以又香又热。后来CPC牌子已经打出，免费喝杯咖啡的制度便即取消，而我们还可以去喝的，只要付钱。

　　咖啡的培栽很不容易，手续很繁，据说种子须播于特设的播种园内，等到苗长成数寸后才移种于山上，每木须用盆来保护，而盆上又蒙以树叶，因为恐怕日光太强而致新苗枯死。等到四年之后，树才长大而能结实。像我们中国这种温带地方，七八月之交，正将入秋令。而在热带，则正是春季，百草怒发，万木始生，到温带仲冬之时，咖啡树开花了，一片白色恰像北平西山大觉寺的杏林，微风吹来，芬芳触鼻，令人心醉。到四五月时，咖啡果熟，作红色，累如樱桃。农人便从事于采果工作。咖啡果经送入工厂去肉留仁。此种咖啡仁一经焙制，便可煮饮。

　　世界上喝咖啡最多的，不是法国而是美国。据说美国人每年购咖啡所费的钱，要达九十万万金元，二倍于法国，四五倍于比奥英荷，而美国每年每人所需的咖啡量，要十二磅多云云。

　　喝咖啡的习惯传入于我国大抵在五口通商之后，因为我国大多饮茶，不必咖啡，至今如此。关于咖啡，也多笑话，我在东京曾听见神田一家咖啡饮食店的一个笑话。据说那家咖啡店有若干时候，每天待收市之后，将所存余的咖啡茶，送给附近的工人喝。工人因为白吃咖啡，自然天天去享受。可是工厂里，发见工人作工时都是没精神，一点不起劲，然而工人平日的行为又都是个个甲等，工厂管理人几经调查，总找不出工人颓丧的原因来。后来发现工人都在咖啡店里白喝咖啡，尽量的喝，喝得那么多，以致每个白喝咖啡的工人，夜夜失眠了，于是白天工作便毫无精神。工厂主人便跑到法庭控告咖啡店企图谋害工人，而致工厂大受损失。但咖啡店的免费赠饮咖啡，也不知道会闹出这很大的笑话，当然不肯担当谋害工人的存心的。后来那家咖啡店停止赠喝才了结。

咖啡和茶这两种饮料，原来都有兴奋的作用。从好的方面说服后能减少疲劳，使神智清晰，加强脑力与体力，增加血压而觉得温暖；从坏的方面说，则易失眠或神经过敏，头痛，心悸及间歇状态。消化不良或便秘等疾，也有原因于饮茶或咖啡的过量。

点心与茶食

点心自然推广东第一，在广东的茶馆里，自朝至暮，有各式点心供给，简直叫你不要吃什么饭，有只要你吃点心过日子的样子。我这次到重庆来，路过曲江，那吃茶点的风气并不因面粉的珍贵而有所限制，依然和从前一模一样，茶馆饭店里吃点心的客人川流不息，拥挤得很。到桂林，像东坡酒家那一种的广东茶馆，也是天天客满。到了重庆，因为不住在城内，便难得吃广东的点心了。在上清寺，两路口一带，点心是油条大饼，最为普遍，也最为大众化。美食家则吃豆浆冲鸡蛋。冲鸡蛋用糖味调，在上海四周是不通行的，凡是吃蛋大都听是用盐的，所以不惯于甜味的豆浆冲蛋。河南式的薄饼，山东式的韭菜心饺子，偶然试一二回，也还有味道，多吃便觉讨厌。在上清寺街有一个无锡人开的点心店，以所制糍饭团出名，也带卖豆浆油条，每天早上只做二个钟点，就把一天的货色卖光，生意着实不差。时毛朋友要吃西点及牛奶拖司，我们实在不敢领教。第一面包烤得那么不道地，加上莫名其妙的牛油，实在比任何东西都难吃。第二，西点也是粗制滥造，徒有其形式，而没有一点味道。要吃西点，倒还是核桃肉蛋糕等等，虽则是面包店里的现成货物，却还有味。新式的点心店，不管城里城外，一律店号叫三六九，不知那一家是始创老店，所卖的点心，有面，有汤圆，有春卷，有定胜糕之类，是下江味道。

城里有一家饭馆出售的枣糕，是道地的土产，味道不恶，但也没有什么特别之处。还有一家回教食堂，出卖各种米粉做的糕饼之类，也寻常之至。像油煎面饼，油煎糍饭糕之类，有时也有出卖，不过不甚普遍，糯米粉制饼子等，则均不及苏式的味美。

重庆没有什么点心可吃。好在普通一般人在重庆也吃不起什么点心的。截至五中第十一次全会时止，一小碗豆浆是法币五元，五寸长的油条是每条一元，烧饼像从前铜元大的每个一元。早上吃一碗豆浆二个烧饼二条油条，连小账已须十元。一片吐司，一小杯牛奶便须二十元。所以吃点心在一般普通人看来，也是一件很认真的事情。有权有势的阔客以及发国难财的商人，自然是例外，人们带了亲戚朋友去城里道门口一带模仿上海的西式咖啡店，吃那种不三不四的西点，一化数千百元。还是着实得意呢。

家中有位好太太的公务员们，每月领到了雪白的面粉时，便做各种的面食，北平的薄饼哪，菜馅的饺子哪，牛肉馅是混屯哪，随自己高兴要做什么，便做什么来吃。小孩子因为平素难得跟父亲上点心店，看见家中做了面点心，不管小肚皮里装不下，拼命的抢来吃，一大盆的面点剩下一二个，留给他们的母亲，忙了一早晨的母亲。

糖果茶食比了点心似乎更贵，而孩子们是欢喜糖果的茶食的。做了父母的大学教授和公务人员看见孩子们企望糖果的眼光，常常感到一种压迫，觉得对孩子们很抱歉似的，每见朋友来摆龙门阵，便不期然而然说，"现在的孩子们真苦，什么糖果都没有得吃，至多偶然买一元沙炒豆，或者买一元麦芽糖来分给他们，而那么一些些的东西，真难得叫他们满足！"这情形是确实的。像花生牛扎糖，战前不过买三四毛钱一磅，现在一磅要买六七十元，大抵每颗要二元左右的价钱。你到朋友家里去时，如果朋友拿出一盘子牛扎来，那是价值可观呢，多则百余元，少则也要三四十元。

重庆的水果

重庆是一个水果的城市，大部份的水果都有了，而以橘子为最多，一年到头都有橘子吃。从小学里的时候起，我就知道四川是橘子的仓库。因为家中大厅上挂着一副银杏木的对子，那对联的句子是："河阳无地不栽花，西蜀有山都种橘。"我的识字就是从厅堂当中的匾额对联上识起的，而对联实是标语，家中大部份的对联虽则已经相隔数十年还是记得清清楚楚，四川产橘子，所以从童年的时代就有了印象，而儿童是谁都爱食橘子的，常常想如果到四川多好啊！可以吃许许多多的橘子。现在我果然到了四川的重庆了。我到达重庆是在年尾，正是橘子收获刚好之后，所以从飞机场走到市街上，满眼是卖橘子的小贩，那深黄色的滚圆的累累的橘子，叫人的眼睛感觉到一种愉快，那色彩实在太美满了。十多年前，我曾得到过一套印刷最华美的园艺书籍，那是美国加利福尼亚水果大王裴尔朋克七十岁做寿时发行的，其中五彩插图之佳妙简直和真的一模一样。那打着生其司德黑印的花旗蜜橘，就是裴氏园中的出品。据书中所述，花旗蜜橘最初是滚圆的，子很多，皮很薄，后来经过好几次的改良，橘子的形式从滚圆而变为长圆，子已减少，而皮已稍厚，原来薄薄的橘皮很难剥落，剥时每易剥破橘肉，及至其皮经改良而稍厚后，便易剥落了。听说花旗蜜橘的种子就是从四川传过去的。这是极可能的，不过什么时候传到美国，如何传到美国，那是要待考据家来做工夫了。说到味道，觉得四川的柑子，实比花旗蜜橘要鲜美，水份也像较多。听说日本已统制了一切水果，香蕉成片晒干做军粮的一种，而橘子则成为病人的专利品。我们的橘子柑子，却任何人都可丰富享受，只要有的是钱，病了而吃不到橘子的自然大有人在，那只好怨他的命苦！

柠檬本来是舶来品。将柠檬切一片放在茶里，虽则是西洋风，但确然有股清香，味道特别，太平洋战争之后，上海一带柠檬的输入成为绝迹，咖啡店里吃茶便没有柠檬。到了重庆倒发现柠檬了！说是外国种，在成都方面试种成功，此后可以大量生产。

柚子在重庆也是很多，可是滋味不佳，远不如柑子之美。旅途中，在浙江淳安，买到柚子，水汁很多，但是酸极了，仿佛是日本的夏柑，难以下喉。后来，我们把这柚子与青鱼同煮，鱼腥为之解除，鱼味便觉特别鲜美，这个烹调方法在我国还没有应用过，家庭的主妇们不妨来试一下子。

重庆的李子也可过得去，自然不能与浙江桐乡李子相比，那是李子的皇后。重庆的紫红色的李子反不及绿色的好。后者比较的小，味道却长城甜［脆］，称为香港李子，不知什么道理。

重庆桃子不下于江浙所产，水蜜桃亦佳。将桃子切片加糖煮（但不可煮烂），其味道甚美，上海一带家庭主妇优为之，到重庆后虽则有上好的桃子，却没有吃到此种煮桃子。没有家庭，自然也没有口福！

甘蔗与藕在重庆有大量生产，味均佳妙。重庆荔子也好吃，虽不能与广东荔子相比较。枣子与橄榄都是很大，味则较逊。柿子有扁圆的，颜色澄黄，不像浙江所产那么妍美，但滋味不差。葡萄味带酸，不及江南。

西瓜据说有德国种，瓜大而味美，但我在巴中没有尝到过，吃到的都是长圆的小瓜，没有味道，而且瓜价那么贵，只有希望早点回到家乡去吃好瓜。

桂元着实不差，初出的核大而肉薄，稍迟出者肉厚而核小。从桂元外壳上可以分别其品质，凡是壳粗的便是肉薄而核子大，反之则核小而肉厚。梨子虽无佳种，但糖梨可吃，皮作蜜黄色，肉稍粗，但味甚□。淡清色的称为白梨的，粗糙，较糖梨差得多了。

地瓜是番薯的一种，湖南人称为洋薯，广东亦有之，独江南不产。其形状像薯番，惟皮为白色，嫩者如梨，食则无味。苹果也不差，但不及江南所产。江南平果，色香味三者兼而有之，而巴中所产，颜色尚佳，肉坚实而香气全无。佛手巴中所产者甚为巨大，可代柠檬入茶。番薯极多，且极巨大，不论热吃生吃均好。巴中芭蕉树遍地皆是，而独香蕉无所生产，这是巴中水果生产中的缺憾。

原载《文艺先锋》第4卷第4期，第49—52页，1944年4月20日出版

单身汉的住屋

徐蔚南

到达屯溪时，就知道重庆的房屋缺少，住的问题发生困难，在过去二三年里，敌机的滥炸，山城内外房屋的毁损真是不少，同时又因为是陪都的缘故，人口陡然增加数倍，在房屋与人口成反比例的今日，不言可喻，住是成为大问题的。好在是单身汉，我想，就是到了重庆，总比较容易解决住处的吧。

第一天到达山城，找到一家旅馆，内有庭院布置着假山和荷池。老板说，只租一夜，到明天七时为止，理由是这所房子已经卖给公家，限定明天早上八时全部交割的。一间大房间，空空洞洞的，只有靠壁一张木床，木床的栏干中央镶着玻璃镜子，显然这张床是考究的，只是年纪老一点了。房价是四十元。我想安顿了一夜再说，明日再想办法。在这房间中，初次看见山城的大老鼠肆无忌惮地四处乱跑，追逐与打架，果然不愧是陪都的老鼠哪！

到了明天，承蒙沈先生的美意，在一个机关的寄宿舍里获得了一张床位，同房的人是一班研究音乐教育的少壮派，他们早上练嗓子，唱着新流行的歌词，很激越而悲壮，白天与夜晚，在闲散时，从他们的喉舌上不时飞出美丽的音节。我是爱好音乐的，对于这班音乐朋友颇有好感。所惜房中缺少书桌，要写一封信几乎也没有地方，很觉不便。老朋友蒋先生，便替我设法搬到其宿舍里去暂住。那是一所新式的宿舍，有十间左右的房间。每一间里住二三人，那里有书桌，有衣架，比较便利多了。这正如在大学宿舍里一般。我住的一间是有三个人。一个是东北人，一个是湖南人，相当可以谈得来，只是膳食发生了问题。因为机关里所办的膳食，只限于职员食用，不便参加。每天便得三次出去上饭店，吃馆子。走路的麻烦，还是小事，化费太大却是一个威胁。山城中有不少的单身汉，用游击的战术，今天到某同志家去吃中饭，明天到某同学家吃夜饭，这样到处揩油、随地吃饭的办法，称"打游击"。在上海时，从来没有参加过"名人"家中有饭大家吃的膳食，因此对于打游击毫无素养，并且也不感兴趣，虽则也有过几次，在朋友家里谈话到吃饭的时候了，便和他们一起吃饭，可是从没有一次诚心要去游击一顿中饭或夜饭的，这并不是骄傲或者是面嫩的关系，实在无缘无故去游击人家的饭食，总觉得不舒服。

　　初到山城，就有位同志约我到他的地方去，他有一间房可以让给我住，因为他还有一座草棚，可以和他妻子一起住的，而茅棚就在这间房子的旁边，他又说茶水饭食都可供给，非常便利。我很感谢他招待我的盛意，但我那时既有宿舍可住，免得麻烦人家，所以他连连催促我搬去住，我却总是迁延着不搬。他怏怏不乐起来，仿佛觉得我这个人不受人抬举似的。因为饭食的困难，一天便决定搬到他的家里，我受到了诚意的欢迎，这在单身汉的寂寞的环境中，是感到很温暖的。

　　这是一丈半见方的房间，是靠山建筑的一座三楼屋子最下一层边上的房间。据说在二十八二十九年敌机大轰炸的时候，这座屋子的四周房屋都被炸了，而这座三楼的屋子，除了墙壁受震坏而外，居然无恙，巍然独存，我们这位同志是经管这座屋子的，所以他有着这一间房间。

　　因为靠山建筑的屋子，所以我的一间的后墙和右首的墙角，就利用着山壁，地面就是大自然的泥地，略略向外倾斜，左壁是接连着登楼的一个木梯，梯子下面的空缺作为安放箱笼之地。向南开着一扇门，门左右各开一个窗子。右首墙上开了四个洞，楼板下安着竹席，竹席上黏贴了《自由西报》和上海的旧《申报》。楼板与竹席的中间，是留着供给老鼠住家的，老鼠们没有受过卫生教育，到处大小便，因之漂亮的《自由西报》和《申报》上中外文字的中间，东一堆黄色的尿渍，西一堆发霉的秽渍。老鼠又爱好磨利牙齿，把楼板下安着的席子和报纸，咬了许多洞，大小不等，有的像银币那么大，有的像百元钞票那么大。凡被老鼠咬破的地方，报纸一片片挂下来，正好作为蜘蛛缀网的支柱，蜘蛛是像鼠一样多，只是蜘蛛没有老鼠那么会活动钻营。它们不声不响在壁角上，窗槛里缀悬大大小小的丝［网］。虽则经常用竹枝将蛛网撩去，可是它们很顽固，今天网被撩去了，明天新网又结好了，从蛛网的繁多中便可推想室内昆虫情形。白天有各式各样的苍蝇到室内来乱舞，舞罢休息，便躲在任何的物品上修指甲，练筋骨，伸懒腰，打哈欠，涂发油，刷牙齿，剃胡子。凡是苍蝇想要做的便做，对付苍蝇的唯一武器是铁丝制的蝇拍，每天从早上起身后，便手握武器，作扫荡苍蝇的工作。那种吃得胖胖的，身上发金色的苍蝇，最不中用，一击之下就全部糜烂，那种短小精悍的所谓麻苍蝇比较有能耐，虽则受到迎头痛击，还能在地上爬行养息，过了□下，居然还能恢复康健，迎风飞舞，所以凡是对付麻苍蝇之类，除开将蝇拍将其打击至地上后，还须加以一皮鞋，将其踏碎，方可致其死命。还有像狗蝇一类的，那最狡猾了，它仿佛是认识蝇拍似的，当你将蝇拍抽打的当儿，它悠然地飞去了，等到你放下武器，它倒又飞来了。

继续不断地做着扫荡工作，堂内苍蝇虽则永难肃清，但为数总是不多了，在中午时候，你还可安静地吃一顿饭，在饭后休息时，你的脸盘可免作为苍蝇临时舞池。

夜间是蚊虫与飞蛾的世界。飞蛾虽则不咬人，虽则没有苍蝇那么多，可是在灯光下飞来飞去，也够刺激你的神经，它除了故意要使你发怒，烦燥外，别无存心不良之处，但它总要你心情不安，譬如你思想着一句好诗，待要写下来，飞蛾却突然扑到你面前，表现了一下飞行术巧技，立刻引诱你的诗思跟着它飞去，永远再捉不回来。

蚊虫的清除始终无办法，因为用除虫菊做的蚊烟香，山城中已成为拍卖行里居奇的商品，而珠罗纱的蚊帐久已变为梦里的彩虹，可望而不可即的东西了，当蚊虫嗡嗡地飞过来的时候，唯一的办法，只有应用万能的双手，或将其抓来，或将其拍死，所惜我人一对武器的手应付蚊子，觉的大而无当，时常不能致蚊虫于死命的，蚊虫又是推广疟疾的经理。虽则特别觉得恐惧，却又没有应付的好办法，只有不时吞食几颗糖衣的奎宁丸，以作消极防止疟疾的传染。

臭虫与跳蚤自然也是难免的，对付臭虫的秘诀。我是早已获得的了，就是"勤捉"，至于跳蚤，因其跳跃的能耐最大，被发现后去捕捉时，常常被它一跃而去，毫无影踪。

此外，还有小飞虫是在灯光下出现的，还有小蜈蚣和白色硬壳小虫，前者常在潮湿的面巾下与墙壁间发现，后者是在潮湿的泥地上爬行。至于蚂蚁之类，当然给以自由行动。

因为房间后壁就是山壁，时有山水溜下，所以在墙脚挖了二三个小洞直通外面的水沟。这几个小洞用以出水的，但同时却又做了老鼠出进的便门。房间里是潮湿极了，地面永远水漉漉的。鞋子雨伞等物二三天不用，那就霉出白花。衣箱虽则紧闭着的，但一开箱子，就闻到一股霉气，原来衣服也都已发白花。不穿的衣服，只有挂在衣架上，再不敢藏到衣箱里去了。

有一个夜间，暴风雨发作，人已睡了，在梦中忽觉奇冷，睁眼一看，原来被服已被山水浸到湿透了。赶快起身，用水盆来积水，一盆满了，又是一盆，那山水还是从壁间泻下来。这种情形，要不是住到山城里来，将永不会经验到的。好在我们是自然主义者，东方的自然主义者，不仅是观察自然，并且与自然混而为一，一切万有与我们个人住在一起，相亲相爱如姊妹一般。

我的床子，原来安放在靠山壁这一面，自从狂雨之夜大水浸湿衣被之后，便将床子移到左壁靠那边有张扶梯的一面，逢到下雨时，山水的冲泻是可以避免了，可是那上下扶梯的声响，在半夜里，却时时惊扰你的清梦。皮鞋的铁钉与手杖的尖端沉重地打着年老力衰的梯子，使梯子大声呻吟，竭力叫唤。有时，咯咯的高跟鞋，小孩子的赤足，梯子虽则比较欢迎，可是小姐们太着力，每一步像要在梯子上打个图记，而小孩子更是暴乱，简直不是走，而是跑跳，梯子也有点承当不起而呼叫起来。一个夜间，有时被梯子的呼叫，打破我的好梦至三四次之多。房东在我床子放足的一端旁边，靠墙放着一只巨大的肥皂箱，那是永新化学工业公司出品放三百联肥皂的木箱，箱内装的平价米，不知如何被老鼠探得，它便日夜来做工作，不疲不倦地用其利齿钻凿木箱，初是一个小洞，既而将小洞钻大，得钻入箱内吃米为止。一个洞用布片等塞着了，老鼠便再做工作，将布片等咬去，甚至在木箱上另行打洞，好在老鼠打洞工作，仿佛是其唯一业务，就是一张空木箱，并不放什么米谷，它也要打几个洞的。老鼠白天打洞，还可承受，在夜间不休不歇地工作，却和梯子的叫喊一样阻止你的入梦，当然，有时容忍不下了，也起身赶鼠，可是你一横到床上，它又来工作了，简直使你无法可施，听其自然而后已。

如果要图个人的享受安乐，自然也不会特地赶回大后方来了。为了精神上的爱恋，明知山城是出产大老鼠而住宅奇缺的地方，仍得跋涉山川赶将过来。山城是一个恋人，具有一种不可抵抗的魅力，时刻使沦陷区里的男女憧憬。及至抵达山城，物质上的碰壁是满不在乎，因为尽管受尽种种的气，终究不是敌人的压迫。原来沦陷区人民的抗战全部都建立在心理上的，所以我能有这样一间房子来住，实在是很感谢那位同志，同时觉得山城对我也已不薄的了，谁能担保自己永远不过卑田院式的生活？当炸弹毁去房屋后，穷蹙无所归的时候，尽管你是了不得的人才，过惯洋风的生活的，如果其时有一个猪圈给你疲乏的身体休息一下，你大抵也得将就将就吧，像那位英国畸人马彬龢先生，是爱屯和牛津的出身，过惯道地的洋人生活的，到重庆来时，人家替他预备一床被褥，他却不用，老是用他一张北□毯，铺在地上作褥子，而身上再盖一张毯子就算了。人家问他为什么有好好的被褥不用而睡在地上。"被褥是要生就高贵的骨头来享受的，我是贱骨头，只配睡地上。"他回答，"前线士兵还睡在泥泞里呢，睡在地上已是高贵了啊。"

从陷区□来山城的人，多少有几根骨头是贱的，作风都不甚好。但他们每一个人都有一种希望，一种积极的真实的希望，不，不是希望，简直是一种责任，神圣的责任。唯其因为□□正的责任，所以不肯随便与苟且；在随便与苟且[者]面前，当然要视为呆子的。为了□明的明日，为了下一辈子的生命，为了可爱的过去，不给他们同情，至少要给他们一种了解啊！生活的简陋在理论上是被提倡着，谁去真正实行呢。从敌军压迫下脱出来的，受过试炼的，对于简陋的生活，不仅是能忍受，并觉得这是应该的，而且是一种不苟且的生活，论理的生活！

当我搬到现在住的房间里来时，一个很关心我的朋友恐怕我住不惯这种地方，他很婉转地对我说：这里环境不很好，但是房子真难找，还是勉强住住罢，我是了解他的一种微妙的深情的，我很感谢他的一种真诚。就是这个可爱的朋友又屡从我的别的朋友处打听我的生活情形，并且说："他的生活很苦罢。"我的另外的一个朋友回答他说："他有颜子之风。"他默然。

所谓"颜子之风"这句话，究竟是一种讥刺呢，还是一种赞美？谁管他呢！原来在现实的面前，讥刺与赞美都成为无聊而一无所用。

选自《圣诞礼物》，百合书房1944年11月出版

风雨一庐

徐蔚南

　　我从重庆美专校街支路一间陋室里搬出后，就寄寓在两路口的风雨一庐，这是同乡沈君陶先生的寓所。他看见我寄居的一间陋室，仿佛江南乡间蹩脚拆字先生的寓所，实在太不像样了，几次邀我住到他家里去。谁知七月三十一这一天移住到风雨一庐。君陶先生好客的脾气，热情的性格，还是像战前一样，这真是使人感激之至的。

　　风雨一庐的名称是叶楚伧先生所题的。汪旭初先生则有一篇《风雨一庐图记》，文章既写得非常典雅，而他在一张粉红纸上所手书的字迹，更是娟秀，妍丽，若十五六岁的女郎。那文章的内容，不用说是写风雨一庐的，现在不妨将这篇图记公诸同好：

　　"风雨一庐者，君陶就巴县中学游泳池畔结房屋数楹，而楚伧题之，意谓聊庇风雨而已。民国三十一年，君陶年四十九，值其生日，高安彭醇士作图并他书为寿。以余方寝疾，不克操丹青和之，乃属为记，乞君默书，书与画并美，而文不称。然余不得辞者，以习君陶久，且知之深，虽微其请，固宜有言也。君陶沈氏，世居苏东南乡之周庄，地濒澄湖，蚬江风物秀绝，志称为小桃源。君陶乐其乡土，又嗜搜集金石书画，胸次廓然，而愿委身国事，不以自佚。民国四年，讨袁军兴，佐楚伧力子主持上海《民国日报》，鼓吹正义；自后奔走粤汉平津间，或参机要，或撰述文字，赞襄大业，厥功实多。迨十六年，南都既宅，民困略纾，君亦于城北构堂，榜曰璇庐，临玄武，枕卢龙，波光云气，摇荡几席间。余方与吴瞿安教授中央大学，其余知友自乡里至者必会君所，酒酣则瞿安度曲，吴湖帆、陈子清、彭恭甫、潘博山诸子往往挥毫染素，合为画幛，而余亦参焉。倭寇难作，政府以重庆为行都，君陶弃其所有，间关以从；既至，始僦居通远门，转徙春生路，马鞍山诸处，寇空军肆虐，先后燔焉。于是连年所居凡四煅，随身之物荡然无遗，而君执志弥坚，未尝一日旷职守以去。顷者，环庐之旁植竹树蔬果，畜鸡于坻，养鱼于沼。自公退食，则躬给灌饲之役，以摄伏腊，以待友朋，所谓箪瓢陋巷，不改其乐，诗所谓'风雨如晦，鸡鸣不已'，吾于君陶见之。醇士所绘，冲融而清穆，非唯貌其庐，且肖君之性情，曩者璇庐之作弗如也。明年君五十矣，称觞之日，使余得杖而起，必将寿君于斯庐，分画中一席，君陶其许之乎？岁次壬午六月吴汪东记。"

　　文章已经读毕，现在我们且来欣赏一下彭先生的画幅。这是一张水墨山水的尺页，画法是极端的工致，简直一丝也不苟。上半部是两座山岩相对，左首岩上有巍然巨厦，似即为广播大楼。下半为小山，为竹树，丛数问则有屋二三，山边为江，隐约见帆樯三四。构图清穆，秀气满纸，洵非庸俗画手所能望其项背。

　　风雨一庐虽则是几间茅屋，但布置与景色却很风雅。庭前是三四株芭蕉，几株紫薇和石榴，围以冬青。屋左是一丛绿竹。屋后又有树木数本。屋右是一间厢房，其后接仆人卧室及厨房，连以走廊。直通后进主人卧室。傍走廊及厨房为小池一方。池后又为竹数。厢房之邻，池水之上，同乡王之永女士近添筑茅屋三间，绿纱之窗，粉白之壁，亦极精美。自渝市厉行整顿市容之后，有周君木棚一座不容于市，而又无地迁移，周君乃商诸庐主人。主人慷慨为怀，允以池旁隙地容其木棚。棚形如方舟，我国建筑中本有船状之房屋，称曰旱船，于是木棚也成为风雨庐中一景。如果有雅兴，将这几间茅屋，一一予以美雅的名字，并形诸歌咏，这风雨庐也将成为驰誉四方的菟裘。中间的一间，主人已经题好名称的了，叫作澹宁草堂。草堂后的卧室不妨名之曰璇玑室。厢房可以称为待月宫。王小姐的闺房，何妨叫作迎晖阁。木棚可以名为临池舫。这几个名字并不夸张，不过对现实赋以诗趣而已。主人又雅好金石书画，草堂中琳琅满目，不时调换书画。时而徐悲鸿的匹马，时而许玄谷的花卉，时而沈铁如的中西融化的山水，时而叶楚老的北碑立轴。澹宁草堂的匾额已由汪旭初篆。一副四言的小对联"因树成屋，有酒盈尊"，则为杨佛士隶书。

主人对于《风雨一庐图》，曾遍征题咏，拟辑"风雨一庐百咏"，我也曾漫题两首七绝：

"一庐风雨住名公，革命先锋意气雄，不与虾夷相并立，宁求玉碎到巴中。"

"巴中景物最无穷，茅屋柴门点缀工，他日轻舟下三峡，与君共唱大江东。"

柳亚子先生曾有七律一首云，"君陶社友阔别十年，追念蚬江旧游，不能忘耳。顷自渝教以风雨一庐图索题写奉一律：年少休文革檄才，宾筵喜为五旬开，一庐风雨飘摇甚，鞍马河山蹴踏来。旧梦迷楼邻笛渺，新都党国霸猷赅，平倭我挟阴符秘，痛饮黄龙索酒杯。"

题中所称社友系指南社盟友也。诗中所云迷楼则有《迷楼集》行世。

叶楚伧先生诗云:

"江水洋洋,絮彼莒筐,载抠我衣,以就于堂。"

"惟子之堂,嘉木苍苍,虽曰苍苍,不如东江。"

"风云际,干戈起,击楫来,赁庑寄,目怒张,发上指,不克敌,有如水。"

"文章四壁,风雨一庐,庶几诸葛,抱膝睥睨,潘岳闲居。"

"江水洋洋,佳日堂皇。溯彼江水,源远流长。为此旨洒,祝寿而康。"

还有许多的诗文,因为主人非常珍惜,牢牢地锁在他箱子里,一时未便索阅,只得就手边有的,摘录几首罢了。

在战时首都的重庆,在敌机肆虐下的城市,而有这么幽雅的屋子,虽则茅屋柴门,实在已是佳构。而且朴素而雅洁,正是战后建筑界所应提倡的。此后高楼大厦将为世人所不顾,且为财神所冷笑的了。

原载《文化先锋》第2卷第22期,第19—20页,1943年10月21日出版

重庆的花

徐蔚南

　　在我斗室中，有床子、桌子、茶几各一，还有两个椅子，茶具也已购备，并且还有百来本的中西书籍，但每次走进斗室中，总觉得缺少什么东西似的，感到冷淡枯寂，说不出的一种惆怅。

　　一个单身汉，日常所必需的用具，有什么缺少没有？并没有什么缺少啊！烦闷的时候，还可以随便拿几本文艺书来翻翻。小洋刀、剪刀、缝针、剃刀，甚至剃面用的肥皂与镜子都有了。墙壁上还有日历，画片与地图，还有总裁半身铜像浮雕。一问斗室，还需要什么呢？但总觉得缺少一样东西，只是一样东西，有了它之后，便可使斗室温暖，而且具有生气的，那是什么啊。心中需要这样一件物品，却又说不出究竟是什么来。但的确少一种东西，是必需的，在斗室中没有这样所必需的东西，因之时刻觉得怏怏然。

　　蜡尾初春的一天，我到一个同乡的家里去，走进他的书房，扑面看见两枝蜡梅，是插在那书桌上的玻璃瓶里的。我立刻恍然大悟，我日日走进自己房中，感到缺少的必需品，就是它！就是花哪！这大悟仿佛是一个发现，一个胜利，一个妄想的实现，高兴得了不得！

　　那么的光亮，那么的美好，蜡黄的颜色，最初还疑心是人造的绢花，才有那么的鲜艳，但竟是真花！真花方是我斗室中所缺少的，要是绢花，那要来做什么呢？

从此日日感到斗室中所缺少的，是鲜花，是鲜花！在工作时会突然想到，在闲散时口会想到，晨起之后，觉得房中没有花，无聊；睡眠之前，觉得房中可惜没有花。对于鲜花的欲望，从来没有如此强烈的。

瓷器街上的瓷器店都去过了，想物色一个具有风趣的花瓶，可是没有，有的都是形式俗陋，而图案粗率的双耳美人肩。料制的，更为恶俗，插着最可怕的红花，乡邨中新房里应用最为适宜，而在我斗室中，便将觉得太过富丽。玻璃制的捷克式的花插，色彩式样都好，可惜瓶颈太细，只像一根粗绳索，只能插一枝花，在朋友家看见本地所出的土瓶：褐色的，颈口上作黄土色，划上极简单的线纹，很像原始的古瓶，但问了几个瓷器店，却总买不到。占董店里果然有很好的花瓶，一个小小的观音鳟，白地上插疏疏落落的两三枝绿竹，素净得可爱。还有霁红的小型天球瓶，还有仿清初的黄地五彩方瓶，插着什么戏文，人物描得很可爱。还有一个称为窑变的一堆鲜红，一堆碧绿，一堆蜜黄的小罐子，色彩妍丽极了，叫人爱不释手。可是这种瓶罐因为是骨董了，价目动辄是三千五千元，那叫我如何买得起！

要是随便买个花瓶，插上几枝花，仿佛对花太残酷似的，那是我不要的。假定截一段粗竹筒，当作花瓶，那倒还雅朴，可惜竹筒也难办到。后来到木器街上土器店里去物色，看见那种淡酱色的醃菜用的小罐，颈口上抹一圈淡灰色，又用针划上几条图案，很原始似的，便化了数十元买了一个，去了盖，权作为我斗室中的花瓶！

五十元一束玫瑰花装满了一瓶，红的，红的，全是红的花，花朵那么的肥硕，叶子又那么的深绿，这是一幅油画，这是一件艺术品，这是一首诗歌，这是活泼泼跃动着生命的一个存在！我时而将它放在窗槛上，时而又放它在床头，我静静地对它凝视，我闻着它淡淡的香味。可是花插在瓶中，含苞的始终含苞不放。而杜鹃花则不然，含苞的插在瓶中，也会开放。黄色的，红色的杜鹃花挂在绿叶中，一朵朵仿佛都像是纸剪一般的轻巧。

还有红山茶，那鲜明的色彩实在太美了，它不许你惆怅，不许你感叹，只准你赞赏，而叫你增加一层生气。

牡丹与芍药，自然最为富丽。我不懂为什么牡丹芍药不能被尊为国花？你买一束含苞未放的牡丹或芍药，插在瓶中看它开放吧。苞是一个个小球，旁边带着一两瓣嫩叶，逐渐开放了，花苞最外的几瓣展开了，中间还是团成一球，颜色是深色的，花瓣开放的愈足，颜色便愈淡白了。那粉红色的芍药，配着尖长的绿叶，迎风颤动时，简直像刚满一岁的婴孩，那么的清新与姣嫩！不容你不加以爱护，不容你不丢去了烦闷。你只得尊敬，而不敢亵渎，你只得兴奋而不能暴燥。这是鲜花，这是装饰宇宙的鲜花。

豌豆花，吊钟花，蓟秋罗，五月菊，在重庆三四月间都已有了。重庆花店也以此三四月间最为华丽。重庆有那么的好花，公园里却一朵花也看不见，要看花只有到花摊上花店里去看。这真叫人感到精神上滋养的不够。

吊钟花最多是紫色与白色。花像小钟那么一球球悬挂着，花瓣里面有许多斑点，还有许多毫毛，斑点像洒在丝绒上似的星星，实在太美了。每当一朵花掉下时，一个花蒂还是留着，一条花须，像丝线那么的还是挂着。

自春到秋，绵延不断地开着花的央竹桃，不仅粉红色的花朵很爱娇，纤纤的狭长条的叶子，也着实秀丽，你不用多买，只要一枝就够了，插在瓶中，最富画意，绿叶一丛是竹子，而竹子中间是一簇红花，红花绿叶的对照，加以纤细的枝梗，尽是叫你整日欣赏而不觉厌倦的了，而且花价又那么便宜，只要四五元一枝！温度常在百度以上的重庆的夏日，养花最为困难，一束鲜花插入瓶中不到两三小时，就会枯萎了，而夹竹桃因为是木本的花，比较可耐炎热，二三天的时间还能保有鲜艳，这更是夹竹桃的长处。

到了秋尾冬初，菊花盛开，各色都有，而且极其肥大，养在瓶中也能经久，可是花价太贵，每朵二三十元，是常事。这是近时的花价，将来的花市不知如何？

原载《旅行杂志》第19卷第1期，第1—2页，1945年1月31日出版

猫的故事

徐蔚南

　　我的岳母最喜欢养猫，到上海来后，她养了一头雌的狸猫，每年冬夏二季，母猫各产一堆小猫，每次总是三四匹。所以在她的房间里至少有猫两匹。她对于猫的爱护真是无微不至，替猫预备便所，每晨亲自为之清除，替小猫预备卧处，时刻为之料理，饲食时，大饭碗给大猫吃，小饭碗给小猫吃，床子下，衣柜上都是猫食碗。她所吃的牛奶省下来给猫吃，但恐被用人所讪笑，常是秘密地做。用人故意问她猫吃了牛奶了吧？她总是否认，说："那里！都是我自己喝的。"亲戚邻里向她讨小猫时，她老是恋恋不舍，问长问短，凡是真正喜欢猫的人，她才肯送，送去了，她不时去探望，总之，她是猫的保护人。

　　我对于猫并无什么仇恨，但因为在家里看见岳母养猫，实在养的太多了，对于猫便减少兴趣了。西洋文艺家尽管把猫描写得淋漓尽致，读读是有味的，读过了也就算了。譬如说猫的娇媚，说它老是会将它的脸到你腿上磨擦，同时又迷胡迷胡地叫，叫得你非用手掌去抚摸它不可，那是真的。说猫懒惰，一睡到地上，就是四肢伸直，尽管要求舒适，一到冬天，便永远不肯离开有暖气的房间。总［是］闭着眼睛，喉咙里喃喃地像念佛，但忽然兴致好起来，便不管寒冷，登到屋面上去追逐异性，放开喉咙大声叫喊，那也并不冤枉。说它狡猾，看见什么小动物，最初装得假痴假呆，坐在那里呆看，接着忽然将身体像箭一般快地扑过去，便将小动物擒住了，它衔着动物骄傲地走了，要是扑了个空，也是坦然置之，毫不烦恼，绝无惊奇，另外去干别的事了，或者竟又去睡觉，决不像狗那么热狂，扑了个空，还是拼命想去抓住那已脱走的东西，结果弄得拖出舌头喘气。猫擒住小动物后，并不立刻将那小动物来咬死，它是要把小动物来玩弄，用脚爪来抓一下，用牙齿去咬一下，弄得小动物求生不得，要死不能，它才开心，等到小动物被它玩弄得够了，小动物的生命也去了，它的肚子如果还装得下东西，那便吃去，否则便丢在地上不管，兀自走了。这样的描写或者也够劲。然而猫的最大的功德，究竟还在它的天性会捕捉老鼠。据人类文明史说来，猫的成为家庭动物，一直可以回溯到新石器时代，当人类已经进步到会种植五谷，五谷收来放在仓库里，最会钻洞的老鼠便来仓库偷盗，猫追踪老鼠而来，用它的好耐性，守在仓库前，一动也不动，等到老鼠从仓库出来时，它便把老鼠捉住了。新石器时代的妇人看见这个动物会捉老鼠，便收养它在家里，逐渐养成为家庭中的一个生物。小孩子同它做朋友，女人们育养它捕鼠，而艺术家们为它绘图，作诗写文章。

老鼠在上海，本来不十分多，而我家中又养着那一批的大猫小猫，自然老鼠为之绝迹。家中的猫都吃得胖胖的，毛衣很有光彩。因为老鼠无可捕，它们不务正业似地终日在家中闲着，我倒替它们不愉快起来了，仿佛觉得猫儿是可有可无的，可是我一离开上海，到达山岳地带，看见猫被珍视的情态，却不禁使我对猫又起了一种虔敬之念，而对家里的几头猫，倒又想念起来，感到它们的可爱。

当我抵达安徽屯溪时，看见猫被禁闭在大鸟笼里，聚着许多人在欣赏，觉得很是奇怪。原来屯溪猫已成为珍品，每头价须数十元。在人家里难得看见猫的，那笼子里的猫便是待价而沽的。其后走了不少的山岳之地，猫总是绝少，猫总是若视天之骄子，重庆是个山城，当然也不能够例外。

重庆家庭里所畜养的猫，真是太不自由了，十之九都是用绳子系着颈项的，时刻怕它逃走。升树，上屋，散步，凡猫所喜的一概禁止，只准在方丈之地内行动，叫人看了真代为难过。像张九官太太养的一只大雄猫，头颈里系了个大铜铃，走起来郎郎地作响。记得从前的小学教科书里，有一课什么叫老鼠会议吧，是讲家庭中有了一头猫了，老鼠们大为恐慌，于是大家集会，想计划一个抵制的方法。其中一只最聪明老鼠想把个铜铃去系在猫颈里，那末猫来时铃声作响，便可相率逃避，只只老鼠赞成，拍手称妙。可是谁能去把铜铃系在猫颈里呢？因为没有一只老鼠能够做得到，系铃方法虽妙，终究仍是一场空欢喜。在重庆，却有太太奶奶们在猫颈里系响铃，好叫老鼠闻铃声而惊走，这对于老鼠真是功德无量！

重庆在民国三十二年春夏间，小猫的价格，从五十元起至五百元不等，视猫的毛色好看与否而定。沈君陶太太化了六十元买了一只小狸猫，很是宠爱，逢到她在家时，总是一心一意看顾着。尽管十分优待，头颈里系着绳子不给以行动自由，猫总是忧郁的罢。不久，小猫竟因忧郁而成疾了。沈太太于是深夜去买药来煎了，灌给猫吃，不幸药石无灵，猫竟不起。沈太太为之不欢者累日，连上天台的好嗓子都不练了。同学廖世勤兄家养着瘦而老的雌猫，他是把它视作宝贝似的，因为猪肉买不到，便天天去买肉松来喂养。好在廖太太万分柔顺，她先生要如何便如何的。拌猫饭，做猫窠，为猫做守生婆，无不来得。等到小猫出世，老猫是更被宠爱了。廖氏夫妇每次说述老猫的经历，总是异常周到，决不挂漏，据说此猫第一个主人是给猫吃牛奶的，的确是好出身，到了他们家里没有牛奶喝，只有肉松吃，已经是苦了猫也。又说重庆老鼠有毒，猫吃了后，便得中毒等情，说得有情有理，头头是道，叫人钦佩。

大抵因为被绳系住颈项的缘故，重庆的猫难得有几匹长得可爱，大多数是毛色不亮，形状难看，叫声怕人的，比了上海家中的猫真是相差大了。上海的猫多么漂亮，光彩，活泼！在重庆所见到的，只有吴开先先生家里的二匹算是美丽的了，这也是买来的，是一对黄白色的小雌猫，每只价洋一百元，朱小姐最喜欢这对猫，照顾非常周到，衣食住行，除了衣——猫自备毛大衣之外，样样设备完善，务使它们在房间里生活得非常优裕，乐此不疲，自然颈项里没有绳子，更没有响铃，猫在房间里东跳西奔，愉快非常，两匹小猫渐渐长大，由中猫而大猫了，照理，闺房里养尊处优，长大起来的这两匹猫，似乎不会再捉老鼠的了，然而竟不然，捕鼠的本领竟然没有遗忘，据朱小姐报告已捉过几头老鼠的了。因为猫长成得实在不差，吴先生还替它们俩摄了一张倩影。

传说猫有九条命，养大了总不大容易死去的。但在重庆，愈视猫为珍品，猫的死亡率却很大，仿佛猫命愈为减少似的，常常看见猫病了，以致于死。最近报纸载者广告，出卖"猫药"专治猫病的，可见猫病的猖獗了。

总之，山岳地带到底是老鼠的天堂，猫儿的地狱。

选自《圣诞礼物》，百合书房1944年11月出版

手杖与电筒

徐蔚南

　　居留在重庆的下江人，凡是略有收入的，有两样家伙，总是无不置备的，那就是手杖和电筒，性别不分男性与女性，年纪不论老年与青年，即使二者不能俱全，至少也有其一。但是我竟例外，两样都没有，然而就因为没有这两样傢伙，常为朋友所讪笑，以至诟病。

　　手杖与电筒这两样东西的功用虽不同，但为行路用具却是相同的。从手杖与电筒之成为重庆人士的必需品来，便可知道重庆走路实在不容易。原来李太白早已说过：蜀道之难，难于上青天的。重庆走路的不容易，是地理使然，毫不足怪。

　　重庆是个山城，既是山城，所有的路自然是山路了。山路云者就是登高必自卑的阶级路。在重庆城中，难有几十丈其平如砥的大道的，不是上坡，便是下坡，真是曲尽高低不平之妙。在重庆不是走路，而是爬山。没有爬惯山的下江人到重庆后便特别感觉行路的为难了，所以手杖一枝是缺不了的。在国外时，身穿洋服，手提拐杖，堂堂然徜徉于大道上时，拐杖不过是一种装饰品，或者如卓别灵似的手中一个玩具而已。而在重庆，手杖乃变为人到三只脚时代的一只脚（埃及狮身人面所发的谜语：最初是四只脚，其后是二只脚，到年老时是三只脚）。几乎少了手杖，人倒像残废了似的！走那登高必自卑的上坡路，手杖作为支柱的一只脚，自然可以少费许多气力，而走下坡路时，果然轻易，但不留神，走溜了脚，跌得头破眼肿，却是常事，应用手杖便可减少溜脚的危险，重庆人士几乎人手一杖，良有以也。

山城的石门

至于电筒，那功用是照亮，走山路，照亮是必需的，而在重庆，因为限制电力的缘故，排日分区停电，在停电之日的区域里，电筒的使用自然是更属必要了。

山城重庆的造路材料，多的是石块，少的是泥沙。水门汀与柏油在此战争时，自更属珍品。因之重庆的道路，不是石板路，便是石子路。马路是用小石块作路基，加以水门汀似的混合泥，然后以烂泥涂路面。烂泥面的马路在晴天还无问题，一遇雨天，那烂泥被雨水一渍，便成为泥浆，都浮起在马路上了。路中央因为走车马，烂泥便被挤到左右两旁，厚厚的不下三四寸，横穿马路时，双足总免不了在这厚泥浆中游泳一番。在烂泥路行走，简直像练习走绳索，重既不是，轻也不是，重了全脚是泥，轻了滑到，要不轻不重，恰到好处，有时还须两臂向两横伸开，才得免于滑倒。在重庆，委实可以训练走路的技术。行人道的石板，雨天走时也得特别细心，要是你随便闯去，踏一块松的石板上，一脚踏下去，泥水便像水龙一般直喷到你脸上来。

重庆男人衣服穿得很随便，实在是天气与道路使然，因要在重庆生活，总免不了要走路，而重庆又那么多雨，雨天走泥路，请问衣服如何穿得挺括呢？自然有得坐私人汽车的，乃属例外。徐迟先生有八行诗一首，描写重庆雨天走路，实在写得巧妙。他说：

人们拧起了裤脚管
横过一条街，生怕
开过一辆新道奇
溅了他一身泥
×　×　×
有一个人来回在街头
好像没有一个地方走
他变成了一个泥菩萨

还没有看见她。

诗中没有写出下雨天，但重庆雨天的情景确然写尽了。就是不走路，站在公共汽车站前排成单行等车时，那蓦里冲过来的汽车，经常是要涂满你一身烂泥的，有时甚至烂泥恰巧涂到你嘴巴里，眼睛上。你即使怨恨汽车也无用，那汽车早已驶过去了，而市政府并不预备赔偿你的损失。你只好自认晦气，将嘴吧里的烂泥吐去，而衣服上的烂泥，只好等它干了再讲。

从公共汽车下车，如果在雨天夜间，停在灯光半明半灭的站头上，一脚跨下去，恰好是一个大水潭，满脚是泥汤水，鞋子固然浸湿，袜子裤脚管也都浸湿了。你心上不甚高兴，那是当然的，可是没有办法，只好忍耐着走回自己寓里去洗足。假使你备有电筒的话，那你就可免去这种祸害了。

没有电筒的本地土著逢到下雨的黑夜，他们大都点一个竹片的火把，他们因为是走惯这种雨天的黑路，所以态度非常自然，行动非常悠闲。他们赤着一双脚，穿着长袍子，一手撑着雨伞，一手提着火把。在烂泥上一步步闯过去，不特不觉得不愉快，反而像煞雨天而格外使他们高兴了。我跟在他们的后面走时，很是羡慕，几次使我也想脱去了鞋子袜子，照他们的情状，让赤着的脚亲着大地的汗与水而前进！

雨后的路仿佛涂了一层油，走在上面飘飘然像要飞了起来一般。要是我的女孩子天明在这儿一定要快活极了，因为她是个溜冰的能手，在这儿路上不用穿溜冰鞋而双脚能溜，岂有叫她不高兴的吗？我对于滑溜，也滑溜出经验来了，如果脚底不由自主而滑溜起来时，千万不可故意违背脚意，要顺势让脚滑过去，身体也顺势而动，自然身体仍能颤巍巍地站住而不致跌倒，跌倒了，路上的男女一齐要叫好的呢！

凯旋路的石级共有九层，计有一百八十二级，初到时最怕走这石级的了。因为爬上去，气喘，而爬下来，只怕滑溜。但是现在每天要爬上走下这石级三四次，倒也习惯了，心理上的害怕已经扫除，只是上下时还不能走得快，走一层，歇一层，既不喘气，也不溜脚，走得虽然不快。而步步着实，所以从来没有倾跌过一次，也是幸事。

从下江来重庆的人，对于山坡的泥路都无好感。我曾经说过，待到我们最后胜利到来，我们还到南京上海去，走着柏油路时，倒要回念重庆烂泥石子的趣味了。但他们竟然回答我说，再也不愿回念的！

照我的臆测，假使过去的数年间，敌机不来轰炸，五六年中道路的建设一定非常完满了。我们要是对于重庆道路有所不满，实在应该将不满的心情变为对日寇的仇恨才对。我们可以预言最后胜利后，重庆的市街一定会远胜于今日，而可以与香港青岛相比美的。

从重庆道路的难行，连带还有若干问题也可以谈谈的，便是车辆问题，鞋袜问题以及询问路径问题。

说重庆交通工具缺少，那是抹煞事实。市内公共汽车与驿马车的数量相当的多，而其交通区域亦复不小。只是车价便宜，乘车人太多，以致无法可乘，从报上读者来函中可以看出市民对于待车太久，颇有不耐之词。我亲身经历，实在很为同情。譬如早上在上清寺趁车去城内过街楼，在车站上等候，可能要等半小时以至一小时以上。因为从第一站曾家岩开出来的车，如果已经客满，在上清寺前就不停车而开过，专车来了，又只开到都邮街的。居然有开往过街楼的车子停下来了，而又因为排在较后，轮不到卜车，只好忍耐地等着，直等到有车可乘之时为止。特别快车虽则车价较普通车几加一倍，乘客因不耐等待普通车辆，争趋特别快车，于是特别快车与普通车一样难趁着。马车呢？每车座位只限五人，在车站也要等大半天，才有乘坐机会。人力车价太贵，加以重庆人力车夫架子大，老是不肯做生意的。轿子已经在大道上取缔，就是不取缔，要二个人扛着我走，我也不愿意。假使在上午九十点钟，下午五六点钟，公共汽车能像上海公共汽车那样，定为"繁忙时间"，而多开几部车子出来，或者可以改少若干拥挤。

因为乘车不便，索性缓步当车，实在是最好办法。中央监察委员邵力子先生就是如此，他老先生满头白发，精神却很抖擞，右手一杖，左臂挟一皮包，从七星岗一口气走到上清寺，三站长路，面不改色，人人说他老当益壮。我从两路口巴中出发，步行到城中中华路那边，约走三十四分钟，比了在车站上等待半小时以至一小时才能趁得着车反而快了。不过走路虽可免车资，而亦有损失，那就是鞋袜的消费，特别加速。皮鞋底在小石块摩擦了不久，便是一个洞，后跟也脱去一层皮。只有修补一法，一次修补化费一二百元乃极寻常。袜子则脚跟上摩擦着鞋口的地方最容易破碎。在路上常可看见有人身上衣服笔挺，而赤露着脚跟，觉得有点可笑，岂知自己的袜子也破了，脚跟也赤着呢。现在鞋子一只起码五百元，袜子一只也须七八十元。所以鞋袜的消费也是一注大支出。不过走路虽费鞋袜，较之乘车，还是便宜，何况步行对于健康大有助益，而于无形中减少车客的拥挤，倒也是一种功德。

重庆雨天既多，鞋上满是烂泥，那是照例之事。然而一双烂泥皮鞋，究竟不大雅观，何况重庆又很讲交际，烂泥皮鞋去交际，更难乎为情，于是擦皮鞋的工作，乃成为日常必要工作。应运而生的，便是到处是擦皮鞋的人，男女老少都有，无论走到那条路上，总可以听到"擦皮鞋"！"擦皮鞋"！的招呼声，甚至在轮船上都有的。我去年来时，擦一双皮鞋只要二元，后来增价至三元，现在涨到五元，如在战前，五元之数可以买一双新皮鞋呢。

初到重庆，路径当然不熟，问个路由是平常之至；可是问路这件事，在重庆也很麻烦。因为土话的不同，你的问话，本地人听不懂，"煞子"？"煞子"？（什么）反问了一回，等到他听懂时，他有点讨厌了，简简单单回答你说，"莫知道"。你再问别人又是"煞子"，又是"莫知道"。有时甚至被问的人没有弄清楚问话，承他的好意，就指点你方向了，可是那方向恰恰和你所要的相反。于是南辕北辙，简直愈问愈糊涂了。要问路径还是问岗警好，他可以老实告诉你，他知道或不知道。然而最好还是先买一张重庆市街地图以及重庆指南一类的书，要到什么地方去之前，先仔细查个清楚，然后出发较为稳便妥当。

如果到四郊去，那简直非领路不可的了，以唐家沱的新建区为例。那小小的区域里道路着实不少，什么民族路，建国路，上海路等，纵横大小一大堆，你一走进去，如入诸葛武侯的八阵图，竟会走不出来的。

但是郊外毕竟比市中心悠闲宁静得多。只要是好天气，在郊外走走是极舒服的，警报来了也不关心，黑夜行走郊外路，更饶诗趣。天上只有几粒暗澹的疏星，山岗如鬼魅般地站在左右前后，泉水淙淙作响，遥远地飞来二三声犬吠，太太提着火把走在前面，老爷跟在后面，踽踽前去，缓缓移动，那简直像小说中描写的情景，妙不可言。

又如李子坝，那地方真像上海愚园路。平坦的马路，很闲静，不时有小汽车经过，也无多大灰尘飞扬，那小马车，铃声朗朗地来往，更像《战地笙歌》里的马车，只缺少一个唱"驴子小调"，沿嘉陵江的树木，也很好看。还有面江的房屋，都是很美观。嘉陵江中的风景，也"硬是要得"，片片风帆，缓缓远去，对岸邨落，隐约可见。所惜靠江一面的路上，造了不少的小房子，不仅将一片美丽的江景抹杀了，并且也毁坏了李子坝路上的诗趣。现在都市设计据说要讲美观，所以重庆市政府曾下令大拆木棚，讲美观的市府对于李子坝路上美观的破坏，却视若无睹。大抵因为李子坝那边到底冷落，只有清风明月，远不及上清寺过来一带的繁华热闹，所以不用关心吧，上海愚园路边并没有什么江，怎么说李子坝像愚园路呢？这是不能刻舟求剑的。说相像，无非是两处氛围气相似而已。谓余不信，请问在李子坝上散过步的朋友，是不是像愚园路好了。

我走路工具缺少了手杖与电筒，大为不便；也曾想制备，可是所费太为不赀了。像火柴匣那么样的袖珍电筒，从前香港只卖二毛钱，现在重庆竟要三百元，这个价目引起我的无明之火，决计不买了。手杖呢，我总觉得累赘，所以也不想买。来重庆将近一年，下江老所必备的两件走路傢伙，我竟一件也不备，说出来，叫人讪笑，实在是很应该的。

选自《圣诞礼物》，百合书房1944年11月出版

《寄云妹的信》序

徐蔚南

（一）

约莫十多年前的一个秋天，我患了一场大病之后，几个做医生的同学们，几乎是强迫着我，一定要我转地疗养。我对于上海有点恋恋不舍，同时，我的事业都在上海，实在也难脱身。同学们劝我去青岛，或者普陀，或者莫干山。可是那几个地方，我都不愿意去，因为觉得离开上海都太远了。后来老友胡独鸣兄提出乍浦这个地方来，以为很适合我去的条件的：第一，汽车来回一次不到大半天工夫，离开上海很近；第二，那儿在夏季里中外人士去海水浴的不少，风气也并不闭塞；第三，那儿有天主堂，当地土著大多是教徒；原来我的太太吴企云女士是一个最虔诚的天主教徒。这三个条件使我太太非常赞同，也说服了我。那时的汽油真便宜，每加仑只要五角钱，月底结账，还要打个九折。上海乍浦间来回一次，只要五六加仑的油。况且在沪杭国道七驾车疾驰也有一番乐趣。去乍浦！我转地疗养的地方于是就决定下来了！

一个清早，我的太太便自己驾着车，贸贸然送我到乍浦去，把乍浦当作一个现代化的地方似的，也不探听一下有没有旅馆可以寄宿，也不依赖什么亲友，竟把我直送到乍浦的山脚下了。到了山下，她跳下车了，就近打听起膳宿的地方，居然一探即得，有一个农家，当年新造几间平屋，在夏季里分租给去游泳的客人的，秋天客人走光，房子空关着，便很欢迎我地把屋子借给我一间，并允供给饭食，简直像国外大都市的近郊一样便利，一下子就安排妥善了。

我租赁的房子是在面海的山脚下，向窗前一望，就是大海，左右是两山，正是风景的中心点。那房子作为疗养室，真是再好也没有了。太太替我安排妥善之后，她就爽爽朗朗驾着车子回上海去了。在古老的中国，我和太太两人那时的生活，现在想来，实在不大合乎环境，因为我们俩的生活，实在太年青似的，而又太现代化了。

活力是企云的象征，乐观与努力是她的性格。我的女儿天明，生了猩红热，她便把她送到北四川路底的一个外国医院里去。她把女儿完全交付给医生与看护，每天她从戈登路的家中自己驾着车去探望一回，两星期后，母女欣欣然同车回来了！这就是企云办事的一例！我在乍浦养病时，她也不时送水果，送衣服饭菜来，伴我半天，然后她一个人回家。

我在乍浦一个多月里，在松林中，在海滩上，坦堂堂地脱光衣服晒太阳，一点心思也不用，我的健康竟迅速地恢复了！这一个多月里，我与松风明月为友，我与海鸥家禽为友，我与波涛山岳为友，我与农夫田工为友，清闲而热闹，感到从未经过的亲切与愉快。每天，我欣赏大自然的一切，而这大自然一切于千变万化的不变中，叫我欣赏不厌。我渺小的身体站在辽阔的大海面前，我的胸襟也扩大了。我昂起头来，傲然觉得我不是一个寻常的人物，自然将我训练到伟大了。我对乍浦，真是既感激又爱恋！

总理《物质建设·第二计划·第一部·东方大港》内，称以上海为中国东方的世界商港，实在并不是理想的位置。在这种商港最良好的位置，当在杭州湾中乍浦正南之地。他想把乍浦作成为一计划的大商港。

乍浦后经国民政府仔细视察之后，认为是当前的一个军事要塞，便禁止中外人士在该处购买土地，并即行建筑堡垒。原来政府早看到乍浦是我国东方的一个缺口，敌人很可能从这个缺口登陆，而威胁我们东南各省的。果然八一三上海战争爆发后，日寇从租界上进攻，从吴淞口进攻，都没有效果，最后还是偷偷地从乍浦登陆，威胁我国第一线部队的后方，而逼使我国大军不得不从上海一带撤退的。

明朝的倭寇扰乱东南一带，就是从乍浦上陆的，而今日廿世纪的倭寇还是钞袭他从前的旧法子，而使江浙各省沦陷。乍浦！乍浦真是个要塞！我们把现代的倭寇赶出去了后，应当立刻就全神贯注于乍浦，迅将乍浦建设为一个名副其实的最坚固的国防要塞！

这个历史上几经出演为重要角色的乍浦，我何幸而得寄居在那儿，得使我尽情视察该港的各个微细的地方，得使我在沙滩上、松林中，徜徉、游玩、休息！

我要反覆地说，乍浦的风物实在太迷人了。我要把乍浦迷人的景色写出来，告诉世人，第一自然先要告诉我的太太，吴企云女士。我每天写一封信寄给她，信中所说的，不是情话，不是家常，不是我的业务，竟是风物的描绘，全部是风物的描绘，我的太太几次来探望我时，她站在海滩上，凝目远眺，她站在山巅上，俯日下视，仿佛因为她读了我的信，对于乍浦的风物，也感到无限的迷人了。同事的朋友读了我的寄给云的信，也觉得乍浦值得一去，于是结伴前来，一方面他们来探视我，一方面也是为欣赏乍浦的风物。

"风景真好极了！"每个到乍浦的人都这样的说。

（二）

书信是任何人需要的一种工具，因为书信，就等于言语。除开哑子，任何人要说话，以发表他的意见，以与人沟通情感，而哑子不能说话，如果哑子而受过教育的，他倒可用文字来代替说话，他也就可以写信。

写信就是等于说话。有什么话要说，就在信纸上写什么话好了。可是从前白话文没有通行时，写信却像一种专门技术似的。官厅有文牍，商店有司书，专门做写信的工作。书信有书信的专门体裁，譬如开头请某人看信的看字，在文言文的尺牍体裁里，分出不知多少等级，闹出不知多少花样，什么"勋鉴"哪、"赐鉴"哪、"台鉴"哪、"亲鉴"哪、"大鉴"哪，看收信人的地位身份亲疏远近，而大有分别。到信尾请安也请出无穷数的"安"来，什么"勋安""福安""全安""大安""春安""秋安""台安"。这请安也要看收信人的地位，身份，而有所分别，不能乱写。就因为这种所谓尺牍体裁，弄得写信变成为一种特别训练，而善写信的人，也像成为一种专门人才了。

其实书信应该是照言语那么写述的。我们说话，要说得诚恳、周到、亲切、明白，才能使对方听说话的人，听得清楚，感到真切亲热。写信既是代替说话，自然应该一如说话那么诚恳、周到、亲切、明白，才能使收信人读了信后，懂得清楚，感到真切亲热。可是从前的尺牍体裁，却偏偏反其道而行之，常常要用几千年前的典故来叙述自己的感情，用陈死人的故事来代替自己所想说的说话，要使收信人去猜测，去研究，去朗诵，仿佛是一篇古文。一般无智识的青年于是以为书信是一定要那么样的才成为书信似的，于是向书店中买《尺牍大全》哪、《写信不求人》哪、《交际必备》哪一类的书来钞袭，一张普通八行的信笺，用好大的工夫才写满了，自以为得计，谋事，求职，都像可以实现了，岂知其所谋求的实现与否，竟与其信全无关系！直到白话文运动成功以后，书信的体裁才得大部分的解放。除了官场中还时刻有那种"八行书"以外，父母子女亲戚朋友间的通信，都已像说话那么率真的了。

书信中的形式上客套，实在没有多大用场，写不写都可以，有两件倒不可不写的。除开写信人与收信人的姓名以外，第一件必须写的是写信时的年月日，第二件是写信人的通信地点。有了时日与地点，才可使收信人知道是什么时候的信件，以及为复信之用。我常常看见青年人写的信，常常忘记写上时日与地点，实在是一种要不得的疏忽。

读信是一桩愉快的事情。因为每个人在社会中生活，总不喜孤独无亲的。收到亲友的信札，等于与亲友对晤，自然极愉快的，不论信中所叙述的是欢乐或悲哀。一个人收到了信，应该写回信，写回信是一种礼貌，同时也可想到收信人收到你覆信时的愉快。地位高贵的人有时收到人家应酬信或者求职信后，没有覆信，那是要原谅他们的，因为他们地位高贵了，身份也不同了，不便轻易落笔，并且他们一定应酬很忙，没有时间写信。

如果我们有时间，将自己的近状以及所见所闻，写信报告给亲友们听听，或者因为久不相见，写信问候一下起居，也是极应该的。收到你信的亲友对你的感情一定会浓厚起来的。在前线作战的士兵，得到后方一封信，真是比任何东西还觉可贵呢。所以常常有人发动征集书信去寄给战士们的。

文艺作品，有取书信的形式，理由是叫人阅读起来格外觉得亲切有味。中外的文艺作家都有这种书信形式的作品的。晋人书信，短短几行，却很隽永，别有风味。像曾国藩的家书，多少比他的札记杂感为高明。近人如苏曼殊的信札，也很有趣致。上面所说的书信，并不为文艺创作的一种形式，尚且读起来有味，其为创作形式的书信。自然格外有引人入胜之妙了。

我写给企云的这几封信，是真的信，并没有成为文艺作品的野心。只是在乍浦那末好地方，风物是那么勾人，我一个人无聊，便将所见的风物，写信给她，请她分我一点愉快，同时也叫她安心，知道我的病是如何迅速地复原，竟有兴致写述那种海边风物的书信的了。

图画中有山水、人物、花鸟等等的分别。洋堂的题材，也有人物、静物、风景之别。如果文章也有风景文章的话，那末我写给企云这一堆信，可以说完全是风景信了。乍浦的风景真是美妙，如果我的信，能够打动读者的心，觉得那地方，你也想去一去才好，那我的信就可算没有失败；要是读了我这种信，昏昏欲睡，并且觉得乍浦地方不特不可爱，而且讨厌，那是我的书信完全失败了。

（三）

我这几十封信，最初黄天鹏兄看见了，定要拿去在他所编的《时事新报·青光》上发表，居然获得读者的爱好，有位吕先生就是因为读了我这几封信而与我认识，他现在也在重庆，见了我面总提及乍浦的，并且以为我是乍浦人。后来这几十封信，曾用行楷体的铅字印成小册子，也已重版两次。书名原来叫《寄云的信》，夏丏尊兄替我加上一个标题叫《乍浦游简》。我觉得很确当而有趣致。到了重庆后在旧书摊上，发见《乍浦游简》一书，便以数百倍于原价的钱，买了回来。

我读着这寄云的信，真是感慨系之。日本鬼子已把我所有，弄得荡然无遗了。而企云母女们还留在沦陷区里，不知道她们如何苦捱日子的！我的青年活力也在这战争的几年中悄悄消逝了，我在上海所做的事也弄光了，甚至忍心将企云母女们抛却在一边，自己真是无话可说，要说也无从说起。惭愧与惶悚，只是充满我的心头。现在这本《寄云的信》的小书，承友好的好意，题了个新名，并嘱写一较长的序，重行出版，我也只有惭愧与惶悚！

选自《寄云妹的信》，中国文化事业社1945年出版

苏曼殊的小说

徐蔚南

民国三十一年的初冬，太平洋战争快满一周年的时候，我还居留在上海，一般无聊的人环伺在我四周，都想把我变成俘虏才甘心。迫不得已，我只好脱出上海，而奔向内地来了。

民国三十二年二月末，我踏到了重庆的土地，才得瞻仰陪都的风光。因为三十一年间，敌机忙于太平洋的战争，而无暇顾及轰炸四川，坚苦卓绝的官员与民众，迅速在重庆的废墟上重行建设了一个兴盛繁华的都市，四时冠盖云集，摩托车疾驰于市廛间，真是说得上如龙如水。城中道门口一带钢骨水泥的大厦，栉比相连，尽是银行，仿佛就是上海北京路外滩。陪都什么都繁华，只是文化食粮的品质太差了点。像用薄薄的土纸印刷的报纸，你要尽量轻细地揭开来，愈轻细愈文雅愈好，手指稍稍用一点劲，报纸立刻就□烂了。一张报纸一面是广告，另一面是新闻，因为油墨太坏，纸张太薄，所以只准你看一半的，就是有的读新闻时，不准看广告，有的读广告时，不准看新闻。杂志书籍也和新闻纸一样。旧书铺里也没有什么书，所有的，中学教科书占了一大半，像从前上海一折九扣的书本，便已居为奇货，每本总是几十元，文化在重庆实在可怜，身体食粮固然不够吃，精神食粮更是凄惨。

我到重庆之后，想解决我个人的生活问题而谋一啜食之地，不料总是谋不到，不用说得的兴致一天天的减低，精神一天天颓唐了。幸亏还有几个素心的朋友，不时来探望我，百般的慰藉我。他们还将他们所有的破烂的书籍，供给我阅读。破烂的新闻纸印的书本，在重庆也是黄金一般的价值呢。读者请珍惜一点字纸吧，莫笑书本的龌龊与破烂！在破烂的一堆蹩脚书中，有着一本苏曼殊的小说集。这是粪土中一粒红宝石。

苏曼殊之于我是太熟了。因为柳亚子先生是曼殊的知己，他代他印诗集，他研究曼殊生平，替他做传，做了一次不算，再来第二次，他替他印全集，他也叫我把日本人的一篇关于曼殊的评传译出给他看。

我最初读到的曼殊的小品，就是柳先生替他印刷的仿宋体字排的诗集，像煞排印过二次，而二次印本我都有过。曼殊的诗，非常自然，聪明得很，同时又是缠绵悱恻，所以着实引起我的爱好。曼殊的短简也别有风味，一如晋人小品，叫人读了醺醺然，如饮西湖的龙井茶。但是曼殊的小说，我却从没有仔细读过，第一因为小说比较长，没有诗句信札那末简短；第二因为小说用文言文写以为总写不出什么文章来；第三因为以耳代目，听信一群人攻击他小说是鸳鸯蝴蝶派。所以我对曼殊的小说，只是随便翻翻，从来没有读完过一篇的。这都是我自己的错，曼殊的小说，不料着实不差呢，至少自有他的价值。

因为在重庆，精神食粮的品质太贫乏，又因为我闲散着心绪闷闷不乐，仔细一读曼殊的小说，竟读出滋味来了。不仅对于随时流露于作品中的曼殊的凄凉身世，予以最大的同情，并且对于他们的艺术的天才，也非常倾倒钦佩。

我们知道曼殊是中日合作的一个杰作，父亲是一个广东商人，而母亲是一个日本女人。曾经听见过人说，异种相配的子孙，常常是很优良的，如果是人，那末特别聪明。曼殊的天才也许就是原因于中日的合作。

日本人的生活与思想，因为是岛民之故，自然远不能与我们大陆人民的宽大相比，他们的胸襟是狭小的，惟其狭小，所以对于狭小的东西特别留心，而弄得精致非凡。譬如饮茶，不论茶杯、茶壶、茶盘，都是小巧玲珑，精致可爱。譬如吃饭，一个漆盘中盛着里面红漆外面黑漆碗清菜肉片汤，一张描水草的盆子里是一条鱼，那水草和鱼，色彩配的那么好，远看去，简直是一张画，一小碟子放三片大根。饭是放在白木黄铜裹腰的小桶里，桶子是常常像新的一样，黄铜的腰带永远光亮。如果饮食不仅是满足口腹之欲，也须有眼睛享受的，那末日本简单的饭食是很美的。插花在日本也是一种艺术，要把花枝插入花瓶中，既自然，又好看，活泼娇媚，如生在枝头一般。先生教人插花，有许多方法，花枝的施展状态，分出什么天地人等等，颇具匠心。又如盆花，松柏之类，经花匠的手剪裁，居然在小巧的盆中，显出奇拔的姿态，叫人流连忘返。街头商店的玻璃橱窗里，也有种着朝颜（喇叭花），把一个厨窗布置得像一幅中国画。女人头发上，赛璐珞制的各种虫豸的小别针，书案上的种种文具，还有一切小玩具，日本制的无不精好绝伦，叫人爱不释手。日本人写中国字，不是草书，便是晋唐小楷，龙蛇飞舞与古拙之趣，同时并存，因为他们写字，不是伏案写的，而是凌空写的，所以倒是真正悬腕。他们写的俳句以及短篇散文，文字是少极了，可是很富风趣，一言以蔽之，日本人的生活是精致小巧。

苏曼殊一半是日本人，当然是具有日本人小品的风趣。他的绝句，写得那么凄艳，他的信札，写得那么低徊，可以说正是他一半日本人性格的表现。苏曼殊的小说，偏激一点说来，实在也是小品诗文，不过将小品诗文连缀起来罢了。要恭维他思想伟大，是谈不到；要赞美他小说格局巨大，也是谈不到，但是他的小说，却充满诗意，真美，真精致，真可爱，值得我们在花前月下，静静地欣赏；值得在我们心绪不宁时，展卷吟味。

我们试想一想，中国伟大的小说，像《水浒》《三国》《红楼梦》等等，那一本不是用白话，至少一半白话来写的。因为白话文是比较活泼自由，描写起来，舒展得开，而文言文则缚手缚脚，总不畅快，尤其是叙述书中人物的对话，不能写得"有如其人"。所以用文言来写小说，实在是顶着石臼做戏，老是不讨好。苏曼殊的创作小说，却一律用文言来写，其不能讨好，自然是意中事。不料文言小说在苏曼殊的手下，竟然写得还是得心应手，并不十分勉强，这是可喜的，我们随便在他的小说里，可以摘取例子：

"一日余方独行前村，天忽阴晦，小雨溟漾，沾余衣袂。此日为清明前二日，家家部署扫墓之事，故沿道无人，但有雨声淅沥，愁人而已。余纡道徐行，至一屋角，细柳之下，枯立小憩，忽睹前垣碧纱窗内，有女郎新装临眺，容华绝代，而玉容带肃，涌现殷忧之兆，迨余旁睇，瞬然已杳。俄而雨止，天朗气清，新绿照眼。余方欲行，前屋侧扉已启，又见一女子，匆遽出而礼余，嗫嚅言曰：'恕奴失礼。请问若从何方至此，为谁氏子？以若年华，奚至业是？若岂不识韶光一逝，悔无及耶？请详答我'。"

你看景物描写，固甚活泼动人，而人物语言，亦甚自然。当然用白话来写时将更动人，但文言而能写到如此，实已不易。

曼殊小说里写景之处，而一无陈腐之态，例如：

"是夕，维舟于野渡残阳之下，时凉秋九月矣。山川寂寥，举目苍凉。忽有西北风潇飒过耳，余悚然而听之，又有巨物呜呜然袭舟而来，竟落灯光之下，如是者络续而至，余异而瞩之，约有百数，均团脐胖蟹也。此为余初次所见，颇觉奇趣。"

这秋夜蟹行，确有奇趣，而其文亦然。又如：

"忽一日，女缮一小小蛮笺，以红绿轻系于蜻蜓身上，令徐徐飞入余窗。盖邻窗与余窗斜对，仅离六尺，下有小河相界耳。"

此是一幅蜻蜓送诗图，虽则不能如五尺长松，悬诸中堂，但何妨割取，装置镜架，挂于闺中素壁之上。更如：

"一夕，生目稍瞑，忽觉有人即枕畔引生右手，加诸鼻端闻之，复倾首以唇樱微微亲生之腮。迄生张目而视，则女郎悄立于灯畔，着雪白轻纱衫靡颜腻理。二人眼光频频相对，生中心愈觉摇摇，久之，微启女郎曰：'阿姊悴矣'。又曰'何事见教？敬烦阿姊以芳名见告'。"

像这样的细腻描写，实太美丽了，简直叫你不敢逼视。

叙事的细腻，状物的美丽，还不是曼殊小说里的特点。从来无数的文言文笔记，状物叙事，能臻美妙的，当属不少。但曼殊小说有一特点，却不是从来笔记所能企及的，那就是禅味，曼殊做过和尚，对佛教又颇有研究，因之在其文字中，时时用着佛典中的字眼，而且关于和尚生活常常竭力描写。读他的小说，觉得常有一股禅味，如花香，如月光，如燕影，如泉声，清净新鲜，得未曾有。《断鸿零雁记》开端就写庙宇，就写和尚生活。当你展卷之时，他就把佛教的庄严先将你的精神净化一下：

"百越有金瓯山者，滨海之南，巍然矗立。每值天朗无云，山麓葱翠间，红瓦鳞鳞，隐约可辨，盖海云古刹在焉。……今吾述刹中宝盖金幢，俱为古物。池流清净，松柏蔚然。住僧数十，威仪齐肃，器钵无声。岁岁经冬传戒，虽入山求戒者寥寥，以是山羊肠峻险，登之殊艰故也。一日凌晨，钟声徐发，余倚刹角危楼，看天际沙鸥明灭，是时已入冬令。海风逼人于千里之外。读吾书者识之，此日为余三戒俱足之日，计余居此。忽忽三旬，今日可下山面吾师；后此扫叶焚香，送我流年，亦复何憾！如是思维，不觉堕泪……斯时晴波旷邈，光景奇丽，余遂披袈裟，随同戒者三十六人，双手捧香鱼贯而行。升大殿已，鹄立左右。四山长老云集，香赞既阕，万籁无声。"

娑婆世界里的读者，日困愁域，读到此文不是像喝了一杯冰水那么清凉吗？曼殊是一个感情人物，所以多少是伤感主义的，就是佛教生活，他也拣特别伤感的来打动柔弱的心弦。

"入夜，法事开场，此余破题儿第一遭也。此时男女叠肩环观者众。监院垂睫合十，朗诵真言，至'想骨肉已分离，睹音容而何在'，声至凄恻；及至'呜呼！杜鹃叫落桃花月，血染枝头恨正长'，又'昔日风波都不见，绿杨芳草髑髅寒'，又'将军战马今何在，野草闲花满地愁'等句，则又悲健无伦。斯时举屋之人，咸屏默无声，注瞩余等。"

像这样伤感的词句不必亲聆长老的高声朗诵，就是读这纸面上的文字，也已教人"屏默无声"的了。又如叙述赴小田原扫墓一节，写是写得美极了，可是同时也伤感到极点。

"余与弱妹随阿母步至浮屠之后，见王父及先君两墓并立，四围绕以铁栅，栅外复立木柱。柱之四面，悉作昙文，书地、水、火、风、空五字，盖密宗以表大日如来之德者也。余与弱妹取松枝，将坟上积雪推去。余母以手提壶灌水，由墓顶而下。少选泛洒严净，香花既陈。余母复摘长青叶一片，端置石案之中，命余等展拜，余拜已，掩面而哭。余母曰：'三郎！雪弥剧，余等遄归。'余遂启目视坟台，积雪复盈三寸，新陈诸物，均为雪蔽。"

曼殊小说，除开一股禅味之外，还具有强烈的异国情调的熏香，即如上面赴小田原扫墓一节，一方面固然是禅味醇醇，同时另一方面又是异国的情调，那扫墓的情景，完全是日本的风俗。因为曼殊是含有日本的血统，而如《断鸿零雁记》又是一部分写他到日本去探望母亲的，所以日本的情调特别的多。《碎簪记》虽则写西湖上海所发生的故事，而亦插入碧眼外国人的情歌，而且就写上英文，翻译也不加上一点。《绛纱记》插写南洋情景，如：

"估客、舅父同乘马车，余及五姑策好马，行骄阳之下，过小村落甚多。土人结茅而居，夹道皆植酸果树，栖鸦流水，盖官道也。时见吉灵人焚迦焚香拜天，长幼以酒牲祭山神。五姑语余，此日为三月十八日，相传山神下降，祭之，终年可免瘴疠。"

这正是星加坡的情景。《天涯红泪记》中记重九晚膳为红豆饭，称罗睺罗饭，亦非中国风气。异国情调每能引人遐思，予人以新奇之感觉。禅味与异国情调于是成为曼殊小说的二大特色。

曼殊是个多情的诗人，他的小说虽是散文，实则仍旧是诗，所以读下去，觉得很是缠绵悱恻。不信，请念念下面的散文，是不是诗？

"三郎！早归。吾偕令妹伫伺三郎，同御晨餐。今夕且看明月照积雪也。"

"余垂目细瞻其雪白冰清之手，微显蔚蓝脉线，良不忍遽释，惘然久之。"

"余更无词固拒，权伴静子逡巡而行。道中积雪照眼，余略顾静子芙蓉之靥，衬以雪光庄艳绝伦，吾魂又为之飒然而摇也。静子频频出素手，谨炙余掌，或扪余额，以觇热度有无增减。俄而行经海角砂滩之上，时值海潮初退，静子下其眉睫，似有所思。余瞩静子清癯已极，且有泪容，心滋恻怅，遂扶静子腰围，央其稍歇。静子脉脉弗语，依余憩息于细软干砂之上。"

"于是导余登楼，甫推屏，即见吾母斑发垂垂，据榻而坐，以面迎余微笑。余心知慈母此笑，较之恸哭尤为酸辛万倍。余即趋前俯伏吾母膝下，口不能言，惟泪如潮涌，遽湿棉墩。此时但闻慈母咽声言曰：'吾儿无恙，谢上苍垂悯！三郎！尔且拭泪面余。余此病几殆，年迈人如风前之烛，今得见吾儿，吾病已觉霍然脱体，尔勿悲切。'"

存亡未卜而久已想念的一个儿子，一旦忽然现在眼前，做母亲的是悲是喜？恸哭不得，只有微笑。这微笑呵！自然较之恸哭尤为酸辛万倍！这样沉痛的诗句，还说不是诗，那末什么才可以称为诗呢？曼殊的小说，随处是诗，随处是绝好的诗，只要你仔细去吟味。

曼殊能够绘画，而画得也清秀异常，颇有云林之致，因之其文字的记述，也每多画意，而能塑出当时的风景，人物的行动。直接描述绘画的也有数处，都能显示其绘画的才能。《孔梦记》有一张松下鼓琴图：

"明日，晨斋毕，生谒玄度。玄度粗衣垢面，而神宇高古，方伏案作画。画松下一老僧，独坐弹琴，一鹤飞下。既竟，命生为题之。生接笔构思，少选，书一绝句曰：'海阔天空九皋深，飞下松阴听鼓琴，明日飘然又何处，白云与尔共无心。'玄度自撚其发曰：'字迹类女子，然小诗可诵也。'"

《断鸿零雁记》也有一幅山水，"即绘怒涛激石状，复次画远海波纹，已作一沙鸥斜身堕寒烟而没"。他借静子的言词来批评这幅山水道："今吾三郎得毋写厓山耶？一何使人见则翛然如置身清古之域，此诚快心洞目之观也。三郎，余非客气之言也。试思今之画者，但贵形式以取悦市侩，实则宁达画之理趣哉？昔人谓画水张终夜有声，余今观三郎此画果证得其言不谬。三郎此幅，较诸近代名手，固有瓦砾明珠之别，又岂待余之多言也！"从中可知曼殊不仅深得画法三昧，且自视作品甚为高贵的了。

从小说里，我们又可窥知曼殊的趣味。第一，他对于女人的发结，极为注意。原来我们东方女人的发结，正如西方美人的帽子。欧美女人的帽子是没有一顶相同的，各依各的面貌个性，而异其帽式，戴法也各各不同，争奇斗媚，无非要显出她本人的美点与性格。东方美女的发，从前也是千差万别，各随所好，而表现其个性。到了短发流行之后，发结固然取消了，而烫发盛行，多少也尚能表现个性。至于日本，短发的风气还没有普遍，女人的发结仍然是表现个性的艺术。曼殊却能看到了东方女人发结的美，所以曾经想创作一本发结图考，我在柳亚子先生处曾见过一部分的原稿。至小说中，也不时流露他爱好发结的趣味。

"女郎挽文金高结，即汉制飞斜结也。"

"静子此际作魏代晓霞妆，余发散垂右肩，束以缃带，迥绝时世之装。"

"女束发拖于肩际，殆昔人堕马之垂鬟也。"

"五姑是日服窄袖胡服，编发作盘龙髻，戴日冠。"

曼殊小说的材料都是关于恋爱，而且尝是三角恋爱，原来恋爱是人生除了吃以外最大的波澜，而三角关系，更是波谲云诡，悲欢离合，在在引人入胜也。独有《焚剑记》一篇，内容固然与恋爱有关，写乱离的情景，却特别强调，仿佛是地狱的变动。兵灾，杀人如麻，死人的堆里忽有死尸站立起来，那是受伤而未死的；军官吃人腿，乡人煮人心：凄惨的情形，叫人不忍卒读。水灾的一段插话，更是一首好教训。据说"有贫富二人，因水灾而同息树间，经八日有半，富人食物将尽，贫者止余熟山薯二，富人探囊出一金锭示贫者曰：'若以薯子分我，我即与汝此金。'贫者以一薯易金。久之，复出一，向贫者言如前。贫者实饥，而心未决。富人曰：'子何不思之甚？昨夕天边发红光，明后日，水必退。子得金，何事不办？贫者心动，竟从之。富人留薯不食。又半日，贫者饥甚，垂死，富人视之恝然。迄贫者气绝，富人徐将所予二金取还，推其尸水中。入夜，水果退。"此外，文中所述，尚有妓女，黄包车夫，鸦片烟馆等，尽是人间的黑暗面。谁道曼殊这篇《焚剑记》有意要写出一个悲惨世界来，叫人猛省，回头是岸，皈依三宝吗？总之，《焚剑记》是曼殊小说中特别的一篇。《天涯红泪记》是一篇没有写完的作品，我们不能多所说述。

曼殊既是中日的混血儿，他对于中国与日本，究竟爱好那一个？从他个人恩怨方面说，显然他爱他的母亲，而不爱他的父亲的。但是就"大义"方面说来，他却爱中国远胜于日本，这是在他的创作里已深露出来了的。

"三郎，即夫人命尔名也。尝闻之夫人，尔呱呱堕地无几月，即生父见背。……后此夫人综览季世，渐入浇漓，思携尔托根上国；故掣尔身于父执为义子，使尔离绝岛民根性，冀尔长生为人中龙也。"

所谓"托根上国"，"离绝岛民根性"，显然在其父国母国之间，分别了上下。记得民国十三年时，柳亚子先生在故乡办了个暑期讲演会，有一天轮到戴季陶先生讲演，临时因事缺席，我就请柳先生讲苏曼殊。他说：辛亥革命，先烈陈英士先生在上海起义的消息，传到南洋时，苏曼殊热烈得很，写信给他，其中有两句诗是"壮士横刀看草檄，美人挟瑟索题诗"，并且说："遥知亚子，此时乐也。"是可知曼殊对于革命的成功是异常的兴奋，他不仅埋头于文学，也有兴趣于政治，归根说一句，他是爱他的祖国中华民国的。

感谢我的朋友们，在我心情恶劣，头痛脑胀之时，给我百般的慰藉！安慰之一便是供给我若干书籍，而苏曼殊小说中，则更如一位久别的爱友，使我暂时忘却了现实的一切痛苦，而沉浸于诗情画意中！

因为今年是苏曼殊逝世二十五年忌，有人要重印他的著作，同时要我写篇关于苏曼殊的文章，我实在无言可说，于是把苏曼殊小说读后感写出来缴卷。

原载《文艺先锋》第3卷第5期，第39—42页，1943年11月20日出版

胜利杂忆

徐蔚南

本来这是为我自己所编的刊物而写的，现因中国国民周刊索稿之故，而出版的时间，又不相上下，故特发表于此——蔚南志。

卅四年八月十四下午，我应中央文化运动会夏期讲习会之约，去文化会堂作讲演。是下午五时开始的，大会堂中，已坐满了人，有六十岁前后的老先生，七百十多岁的青年男女，天气虽则很热，场中空气却宁静。

大约讲述约一点多钟的时候，忽然听见屋外有骚动的声音，我仍继续讲下去，满以为不过是相骂，打架，至多是失火等类事情。但形势逐渐紧了，骚动波及到会堂前的庭中，许多工友匆匆地杂乱地跑向门外去。文化会堂的秘书李辰冬先生，形色紧张地跑来，向我低声说："日本投降了！"

我不知道自己如何硬训练得那么冷静的，也许因为胜利早在预料之中，不过是早一点而已，也许因为我那时候不以为消息并不十分可靠，我仍旧讲下去，只是缩短了内容，将已讲过的扼要地复述一次，然后加以一个结论，听众依然静听着。但其时爆竹声已四处响起来了。我和李先生便向听众宣布道："报告各位一个好消息，日本今天已投降了！"这时满堂的听众的情绪，是紧张、严肃、兴奋而肃静的。过了半分钟，我们领导鼓起掌来，立刻全屋子的人一齐鼓掌起来，庆祝我们的胜利！

…………

欢呼的口号从四处爆发起来，接着听众们一齐拥出会堂去，一到街上，只见满街是男女，满街是欢声，爆竹接连在燃烧，吉普卡，公共汽车上的人也高呼胜利了，胜利了！美国士兵向着我们伸起大指捆，口中叫"好"！

我还到中华路的京门前，看见同事们都在门口，地上是一大堆的爆竹纸屑，显然已放过爆竹的了！

各报争出号外，每张买到一百元，二百元不等。虽则号外上并没有什么特别消息，但是人人还争购号外，仿佛一看报纸纪载，便格外证实一点似的。平常蚀本的报馆，靠了号外倒发一点小财的。

在中华路左手的青年路上的联合画报社装置着扩大器，愉快的音乐，流注在满街的人头上。美国兵左右两臂挟了啤酒，到处叫"好！"美国兵的吉普车坐满了中国孩子在路上如鱼行般地前进。

我和同事们一起到青年馆的酒吧间里去，先要一瓶伏特加的烧酒。堂倌说："酒只卖给联合国的友人，不卖给同胞喝的！"

我们一齐抗议道："今天胜利，酒还不开禁吗？快拿酒来，我们一齐来喝酒！"

我们把酒也奉给邻桌的男女，有位广东女将说平时不喝酒，但今天非喝不可。我们将酒杯一饮而尽，真觉得痛快之至。接着我们吃冰淇淋。美国兵挟了大的爆竹到酒吧间里来，就在地上燃放起来，那声音真响亮，砰！砰！砰！

走出青年馆的酒吧间，一到路上，只见人更增多了。国际舞厅前，人如潮涌，据说舞厅里的杯盘都被发疯般的人们打光了！转到精神堡垒那方面去，听见锣鼓热闹盈耳。满街是人，到处是人。在精神堡垒角落上，一家下江人开的小食店四五六，在玻璃窗上用红纸贴上一个V字，还贴上还后胜利的标语。

从街上回到静寂的卧室中，一个人坐在藤椅中，在暗淡的灯光下，双手抱着头，回想一下在战争中和敌伪斗争的经过，自幸我的一家人从最小的婴孩也都能接受最大的痛苦，和敌伪斗争到底，现在终于胜利归于我们！不管过去如何忍辱受苦，此后生活如何的艰难，总之敌人给我们打倒了！不觉静静地淌下泪来！这是痛苦的眼泪，也是欢欣的眼泪！

十一日我们大批的人乘着三辆大卡车，去上清寺国府，向主席致敬，男女老少挤满了国府的大礼堂。当蒋主席从容不迫地出来时，万岁的声音立刻爆发起来，足足有五六分钟之久。主席笑容满面地频频向我们点首。后来听了主席报告关于日本投降的消息，我们便乘车而去，沿途高呼口号与唱国歌。那个山东傅胖子特别注意劳工大众，凡经过劳工聚集的地方，总是他领导高呼口号，引动劳工们的热烈的反响。回到家中，林虎先生替我写了四个字"胜利到来"，黄炎培先生替我写了二句诗道："料得十州城下日，沈阳一夕悔称兵"，以为纪念，都是写在信笺上的。我回到上海，便将二张字装裱起来，挂在墙壁上，现在还是挂着。

中华路上英国大使馆的新闻处，高悬四大强国的国旗，（其时法国不在四强之内）夜间于三层楼上满缀电灯，并放送各种音乐，热烈雄壮，得未曾有，每逢奏各国国歌时，行人都伫致敬。这样连接庆祝有一星期之左右。

庆祝胜利这一天，联合国家男女都在参加游行。行列长至数里，美国女兵戴着中国大草帽，欣欢若狂，行列中的舞龙舞狮最为可观。像电影明星，康健女士，也扮个和平神像参加游行的。

胜利后数天，重庆晚报描写上海胜利后人民纸醉金迷，热昏的样子，写得非常刺眼，邵力子先生指着这报纸告诉我道："上海是这样胡闹，还是在后方清静得多。"他的说话虽似寻常而简单，但我很了解他的深意，我便冷静的凝视胜利后的一切。

原载于《中国国民》（上海）第1卷第5期，第12页，1946年9月1日出版

归 来

徐蔚南

胜利刚刚到重庆，一般下江人便急急作归计了。我倒并不着急，第一觉得回家这件事，是已不成问题的了，只是时间迟早一点而已；第二，在重庆所逢到一切的不如意，终究像恶梦一般一一消灭了，而一般亲戚朋友同乡同学给我的亲切的情谊却日厚一日，令人恋恋不忍割舍，就是寓所中的一草一木也像特别可爱似的，舍不得一下子就离开了。

寓后的民国日报同人却急急要恢复该报，承他们的好意，决定要我回沪参加，代我向行政院去登记飞机座位。飞机登记表是他们在九月十五日送行政院的，我以为至少还要等一二个星期才有机会，岂知十七日的早晨，在行政院当参事的汪日章先生就来电话通知我，明天就可飞了。这是完全出乎我意外的。好在我在重庆只有一个身体，一床被褥，几件破衣，以及一大堆书籍而已，书籍是不能带飞的，其余的东西简单到只有一个包裹，所以要说走，立刻就可动身，毫无困难的，所可感伤的，就是一大堆朋友的隆情厚谊，却不得不匆促割舍了。我就立即用电话通知几个最亲爱的亲友，告诉他们明天要飞去了。老友王世显先生恰巧从南温泉出来，寄宿在我的房间里。他知道我要回上海了，便对我说要借点钱给我用。他的性格，他的作风，老是要使人深深感到他的温雅细腻的好处。譬如这次他是要送点钱给我用，嘴上却说借给我，不使我难于接受。叨在相知甚久，我就收了他的十五万块法币。我写的一幅草书，已经裱好了的，他很喜欢，我就送给了他。下午，他回南温泉了，朋友们却多来送我行了，第一个来的又是汪日章先生。他通知我明天飞机的情形，并表示惜别之意。其时邵力子先生还在办公室里，并且恰巧没有客人。我就去通知他明天我要走了。当然邵老先生照平常一般的冷静，但心境与形容上都显出惜别的情绪。我们静静地谈了三四十分钟，客人来了，我才辞去。到了夜间，亲友到来的更多，有的代我整理行李，有的要我写纪念册，很是热闹。有几位一直坐到九一八早上一时左右才离去。他们诚挚的情意，真令人感泣。人散后，房间里显得空洞洞的，只有一大堆的书，像小山一般靠着墙壁，我预备丢了它算了。我凭着各个窗口，时而瞭望一下庭园，看那一排苍翠的夹竹桃，映着园中的路灯，吹着晨风，向着我摇曳，仿佛和我点头似的；时而又瞭望着新开的马路，冷清清地没有一个人来往。这条新辟的马路，在胜利之后，曾经大大热闹过一回的，无数的摊贩盘踞着这马路的两旁，有的叫卖着布匹，有的叫卖着土制的纸烟，还有化妆品，旧衣服，杂用器具，美国军用食品等等，无不俱备。他们晚上五点钟之后都来铺陈起来，各自点着一盏电石灯，照得马路非常明亮。一班小公务员都到这马路上来看热闹，买小东西，像毛巾手帕之类，一直要热闹到夜间八九时左右才散尽。如今我望着这冷清清的街道。我想不知什么时候再能和他相见。

　　一转瞬间，已是钟鸣三下。飞机场通知九一八早上四时就要赶赴白市驿的。只有一小时的余裕，索性不睡了，和衣横在床上休息了一回，就听见有当差来供给我茶水了。吃了一碗面，就乘着会里的小汽车到飞机场上去。朦胧中，我离去了中华路上的宿舍，离去了七星岗、莲花池等平日走熟的地方，在半明半灭的路灯光下，到达了白市驿。飞机场上已有不少的男女：其中有的是来送行的，有的是预备乘机离渝的。问问何时可以登机。说是飞机还没有来哪。于是到待机室去。在那儿遇见了不少熟人，苏州徐象枢先生伴着他的新夫人到昆明去，中央日报馆记者徐宗珮小姐是飞往加尔各答，转往英国去的。后来中国文化服务社刘百闵先生也来了。一直等到十点半钟才称行李，十一时才登机开行。一起共有两机同飞南京。我所乘的一机中，因为有两个客人没有来，所以特别的空。起飞之后，就有人横卧在座位上的。向窗外机下瞭望，只见高低起伏的山岗，黄色的泥土，绿色的稻田，其中像一条白练在山岭中蜿蜒前去的，那便是扬子江了。我们的飞机仿佛就是跟着扬子江而前进的。虽则飞得极快，可是在机中的人还感觉得太慢了。加以飞行太稳静，没有一点叫人不适，更其觉得在机中坐得太久了。后来看见下边的河山，明晃晃地都晒着太阳光，立刻叫人感觉到了江南地带，果然我们已进入安徽境界，不久南京就在望了。将要到达南京机场上空时，我取出一小纸包的泥土来。这是廿六年离开南京时，在中央党部防空壕上花坛里取来的一点儿泥土，经过几年的秘藏，已经干燥如粉。这是一撮南京的干净土，从没有被敌人践踏过的，跟着我奔东走西，始终像宝贝一样被爱护着的，经过八年的浴血抗战，这一撮泥土终于被带回故乡来了。我心上说不出的愉快，当飞机缓缓向机场降下时，我就将这撮泥土，顺着风送归到它的家园。回来了！我可爱的南京！你被野兽蹂躏了八年，终于野兽被缚住了。我走下飞机时，我不禁挺起了胸膛，用力地呼吸一口南京的空气；我放目四顾，一片明亮的景色；我的脚踏着的黄泥，觉得暖烘烘的；我挥动着手臂，觉得多轻松啊！啊！可爱的南京！我兴奋到眼中充满了泪水！啊！伟大的南京！我真是在南京了！我真已到了南京来了！那时我愉快的感情简直无法可以形容的。

乘着卡车到城里，沿路看见南京的景色依旧，只是多了许多日本的商店，可是如今都已关闭的了。到了城里，立刻就去中央社。曹荫稚先生正在社中，他去买了一堆烧饼来，大家当作点心吃。到各个旅馆去定房间，却都回答没有了。于是去找陈训悆先生，请他想办法。他说卜少夫先生房里还有一个空床，可以权宿一宵，那住宿问题立刻就解决了。接着就同陈先生一起出去访友，都是新闻界的朋友，晚上便由曹荫稚先生等在六华春请客。那六华春一如廿六年时情景，大模大样，堂倌招待得万分客气，歌女依然出出进进很多。我们这一席夜饭，吃得着实丰富，大粒子的虾仁，大盘的鱼，大瓶的啤酒。只可惜我胃口太小，义不喝酒，错去了多少的美味！

九一九的清早，大家还在睡梦里时，我已到达下关火车站了，因为知道买火车票要排队，而买票人太多，故非早去不可。化了不到一千元法币，我就买得一张京沪的头等车票了。上车后，幸而又得到一个座位。车中乘客愈来愈多，当车子离站之时，车厢里已塞满人了，没有座位的，都站立着，或者坐在自己的行李上。其后每到一站，便有许多人挤上来。因为车厢门口已塞满人了，乘客便从窗口里爬进来。日本人也都爬窗口，不论男女都一样。从前日本人巍然坐在车中，牙齿咬紧着下唇，两手按在分开的两个膝上，一股目空一切的傲然的姿态，如今是完全取消了。他们拥挤着，抢占座位，让女人摇摇摆摆站在车中，所有武士道的面目已一扫无余。京沪线旁被解除武装的日兵，三三两两，无聊地仰卧在树荫下的地上，战败已爬上了他们的面颊，已腐蚀了他们的心胸。最令人愤慨的，沿京沪线路上，凡有房屋之处，墙壁上无不涂满蓝底白字的仁丹、大学眼药等等的大广告，将江南美丽的田园风景破坏无余。火车到达上海北站已是晚上六七点钟了。火车站一片嘈杂，闹烘烘地，我赶快找一个红帽子的，帮我拿了被褥。我跟着他走出车站时，觉得上海的夜真明亮，多年没有看见的光明，是的！这是上海的夜，充满着青春气概的上海的夜，那是上海的黄包车，上海的电车，上海的男人，上海的女人，一切都是我的亲友，一切都是我的知己，啊！上海，我曾尽我的力与敌人相周旋；我曾尽我的力发见你的美点；我曾尽我的力，叙述你的生平；我曾夸口说过上海是我的，我是上海的。虽则我被敌人逐出去，但到底我胜利地又回来了。我真的又到了上海了！

我立刻坐了黄包车去南京路一带找旅馆，先施永安等处都是客满，后来在新世界才找到一小间空房。略略安顿之后，我就去找我的女儿徐天明。父女相见之下，真是欣兴欲狂。她抱着我头颈吊起她的身子来。她如今长大了，身体很见康健。我们立即雇车回到旅馆里，又一起去吃夜饭。到明天，在学校里念书的孩子也来了。我们就叫他到乡下去请他的母亲和弟妹等出来。不久之间，被日本人赶走的我的家庭便又在上海树立起来了！而横暴无比反客为主的日本强盗到底都被赶出上海，赶回他们的老家去了。

原载《旅行杂志》第22卷第1期，第40—41页，1948年1月1日出版

睡前漫笔

徐蔚南

一　记马彬龢

抗战中，陪都重庆成为东亚军政的中心。四方之人，云集其地，都是慷慨激昂之士，其中更有不少畸人。在重庆市上，我们常常遇见一位穿着黑袍子，生着长胡子，赤足穿布鞋，手里挟了一个黑皮包，精神抖擞地奔来奔去。看他的面貌，不像是中国人，却像一个耶稣会的神父，但他会说中国话，甚至会说上海话。这正是重庆畸人之一，说他是中国人吧，是的，但他实在是个外国人；说他是外人吧，是的，但他已入了中国籍。要是以国籍为法律上分别各国人的根据，那末他的确是中国人，名为马彬龢。马彬龢原籍是英人，不知那一年到了上海，同中国人做起朋友来了。并且主编过一个中文的文艺杂志。邵洵美兄似乎和他很熟悉，可是邵先生现在在美国，没有方法询问他关于马君的一切。

马彬龢什么时候入中国籍的，我也不知道，只知道他当抗战开始之后，他以一个中国公民的资格，为祖国努力，从宣传方面对敌作战。当政府重庆人员迁到汉口的时候，他也到了汉口，在广播电台上作英语广播。据说敌人先着部队将抵汉口，政府驻汉各机关已向重庆迁动之时，有人要求他会同机关中人一起移动。他却坚决不肯，一定要"作战到最后一分钟"。后来敌人的先锋部果真已到了汉口了，抗敌的广播却还是向着敌人迎头痛击。其时正将动身去重庆的最后一批官员，听见激昂的广播，不禁大为惊奇与钦佩，便四处去搜查那个广播电台。终于广播电台被查到了，那是一间小小的房间，乱七八糟之中，看见马老先生一个人还对着那个话筒，喷射着像烈火一般的抗日词句。

马老先生被强迫地拉了出来，登上一轮搬场卡车，立即向湖南长沙方面移动。到了湖南之后，他被国际宣传方面的机关聘为职员，担任英文宣传的工作。他那时只穿的一件单衣，季节都已深秋，国际宣传的主管人员特地为他预备好几件夹衣与绒线衫，但看他脾气特别，又不敢直接去送给他。

他们一队人马到达衡阳后，暂时留驻了。人人都奇怪这位马老先生的特别脾气。吃饭时，是八个人一桌，五个菜，一个汤，一下子所有菜肴一扫而光。大家便嚷着添菜，独有他反对，站起来演讲了，说："前线士兵，只是要白饭，还没有地方找到，我们饭菜吃光了，浇一点菜汁，也就可以了，要添什么菜呢。"说得大家不好意思再嚷添菜了。

后来他们一队人马向重庆进发，路上天气很凉。主管人虽已替马先生购置冬衣，但不交给他，要他在车上冻后格格叫冷之时，才拿出来给他。不料这个奇怪的黑袍先生竟硬挺，尽管在冷风中吹，他竟不说一声冷。

到了重庆了，他们看见马彬龢的行李，只有二条绒毯，别无他物，因之替他预备一间卧室，新的木床，新的被褥。到了明天早上，人家到他的房间里去看他，只见他睡在地板上的一条绒毯上，身上也盖了一条毯子。问他预备好的床子绒被为什么不用，反而要睡在地板上？他回答道：

"有得绒毯做被褥，睡在地板上已经是邀天之幸了。想想前线的士兵吧，他们在战壕里在狐洞中，有什么地板，有什么被褥！"

一片大道理说得那个问询的人闭口无言。

后来机关中定薪水了。马彬龢对于人家给他定的薪水都大为不满，他觉得定的太多了，他一个人生活用不着那么多的钱，一定不肯答应。主管人员便对他说："这不是我的主张，是机关里的定章。什么人做什么事，便须拿多少钱。嫌少不可，嫌多却也不能。"

但是马彬龢还是固执着不能接受那么大的薪水，与主管人员大开辩论会。结果主管人员弄得没法，只好如此决定下来：就是他每个月所需要的三四十元由他自己支去，余下来的钱用马彬龢名义去存在银行里，将来由他去支配，譬如去捐给难民等等。

马彬龢在那机关里服务真热心，按照时间上班下班，一分钟也不马虎，一只打字机老是答答作响，而他写的英文又那么的漂亮流利，真是第一流的作品，人人为之赞美。

有一天，机关的主管人员请他在一家小面馆里吃面。后来主管人出来还钞时，他却又坚决反对，主张各人还各人的钞，至少他所吃的面，他要自己付钞，他说：

"人家替我还钞了，吃在肚子里的东西要作怪的。因为自己付钞，自己知道所付的钱是从那里来的，肚子里的东西便很安逸，自己心里也就舒泰。人家还了钞，他们的钱那里来的，我全不知道，吃在肚子里的东西自然要不舒服了。"

这明明说人家替他还钞的钱来路不明，不愿领受。那个请他吃面的人只好知难而退，心里只是愤怒这个老傢伙真是只怪马，但又不得不佩服他的廉洁与刚愎。

马彬龢一心不乱地在那机关里工作，成绩非常。到了廿九年前后，一位美国小姐名字叫项美丽的到了重庆，不料马先生的平静的心便被搅乱了。他对项美丽，一言以蔽之，是恋爱了。但结果，项小姐飞去香港，而马先生便心灰意懒起来，甚至连国际宣传处的工作也辞掉，不愿再干了。他假一处地方，教授英语，所收学费，就学生的能力而定。又看见路上的流浪儿童可怜，便又拾了几个养在他家里。至今，听说他在重庆，还是以教授英语过活。

二　记高罗佩

欧美人士能讲中国话，还能写中国文章的，除前述马彬龢君外，还有位高罗佩君，也在重庆。高氏是荷兰人，三岁时就跟着父亲到荷属东印度。他的父亲是陆军上将。十二岁时归国，后进大学，研究梵文，西藏文，中文，日文，研究得都极有成就。他的博士论文便是一篇涉及中日佛教的研究，题为《马头明王古今说源流考》。他简直是中国的一个雅士，除开取中国名字外，还有"集义斋主人"的别号，书画琴棋都能来得，书法正草隶篆无不雅好。对于草书，他特别会讲出一番大道理来，他说草书龙蛇飞舞的姿态是具有轻重疾徐之妙的，可以用音乐的音阶来表示。他便写了篇草书音韵论。我曾在曾虚白兄家中墙壁上看见他写的一副五言草书对联，写得着实有腕力，但带有日本的风味。他身长六尺，一表堂堂，正是一位壮年的学者。一九三五年夏到日本，在荷兰公使馆里做翻译，第二次世界大战发生后，他跟着荷兰使馆到重庆。后来他娶了一位中央大学的中国女学生做妻子，他的中国学问不用说得一定比太太好，他的中国话，跟着太太在一起，当然一定也说得更流利无疑。他在重庆曾印过一本他写的考据音乐的中文书，名字忘记了。是一本线装书，很是古色古香，记得他在书中对于图章也特别加以注意呢。手头我还有他写的一篇琴铭概论，是用日文写的，一篇书后却是用中文写的，现在不妨抄录下来，看看他中文写得究竟如何？

"夫此者内也，彼者外也。故老子曰去彼取此。蝉蜕尘埃之中，优游忽荒之表，亦取其适而已。乐由中出，故是此而非彼也。然众乐琴为之首，古之君子，无间隐显，未尝一日废琴，所以尊生外物养其内也。茅斋萧然，值清风拂幌，朗月临轩，更深人静，万籁希声，浏览黄卷，鼓绿绮，写山河于存心，敛宇宙于容膝，怡然忘百虑。岂必虞山日耕，云林清閟，荫长松，对白鹤，乃为自适哉！藏琴非必佳，弹曲非必多，手应乎心，斯为贵矣。丙子秋莫，于宛平得一琴，殆明清间物，无铭。抚之铿锵有余韵。弗敢冒高士选雅名，铭之曰无名，非欲以观众妙，冀有符于道德之旨云。

余既作琴铭概论，意有未尽，更申之如右，然于所欲言，犹未罄什一云。著者附识。"

原载《论语》（复刊号）第118期，第24—25、9页，1946年12月1日出版

买书的癖好

徐蔚南

　　每天不消耗几文在印刷品上，仿佛是一桩痛苦，日子便过不去似的。这情景已经有十多年之久了。除非天气太坏，或者事情太忙，不允许你有一点悠闲时间去逛书店，否则只要有一点闲空，就要溜到书铺子去，或者到街头看看书报摊也好。购买书报简直成为我的癖好了。朋友们也许原谅购买书报，并不算作为一种坏的习惯，但在我自己看去，购买书报到过度时，无论如何总不是一个好的癖好。

　　据说书报是精神上的粮食，也许是对的。因为我化钱在购买书报上，不管书价如何，总是尽我的能力做去，从不推诿，买了回家也从不懊悔，只有愉快。有时看见一本书深中下怀，可是价目实在太贵，身边又没有足够的钱，只好不买，但是对于那本书，简直像对情人一样，老是念念不忘，假使那本书被人买去了时，心上更要抱怨自己，为什么那么算小，为什么那么懒怠，选中的书，难得的书竟失之交臂！精神上为之非常不舒服。

　　买书的理由常常有一大堆，常常自己和自己辩论，结果总是要买的理由充足。譬如一本插图的英文童话书，尽可不买的，但一翻那插图那么精美，印刷又那么华丽，便又想出种种购买理由来，第一，可以翻译出来，介绍给我国儿童们，何况又可得到一注稿费；第二，买回去给儿女当作英文读本念念，也是很好；第三，那书里的插图也可派个用场……理由尽管想得出，结果自然非买了那本书回去不可，可是买回去后向书架上一插，就永远再不去翻动的了，除非孩子们自动去找了出来，拿来看看，总算并没有辜负那本书籍。

书价尽管贵上去，我却像书店所请的律师一般，总是没法替书价作辩护。而且自己真是诚心诚意觉得书价不贵，永远不贵。买了一本书来，你看过一遍，心上愉快，比醇酒妇人还要好，过了若干时候，你还可取出这本书来看一遍，又可发见一股新意，又是一番愉快，看书的愉快简直是无穷尽的。几千万年前的人和我对谈，作为我的朋友，几千万里外的人也亲切地和我对晤，做我的朋友：他们告诉我种种的美，他们为我拆穿了许多许多的神秘，他们为我讲述无数动人的故事，他们为我唱歌，为我画图，为我做一切。一切在书中，读书真是愈读愈有味，津津浦浦。书中自有黄金屋，书中自有千钟谷，书中自有美人如玉，一点也不虚夸。一本书就是一个美丽的天下，"美丽天下总无言！"一本书就是一个古人，"置身古人敢不勉？"书的世界，如要颂赞，实在说不完的，我就是以这样偏爱读书的心情来买书，于是买书竟成为我的癖好了！

买书的故事，回顾一下，也觉得如嚼橄榄，很觉津津有余味的。譬如我在浙江大学教书时，老是到旧书铺里去搜买明版书籍的残本以及各种印谱。零零碎碎搜集了不少，明窗净儿，展玩着这种断线残纨，那趣味真是难于描摹呢！

逃难到屯溪时，身边钱那么稀少，但是书籍对我的诱惑，依然强烈之至。凡是有书籍出卖的地方都得去拜访好几回，居然也被我买到了二本明版《本草》的图画，十六本明版大字的尺牍书，还买了好多本明版残本和风水书。因为要赶往重庆去，路上行李不能多带，只能带了《本草图》和那部尺牍。后来到了桂林，就拿这部尺牍送给了柳亚子，到了重庆，把《本草图》送给了王世颖。

重庆经过几次大轰炸后，书店一项几等于零。重庆虽也有旧书店，集中在米亭子的横街里，但那种书店简直难于形容，书本既少，店又龌龊至极。我却依然还是时时前去采访，结果每次回寓多少还是带着点书本的。上海出的白报纸铅印书在战时首都，便仿佛是"宋版"一样的名贵，而我带回去的，也就是这种"战时宋版"。有时还会像彗星一般，出现了珍贵的佳著，我曾经发现一本艾约瑟著的《中国全书》，威尔斯著的初版铜版纸印的《世界史纲》，日文本的《世界文学史话》。后两本的插图是素来驰名，而艾著更是书斋中的一个骄傲。不图竟在垃圾上发现！

有一次我在重庆一个旧书铺里站着看书，看见许多一寸大小的小老鼠在我的脚旁边乱跳乱跑，我便轻轻地将皮鞋底仰起来，待小老鼠跳过来，便一脚踏下去，踏住了那根精致小尾巴。小老鼠一边挣扎，一边吱吱地叫，这对于小老鼠真是一个恶作剧，但到底将脚一松把小老鼠放走了完结。

重庆的几年中，也买满了二三大竹箱的书本，都是无聊的破书。其中有一部分是福建版，用福建竹纸印，铅字也很清朗，倒不失为战时的美本。

胜利后不久，我回到了上海。最先去访问的，自然是三四马路一带的书铺子，看见新旧书店依然如故，心上便有一种说不出的喜悦。凡是素来熟悉的书店老板，不管他们忧患的彩色已涂了他们的头顶，对于我的回来，却一致高兴，表示欢迎。从每家书店里回来，我总挟了一点书本的，以一对二百的法币兑换伪币率来买那伪币定价的书，真是太便宜了。一本定价二十万伪币的书，只要化一千元法币，你想便宜不便宜呢？

我买书从来没有如此阔绰过的。走进一家书店，一动手，便乱七八糟拣了一大堆，总是几十万元的伪币。老板因为赚我一大笔，满心感谢，客气非凡，一直送我到店门口，还说了许多好话。我也扬扬自得，挟了书本回去。

记得我到达上海的翌日，便买下了下列的十本书：

1. The Concise Oxford Dictionary.

2. C.B.Plopper：*Chinese Religion seen through the Prouerb.*

3. J.O.P.Bland＆E.Backhouse：*China under the Empress Dowager.*

4. Barry C.Easthaur：*Chinese Art Ivory.*

5. C.A.S.Williams：*Outlines of Chinese Symbolism and Art Motives.*

6. L.C. Arlington：*Le Theatre Chinois.*

7. Louese Crane：*China in Sign＆Symbol.*

8. 《仆底查利》，摩善意郎著（大本）

9. 《亨利马蒂斯》，高见泽版限定本

10. 《清宫史续编》，故宫印（十二册）

从第二种到第十种，我想一般中产阶级的读书人，就是买一种都要考虑考虑的，然而我一下子说全部买下了，真是阔绰之至！如果在眼前，那只好"望洋兴叹"了，譬如像第五种，在别处出售，要美金二十元，其他各种的价钱，就可推知了！

内山书店也是素来熟悉的一家东洋书店。在战争中，日本军部特工去询问内山，说徐蔚南究竟是怎样一个人，内山回答说是："透明无色彩。"总算对于我也说了一句有利的评语。我到上海不久，就想去看看北四川路一带"日本街"的现状，同时也想去看看日本书店，尤其是内山书店。

虹口从来日本人的威风是没有了，日本商店有的已经关门，有的仍在做生意。内山书店是仍在做生意的一家。顾客很多，十之九是我国人，其中不少是书估，正在抢购中文本的以及美术书籍。我也拣了几本，那价目远比三四马路旧书店里的便宜。可是书籍的陈列早已很零乱，不像平常那么分着类，可以随意拣选的了。后来我去看内山完造，他拖着拖鞋，殷勤地赶出门来招待我进去。我们略略谈谈这几年间各人的情形，知道他的太太已经过世了，对于书店他还想能够维持一下。从内山书店里出来，沿着北四川路往南走，只见到处有日本书籍出售，是讲几文一斤，不是论本数或论书籍性质的。我知道了这情形，接连一二个星期。我到北四川路一带去选购书籍。回想我离沪之时，所有书籍也是一概卖去，卖不去的也论斤卖给了旧货担。现在我回沪了，我也以论斤的方法来买回书籍。心头的仇恨，到此一泻而空，觉得非常爽快！但是朋友们到我寓里，看见零乱地堆在地上的许多书籍，无不暗自好笑。那时人人在抢接收，人人在抢名义，然后去接收，而我却化钱去收购这许多破旧烂报。他们哪里知道我心里的快乐，顶天的快乐！

只有邵力子先生听见我搜集了不少的书籍，他也为之很高兴，屡屡和我们的同事说，蔚南搜罗的日本书籍不少。王世颖也是个书迷。他患的是气喘病，但为了要看我的书籍，不怕爬上几个梯子，气吁吁地到我家中来，翻了半天的旧书。

目前的情景，书籍万万不能买的了，但是像美国袖珍本书籍以及《生活》杂志等，能力还够得上的，还不时去买了来。如果给我发见一个廉价出卖旧书的地方，那仿佛是一个金银岛被我发现了，我日常就袋中所有的余资去选购。

　　每次购到的书，总觉得价目便宜非凡，便对妻子女儿们宣传，说我买到的书籍是如何如何价廉物美，可是他们依然很冷淡，并不起劲，并不鼓励我，也不赞美我。我自己凝想，觉得我的买书，也许太过度了，这已成了一种癖好，当然不会是可以赞美鼓励的！想想无聊，还是往寓所附近的书店里去，看看有没有价廉物美的书报可买吧。

　　原载《论语》第125期，第327—329页，1947年3月16日出版

《从上海到重庆》跋尾

徐蔚南

当我从上海到达屯溪时，屯溪《中央日报》曾要我写一篇旅程日记，以供读者参考。当时就写了一篇《沪屯骖鸾录》，后来曾由桂林《大公报》所转载。现在作为本书附录。

关于我为什么要回到内地来。在这本小书中，我只空空洞洞说了几句，我原不想丑表功。李秋生先生在"从奋斗到胜利"的特刊中，有一篇记正论社的，虽则记得并不详尽，但也已划出了一个轮廓。从二十七年起到三十一年十二月我离开上海时为止，总算还日日做一点事体，并没有放弃我的责任。所以我把李先生的大文也作为本书的附录了。

到重庆的一年中，使人高兴的，就是在上海工作的同志陆续安全地回到陪都来了。像吴开先同志死里逃生，终于也来长住大后方了。说来笑话，在战后上海，我们只会一次面，一切接洽都是间接的。他到渝后，我送过他一首诗，现在钞录下来，也作为附录的一种。到了去年底申报馆的总主笔赵君豪副主笔严复周也携手归来。他们在太平洋战后，忠贞不屈，敌人虽欲利用《申报》，却反被《申报》利用了，他们想尽种种方法打击敌伪，直到三十一年十一月下旬《申报》被封闭，改由敌军部派人改组为止。这一段时间里，赵严二人的艰苦，我是知道的，我既靠他们的协助，还得不时掷出纸上的手榴弹。我听见他们的归来，当然甚为欣喜，在今年一月号《时与潮副刊》上写了一篇《文化战士的归来》，现在也钞录在这里。

一年中最使人伤痛的，便是杜少文同志的殉国。杜同志在屯溪相见时，还是生气勃勃的一个极有为的青年，岂知不到一年，他竟为敌人所惨杀！听到杜同志殉国的消息时，真是说不出的痛苦，还到京中曾口占二绝纪念他道：

> 传来噩耗已成仁，沪渎同人涕泪频，待到江南歼寇日，黄浦滩上再招魂。
>
> 敌后投军誓杀倭，忠党爱国让君多，申江呜咽潮声里，烈士英名永不磨。

《中央日报》上有一篇记述杜同志生平的文章，写得很详细，我也就抄录在这里，以为纪念。

值得提一提的，就是在上海帮我正论社工作的同志们，没有一个不是意志坚强如铁的。他们自始至终一直帮我工作，没有一天间歇，因为一天间歇了，报纸上就没有评论了。可是他们始终也没有受到敌人一点损害。这在我心上觉得很为安逸。

邵力子先生常以"本位救国"四字勖勉人，我在他写给人的信上，不知已看见过多少次。最初，我实在很难了解"本位救国"四个字的真意。直回到上海去工作了，才深刻地体会到了。像正论社这种组织，究竟能算一种机构吗？说经费，最初每个月八百元的经费，到最多时也只有一千三百元一月。工作人员，连工友只有十五六人。说工作，就是天天将评论发送各报去刊载。主持惯庞大机关的人看起来，像正论社真是卑微不足道的，实在小得太可怜了。我自己也明白这一点，始终不敢也不愿向部中作大言报告，在上海也卑缩到不为同志所重视，不为敌伪所详知。但另一方面，我却没有一日松懈我的工作，我能在上海一天就做一天的事，我做为国为民的事，倒也自己不肯菲薄。不热闹，不伟大，不争权，不夺利，但也不惰怠，不放松打击敌伪，不忘记水深火热的同胞，不忘记后方一日万几的领袖，不忘记火线上流血的战士，我只工作，我只尽我的本分，我做，我做着，我做了！我一点地位也没有，我却占着把握民意的地位。我一点武器也没有，我却握有致敌伪死命的武器，旁人笑我道："你是个阿Q！"做阿Q的，当然自己不肯承认是阿Q，我只觉得邵力子先生所说的本位救国我真正体验到了，而且体验到其真实与伟大。

不仅体验本位救国的真实意义，在上海工作时并且对于生死的观念，也非常超脱，常常觉得自己个人能算得什么呢！只要死得值得，何妨一死，这种情感，我不认自己的伟大，我觉得环境所逼迫，不得不如此。从来的警句金言，平时当作欺人的大言，不道在一种境地里，一个时候中，竟能体验其真实无欺，像"毁家纾难"哪，"匈奴未灭何以家为"哪，"富贵不能淫"哪，"贫贱不能移"哪，这一类的话决不是欺人的大言，竟句句都是从实践中吐露出来的。没有实践过的人，你不必与他谈，对他谈是对牛弹琴。以大言壮语来装饰地位的人，更不必与他谈，他早已搜集一厨庄严的言语，比你所有的还要多得多，他随时随地作应景文章的辞汇用的，你与他说了，他暗地里笑你是个"呆鸟"。

把自己所有的一切都卖了，把自己的家丢在一旁了，毅然地抛却一切，奔向后方，人人笑嘲为阿Q，为呆鸟，是应该的。因为他们目所接的，耳所闻的是发国难财，是发战争财，至多看见被敌机轰炸后的屋倒人亡的惨境，却没有看到被敌人所侮辱，所控制，所玩弄，求生不得求死不能的情形，没有置身于时时刻刻有死亡的袭来的紧张的境地，没有尝味到牢骚也不能发，笑话也不能讲，经常在愁眉不展无言可说的处境。如果他们处在同样的境遇，一年、二年、三年，以至四年，而能始终坚决抗御敌伪的时候，他们就可了解个人的贫穷得失，生死，真算得什么！他们的志气自然会高扬起来，他们的心胸自然会宽展起来，他们的头脑自然会清楚起来，他们会恍然大悟现在竟是还在最激烈的抗战之中，他们会牺牲自己的利益，他们肯紧张工作了，他们的自我会扩大到成为四万万五千万的同胞，自己就是中国，中国就是自己了。

我很愉快，我在路上收到了无限大的友爱，我能平安回到自由区中，我还能接受了大陪都一切的冷嘲与热讽，我还能咬紧牙齿做我工作，以工作来争生存，我是憔悴了，我是褴褛了。但我在工作中，我比任何都兴奋，时不我予，我要争取一秒一分的工作时间，我富裕了，在我的精神上。我被嘲笑，我也暗地嘲笑一般行尸走肉。实践本位救国。决不菲薄"本位"，要极力崇高"本位"，要使本位即在救国，救国即在本位，两者没有片刻的分离。

《从上海到重庆》在去年到达重庆后就做完了，现在我要努力做到"从重庆到上海"了，那不是偷偷摸摸赶回去，要同千军万马，浩浩荡荡地回去的。什么时候才能浩浩荡荡回去呢？那是要看我自己努力如何了。如果我自己努力，每个我努力，也许下一个月就能动身回去，至迟明年今日已能动身回去了。如果我自己不努力，每个我不努力，那末不知道什么时候可回去了。而这努力不努力，就看能不能实践"本位救国"的主张了。

选自《从上海到重庆》，独立出版社，1944年11月出版

山城回忆录

张恨水

上下难分屋是楼

重庆以山为城，街道时高踞峰巅，亦复深陷崖下。人家因地势构屋，上楼阁，下地室，以求其平衡。设大门在崖下，则逐步登楼，其绝顶乃为后街之平屋。反之，大门在峰巅，望之，平房也。入其居，变为楼，逐次下梯，上愈有，可至六七层，行来，以为入地下矣，启扉视之，反而临平地，回视初入之平房，则为七八层高楼焉。是境至奇，非身莅者不能道。且其屋建筑不坚，上焉者以砖方砌为柱，以竹片夹壁上，糊泥灰，中空，宛然钢骨水泥墙也。下焉者以竹木支架，其中不用一钉专以竹经，谓之为捆绑房子，行一步而全楼震撼。南纪门江岸，如此建筑甚多。见者危之，而居民哭笑，生老于斯，晏如也。

出门无处不爬坡

幼读李白蜀道难诗，闭目沉思，深疑难险不可想象。实则其苦在难，而不在险。盖川中山地，取石至易，大道小径，均叠长石为坡，无险不可登，唯丘陵起伏，往往十里短途，上下石坡数千级，令人气喘耳。重庆半岛无半里见方之平原，出门即须升或降。下半城与上半城，一高踞而一俯伏。欲求安步，一望之距，须道数里。若抄捷径，则当效蜀人所谓"爬坡"。沿扬子江岸由望龙门上溯菜园坝，逐段有坡可爬。知十八梯，修奇门，神仙洞，均坡中之最陡者。由坡下而望坡上，行人车马，宛居天半。登则汗出气结，数十级即不可耐；降则脚跟顿动，全身震颤。渝谚固亦云："上坡气喘喘，下坡打脚捍"也。若觅代步，有滑竿与小轿。轿竹制，窄长如篓，体重者，侧身入座，滑竿以竹筄运串之篾片，人可躺卧其上。向上则二足朝天，状至可哂；抬下人如半站，几可摔出与外。体健者，均觉缓步较坐轿为佳也。居渝八年，最苦为行路一事，此仅述其百之一二耳。

摇曳空箩下市人

在华北看小贩，无往非车；在四川看小贩，则无往非担，曰盖山崎岖，非担则不良于行。试一赶场，（江南曰赶集，山东曰赶墟）但见万头攒动中，扁杖箩筐，横冲直撞，而不见一车一马，此殊非北方市集中所能有之现象也。此项负担小贩，常黎明入市。或食物，或手工艺品，堆叠挤塞箩筐中，高与扁杖齐。午后，尽空其所有，易去路而归，此时叠其两空箩，以扁杖串箩索，荷之于肩，后步行街，为状至适。空箩于背后摇曳生姿，亦随其步履而左右，且是两空箩中，亦不全空，或以布袋置米二三升，或置肥肉一刀，或置灯草火柴数事，甚至有酒一壶。盖略获盈余，携带作一夕之享受也。

予客渝，居乡日多，每于夕阳满山，徐步小径，辄见此等下市小贩，断续回家。头额汗未干，拖其疲劳之步，而一日工作既毕，当可支足竹架床，与其家人笑语灯前，了无挂虑。回思吾人窗下十年，依然困守茅舍，日夕焦虑米价，对之有惭色矣。

不堪风雨吊楼居

川东多竹，故构屋不乏以竹制。重庆又少坦地，故构屋又不乏制之吊楼。吊楼之形，外看如屋，唯仅半面有基，勉强立平地。其后半栋，则伸诸崖外。崖下立巨竹，依石坡上下，倚斜以为柱。在屋后视之，俨然一楼也。

吊楼下空，量求其轻，故除顶上盖薄瓦外，墙以竹片编织之，里外糊泥，再涂以石灰。壁上有窗，以薄木为框，嵌置其中。壁亦有夹层者，意不在防风雨，备盗也。吊楼前半，系土地，与平房无别，后半则敷黄色木板，颇似民间草台。履其上，吱咯有声，震撼如屋前落叶。楼外有作栏者，依之远眺，飘然欲仙，此非谓情绪，乃谓行动。好友张友鸾，即建一楼于重庆之大田，且易瓦而草。其书房之小，仅容一桌一椅，更又一几，来三客，则立其一，又其一，则掩门而始得凳而坐。张自嘲，题之曰惨庐焉。

此项吊楼，非扬子江以北所能建，亦非门以外所能建，何则？五分钟风雨，即粉碎矣。北平不尝有路祭棚乎？较之犹健且美也。

夜半呼声炒米糖

客有稍住春明门内者，对硬面饽饽呼声，必有其深刻印象。若求其仿似声于重庆，则炒米糖开水是已。此类小贩，其负担至者，左提一壶，右携一筐，筐上置小灯，其事遂毕。或荷小扁杖，前壶而后筐，手提八方寸立体之玻璃罩油灯，亦尽乃事。壶多有胆，内燃火炭，其火待死，作紫色，仅有微温，水沸与否，天知之矣。筐中有粗碗，有竹箸，有纸包之炒米糖块。食时，以米糖碎置碗内，提壶水冲之，即可以箸挑食。糖殊不佳，亦复不甜，温水中不溶化其味可知也。

虽然，吆唤其声之情调，乃诗意充沛，至为凄凉。每于夜深，大街人静，万籁无声。陌巷中电灯惨白，人家尽闭门户。而"炒米糖开水"之声，漫声遥播，由夜空中传来。尤其将明未明，宿雾弥漫，晚风拂户，境至凄然。于是而闻此不绝如缕之呼声，较之寒山夜钟声更为不耐也。

安步胜车

山城多坡，马路亦不鲜半里平坦者，设不轿而车，深令人感觉上下艰难。如其上也，人力车夫身躬如落汤之虾，颅与车把，俯伏及地，轮如胶粘，作蜗牛之移动。渝地泥质油滑，且多阴雨，每经此途，见车夫喘气如待毙之牛马，设有人心，实不忍端坐车上也。反之，车疾驰下滑，轮转如飞，车夫势处建瓴，不能控制，其车，则高提车把于肩，全车斗上仰，客则卧而行，几可摔出车外。及地形稍坦，车夫如行舟已出三峡，重庆更生。扶把缓步，暂舒其疲劳。在车中客，头足齐仰，势同元宝，其滋味可想象之矣，古语有之，安步当车，而重庆谓为安步胜车焉。

望龙门缆车

八年抗战，夔门内，江边小城，一跃而为现代化都市。轰炸之余，登山俯瞰，见栉次鳞比，万家重叠，大江双合，船舶蚁聚。固有感中华民族之有朝性，究非一蹶不振矣。重庆交通工具之最摩登者，为望龙门缆车。是地由林森路陡坡直下江干，石砌数百级，若以南京中山陵，北平北海白塔计之，固犹未及其高度。当缆车未兴时，客由南岸龙门浩来，舍船登岸，伛偻俯进，不可仰视，拾级既毕，通体汗下。当年家住南岸，无不以为苦也。

缆车成后，颇减行旅之苦。车较公共汽车具体而微，无论，坐椅横列，约可乘二十客。车以钢链系之，置于陡坡之两端，坡上置双轨，车顺轨滑溜而下。行时，全车如辘轳之汲水，此降则彼升。唯客座仰视，降则人同倒退耳。因此，下降者多不愿乘车，票房营业，遂高低异趣。

国内原无缆车，十年前，庐山欲建之，议未成而战事起。故吾国缆车史，重庆望龙门乃居第一页矣。

茶肆卧饮之趣

古人茶经茶言，谓茶出蜀。然吾人至渝，殊不得好茶。

普通饮料，为滇来之沱茶，此外则香片。原所谓香片，殊异北平所饮，叶极粗，略有一二焦花，转不如沱茶之有苦味也。虽然，渝人上茶馆则有特嗜，晨昏两次，大小茶馆，均满坑满谷。粗桌一，板凳四，群客围坐，各于其前置盖碗所泡之沱茶一，议论纷纭，喧哗于户外。间有卖瓜子花生香烟小贩，点缀其间，如是而已。

但较小茶肆，颇有闲趣，例于屋之四周，排列支架之卧椅。椅以数根木棍支之，或蒙以布面，或串以竹片，客来，各踞一榻，虽卧而饮之，以椅旁例夹一矮几也。草草劳人，日为平价米所苦，遑论娱乐？工作之余，邀两三好友，觅僻静地区之小茶馆，购狗屁牌一盘，泡茶数碗，支足，仰卧椅上，闲谈上下古今事，所费有限，亦足销费二三小时。间数日不知肉味，偶遇牙祭，乃得饱啖油大（打牙祭、油大，均川语）。腹便便，转思有以消化，于是亟趋小茶馆，大呼沱茶来。此时，闲啜数口，较真正龙井有味多多也。尤其郊外式之小茶馆，仅有桌凳四五，而于屋檐下置卧椅两排，颇似北平之雨来，仰视雾空，微风拂面，平林小谷，环绕四周，辄与其中，时得佳趣，八年中抗战生活，特足提笔大书者也。

机器水供应站

自来水一名词，疑来自日本，如自来火，自来笔之类是也。重庆对此名词则不引用，谓之为机器水。下江人乍闻之，颇觉别致。顾细思自来二字，于理欠通，则毋宁取机器二字为愈矣。

战前，渝市仅四十万人口，机器水逾额供应，初不虑匮乏。及二十七年，一跃而达百万人，水乃不敷饮用。加之爆炸频仍，电力时断，水量则差缺益多。渝又为山城，下江汲水，负担而上，登坡数百级，市民之需机器水益急。

且除大机关与工厂，无自设水管者。故百万市民，均仰给于机器水之供应站。站例设长管二，置龙头十余，以二三人董其事。需水者各雇水夫，鸡鸣而起，排班置扁杖木桶于站外，依次而进。进时，置桶与扁杖之两端，以桶就饮龙头下，一盈，更以另一桶承之。两桶俱盈，尚未移步，而其后之候缺者，已蹴踵而上矣。七八年来，渝市机器水站前之担桶拥挤，始终如一，别山城二年，未知已改观否也？

更有一事，足以证重庆双水荒。凡街头水管，偶有破漏，管旁水坑，方圆不盈尺，而附近居民，则提壶携勺，如蝇趋蚁附，争取一掬之水。虽间或泥土掺杂，清流变色，而取之者不顾。却此一端，抗战司令台畔之八年生活，亦大有可念者矣。

担担面

西北角人，对名词喜叠用，碗曰碗碗，桶曰桶桶，盆曰盆盆。四川虽较南，而此习相通。故担担面者，此叠字无关，以国语评之，即担儿面也。担担面约有两种，无论川人与否，皆嗜之：其一，沿街叫卖者，担前为炉与铁罐（吊子），担后则一柜，屉中分储面与抄手（馄饨）。上置瓶碟若干，满盛佐料酱醋。佐料多切成细末之物，外省人乃不能举其名。另以一小篓挂担头，置生菜于其中。每煮面熟，辄以沸水泡生菜一份加面上。

所有佐料，胥加一小撮，而椒姜尤为不可少，其味鲜脆适口，吾人初至渝时，每碗仅费四五分耳。又其一，则为摊贩，或有案，或无案，就食者或立或坐，围担而食。面类较多，有炸酱（非如北方之炸酱，乃系以猪肉煮细末为浇头），素条，红油，甜水之分。其味埋伏汤中，乃以猪骨煮成啜之至美。此项担担面，例无市招，以地为名。衣冠楚楚之辈，联袂而往焉。成都人所嗜较渝尤甚。左捧碗，右执箸，人弯腰立坦地上，挑面食之吱吱然不以为怪。北平固好小吃，如此作风，殆鲜有也。

排班候车

在渝八年，有一事最令人满意，即排班是。排班之最守秩序者，又莫如候公共汽车。

渝为半岛，市中干路南北两极端由曾家岩至朝天门达十五六华里，由曾家岩至市中心区精神堡垒亦可十里。办公人员半在市北，购物酬酢，又在市南。若无公共汽车，雨则泥浆满天，晴则烈日当空，无论乘人力车所费不赀，而山路崎岖，蜗牛缓步，亦耗时过多。不得已，则群趋公共汽车矣。渝市公共汽车量最少减至一辆，最多亦不过五十余辆，以百四十万人口，而赖此区区之交通工具，其拥挤毋须揣想。

在民三十年后，渝市汽车站，各列有敌栏、栏端以二柱夹一口。候车者入口扶栏，单行排立，车至，顺序而上。且栏边有宪兵，严格执行规章。市民习之久，不以为苛，三月而去宪，半年而去栏。而战局好转，人心安定，人民熙熙道上，而候车者亦众。车虽能办到五分钟开一列，而供不应求，候车班列，亦愈来愈长，平常在二三十码，稍挤则五六十码。至三十三年，常见候车班列，长延一里。而推肩叠背，接踵而上。无一乱其行列者。苟有之，则群起而呵责，其人必为之色沮。笔者离渝之日，此习未改，颇可念也。

山城回忆录补编

张恨水

让我回忆一下

让我回忆这么一个端午：

大太阳，照着茅屋外的山草，向半空里喷着火气。厨房煮粽子的香味，由空气透过了屋角，直扑到屋子里来。窗户上的料器瓶子，供了一大把野桅子花，在极不经意的时候有一种清香送到鼻子里来；但你仔细去闻，香气又没有了。虽然除此以外，什么没有表现，但我们知道这是端午。

邻居的女儿在童发的缝里，插了一朵极大的百叶石榴花，换上洗过多水而质料上还有绿花纹的洋式夏装，光腿下穿着仿造皮鞋的布鞋，一跳一跳，吵着要上街去看龙船。这也象征了一点端午气氛。

十点多钟了，粽子还没有熟（一年只一次的山居异味），呜，呜，警报来了。关门，带孩子，背包袱，熄火，换上保护色的衣服，进防空洞，躲警报的戏，又排演一次。

人像沙丁鱼一般，拥挤在防空洞里，飞机临头的轧轧声，高射炮放射的隆隆声，炸弹爆炸的轰轰声。虽每一种声，都刺激得多了，而每个人的心却没有麻木，心房在跳，呼吸紧张，手上出冷汗，在漆黑的防空洞里，大家等着死亡！等着毁家！

三点钟了，在一声长的警报解除声中，慢慢儿的出了洞，一下看到大太阳，让人一惊，因为在洞里时，原以为是漫漫长夜呢。拖着疲乏的步子，由石板山径小路走回家，看到那幢灰黄的草屋，还在太阳下，祝福它又在炸弹下度过了一劫。一路上听到行人报告，炸了两路口，炸了上清寺，炸了化龙桥，不知是些什么人在端午节家破人亡？

到了家，小孩子们全忘了刚才的紧张，要吃粽子，要看龙船，我羡慕他们天真，脑筋里没一点忧惧悲哀的影子，我不能够，我傻瓜！

今年，又过端午了。全中国人都已成了天真的小孩，而我还不能够。傻瓜！

飞机响着过去

我和其他来自后方的人一样，喜欢报告敌人轰炸的惨酷，当我说着人的肠子挂在电线上，人肉粘在破墙上的时候，年轻的小姐，将两只白嫩的手掩着她的苹果脸蛋。手边下，就摆着一份报，一位老先生拿起报来看着；在他的老花眼镜里面，把惊异的眼光，射在报纸上。

这时，有人说：生在地球上的人类，谁不是十月怀胎生下来的？为什么拿炸弹去炸同样的人类？当一颗原子弹，落在广岛上，日本喊着："天呀！"的时候，他会省悟轰炸中国人的罪恶吗？

老人放下报，干脆地答道：不会！我由中国人本身上证明不会。在八年人家炮火压迫之下，挣扎出来了。他们……他不说了，摘下眼镜放在桌上，把报纸也放在桌子角上，他将那抖颤的手，在报纸上重重地拍了一下。那每条刻画着辛苦纪念的皱纹，在他脸上不住闪动。他的脸上，把做祖父的慈悲相失去，泛出一点红色。不是他半白胡子巍巍地动着，让人疑心他是血气方刚的一个小伙子。

我偷看那报纸，上面有排炮，扫射，克复，溃窜，种种字样。老人胡子还在颤动。祖父动了肝火。别让他老人家得脑充血，我也不敢再说什么。

人群中的老人

屋子里悄悄的，小姐们弯了腿坐着，牵着旗袍下襟，将雪白的牙咬了下嘴唇。小伙子们抽着书架上的书下来，又送了上去。

哄哄哄，飞机在半空上响。重庆客隔着玻璃窗向外张望，五架战斗机燕子般掠过去，他低下头，有一个回忆。回忆着挨疲劳轰炸的日子，有这样东西时，却不是自己的。

五五早起书怀

七年前的五四，我一家，几乎没炸死烧死。五五天不亮，我护送着妻儿离开重庆市区。我知道渡江不易，由七星岗倒走向两路口，取道浮图关下的山路走向菜园坝。大街上，店户闭着门，穷苦百姓，挑着行李，提着包袱，全不作声，人像水一样，向市区外流。一路脚步擦着路面声。看任何人的脸子，全是忧愁所笼罩。我惊于空袭对心理上作用之大，我知道国家抗战之苦，我更知道，这不过是一小点的空袭，若一个国家，整个被打垮了，而兵临城下，那又是什么景象。

我们在山上一看江滩上待渡的人，说什么万头攒动，像一块乌云，像一片蚂蚁。这如何能过江？万一敌机这时到了，那事真不能想象。因之我越发倒走，尽量离开市区。在坟堆的槐树林下，遇到一位挑江水的。我们花两毛钱（至少值现时一千元）要了一瓢冷水，站着互递了洗脸漱口。所有洗脸用具，是妻一条手绢，完全代表。各喝一口冷水，逆流而行，离开码头四五里，在木筏外面，有一批小船。我看四周还无抢渡的群众，我以川语高呼"我们是跳（读如条）警报的，哪个渡我们过河，我出五元钱。"这是个可惊的数目，当日可以买到五斗米，一个渔夫，懒洋洋的船篷下伸头望了我们一下。他带了笑说："再多出两元，要不要得？"我没有考虑。立刻说声："就是吗！"踏过六七十公尺的一片木筏，我们上了船。二十分钟后，我们到了南岸的沙滩上。跑了一夜警报的她，始终面如死灰，这时微微对我一笑，问："脱离危险区了吗？"

我竟是把妻当了朋友，热烈地握着她的手说："我们相庆更生了。"抬头一看，一片蔚蓝色的天，悬着一轮火样的烈日。重庆在隔江山上，簇拥着千家楼阁像死去了的东西，往下沉，往下沉。天空里兀自冒着几丛烧余不尽的黑烟。对岸几片江滩，人把地全盖住了。呼唤和悲泣声，隐隐可闻。江流浩浩，无声的流去，水上已没有渡轮，偶然有一只小船过江，上面便是人堆。人堆在黄色的水面上悄悄的移。

江边石崖和江中小船

这日子，妻正向我学诗，不知她套着那书上的成句，告诉我说："愿我有生年，不忘今日惨。"她眼圈儿一红，看了孩子，牵着我的衣服。

我恨了日本人七年，直到广岛吃原子弹，而松了这口气。七年后的五五，我和妻，相隔三四千里，纪念着这个惨痛的日子。早起，我孤独地站在院子里，有点惘然。……

老槐树上，一架航机，轰然飞过。怕听的马达声，我已不怕了，算是我获得的胜利。我惘然什么？

洞　谊

重庆防空洞，除私设外，公设者以保甲为单位，避难人入洞携证，有区域，互不侵犯。故常入洞中，所见纵非邻里，亦渐次相熟。成为友好或结眷属者，乃比比是。于是谑者创议，此项交情，超乎寻常。民间发讣闻，引用之戚友学乡寅年诸谊之外，应添一洞谊。闻者是之，引为笑谑。如甲乙初不相识，忽成友好。丙见而问之，君等何以相识？则甲乙必同声答：吾人洞谊也。

洋楼外之露尸

"一丛深色花，十户中人贼"，"朱门酒肉臭，路有冻死骨。"在这几句诗里，我们就可知道唐代长安与洛阳，是一种什么社会。唐代无穷尽的大诗家，没有肯这样客观的说。为什么？我想是因为他们本人也要或正在作官，接近了吃酒肉看牡丹花的人。

重庆，也算是现时的长安与洛阳吧？有一晚，由沙坝回来，路过化龙桥之东，冷月穿过了暗绿的槐树林，破碎的白光射在水泥人行道上。竹篱下，蒙茸的细草中，直挺的一个人睡着。叫他不应，上前一看，鼻息也无呀，是个倒路的，竹篱里是所钢骨水泥的洋楼，银色的电光，穿过了玻璃窗上的绿纱，映照着迷离的花木。一阵婉妙的歌声，飘在那倒路的上空。这是诗，这才是现实的诗料，很可以套一套白居易的调子。但我在归途中，万感交集，没想出一个字。

隔江商女对什么

重庆的歌女清唱社，将要由一家增到五家，桃色的升平粉饰，与武汉失陷、长沙大火同时并举，有人以为太不像话。其实，这是书呆子的看法。要知道歌女这项新兴艺术家，是由南京禁娼而起的。根本，她们就为了吃饭而出此。当时贤明的南京当局，就因为这个社会问题，容许她们存在。现在到了后方，不能因为抗战而不吃饭，也就不能因为抗战而不卖唱。假使歌女是不得的，当年南京何以有之？假使大家因抗战而不听歌，清唱社何以会由一变五？再说，社会问题始终还是个社会问题。今日，在重庆者，不乏南京来的明达之士。若是反对她们卖唱，她们问起来，既有今日，何必当初，又将何辞以对？

这样，与其说是社会问题，毋宁说是政治问题吧？并不开玩笑，你研究歌女事业之发达，你不去研究她的背景，那一辈子是隔靴搔痒的。一般文人，喜欢把她们比着唱玉树后庭花的隔江商女，似乎也就认为是政治问题了。写到这里，不觉想起了一副对子。若是把"隔江商女"当做上联，那么，字面不十分工整，平仄倒也合调，下联应该对个"亡国大夫"。明眼人以为如何？

穷人有谁管

来重庆有了一年，除掉临江门那次大火之后，有过一度为穷人想办法的事情而外，很少看到听到为穷人办的社会事业。有之，便是驱逐乞丐，订定车轿价，以及限令乐户搬家吧！

俗言道："人死得穷不得。"其初，不知道这是什么逻辑，直到重庆，这才明白过来。人变了路倒，可以得到公益款上几角钱的埋葬费。穷而不死这几角钱是永远想不着的。这两个月，很少在街上碰一路倒，想是一倒就抬走了之故。这却是沾了大批阔人光临的好处。因为他们讲卫生，他们怕传染，只有吩咐快快掏出那笔埋葬费了。穷人一直到死，才能给阔人一种威胁。不然，你尽管住在行都重庆，永远被遗弃在另一个角落里的。

有人说，穷人太多，是重庆社会一个大问题，现在有了社会局，必得问问这个社会问题。那么，不嫌早掀了锅盖，我替穷人先道贺了。

路旁的刺激

去中大，路过某处，见路旁新建筑的洋房，还在粉饰油漆，门上已钉着木牌子，上写刘次长，沈科长，姚科长，姚处长等字样。我情不自禁地生了一种恶劣的情绪，要向路上吐出一口酸水。

在抗战期中，一切物质上的享受，依然是官吏先占有着，这已经够了。何必这样对民众作一种富有的宣传？在办事的人，或者以为这样写明，算是预定下了，免得旁人来争租房屋。其实，中国的老百姓，都是顺民，决没有那样胆大的人，敢和次长争屋住。至多写个刘宅，沈寓，也就是以声明此屋有主。次长、科长的头衔，标在成渝公路上，这对匹夫匹妇是夸耀，对于知识分子，却是刺激。我以为那牌子大可取下。要知道天上有天，比次长更大的官，重庆还多着呢。

螃蟹每只四千元

重庆市上，有江苏阳澄湖活螃蟹出卖，每只四千元。这决不是冒充的，价钱应该是不贵。你想，四川决不会产生大螃蟹，九江以上也没有碟子大的螃蟹。这小东西纵然不是阳澄湖的，也是江苏的。螃蟹到市上，很难维持一个星期的寿命，由江苏的乡下到江苏的城市，由江苏的城市再到重庆，必是在一个星期以内，否则它是不会活的。若在十余年前，说要在重庆市上，持蟹赏菊，那是可以想象的吗？于今身居华西，可以享受华东的活螃蟹，四千元一只，实在是透值。从前杨贵妃在西安，吃广东新鲜荔枝，用八百里加紧驿马传送，诗人欣称为"一骑红尘妃子笑，世人知是荔枝来"。史家特书一笔，词家也专编一折戏，是怎样的大惊小怪？而且非帝王之家，也休想得到。于今的新鲜荔枝、螃蟹，不管你是什么人，只要你肯花四千元，就可以买一只尝新，人都可以作杨贵妃，还不是便宜事吗？

话又说回来，吃一只螃蟹谁也不会过瘾，而且一人吃不过瘾。邀这么两三位朋友，每人吃上四五只，学学刘老老进大观园，算算吧，一四得四，四五二十，共是六万元，就有点骇人了。

根据这一点，可知重庆人不穷，而且我们也不要怨恨着坐不到轮船东下，下江的东西，自有最快的交通工具给你送来啊！至于你没钱买下江东西，那就活该了，谁叫你没钱？至于什么人不如蟹，尤其不合逻辑；人吃螃蟹，螃蟹并没有吃人啊！

街头卖旧衣

入秋以来，城郊发生了一种新贸易，便是流浪入川的旅客，全把衣被及日用器具，摆摊出售。你如在客籍人集居的市镇去看，总会有这种现象。似乎成了一种风气了。

"秋风先瘦异乡人"。向来中国人作客，只是感到衣单，而没有觉着衣多之理。于今在西风起北雁南归的当儿，作客的人竟大批出售衣服，这虽由于高价的引诱，但出卖者还不少要体面的人，假如可以不必如此，他又何苦必须如此呢？

阴暗暗的雾罩了天空，随风吹过了十字街头，墙根下堆了一摊半新旧衣服，有两三个异乡口音的男女看守着等顾主。这是一首民歌行的题材，也是一幅很有意思的画景。

拦街一索是关城

十二月一日起，北平要禁止夜行，这让我回想到初临重庆时的一件趣事。重庆建筑怪，城墙也怪。它的城当年是顺着山势，一面横山，三面临江建起来的。因为重庆在扬子嘉陵二江之间，是个半岛。城在半岛的尾巴上，高的地方，高入云霄；低的地方，在人家下面。而且城墙和城里高低街道，混化无痕。你在城墙上走，你会认为是在街上溜达。必定等你靠着那没有拆尽的城堞，向外一望，下临深地，你才知道这是城。总而言之，城里是平的，城外是陡的。最陡的地方，有北平城五倍高。自然，下面是层层横着的街道。

宝塔与城墙

说到这里还是与夜行无关，应当归入本题。十年前，重庆已经把阻碍交通的城拆了。我们民国二十七年到重庆，警察沿着旧习，十时以后，还关城门。但剩有的城门，孤零的关起，是无用的，没城墙，人家照样的来去。于是警察在城墙遗址所在，拦街横上一条草绳子，就算关了城了。我一次由小梁子回七星岗报社，到了那里十字街口街头，电灯下，一个警察道：走不到，关城了。我愕然，四望空阔，哪里有城。警察指着街心一条横索，向我说，关城了，晓不晓得？我告诉他是新闻记者，他让我通行。我跨过那横绳，算是越城而过。其实，关城云者，是禁止夜行的代名词也。诗以油之：

深蓝布帏石灰痕，戏里城门四手撑。事到战都还简化，拦街只要一根绳。

灯火巴山止夜行，拦街一索当关城。难为警察通宵守，一个人来吼一声。

注：不能走，川语谓走不到。喊叫，川语谓之吼。

临江门火灾后

重庆这地方，无论在现时，或者在将来，它都有作一个新都市的必要。而新都市成立的条件，并不是电灯电话自来水，再加上几条柏油马路，就算了事。简单的说，在市政上，至低的限度，要顾到市民的安全与健康。

这样一说，就难了。光说重庆的房子，尽管悬崖陡壁，搭屋四五层，却全是木板木架钉起来的，大风一刮，可以倒几十幢。大火一烧，可以烧千百间。在这种交通不便的都市，有这样简陋的建筑，真是燕雀处堂的生活。盖屋是人生十年百年之计，为什么这样含糊呢？

有人说：你这是"何不食肉糜"的看法。重庆人穷，你不知道吗？重庆人穷，我知道。但他们不是自古以来就穷。也不是能在小梁子、都邮街盖房的人，也穷。何以这样普遍用木板子钉屋，自骗自？

都市自然是人民集合成的。但要人民怎样做市民，却另外有个导演。市民不会作市民，像演员不会作演员，负责还小，而这个导演的人，对于一部影片的摄成，却由演员胡弄下去，那……那……他自己应该明白。

从今以后，没有砖墙的房子，应当绝对禁止建筑：穷朋友住的房子，买不起砖头，筑土墙，总不比钉木片贵多少，望导演先生，赶快设法，填补缺憾才好。不然，重庆人口一天密一天，临江门的惨剧，不难重演。而况还有空袭时间，那烧夷弹的恶魔，是更为可怕！

野菊瓶供

西南各省，乡野多野菊，丛生。叶与菊不异，花小如钱，堆叠成锦。花多黄色，状类金钱菊而细，瓣仅一二匝，心特大，占全花面积三分之二。嗅之，亦有菊香。重庆郊外，尤多此物，田沟路侧，触目皆是，人以荆棘视之，无注意者。予居南温泉山谷间，常以此物作瓶供，偶得白色者，丛集如雪。空瓶之半，杂以珊瑚子，辄以为清雅入画。珊瑚子者，予所赐名，是处人谓之红子子，其物为灌木、高二三尺，枝叶类杜鹃，唯多刺，春间开小白花，若珍珠梅，夏季结实，大如豆，入秋则红，光润如珊瑚，且每枝丛结成球，姿态颜色，远胜天竹。秋后虽落，然犹留存四五苍翠者杂红子间，情调极佳，其繁殖亦如野菊，遍山可见。予以是贱物供书案，见者皆以为化平凡作奇异。予但笑答清风明月，不用一钱买也。人生贵自适其适耳，而亦自得其乐。予现居文化古城，耳目之供，但有钱，何求不得，然其郁郁，远胜于深谷茅居时矣。每不快，辄有返求草檐板窗之志，常自问，而自不能答也。

赶场的人

在乡下住了这多年，对于赶场一事，颇有若干心得，而偶然赶一两回场，抱着冷眼旁观的态度，除了时间之外，并无顿失，而对社会心理，总会有一点新发明。

赶场的人，总是鸡鸣而起，以适合于那孳孳为利的条件；卖货的人，必然希望这一场行价陡然涨高，卖了钱，在场上醉饱而归。买货的人。又必希望所要的货，这场涌到而滞销，于是出低价去择肥而噬。总而言之，赶场的人，都抱着一种及时占便宜的心理，所以那场上挨肩叠背挤着的人，不但身体在摩擦，心理也在摩擦。

在场上茶馆屋檐下要一碗泡茶，闲闲地坐下，望着面前出汗而拥挤着的人，可以为了他们每一句话，或每一小动作，玩味得狂笑起来。然不足为外人道也。

槐荫呓语——沱茶好

"听罢笙歌樵唱好，看完花卉稻芒香"，世上真有这样的情理。何以知这？请证之于我的品茶。

我之喝茶，那是出了名的。而我喝茶，又是明清小品式的，喜欢冲淡。这只有六安瓜片，杭州明前，洞庭碧螺，最为合适。在四川九年，这可苦了我。四川是喝沱茶的，味重，色浓，对付不了。我对于吃平价米，戴起老花眼镜挑谷子，毫无难色，只有找不着淡茶，颇是窘相毕露。后来茶叶公司有湖北的淡茶输入，倒是对龙井之类，有"状似淞江之鲈"的好处。但四川茶，也并非全不合我口味。我还记得清楚，五三大轰炸这夜，在胡子昂兄家里晚饭，那一杯自制沱茶，色香味均佳，我至今每喝不忘。又逛灌口的时候，在二王庙买了两斤山上清茶，喝了一个月的舒服茶。"当时经过浑无赖，事后相思尽可怜"。我不知怎么着，有一点"怀古之幽情"了。在北平买不到好茶叶喝，你将认为是个笑话。然而我以北平土话答复你："现在吗！"前晚我亲自跑了几家茶叶店，请对付点好龙井，说什么也不行。要就是柜上卖的。回家之后，肝气上升。我几乎学了范增的撞碎玉斗。但我不像苏东坡说的"归而谋诸妇"。可是她竟仿了那话"家有斗酒，为君藏之久矣"。她把曹仲英兄早送的一块沱茶，给我熬了一壶。喝过之后，连声说过瘾。仲英兄休怪，这并不是比之于樵唱稻芒，或是"渴者易为饮"。原因是我喜欢明清小品的，而变了觉得两汉赋体的"大块文章"也很好了。

"一粟中见大千世界"，而我感到我们是一种什么的生活反映。

忆重庆碧桃

千叶桃，北平谓为碧桃，于冬春之交，饰为盆景。此花在四川，极为平常。其树高二三丈，仲春开花。共重瓣四五层，有深红，粉红，素白七八种。花开时，云霞簇拥，极为美观。

在重庆郊居时，友人澄平兄，门前有花二十余株，三五日，辄请人送一束来。其初，并赋一韵语信云：

> 送钱君不要，送粮君不要，抗战台前苦故人，急送得人发跳。门前千叶桃，近日花开早，看她白白与红红，诗意有多少？折下几枝来，迷您自分晓。添得山窗幽，莫厌茅居小。高高低低供几瓶，也似红袖添香妙。红是健儿杀敌的血，白是吾人陈情表。若说会心不算遥，请您发一笑，请您收下了。

澄平兄并不能诗。信手拈来，恰成妙谛，予谢其花，尤谢其诗。予既北上，澄平兄亦赴汉，千叶桃，现在落英缤纷之候，未知谁是主人矣。

海棠溪之路

海棠溪，这是多么一个香艳的名词！但到过海棠溪的人，会为了醉心香艳名词而失望。自去冬起，这失望使人加深。一条水泥平坦的路面，可以闭了眼睛走，直达到轮渡码头。但那里不走人，走着吞汽油或酒精的怪兽。另一条小路，沿着悬岩，经过约一里路鹅卵石的江滩，才达江边。那才是每日数万人（恕我无法统计）经过的南北岸渡口。

天下过雨后，悬岩上的陡坡成了滑油山，几乎行人爬都爬不上去。岩上站着十来个幸灾乐祸者，向下看惨剧，大声调笑在滑油山上滚泥的同此圆颅方趾的人。吞汽油的怪兽，被封神榜上的人物骑着，发出呜呜的得意声，在通另一码头的水泥路上滑去。幸灾乐祸者看了那后影表示欣羡。

这里包涵一首诗，一篇小说，甚至一本很厚社会问题书本的材料。

晚香玉花下

家人在花瓶子里，和我插了一束晚香玉。便让我悠然遐思，想到了北平。当这伏天，东安市场的水果摊上，陈列着翡

水果摊

翠色的西瓜，美人脸色的苹果，嫩黄色的烟台梨，红绿半匀的肥城桃子，整齐堆叠，大小相间，横竹竿上，挂着成串的紫色葡萄，带了挂着的绿叶，颜色是配得极其调和。摊边一只瓷缸，清水浸着荷叶白藕和红的白的晚香玉、玉簪花。水果清芬之中，杂了一种香气。虽在舃履交错的人行道上，您依然感到这里大有诗情画意。

晚香玉上海也有，他们可就叫夜来香。这一个花名之间，可象征着双方之雅俗兴趣。半神女的大姐拿出去卖，也不像放在清水缸里之隽永，而带有都市色情姿态。正如招牌在成都那样讲求，而重庆满眼是"好吃来"与"三六九"。一个城市的文化深浅，正不必远求，在眼前就可随便诊断出来。重庆在五年来浇灌下些文化血液，掺在整缸的臭水里面，能发生什么效果？

重庆也曾有过花果铺，但立体大洋房，配上颜色电灯，彩绸窗帷，依然是上海家数，难得更俗。店主人是在以热烈的情调刺激顾客，有晚香玉陈列在那里，也比在花贩子手上的价值要贵三四倍。又是可象征到这里夺取手腕的显明而不含蓄。于是我们想到一个都市的心理建设不易，怎不苦念北平？

三六九处处　二五八家家

江苏人在重庆开小吃馆，专卖元宵（上海人谓之为汤团），汤面，馄饨三项者，例书市招为三六九。此项小吃店，极便于公教人员，生意乃极兴隆。因之元宵店遍布重庆市，三六九之市招，亦遍布重庆市。好事者因口占一联曰：处处三六九。家家二五八。下联谓麻雀牌之风盛行也。成都人闻之，笑谓此与开小吃店者用三六九市招，同一伧俗，不够幽默。或问：蓉人固以幽默见长，试问当如何出之？某君曰：就原来十字，一字不改，仅掉换一番上下而已，应当曰：三六九处处，二五八家家耳。若于三六九，二五八下之，念之作顿，则尤为神气活现。细思其言，颇有至理。

焦大流亚之言

昨日到上清寺去看朋友，听到他们邻居家里，有苍老的骂人声，其言如下：

"这小子别在我前面充大爷，我连屎渣子都瞧出他的来。当初他到咱们家来的时候，穿件灰布大褂儿，满身油渍，头发长得一尺多长，哪有人模样儿？主子念他认得两个字，让他当名传达，我就瞧着过分。后来在外面跑跑腿儿，换了一身干净衣服，就是先生了。没两年，升外账房。把川庄上的佃户，公司里的经理，一齐联络个够，我就为我们老爷发愁，不定让他搂了多少。于今又管内账房，连丫头老妈子，都成了他的人，都得听他的，干脆，这老爷让他作得啦。我这老帮子，就不服这口气。我只当老爷的奴才，我不当奴才的奴才。大家逃难逃到这山旮旯里来也该醒醒，不定哪天全完，他不要狐假虎威的找岔！"

不知其人骂谁。但因为他是一篇纯粹的北京话，颇觉有红楼焦大之风，句句听得入耳，字字记在心头。回来写在纸上，搪塞《最后关头》一天文债。

文稿千字最低血本

偶遇卖文之友，谈及物价猛涨，写稿成本太高，势将歇业，大笑之下，却是长叹。这实在不是笑话，作手艺的人，都因物价高，消耗多，不能不涨工资，文人不是一样吗？大概不问下笔迟速，平均每人每日可写三千字的稿子，按着这个标准，写一千字的物资消耗，大概如下表，那就是血本。

饭两碗（一顿）	八十元
蔬菜一菜一汤	一百元（包括油盐柴炭）
纸烟五枝（中等货）	三十元
茶叶三钱（中等货）	三十元（开水在内）
房租（以一间计）	三十元（只算一日三分之一）
纸笔墨	二十元（包括信封）
邮票	六元（但快要涨价了）

这是少得无可再少的估计，约合二百九十六元，而衣鞋医药并不在内。若养上个四口之家（不敢八口），再须添上三百元（最少），是卖五百元一千字，就要蚀老本蚀得哭了。

陈独秀之新夫人

陈仲甫先生，名不新，而以独秀字传。先生怀宁人，住独秀峰下，故字。先生原习举子业，幡然省悟，事革命，继更积极。原有家庭，先生自乱之，两子均横死。而转入"托匪"期间，又在南京入狱。文人舍思想不言，而以同出斯文惜之，故以两极端思想之章士剑，乃肯与之作辩护人。据传闻，先生在狱时，常有一少妇自上海来探视，历久勿辍，即先生之新夫人也。

先生来重庆，门生故旧，视为不祥物，无近之者，惟高语罕先生伉俪，日趋左右，敬礼在师友之间。先生已六旬，慈祥照人，火候尽除。面青癯，微有髭，发斑白。身衣一旧袍。萧然步行。后往往随一少妇丰润白皙，衣蓝衫，着革履。年可二十许。或称之陈夫人，则赧然红晕于颊，而先生微笑，意殆至乐，与之言，操吴语。宴会间，先生议论纵横，畅谈文艺（先坐早讳言政治思想矣），夫人则惟倾听，不插一语。以此窥之，想甚敬重夫子也。先生居家江津，穷愁死。重庆固多其故交，均若勿闻。惟段锡朋先生一人参与执绋。世态炎凉至此。先生家无担石储，更鲜儿女，新夫人近况如何，不得知。

别矣海棠溪

予乘西南公路衡渝通行车，期在三号。因修车展缓一日，凄风苦雨中，居海棠寓所二日，夜间雨雾弥漫，隔江望重庆灯火，恍然如梦。八年辛酸，万感交集。四日天明起，收拾行装，饯者云集。雨收云散，丽日涌出，旅客大欢。通车一列，本共五辆，路局因本社同人，共购票二十五张，特加开一辆以容之。以每辆适载二十五人也。百余人行李过磅，至费时，十二时方竣事。予车载同事四，少妇人七，小儿十一人，老太太二，又黄鱼二。予亦鬓发斑矣，同谓老弱专车。车载重三吨半，两旁置木板条，行李狼藉中央，前复置酒精桶三，人无插足地。故一登车，而吁声四起。予素耐艰苦，殊不为意。一时半车行。予于车壁方孔中，向车站行注目礼。回忆七年来，奔走海棠溪南温泉间，购票候车，提囊负米，或红球高挂，奔避空袭；或烈日如炉，荷伞步行，万千辛苦，此处留纪念不少。今竟别矣。在站将登车时，遇温泉一老邻，问曰："迁回呼？幸喜又比邻。"予讶其何能想象及此？则笑而漫应之。眷属窃笑，此君殊为不了汉。实则彼因极忠恕之推测。因在渝作鹧鸪啼者，何止二三十万人，彼以为迁回南泉，理应是耳。然而余竟得行，谢天谢地，复谢公路局。

夜宿綦江

车行时，得前站电话，一品场山塌路塞，前途车阻，列车停二塘两小时。三时半，车始六轮共转，因行李搁置不适当，空气阻塞，酒精味弥漫。而座位布置欠周，颠簸特甚，未及一品场，全车昏晕，呕吐之声大作，予妻几晕厥。予经海洋，任狂涛掀腾不为意，而亦目眩胃胀，不能支持。过杜市，路旁柑橘摊罗列如锦，百元可得广柑四枚，予竟无力购此贱价物。张目望车外，山峰秀媚，亦无意赏鉴。昏暗中，抵綦江站，两人摸索卸行李，即四出觅旅社，归报均未有。有数大旅社，悉为过路部队下榻。予妻已病倒，面无人色，势不能露宿。无已，商之于招待所经理。一小客厅容三榻，其二为人据。一榻，大餐桌也，上覆有简单被盖，乃以置之病妻，及二雏儿。予则于桌下得一席地，列地铺。另二雏则偕同事在甬道中席地卧。其他妇孺，悉纷纷倚人篱下，在陋屋中，作"搭桌戏"，安置妥，已不畏风雨。俟病人睡，予偕同人夜饭，勉尽一器，乃携杖作夜市巡礼，示吾尚不弱也。綦江一切为重庆最小之缩影，惟一特征，即橘柑摊遍地皆是，然其价已略昂于经过各小站矣。

由东溪到松坎

五日天未明起，张灯火在风雾中上行李。因昨日经验，乃妥布行李。司机台一座，予妻以让黄老太太者也。不获已，索回。商之领车朱队长，将另一车司机台座居黄老太太，蒙慨然允。朱队长桐城人，与予为小同乡，机械化学校毕业，盖大材小用者，因以相谈甚欢，沿途乃得多协助。八时车行，雾气充沛中，见悬崖下翻车，同车为之惶然，继而烈日出，客心渐安。而空气流通，晕车者减半。十时抵东溪，车停，听客进午餐，同人多未食，予亦空腹，使胃减少消化力。东溪路上一大站，但见十轮黄幔之美式车辆，绵延如龙，罗列街檐，其所拖曳或载运者，悉为新物资，事涉军机，不便言。然于此以窥美人之助战者，已可得全豹一斑。予妹及妹婿居此，以早日得电；在站迎已三日。见吾妻，几不相识，可知其昨日之受创甚巨。未及十余分钟之谈话，车将行。天涯手足，风尘小聚，几时不见，见了还休，争如不见，殆此情也。予妻与予妹挥泪中，车已别东溪。予有戒心，先进八封丹少许，下午幸不昏晕，车沿山崖小河，循绕登黔境。黔北，山峦渐高，灌木隆葱，虽鲜丛林，而巍峨奇伟，胜于重庆附近者良多。两时半抵松坎。以有一车发电机焚毁，予车之"拨斯"亦受损，遂不复行。旅客均呼皇恩大赦，其苦可知。松坎在四山包围中，凹入一大谷，村落夹公路而列肆。除小旅馆外，均为黑木板壁之小店，车到时，适乡人赶场未散，一望白布缠头之人首，纷纷街上。但所交易，悉为微少之农作品，一切近代品或城市日用品，均缺。"人无三分银"，入其境亦可想见。以"未晚先投宿"，觅下榻地尚易。予于小旅馆三楼，得仅可容之四榻。其下为茶饭馆，坐稍定，于五时半进餐。此地猪肉甚贱，斤二百元，鱼亦贱，斤三四百元。故客饭每客四百元，有鱼肉。惟无卫生可谈，厨钩所挂鱼肉，群蝇丛集。予嘱家人，热食可也，无恐。七时就寝，居然入睡。

去年今日别巴山

去年今日（十二月二日），我开始离开七年倚居的重庆。当日冒着风雨渡江，夜宿南岸海棠溪。"海棠溪"这个名词，多么富有诗意呀！况是风雨海棠溪呢？其实那里是毫无足取的，只是重庆对江，一个公路站起点。西边一片黄草童山，护着一条水泥面路，直到江滩。东边是群乱七八糟的民房，夹着一条小街。车站旁边，两面童山，带着一片坟堆，和一些歪倒的民房，夹了一条秽水沟，在很深的土谷里，流向长江，实在找不到一点诗意。

不过这天我带家小到了海棠溪，却是悲喜交集，说不出来是一种什么滋味。我家住南温泉六年多，城乡来去，必须在海棠溪上下公共汽车，车站员工，几乎无人不熟。这次上车，变了长途，直赴贵阳。我从此离开四川，也就离开六年来去的海棠溪。久客之地，成了第二故乡，说到离开，倒有些舍不得似的。

这晚，正值斜风细雨。我走出旅馆，站在江边码头上。风吹着我的衣襟和头发，增加一种凄凉意味，满眼烟雾凄迷，看不到什么。深陷在两岸下的扬子江空荡荡的一片黑影。隔岸重庆，一家屋影不见，只是烟雨中万点灯火像堆大灯塔，向半空里层层堆起。我暗喊着梦里的重庆，从此别了。这烟雨灯火中，多少我的朋友啊。当时得诗一律：

> 壮年入蜀老来归，老得生归哭笑齐。
> 八口生涯愁里过，七年国事雾中迷。
> 虽逢今夜巴山雨，不怕明春杜宇啼。
> 隔水战都浑似梦，五更起别海棠溪。

给重庆朋友

现在是北平黄金时代开始的时候！重庆朋友，北平每一个角落，现在都充满了春色。不用多说，只要由东长安街穿过天安门，到西长安街，在三座门一带，溜上几十码路，在嫩绿色的槐树荫下，被黄瓦红墙围着，那不是置身画图里吗！

朋友，听说你们家里，已是（华氏）九十六度的温度，汗会像雨一样下吧？我们在这里，早买下的一万元一套的哗叽或拍力斯西服（现在已是二三万元了），还得在里面衬上一件羊毛背心呢，你别以能吃冰其淋而骄傲。我们能够在来今雨轩看牡丹花，照样的吃冰其淋。而且紫藤花像绣球一般开着，可以坐在藤萝架下吃藤萝饼。飞机不便带那东西，给你在纸上画一个寄了去罢。

最后，祝你们今夜得一场透雨，晚上可以盖着毯子睡觉。虽然我们还是盖着棉被。

山窗小品

张恨水

序

三十三年夏，《新民报》出成都晚刊版，副刊《出师表》，既连载予之小说矣，同文复嘱予多撰短文以充篇幅。在予拉杂补白，虽记者生活已习惯之，而苦佳题无出，即有佳题，亦恐言之而未能适当。无已，乃时就眼前小事物，随感随书，题之曰山窗小品。山窗，措大家事也，小品，则不复欲登大雅之堂。如此云云，庶几言者无罪。积之三月，共得四十余篇。后以冬日渐短，时复多患小恙，遂中止之。而友好自成都来，辄以此稿为念。而三四出版家，且嘱出单行本。然此种木头竹屑小文，乃有一顾价值乎？予颇疑之。前两月，于渝市遇上海杂志公司主持人张静庐兄，亦言此稿可读，嘱交与印行。予心动，乃归理残稿，并托友人在蓉抄录散轶者，而得四十三篇。会检出其他文言小稿，不乏与山窗有关之作，亦得十三篇，遂附卷后，共计五十六篇，成此一集。一年来以文言散文出版者，先有《水浒人物论赞》，并此而两矣。实非始料所及也。将附刊，记其实如上。

笔者张恨水在三十四年岁首记于山窗菜油灯下

短　案

　　所居在一深谷中，面山而为窗。窗下列短案，笔砚图书，杂乱堆案上。堆左右各一，积尺许，是平坦之地已有限。顾笔者好茶，案头必有茗碗。笔者好画，案头又必有颜料杯。笔者虽已戒绝纸烟，报社主人怜其粮断而文思将穷，不时又馈以烟，于是案头亦必有烟盒与火柴。笔者患远视，写字必架镜，故案头常有镜盒。且邮差来，辄隔窗投书，或有挂号信，必须盖章，求其便利，而图章印盒亦置案头。此案头是何景况，乃可想象，而笔者终年伏案，亦复安之若素焉。回忆儿时好洁，非窗明几净，焚香扫地，不耐读书，实太做作。且曩时居燕都，于花木扶疏之院宇中住十余年，书斋参酌今古，案长六七尺，覆以漆布，白质而绿章。案上除花瓶坛炉外，惟檀架古砚一，御瓷笔筒一，碧蓝水盂一，他物各有安置之所，非取用不拦入案上。今日面对蜂窠，身居鸟巢，殆报应也。

　　未入乡时，曾于破货摊上，以法币三角，购得烧料之浅紫小花瓶一。瓶未遭何不幸，随余五年于兹。在乡采得野花，常纳水于瓶，供之笔砚丛中。花有时得娇艳者，在绿叶油油中，若作浅笑。余掷笔小思，每为之相对粲然。初未计花笑余案之杂乱，抑笑主人之犹能风雅也。此为短案上之最有情意者，故特笔记之。

　　笔者按：校阅此稿日，隔时又一易裘葛。瓶为小女碎，已数月矣，为之惘然。

涸 溪

窗前有小廊，面溪而立。顾非山洪陡发，溪中终年不见水，名为溪，实非溪也。溪岸在茅檐下，有花草数十株。隔岸则为人家菜圃，立竹一丛。花竹夹峙下，涸溪中乱草丛生，深可二三尺。春日购鸡雏七八头以娱稚女。雏渐大，女不复爱之。家人又厌其随处遗矢，驱之入溪，与二三大鸡伍。雏得之，乃大乐，日钻营草丛石隙，以觅小虫。当其未至涸溪时，山雕常盘旋空际，其欲逐逐，攫之，一如其觅小虫然。家人未防，尝失其二。彼既入溪，雕来，闻大鸡咕咕呼警报，即潜伏草根，使雕无可下箸处，在雏，钢骨水泥之防空洞不啻也。

涸溪之情景如此，故主人邻溪而不常得溪之乐。惟夏日暴雨，山洪挟泥沙以俱下，溪中水忽盛至。窗左，溪中倾丈许，巨石嵯峨横卧之。水狂奔而来，至此又突作势下注。但见黄波翻涌，如千百条蛟蛇下饮溪底，争前恐后。而其淙淙铮铮，又如海面遥闻炮战。若值雷雨大作，水声，雨声，雷声，混而为一，则茅屋在山摇地动中矣。有时夜半在枕上，突闻户外万马奔腾，疑暴风雨来，即惊起，启户视之。实则两山黑影巍巍，平静无事。仰观天空，两三星点，在黑云中闪烁作光。察声所在，在涸溪中，盖前山大雨，山洪自上游来也。一年约得此景可一二回云。

竹与鸡

涸溪对岸有竹一丛，正临吾窗。竹上为斜坡，下为溪沿，丰草环绕前后，差免玩童砍伐。故去夏为七竿，今春已得十二竿，上旬有笋新出六七枝，秋初可得二十余竿矣（校此稿时，已有四五十竿矣，此为茅居差强人意者）。

竹虽不多，枝叶极茂，长者达丈六七尺，短者亦丈一二尺，枝头如孔雀之尾，依依下垂。雨露之后，枝叶垂头愈深，余每慵书腕酸，昂首小憩，则风摇枝动，若对余盈盈下拜也。竹以枝叶盛多故，其下作浓阴。每当炎日当空，大地如火，家中群鸡，悉集竹阴长草中，悄然伏卧。中有雄鸡一头，高脚白羽而红冠，独不睡，翘然立竹根，垂叶遥覆其顶。既而邻村有午啼声传来，雄引颈长鸣以应之，若不甘让。邻鸡再三唱，雄亦再三应之，直至邻鸡先止而后已。时有蝉声吱吱然，嘈杂竹梢上。雄偏其首，以一目斜视树上，若答曰："尔何物？鸣我上也。"以竹之绿，映鸡之白，配以丰草在下，微虫在上，俨然一幅妙画。

时渝市热浪，正达华氏一百零八度，余隔窗外视，乃忘盛暑。

泥里拔钉

谷之东侧为建文峰，巴县名胜也。峰作两层，主峰如埃及金字塔，树木畅茂，绿茸茸耸立半空。其下得坦地，界上下为两层，下层峦脚直斜，为窗外长谷之东壁。壁上旧尝为农家垦植，砌石作坝，层层作小梯田。年久不植，地废，而坝基残存。以是树木稀少，丰草遍山。其上为梯田所不及者，有小柏二三百株，散落峰上。枝为山家所披伐，树仅有丈许干身，略带薄叶，绝似山水画家之所谓"泥里拔钉"。此壁距窗不过十丈，故建文峰近在咫尺，乃为壁藏而不得见，所见者，此泥里拔钉而已。

吾居此深谷中，窗则东向。朝日迟临，初无所感。唯三五之夕，月出如金盆，由峰头泥里拔钉后，缓缓移出，厥状至美。月未来时，银光满空，小柏苍翠，为光映作黑色，暮景苍茫，笼罩小树若无数古装美人，亭亭玉立。及月既来，上层树若投影画，嵌此灿烂之银碟。惜其时甚暂，不及两分钟耳。然而"泥里拔钉"亦自有其可取者在也。

笔者按：此文作后两三月，钉悉为强有力者所伐。伐后，且按市上木柴价，强货于村人，予家亦曾购之。盖不购惧得罪也。树在吾门，吾不伐，客来伐之，且以易吾钱，是喜剧，亦是小悲剧。吾不禁为建文峰风景哀矣。

野花插瓶

予曩居燕京，卖书所入，除以供家人浇裹外，余赀作三分用：一以购收木板书，二以养花，三以听戏，非充作雅人深致，盖因其有伸缩余地，非若他种嗜好，可成为日常负担也。听戏所耗甚微，购书则时兴时辍。唯栽花，则为之十余年未断，愈久则阶前檐隙亦愈多，深红浅紫，春秋映带窗几间，颇足助人文思。自倭寇见逼，狼狈南下，将十年不复有此乐矣。

性之所好，不易尽除，往年来往京沪，易植花为玩瓶供。二三元之值，亦足点缀书斋卧室一周之所需。当初入渝时，花值贱而品繁，犹饶此趣。寓楼三间，有花瓶七八具，亦足婆娑其间，藉遣客愁。及不能与鸡鹜争食，退居山谷，附近乡人植黍种菜为业，无莳花者，牡丹芍药固不可得，即巴蜀多梅，而此处亦无。茅檐泥壁，老案旧庋，亦何必反由城中购花入乡以配之，此嗜亦渐淘汰将至于无。然家中尚有供花旧具一二，久置未用，令人惭对。以是春秋佳日，常呼随行入蜀较长之一儿，负筐携剪相随，漫行山野间，随采野花入家供之。大抵春日可得山桃野杏，夏初可得杜鹃石榴，秋后则唯有金钱菊，可支持三月。盛夏瓶花易萎，不能供。冬则须行十里外，始可向人家私园乞梅一枝，不能堪也。顾野花剪裁得宜，亦足资玩赏。尝于春尽，采胭脂色豌豆花一束，尽除肥叶，配以紫花萝葡十余茎，再加以野石榴二三朵，合供一瓶。适城中人来，见案头花作三种红，大加赞赏，且问胭脂而蝴蝶状者何花？及予指窗外豆圃视之，客乃大笑。

珊瑚子

国人冬日供腊梅，向配以天竹，竹叶淡绿，生子如珊瑚珠，红黄参杂绿叶间，饶有画意。顾天竹非年老不生子，且子亦不甚繁。苏人以此物供不应求，则以盆景养刺叶树以代之。此树学名不详，不落叶灌木，高七八尺，叶长圆，连柄作六角形，每角生长刺，飞鸟不能入其丛，皖人名之曰老鼠刺，以之作篱，藉拦野兽，物品至贱。然秋日结实，其大如蚕豆，红若丹珠，亦颇可爱。苏人易其名曰"鸟不宿"，以盆植之，删其繁枝，独留老干，黄花开时，子肥大而红艳胜天竹。每届菊花会，可随处见此物，与人工培植畸形南瓜相间，至有清趣。

予生平爱盆景，究以此物叶刺可厌，未尝置之阶前。及居此山谷，于深秋之际，发见草庐前后，多红色小丛灌木，簇拥顽石蔓草中，颇以为奇。近视之，枝上结天竹子，累累然如堆红豆，深者丹，浅者胭脂，娇艳欲滴，尚有些微小叶，作苍绿色，亦极配合得宜。枝上有刺，攀折不易。然以剪除此，与白菊同供一瓶，极得颜色上调和，天竹及鸟不宿皆不足道矣。入冬，霜露微降，枝子愈红，亦愈肥，复可与腊梅水仙素梅相配，予尤爱之。以问巴人，不能举其名，但曰红子子而已。经春，红子渐落，农历二三月间，子未落尽，而花又作。远望之，花如白绣球，逼视则花作五瓣，丛生枝头，颇似珍珠梅，略有清香，实蔷薇科植物也。予因赐其名曰珊瑚子，每冬深必采备一包，藉待他日东下，传种江南，亦已习之三年矣。

断 桥

茅檐下，跨涧溪而为桥，出入所必经，初不觉其危。城中客来，则常渡之而股栗。股栗言其情绪，亦状实也。桥下正为陡崖，深丈二三尺，且溪床为危石，坠则颅碎，初未知建屋主人，何以择桥址于此？溪宽约二丈许，中立乱石附水泥之圆墩，以四木东西接轨于墩上。轨早折其一，另以一木合之。削窄板长二尺许，间空隙约寸，横铺于轨上，是即为桥。无栏，亦无柱。二人同行其上，则震震然如旧日文人之摇曳构思。若山洪骤来，桥下怒水翻腾，声如奔雷，生客来，色沮辄不敢渡焉。然吾人终年居此，稚子坦然过之，亦安之若素。盖初架此桥时，不过数十金，今则非二千金不办。一二邻居，初欲易之坦地，偶俄延，力遂不能为。妇孺习惯，亦忘其危而不思迁易矣。

桥如此，无足称者。然盛暑之夜，闷不可耐。至桥上，则溪自南向北，奔出谷口，空气受山夹峙，而顺溪流荡，其间乃常有徐来之物。每仰视繁星在天，满谷幽暗，与同屋二三穷措大，携竹椅坐桥上，闲谈天下事。细至镇上一周无肉，大至墨索里尼下台，辄不觉夜之三更。有时残月如钩，高悬峰顶，夜气微凉，劳人尽睡。予怆怀身世，长夜不寐，则只身微步桥上。时清风拂衣，人影落涧，溪岸草中乱虫声，与竹丛瓜蔓上纺织娘，合奏夜阑之曲，虽侧身旷谷，无可语者，而于其中时得佳趣焉。

　　按：桥至去冬，腐朽愈甚，予力筹千金，北移丈许，直达竹丛，夏夜可展席卧其上矣。

山涧的溪流

雾之美

居重庆六年，饱尝雾之气氛，雾可厌，亦可喜，雾不美，亦极美，盖视季节环境而异其趣也。大抵雾季将来与将去时，含水分极多，重而下沉，其色白。雾季正盛时，含水分少，轻而上浮，其色青。青雾终朝弥漫半空，不见天日，山川城郭，皆在愁惨景象中，似阴非阴，欲雨不雨，实至闷人。若为白雾，则如秋云，如烟雨，下笼大地，万象尽失。杜甫诗谓"春水船如天上坐"，若浓雾中，己身以外，皆为云气，则真天上居也。

白雾之来也以晨，披衣启户，门前之青山忽失。十步之外，丛林小树，于薄雾中微露其梢。恍兮惚兮，得疏影横斜之致。更远则山家草屋，隐约露其一角。平时，此家养猪坑粪，污秽不堪，而破壁颓篱，亦至难寓目。此时一齐为雾所饰，唯模糊茅顶，有如投影画。屋后为人行路，遥闻赶早市人语声，在白云深处，直至溪岸前坡，始见三五人影，摇摇烟气中来，旋又入烟气中而消失，微闻村犬汪汪然，在下风吠客，亦不辨其出自何家也。

一二时后，雾渐薄，谷中树木人家，由近而远，次第呈露。仰视山日隔雾层而发光，团团如鸡子黄，亦至有趣。又数十分钟，远山显出，则天色更觉蔚蓝，日光更觉清朗，黄叶山村，倍有情致矣。

虫 声

谷中多草，本聚虫声。而邻家种瓜播豆，菜畦相望，虫逐菜花而来，为数愈伙。每当星月皎洁，风露微零，则绕屋四周，如山雨骤至，如群机逐纺，如列轴远征，彼起此落，嘈杂终宵，加以树叶萧萧，草梢瑟瑟，其声固有如欧阳修所赋者。然习闻既惯，颇亦无动于衷。唯秋雨之后，茅檐犹有点滴声。燃菜油灯作豆大光，于案上读断简残篇，以招睡神。时或窗外风吹竹动，蟋蟀一二头，唧唧然，铃铃然，在阶下石隙中偶弹其翅，若琵琶短弦，洞箫不调，倍觉增人愁思。予卖文佣书，久废吟咏，尝于其间，灵感忽来，可得小令绝句，自诵一过，每觉凄然。顾年来忌作呻吟语，随成随弃之，亦不以示人也。

听虫宜以夜，宜以月，尽人而知矣。然清明之夜，黎明早起，时则残月如钩，斜挂山角，朝日未出，宿露满枝，披衣过桥，小步竹外，深草之中，微虫独唱，其声丁丁，一二分钟一阕，绝似小叩金铃，闲敲石磬。妙在小，又妙在能间断也。此非城市人所能知，亦莫能得此境遇，盖造物以予草茅之士者耳。

秋　萤

江南之萤始于夏，而初秋犹盛，故诗人有"轻罗小扇扑流萤"之称。川东则否，始于暮春，盛于仲夏，稻花开时，黑夜即不复有流火群飞矣。然亦非尽绝迹，时或遗一二老虫在。盖川东夏季长，山谷中丰草塞途，野花不断，萤乃因此而延其寿命。每当阴雨之夕，谷黯如漆，启户视之，荒山巨影，巍巍当前，厌吾居如入深渊。西风徐来，摇撼涧岸丛竹小树于黑魆魆中，其影仿佛能见，若巨魔作攫人状。时此一二老虫，于草间突起，发其淡绿之光如豆火，低飞五六尺，闪烁数下，忽然不见，倍增鬼趣。间或村犬遥遥二三吠，其声凄惨沉闷，似若有所惊。独立涧洞断桥上，俯首徐思，觉吾尚在人境中乎？

萤亦有翅落不飞，蛰伏石隙者。其所挟之光极微，色亦不甚绿，既不闪烁，亦不移动，初来此间见之，颇疑人遗火星于地，取而视之，僵硬如蛹，殊非江南人所素知。

夜立暗空下，乃思此萤，何类当今文人。虽遗弃草根将死，而犹能于黑暗中发其点滴之光。虽然，萤以其光传授子孙，明夏仍可与星月争片刻之光，文人顾何如乎？

晚　晴

一雨之后，凉气习习随谷风来，秋意盎然。亭午云雾日出，宇宙倍感皎洁。两三小时后，对涧菜圃葵花数十株，如碧竿悬球，金灯列仗，饶有生趣。扁豆藤杂牵牛花蔓，簇拥人家竹篱上，亦油油然如青帷翠幛。昂首外视，游兴勃然。则掷笔出户，策仗闲行。入蜀后，行恒以杖，初不以齿计也。

谷中早阴，西风瑟瑟吹人衣发，暑气全消。仰望山峰，一角为斜阳所射，深草疏林，若镀黄金，有樵人刈草其间，亦随山羊两头，同入此黄金世界。而俯视全谷，幽暗转甚，炊烟二三缕，出入此上明下暗之空谷中，其意境殊非俗手西洋画家所能写。于其间少得佳趣，随脚下石板小径，彳亍前行，数十步外，路旁乱草如长发纷披，半掩崖石，时有紫色野菊数朵，于其间嫣然向人，小而绝媚。而老艾拥出草丛，散其清芬。皆所以映晚晴者。谷下涧溪，有小潭，得积水尺许，倒映天上红霞有光。三五小蛙，阁阁于其中作得意鸣。驻脚暇观，颇发幽思。时有山中老僧携灯笼挟破衲来，侧身而过，似预备夜归，回视竹外茅屋，有灯光一点，遥闻群雏呼归饭声矣。游不必多，亦不必远，即此晚晴小步，亦有足低徊者。

蒲 草

国人治盆景为乐者，常专一种，如梅菊杜鹃山茶均是。燕市昔有以小盆种莲子开花者，得变形十余品，已觉其奇。闻之鲁人，前十岁，济南有方士，专蓄蒲草盆景，共得三四十种，则又生面别开矣。

薄草之类本多，仅就本草所言，有水蒲、白菖蒲、石菖蒲之别。平常玩盆景者，其形如韭而细，长三四寸至七八寸不等，盖石菖蒲之一种。蓄法，以白瓷小盆盛沙植之，逐日浇以清水，而不施肥，欲其瘦也。每至春季，则齐剪之。叶愈剪而愈细，色愈细而愈碧。其长可二三寸，土盆中圆转齐匀而无偏缺者，是为上选。战前下江大都市中，上等石菖蒲一盆（盆值不计），能售硬币一二元，即阴丹五尺至一丈，合以今日市价，令人舌矫不下也。

茅居附近，颇多此物，悬岩石隙中，或小径坡缝内，常有剑叶茸茸，簇拥而出，久雨之后，石根泥沙，为水所冲刷，草根外露，合于盆景家所谓透爪态，尤有趣味。若遍寻谷中，可得数百丛，设化此地为上海或北平，又倒缩时间七年，则张先生富矣。

在山麓人行道边，有草一丛，长四五寸，叶叶外向，周环如翠羽小团扇。根若竹鞭，有婴儿指大，怒伸四五节于土外，赏鉴久之，惊为奇品，颇欲掘归养之，列于案头。因无工具，未能如愿。又迟一二日往探，则马矢拥之，群蝇纷集，不能仁观。嗟夫！此岂仅为草莱之士所悲也哉？

鸡鸣声中

山村夜如死谷，风雨之夕，尤沉寂不类人境。然将明未明，生气滋生，有足寻味者。

尝夜半不寐，倚枕小思。案上菜油灯芯，烧作红豆状，其光在有无之间时。有声息息然，自窗外来，遽然心动。视之，有瘦鼠一头，摸索沿桌缘行，目灼灼然，窥床上人。床上辗转有声，鼠乃曳尾而遁，而息息之声如故，再视之，非鼠行有声，夜半风吹破窗纸奏雅乐也。然因此风，乃遥遥闻豚声噭然鸣，长且惨，似镇上屠户已起宰豚，将以应早市矣。少顷，屋外人行路上，有步履突突之声，有箩担绳索摇曳吱吱声，盖路通水陆乡场，乡人经此赶场者。邻犬惊而起，辄隔涧溪而吠。然亦若知此为等闲事，二三吠又即止。吠止矣，邻鸡喔喔然，逐声推近，余鸡埘中雄者，遽引吭高歌，声震泥壁。村鸡应之，而余鸡又再鸣。循环凡十余分钟，余不复能寐。则披衣而起，开窗以纳朝气。遥见山头黄月半轮，带巨星两三点，沉沉欲坠。对宇邻人母子业小贩，方絮絮话家常，同治早餐。灶火熊熊，隔溪可见。"夜阑闻远语，月落如金盆"，不足尽此情调也。

金银花

金银花之字甚俗，而花则雅。盖因其花也，先白，及将萎，则变为黄色。本草因而称之，名遂遍。其实花白而转黄者不仅此花也。

花状如针，丛生蔓上作龙爪。初开时，针头裂瓣为二，长短各一，若放大之，似玉簪花之半股，其形甚奇。春夏之交，吾人行悬岩下或小径间，常有蕙兰之香，绕袭衣袂。觅而视之，则金银花黄白成丛，簇生蔓间，挂断石或老树上。其叶作卵形，对生，色稚绿，淡雅与其香称。唯蔓长而中空，不能直立。作瓶供时，宜择枝老而叶稀者，剪取数寸蓄小瓶。每当疏帘高卷，山月清寒，案头数茎，夜散幽芬。泡苦茗一瓯，移椅案前，灭烛坐月光中，亦自有其情趣也。

重庆南区公园，有露亭一角，椽柱均绕以金银花蔓。尝于春暮黎明过之，则宿露未收，青翠欲滴，花开如残雪点点，纷散上下。半山之上，尽为芬芳所笼罩。因思山地固多金银花，如此点缀，当无困难，便欲于檐前支一小架，得丈许清阴。姑一询之匠人，需费几何？而据其所答，竟耗半月收入，则又多山家之一梦而已。

待漏斋

古之君臣，天明而晤于朝。于其未朝也，群臣先期而至宫外，待铜壶滴漏所报之时届，以入宫门，是曰待漏。而吾之所谓漏，则无此雍容华贵之象，盖屋漏也。屋漏何以亦曰待？是则可得而言之：

所居草屋，入夏为暴风雨所侵，必漏。呼匠人补之，辄辞以无草。盖乡间麦秆，既已售尽，而新谷初登，又未至出售之时，其价亦奇昂，非穷措大所能胜任。欲弥补屋漏，乃必求之遍山深长之野草。而野草未入深秋，又嫩且短，不堪选用。故屋漏已半载，而犹待野草之长以为补。此非抗战山居，实未能习此一页经济学也。

屋漏正如人之疮疖溃疡，愈听之而漏愈大。今岁之春，不过数滴，无大风雨，或竟不滴。及暮春，渐变成十余滴。其间有一二巨溜，落地如豆大，丁然有声。数滴更注吾床，每阴雨，被褥辄沾湿不能卧。吾为一劳永逸计，则移床就屋之另一角，意苟安矣。入夏，暴风雨数数突然来，漏增且大，其下如注，于是屋角，案头，床前，无处不漏，亦无处不注。妇孺争以瓦器瓷盆接漏，则淙淙铮铮，一室之中，雅乐齐鸣。吾有草屋三椽，以二居家人，以一为吾佣书之所，天若有眼，佣书之室独不漏，故搁笔小歇，听此雅奏而哑然。山窗小品，即多以此乐助兴而成也。

习之久，每谷风卷起，油然作云，则太太取盆，公子索瓮，各觅旧漏处以置之，作未雨之绸缪。予亦觅数尺之油布，预以蔽吾书筒。然后群居安全之地，拭目以待漏下。吾于此顷刻凝思中，忽得奇想，即裁尺纸，书待漏斋三字以榜吾门。太太粗解文义，则亦为之粲然。蓉人故以匾额市招竞奇，以此文示之，宁能谓吾斋名非上选乎？

贵　邻

贵邻殊之贵，一专卖局长耳，然全村人贵之，予亦从而贵之矣。予虽穷，颇守法，保甲长月数过吾门，恒出簿据以收费。于簿上窥户籍，贵邻居第一，然其门牌非第一也。例，户主张三，户籍则直书张三；李四，则直书李四。而于贵邻则不然，书之为某局长。局长家有时自书捐额，亦不称名，而自尊曰某公馆，殆不屑以名字示保甲长而耻与邻为伍矣。

虽然，公馆谮号也，盖部中出资，佃得银行家别墅，作疏散物资用者。以空袭少，物资不来，贵邻则从权而公馆之。公馆为全村建筑冠，居高临下，花木扶疏，雕栏画栋，曲廊洞房，当可住三五十人。然贵邻除每周学罗斯福回乡度其周末外，恒在城。夫人亦然，非警报频繁不来。于是此巨室只住一老夫人，三幼稚之小姐，两仆妇，一厨役，三轿班，白昼寂寞如佛寺。而贵邻犹嫌设备不足，以为未尽如人意。然贵邻未贵时，亦与吾等，乃分人家瓦屋一角住之。其时虽无男女佣仆，而举家人口如故，斗室粥粥其中，且于廊下支缸灶，而能安之若素，何也？

贱　邻

佣妇周嫂，巴县北郊人，初随其主人来南郊，继家于此。所谓家，实窠也。涧溪彼岸，为菜圃。圃之一角，苦邻自治其窠。窠除曲树数干，巨竹数枝外，建筑悉为草茎与叶。屋上蓬蓬然，纷披下垂如乱发者，为山上之班茅与长草。四壁茸茸然，颠倒如破衣者，为高粱之秫秸，窠无窗，拨灰壁秫秸宽其缝，长方四五寸，则为窗矣。窠无门，以两三竹片，两夹秫秸数十茎，侧挂之出入处，则为门矣。

鞠躬入其门，窠中高不及丈，长阔则倍之，视线黑黝黝中，见竹床二，倾斜两侧。其间则箩筐，锹锄，破凳，裂缸，堆置无立足地。盖苦邻已不为人佣，自种菜，其子病而孱弱，则业小贩，此皆其谋生之具也。小床上堆败絮一卷，如腌猪油，盖妇自卧。另稍宽者，有蓝布旧被一，补绽如锦织布其上。则彼亦舐犊情深，居其子也。窠中如此，其生活已可想，而蚊蚋乃独爱之，白昼且嗡嗡然纷飞上下。门角巨绳缚一豚，掘地为浅坑而侧卧之，矢溺淋漓，臭气触人，夜间主人入室，其情况又可想。且在窠北三四丈处，有一巨窖，为妇储粪培壅之需。西北风自上头来，使全窠内外之空气皆浊。吾真不解其母子何以能坦然于此也？回视吾庐，茅檐竹壁，椅案井然，吾不复能有所怨尤矣。

天河影下

银汉双星，为吾国民间最有趣之神话。科学昌明之后，凡女子有穿针乞巧者，辄被嗤为愚妄。而好事文人，亦复鲜所吟咏。其实神话为姑妄言之之事，调剂人生紧张情绪，亦不必绝无。如牛郎织女情史，即令家弦户诵，初无害于天文学之发展，听之可也。希腊神话，其荒诞悖伦（子杀其父而登天位），甚于我国《封神榜》，欧洲人津津乐道，时引证于正经文字，人但觉其有趣，未尝责以迷信，而远东运动会，且曾名之为Far Eastern Olympic Games，亦无一人以其纪念奥林匹斯（希腊神话玉皇大帝所居之山）为不经者，则何独禁于本店自造之神话乎？

夜阑人静，徘徊断桥，但见银河耿耿，横界天半，天孙河鼓，闪烁作光，隔岸相对。于是，脑中构一幻象，则一云裳倩影，绰约矶头，一孤独少年，依依柳下，而江心月白，风露寒衣，两地相思，都在天末。乃觉吾国人所构神话，其诗情画意，远胜希腊神话杀声满纸多矣。于是辄忆舒铁云《博望访星》科白中"一水迢迢，别来无恙""三秋渺渺，未免有情"，集句自然，传神阿堵。而中国文艺，固非西洋人所易领略也。

劣　琴

予生平有三事不能，一饮酒，二博弈，三猜谜。亦有三事，习之愈久而愈不称意，一书法，二英文，三胡琴。然自幼酷嗜皮簧，几至入迷，及取吾妇，妇亦嗜此，既得同调为终身伴侣，嗜尤深。然自入蜀后，有沧海曾经之感，终年不复一入剧场。戏瘾偶来，则强细君低声歌之，吾口奏琴手拍板以合音节。妇曰："是甚乏味。"言讫即辍唱。无已，吾乃自唱而自解，每当风静夜阑，月明如昼，乃移一竹椅于断板桥头，抬头望月，高歌《坐宫》想老娘想得我肝肠痛断一段。唱自不佳，然离思如剥茧抽丝，吾与杨四郎化而为一矣。

近友赠一胡琴，筒虽细而弓巨，操之殊顺手，适渝市叠出皮簧琴谱，均属青衣者。予乃尽购而藏之，在黄米饭饱后，山窗日午，空谷人稀，乃掷笔取琴，依谱奏之。习之既频，《梅龙镇》《骂殿》《六月雪》《女起解》，各能一二段。每当弦索紧张，细君隔室停针，辄应声而唱。吾固未请之，更未尝强之也。予大笑，以示吹箫引凤之胜。妇出曰："君毋然，君技仍劣，若取切喻，绝似伶人之左嗓。""然则卿曷为应声而歌？""苦闷无聊，女子独不思有所消遣耶？君技虽劣，终胜无琴。适触我技痒，焉得不唱？"余笑颔而怆然有感。彼一唱众和，指挥若定者，非个个有超人之技，特亦聊胜于无之列耳。

愚　贩

鸡贩马某，南阳人，其叔住吾村之杪，马常负担来探望。

一日，马过吾门，强售两雌鸡与吾家。妇欲得卵储积，则亦照市价付给而受之。鸡一白一黑，放置竹阴下，相映成趣。儿辈顾而乐之，唱家乡歌曰："白鸡婆生黑蛋，黑鸡婆生白蛋。"无何，家中鸡群一雄者鸣，白鸡突引吭而和，其声高昂，殊无多让于倡者。邻与家人大哗："牝鸡司晨，俗所忌，顾且如此狂啼耶？"哗未已，白鸡再鸣，且振其翅。予笑曰："为竖子所欺，此雄也。"家人捕而察之，小冠有创痕，剪迹宛然，复验其臀，断尾之根犹在。妇亦愤，怪马某熟人而相欺。予则独怜此鸡，为增数十元代价，尽减其雄姿。盖鸡价雄贱而雌贵，每斤约差七八元，此雄三斤许，马某多售吾三个八元矣。

妇沉思久，自解曰："是无妨，马某常过此，当面质而易之。"约半月，马某果来，妇隔溪而责之，令易此鸡，否则还吾值。马应曰："雌者啼乎？不应有是。明日当来验之。"且言且走，颠其担，踉跄而行，群鸡咕咕呼苦笼中。自是，马某不复来。约二月，吾遇其叔，告以故，且笑曰："此细事，鸡可勿易，亦不必偿吾多耗者，嘱尔侄自行寻常来往可也。"其叔唯唯。中秋日，妇割鸡款其夫与子，乃反庄子烹不鸣雁例，杀此雄而雌者，鸡食竟亦旬日矣，而吾村仍未见马之踪迹。邻人均笑曰："以今日二十余元法币，值卖一条路乎！"予思世固有愚而多诈者，快顷刻之意，遗终身之恨，实属自苦，若马某所为，其缩影耳。

购《两当轩集》者

年来酷爱读黄仲则诗，而遍觅《两当轩集》不得，于重庆米亭子书摊上，见一残本，凡两卷，碎其封面矣，书贩以白纸补之，劣书黄景仁诗集于其上。询其价索百元。予翻弄数四，爱不忍释。时在一年前，而此价又过昂，乃折半还值。贩知予嗜此，扬其首而摇之，态绝踞。予恶其无礼，掷书而去，然心实未能舍也。明日复去，决以百元购之。将及摊，见有一中年人，可四十许，身衣半旧蓝布长衫，襟有破痕，缀以补绽如杯大。鬓发稀疏，斑矣。手正持《两当轩集》，且翻且行，即予欲购之本也。予失声曰："嘻！为捷足者得之矣。"其人遽悟，目予曰："先生亦有同好乎？"扬其眉而微笑，面皱跃然，蔼如也。予曰："然，昨日过此，以贩之傲而败成局。今方来屈服，是不期为君有也。"彼笑曰："予先君三次来矣。第一次，彼索价六十，再则八十，终则百元。予频来，而价亦频涨。实不欺，予穷而无以应付此巨价，而又未能忘之，遂屡问价而未能得。今日获米贴折金若干，决忍痛以百元购之，而彼又涨二十金。予甚忿而无可如何！且思今日不购，明日彼又将索值百五十元矣。乃不复言，掷百二十元法币于摊，携此书便行。先生望之有所失乎？余固识君于十五年前，虽不复当年张绪，而声音笑貌犹是也。此书归君，得其主矣，愿抄以副本后，敬赠君。"予谢曰："甚感盛意，君之不遇，恐甚于黄仲则也。故特嗜其诗乎？敢问君姓？"其人作《水浒传》卖刀者语曰："道出姓名，辱没煞人。"予愈惊曰；"然则此书归君，真得主也。某将有远行，请勿让赐矣。"其人微笑，执书拱手而别。

别一年矣，满村风雨，重阳期近，举室惶惶谈刀尺事。念全家都在西风里之句，想两当轩诗，更想此购《两当轩集》之人。

蕻菜花

蕻菜，旋花科植物，川人名藤菜，下江呼空心菜或蕻菜，华北无，北人不识蕻字，盖菜蔬中之贱品，朱门所不屑食之物也。此物生殖性强，夏初，农家播子于地，不事培壅，听其自生。彼且不怯涝旱，在阴雨水田中，绿叶油油然，在烈日赤地中，亦绿叶油油然焉。居下江时，曾于乡间见蕻丛生菜畦，高不盈尺，密叶盖地无片隙。了不足观，予常食之而乏味，遂不复注意其状态矣。

村中人家，辟山坡而筑宅，得半弓坦地，各以植花草。秋来矣，西风白日下，见有草本花覆地滋蔓，圆朵密缀绿叶间。花作合瓣喇叭形，有白者，有浅紫者，有白缘而红心者，状似牵牛而小。夫牵牛朝开片刻即合，为晏起人所不及见，亭午哪得有此？予奇而察之。视其叶，作心脏形，视其茎，圆而中空，间有节，则蕻也。蕻有此美花，殊未及料。因思施以人工为盆景，不唯使茎短而花密，置之雕栏曲槛下，将使见者诧为奇卉，谁复能知其为贱蔬乎？他日东归，予当携此蜀种而去，以试城市人之眼力。意既定，归而语诸妇。妇笑曰："子毋然。使子播蕻籽于竹篱茅舍间，纵以人工善治之，人虽不识为蕻，其视作贱卉等耳。若玉盆檀架，供之画堂，子即明志之曰蕻，谁肯信乎？"予曰："诺，予将弃吾布袍而西装革履矣。"

小紫菊

山野间有小花，紫瓣黄蕊，似金钱菊而微小。叶长圆，大者有齿类菊，小者无齿类枸杞，互生茎上，其面积与花相称，娇细可爱。一雨之后，花怒放，乱草丛中，花穿蓬蓬杂叶而出，带水珠以静植，幽丽绝伦。且花不分季候，非严冬不萎。"鞠有黄华"之会，此花开尤盛，竹下溪边，得此花三五丛，辄多诗意。盖其趣在娇小，在素静，所谓以少许胜多许也。

去年仲秋，友人赠佳菊二盆，一丹而一白，肥硕如芙蓉，西风白日中，置阶下片时，凤蝶一双，突来相就，顾未一瞬，蝶又翩然去，且不复至。友笑曰："能有诗乎？"予乃作短句曰："怪底蝶来容易去，嫌他赤白太分明。"友默然，继而笑曰："穷多年矣，君个性犹是也。"予亦颔之，微笑而已。今年，友迁居去，无赠菊者。窗前秋意益然，又不可无菊，乃于溪畔屋角，搜罗紫花一束，作为瓶供。细君嫌其单调，采黄色美人蕉二朵配衬之。予因填浣溪纱一阕曰："添得茅斋一味凉，瓶花带露供（叶仄）书窗，翻书摇落满瓶香。飘逸尚留高士态，幽娴不作媚人装，黄华同类那寻常？"吟哦数次，细君闻而告之曰："去年吟菊，为友所哂，而仍狂奴故态耶？"予大笑。复口吟曰："嫩紫娇黄媚绝伦，一生山野不知名……"细君笑曰："今日固是重阳，不应断君诗兴，然既曰不作媚人装矣，又奚云媚绝伦乎？"予起视日历，果重阳也。因曰："媚字不妨改，既是重阳，令人忆潘大临事，予与此君同病，兴尽矣。"遂掷笔而起。

猪肝价

初来此间，在五年前，场上每日可得肉，肉价每斤二角，脏腑少过问者，屠乃更贱其值三分之一以脱售。每至亭午购肉，屠辄搭以脏腑少许，除肠肚不便碎割外，心脏肝肺脑髓，随意配置。盖其时乡间小饭馆已不收购此物，屠不能强市脯者购之，则自食矣。约及一年，肉价及五角，肝价与肉同值。又一年，肉价二三元，肝倍价，至第四年，肉价十五元以上，肝已不能得之肉肆，须识屠者预约于前二日。而肝值益增，上秤计两不计斤，每两二元。今此乡场，肉价每斤三十四元，肝之价值又上跃，成为每两三元。何以值有上下？则预约者多，屠即增其价格，反之，遂稍落以就购者。然无论上或下，其为奇货则一也。

猪肝之所以为奇货，自为供求不敷。而求之者之众多，又为肝含有维他命B，为人生营养不可少缺之成分，此间公务人员眷属虽多，而发国难财之家庭亦伙。前者日唯谋平价米之填腹，而后者则断断然谈营养，一日不进富有维他命之食物，则惶惶然如古人之三日无君。因之肝愈贵，求之益愈亟，而唯恐不得。屠不知何者为维他命与维我命，然窃闻之为补品矣。虽苦增其值，自不惧富贵人家之不购也。

虽然，糠秕菠菜亦多维他命B，初未尝成为奇货。则猪肝价增，又非求营养者之赐，而实受发财者之赐矣。今日一切物价，可作如是观。而平抑物价，则须自整发国难财者始。"整"，川谚也。

手　杖

手杖为时代之装饰品，非吾国固有老人所扶之杖。然入蜀而后知杖之妙。年来腰足渐弱，而又知杖之不可无。其一，出门即须登坡，携杖乃若有活栏相随。其二，蜀地泥滑特甚，霜露之余，土地膏润如溜，杖则多一足以支体重。其三，乡间时有犬患疯病者，于是见垂尾獠牙之野犬，渐有戒心，有杖在握，若武装护航，可坦然缓步。其四，谷中富草藏蛇，虽不闻噬人，见之可怖。偶行小径，有杖则拨草而行，使蛇遥遁。其五，间不免夜出，或无星月，杖可代灯火也。为此五因，出必以杖，偶或忘之，则忽忽若有所失。故常出门数十步，又匆匆奔回。家人知其故，于茅庐中捧杖迎而送之，于此等境况，辄不免相向作会心之微笑也。

旧有一杖，为闲敲叠石而折。友人远自恩施赠一杖，粗如婴儿臂，漆作乌色，上以墨绿镌授受者之姓字。余携之三年矣，漆剥落过半，名字都非，而其为用则如故。友人窥其敝，尝劝易一新者。予亦尝诺之，将物色新材。顾入城不携杖，必有他物待携归，不容添杖。苟携杖入城，有故剑在手，又不忍弃之。故此杖绝如曹孟德之鸡肋，屡欲易新杖而彼实未一日离也。尝与友人行花溪小径，以此语之。适有坐专用滑竿者过，闻之而频点其首，有微叹声。余笑语友人曰："此必用人而有难言之隐者。"友亦笑而点其首。

余之马褂

相传渝市新闻记者有两马褂，一为潘梓年先生，一为不才，同文颇引其事为谈助。潘先生之马褂，予未尝见，亦未知潘先生之意何取，若不才之着马褂，则真卑之毋甚高论耳。

寇火既遍故乡，搭友人便车赴汉，匆匆上道，仅携一皮匣。及入蜀而检点之，其中乃有马褂二袭，一夹而一单。初未知家人何以置此，更未对之作何打算。及初度蜀地之夏，置一灰布衫，胸前有红斑一，织染痕也，甚不雅观。濯之不去，而又无力弃之，故每出，则加青纱单马褂于上，藉掩此污点。至冬，以蓝布衫蔽矣，而夹马褂则为青毛葛质，甚完好，又如法以加其上。抗战初起，入蜀友人衣冠尚整，以从诸名记者之后，未可窘相骤露也。明年，衣渐少，马褂之用变，单者可御初凉，而夹者则若古人之加半臂。习之既惯，招摇过市，初未料既惊世而骇俗。因之常居有马褂，出则卸之，盖如夫子之"今拜乎下"云。又明年，夹马褂为鼠齿所粉碎，在霜雨之余，若有所失。偶过乡场见旧物行，有青花缎马褂一，以湖绸为里，质甚华，询其价，则以物之不入时，索法币三十元。姑还值二十五元，商慨然售之，是即今之冬季常用者。人弃我取，实在取暖，而未知此亦可资作囤积。今则碎折当鞋面用，值四五百元矣，真非初料所及。（按：校此稿时，又值千元矣。衣乃愈旧而值愈增，人独不尔。一笑。）而马褂之值既增，更不能不珍视之，其家居而恒用者又以此。朋侪若以余有名士气，故矫俗，或以余曾多读数页线装书，故重礼，皆失之也。

虽然，马褂而在部长院长之家，则此等物议可无，而亦不烦为文以释之也。

养　鸡

年来公教人员乡居者，其眷属多种菜养畜，从事生产。顾非素习，辄见偾事。对邻有养鸡者，谋鸡种，立竹栅，购糠秕，图大举，因掷资千余金焉。春间六七雌，各孵雏一群，山坡浅草间，吱吱乱啼，羽光浮动，有雏一百三十余头。家人顾而乐之，则相率计其市价曰："至隆冬之季，雏各成禽，当有二三斤，是万元之产也。"无何，雏略有死亡，日损一二头。主人初不介意，以为偶有其事也。约一周，而雏之夭折乃勿止。主人恐，即一面隔离，一面灌药汁。然防之虽勤，而雏之日渐凋零也如故，凡一月，雏乃去其五分之二。主人焦头烂额之余，每向邻人摇首曰："于是知生产之不易也。"又二月，入盛夏，予尝过养鸡之家，则老禽幼禽，群栖竹篱草阴下，已不过三十头。询其主人，主人曰："此乡有鸡疫，非注针不能治，而一针之价，十鸡不能抵也。人有因药贵而勿治以死者，况鸡乎？"于是大笑。然笑时，颇带苦容，非真笑也，笑而自解耳。前三日，吾又于天际微霁，访其鸡栅以求谈助。主人已不复视其鸡，鸡大小约七八只，相偎篱下自啄秋草之实。主妇出，似知吾意，则相顾而笑曰："惨败惨败！"予亦无以慰之也。

昨见邻儿以书之散页叠玩具，虽有字，质则白报纸也。惊而取视之，页旁有文，赫然养鸡学三字。问所自来，答曰："对邻字纸篓中物也。"张先生忼然曰："书虽科学，不切实用，不合环境，则此等养鸡学耳。"

种　菜

同屋右邻某先生，吃粉笔人也。无所趋，亦无所好，教书归来，则与余立廊下闲谈为乐。顾助谈无酒，已减清趣。余虽有茶叶，开水不常得，亦不克凑趣。各有烟，而余纸烟屡断粮。某先生吸水烟，而烟袋须亲身洗涤，偶或忘之，乃不能常捧以佐谈锋。其更大煞风景者，两家均乏舒适可支足而谈之软椅。于是谈锋甚健之余，必有其一感腿酸而入室，人生快谈若为易事，然亦非真易事也。

　　某先生忽有所悟，乃购锄一，向校园乞菜籽若干，就屋旁山石中隙地，辟畦而种菜。归后，不复立廊下俟余谈，亟取其锄，脱帽挽袖，立趋石隙中，奋臂而扬之。予走视之，锄入土粥粥有声，某先生面红耳赤，汗涔涔下。夕阳西下，先生归而洗手进其平价米之饭，乃增一器。餐后就寝，鼾声作焉，隔室可闻也。自是以往，邻先生"园日涉以成趣"，有若陶靖节。一雨之后，畦中绿秧油然蓬生，乃奔相告曰："予之萝卜出矣。"言讫，嘻嘻而笑。明日，逢于廊，先生抚掌曰："予之菠菜亦出矣。"更明日，遥见其立山麓而招手曰："曷来观，予之白菜秧，挺然直立，茂盛尤可操券也。"余笑而贺之。其夫人微晒曰："早起，面垢而忘洗，晚归，衣重而忘卸，呼与语，人不在室，视之，奔菜畦中矣。尽所有之菜而收获之，将不克佐三日膳，顾如是勤且劳耶？"予为之答曰："不然，主人之意，在种不在获。譬如钓鱼，终日把竿，或不获一尾，此岂可以劳力计？乐在钓，不在鱼也。"余又回顾主人曰："昔威廉二世兵败被废，在荷兰隐居，日锯木一小时，彼岂欲为大匠乎！"邻先生笑曰："君不善颂，不以我为姜尚为刘备，而乃以况威廉。"虽然，子喻则确也。录之，以告邻翁同好。

鬼　扯

　　邻家佣工某甲，炊饭于其厨。村中佣妇三四人，冒雨来与共话。甲先谈其祖父为绅粮，继谈发国难财者，终则谈鬼。其言曰："某翁笼烛夜行，穿山路归。烛忽暗如豆，耳边冷风瑟瑟然，知有异，则故作咳嗽以壮其胆。忽闻深草中窸窣有声，似有人细语曰："勿惧，我王三，老友也。天寒无衣，乞济我。'毛翁骨悚然，疾驰而归。明日剪纸衣焚于王三之墓，归途拾得法币五十元，王三之报也。"众哄然曰："此鬼佳。"甲曰："鬼亦有不识交谊者。李屠户夜半起宰猪，遇艳妇于途，月下识之，已死之邻妇也，以难产死。屠有刃在手，殊不惧，喝曰：'阻我何为？尔死，吾贷汝夫百金，今尚未还也。'鬼忽散其发，血流满面，吐舌长尺许。屠惊倒于路……"众妇面面相觑，作青白色。甲又曰："产妇鬼最凶恶，周身是血，行处有腥风。疫神次之，周身着麻衣，手如鹰爪，见人则攫。"言时，自灶口起身，伸其五指如五曲钩，临空作抓人状。一佣妇失声而呼，遽藏其身于同座者后。甲勿之理，继续而言曰："此厨门外，即有鬼。前数夕，有一团黑影，在山坡上蠕蠕而动，其后立一物高丈许，如白幡摇动，盖无常鬼与大头鬼也。无常七孔流血，见人吐舌如犬喘。大头鬼矮仅二尺，头大如斗，眼发绿光，行处以血喷人。"甲且言且蹲其两足作态，口含米汁，向空中喷之。群佣大啼，惊而走，作鸟兽散。张先生于旁见之，笑曰："汝辈自取之耳。"使勿听其鬼扯，某甲将自吓乎？

昼　晦

雾季长雨，昼昏如夜，此在江南，为仅见之事，号曰昼晦。犹忆二十四年居上海时，曾得此一日。午饭既毕，乘车赴报社，则满街灯火齐明，霓虹市招，灿然列长空，宛然日之夕矣，诧为奇观。事后回忆，每感余趣，辄欲把笔以记之。及入蜀，居渝市一年，秋冬两季，月可遇此者恒十余回，乃深笑往日之寡见，是疑骆驼为马肿背也。

匝月以来，雾雨连绵，每日昼晦。斋窗在廊内，而又面山如屏，受光有限，读书阅报，直如雾中看花。欲燃灯烛，则长日消耗，所费不赀。故非极无聊赖不展书报，展之，即鹄立廊下，乃若行路人接传单读也者。且细雨如烟，谷风卷之作水浪，直扑入茅檐下，嫩凉侵人衣鬓。山居既无可语者，又不能长斟自遣，而泥泞路滑，更寸步行不得。终日斗室徘徊，焦躁欲死。偶窥窗外，唯见烟雾迷离，不识天日所在。虽窗外山近在咫尺，亦轮廓模糊，沉沉欲坠。而檐溜滴笃不断，声声滴美人蕉叶上，尤乱人意。此非入定老僧，无声色臭味触法，谁复能耐哉？四时以后，真个黑寂入夜，即以灯草四五茎，满注菜油于瓦灯而燃之，乃觉心地开朗，又入一世界。就案展龙门文游侠列传一篇而读之，颇可聊解终日之苦闷。余于是知风雨如晦，转不如沉沉长夜犹可借灯烛之光也。

苔前偶忆

老杜上溪诗，"古苔生湿地，秋竹隐疏花"，久雨小霁，窗外颇有此情境。掩卷微哦，乃念及苔。

吾国文字描写及苔者，多为静穆与清寒之象征，而苔之意味，亦确有此。故富贵粟碌人士，殊不能赏苔之佳趣。犹忆儿时居洪都，黄梅时节，苦雨闷居。书斋外有小院，三方围以白粉短墙，以鹅卵石砌地，听其自成纹理。绕地则以长石为阶，高不及尺。久雨之后，苔遍生阶上下，一半绿及粉墙。三五蜗牛负壳上行，于墙苔深处，拖痕作篆书，观之甚趣，辄以止睡。院中曾栽毛竹，才得数根，高仅二三尺。有枇杷一株，瘦小如人臂，高亦不及丈，实无可赏鉴处。当苔生遍院时，则此树此竹，同作幽绿，点滴欲翠。与白粉墙相映，忽觉甚美。雨止矣，天际作微明，隔墙蔷薇架，有一小枝，穿墙瓦所作古钱眼，而入吾院，枝头有苞若干，仅吐一花，嫣然俯视，如作东家之窥。予欣然推窗，屏日课《资治通鉴》勿读，取《随园诗话》阅之。盖袁诗浅易，又主性灵，余年轻无诗力，甚好此也。《诗话》有咏苔诗两句，"连朝细雨刚三月，小院无人又一年"，吟哦再三。父闻声来，见案上檀炉，正燃微烟，苦茗一瓯，方在手边，乃叹曰："没出息。"予为诗礼之家，法极守旧，即惊起垂手立。父曰："亦不汝他责，然读袁枚诗，闭院赏苔，尚有何胸襟乎？"言讫，父微哂而去，似其辞固有憾焉，而又若深喜之也。余父为将门之虎子，精武尚侠，顾亦好文学，虽极不欲予沾斗方习，而亦不之禁。忽忽三十余年，雨下见苔偶回忆之，则其事若在目前，余固深负父之期望，真个没出息也。

忍也忍也

昔吾族公艺，书百忍于其家，千古美之。雨窗无聊，戏书忍也忍也，签贴于坐右。水浒有"倒也倒也"之语，盖秉其意而为之，若谓呼之欲出也。若问所忍者何？则吾颇卑之毋甚高论，试仿圣叹于拷红为作不亦快哉例，随书数则，以博高明之一粲。

平价米饭中，稗子谷粒甚多。不剔出，恐食之生盲肠炎；剔之，则不胜其烦，又非远视眼所可胜任，无已，每饭架镜于鼻，且食且剔，每尽半器，饭冷如冰。掷箸将起乎？忍也忍也！

老母将七旬矣，每接家书，辄言其多病。别两大儿时，均在幼稚嬉跳中，今亦各入中学矣，而来书亦苦思其父。将归乎？携在川眷同行，将数万金。不归乎？此间殊不见乐趣。故每得家书，且勿开封，先暗自呼忍也忍也！

阴雨匝月，邻鸡群趋入廊下，争吾散步数尺之地，地吾不惜与鸡共，而粪渣狼藉，日辄躬自扫除十余回。打鸡乎？鸡何知？与邻交涉乎？奈何以细故伤和气？忍也忍也！

向不穿补线袜，以其搁脚板也。今则无袜可补，补且重重叠叠，脚板已习惯之乎？忍也忍也？

每逢佳节，大人先生巨著，塞满报纸。读之乎？乏味。不读乎？吾业不许。强读一遍，两眼生花，忍也忍也！

每欲入城，辄思排班购汽车票，可鹄立数小时，而仰视车站中人颜色，凛凛不可犯，吾殆奴才矣。乡居固苦闷乎？忍也忍也！

纸烟涨价，屡戒屡犯，屡犯屡戒，把笔构思，而一枝乃不在手，忍也忍也！

埋　葬

曹操嘱子孙作疑冢七十二，后人笑之，以为尽掘七十二冢，将安逃乎？刘伶旷达，醉荷一铲，曰："死便埋我。"予以为既觉随处可死可埋，则此一荷仍为多事。人不能有所享于生前，此死后区区一臭皮囊，遑堪顾虑？袁子才自营生圹于随园，形之吟咏，以为安排得当，能忘生死，其实乃真不忘生死也。予尝数访南京小仓山，见一碑倾斜华侨路侧，题曰："袁子才先生之墓"，而塚不见，唯黄土山头，茂草一片而已。吾人枯骨如何料理，或竟不料理，盖后死者之事。人之不泯灭者自有所在，非枯骨也，随举一例，屈原之枯骨，果何在乎？

三四年前，予尝作村居杂诗若干绝。中有一句，"埋我青山墓向东。"诗为港报转录，东南省区，友好惊悼相传，以为张恨水死矣。其实予咏邻翁，非自咏也。其全诗曰："檐草垂垂漾晚风，蓬窗病卧一衰翁，弥留客里无他语，埋我青山墓向东。"其意自明，无可疑者。然尚值得友人惊悼，予固欣然此生之不虚矣。

予常与家人笑语，自谓当活百岁，甚至再多。家人问何以有此自信？予笑而不言，盖好生恶死，人之恒情，何必屈指计死日以自扫兴致。死且不计，故更不计及何处埋我。人惶惶然唯此臭皮囊料理是谋，则生前何所不计？更就眼前大事言之，执干戈卫社稷者，数百万人。若均念及何处埋我，尚能谈抗战乎？

苗文彝文

相传苗族无文字，非确也。邻有边疆学校学生，携手册归相示，中有苗（黔地苗）文二页，彝文一页，苗文略似英文大楷，亦有像篆字笔画处，但笔画更简约。为顺C反C，口字缺左或缺右偏，S，阿剌伯字码之3，三角，或三角缺底边，T，T缺右上方，L，L与T合，C与三角合，见者如是，其书法横，自左向右，各不相联，唯每一字母旁，另加小圈豆点半圈两点等记号而已。彝文则绝似藏文，唯较简单不联接。远望之，颇似五线谱。犹忆前曾于杂志上见彝文一种，与此又绝不同，或者，吾国少数民族文字，尚不仅此乎？

苗彝同胞，自识其文字者甚少，即边疆学生之苗彝族，亦有不识其自族之文者。于此多方探讨，可发甚多之议论，即苗族古自中原来，较与汉族文化源流接近，彝文近藏，是西来所习，抑与西域民族文化同源，未可知也。至于书籍，二族皆属少见，其三千年以来之日趋衰落，除射猎舞踊而外，无所表见，似当以无文字教育，为最大原因。抗战以还，文化水准日低，吾侪习文学者，辄抱杞忧。证以苗彝二族景况，殆可借镜。虽今古情境不同，而文学亦必与政府科学配合，毋令太后，太后将失所以融化科学者，国虽富强，将失吾炎黄子孙本来面目。或曰："国果强，即失本来面目何妨？"予曰："是又不然。今日英美之联结，甚于他国，非其语言文字之犹复保持同一源流有以致之乎？"

读苗彝文后，吾知契丹文字之湮淡，先于其种族之瓦解也。

路旁卖茶人

一年前，予腰足尚健，在海棠溪挤购汽车票不得，常步行归南泉，随行必有一杖一囊。杖扶我偶登山坡，囊则购盛乡间所寡有，而又我日用必需者，其中常有杂志书籍三二册，备徒步时，就野茶馆小歇，聊以解闷。一次步归，行五公里余，先歇二塘，小镇也。又四公里至么塘，势将再作休息。顾其地三五人家，无售茶酒作中尖者，徘徊少顷，乃以杖荷囊，迟迟沿公路边缘行。不及半里，忽闻人语："先生少歇乎？"其声操东北音，予大异。视之，路旁崖下，有两人家，其一支土灶，上正以铁壶煮水，门内置座头二，布制胡床四五具，盖小茶馆也，门前有青布短衣男子，科头而黄面，含笑向予点首。予回视其前，有绿竹一丛，下临小谷。远望群岗，云雾蒙蒙，境亦疏旷可喜。乃就第一座头，嘱为泡茗一碗。其人送茶已，指灶后木格橱，曰："有面，有馒首，亦有酒，先生需乎？"予曰："前途已打尖矣。然乐与君语，小谈可乎？"予在北地久，固能作燕语，强其舌以挑之。且于衣袋中取纸烟出，敬之。其人果鞠躬受烟坐，笑曰："先生燕赵之士乎？"予曰："居北平二十年，类故乡矣。且尝至君乡辽宁。"彼曰："否，吾吉林人也。"曰："君何以至此设茶肆？"彼昂首微喟曰："不才，一排长也。辗转由河北战至长江。武汉撤守之役，某供役某部，有汀泗桥之战。因誓死不退，有巨功。上司入川，于则为弹创病脚。既不复能执干戈以卫社稷，又由南方辗转来此，聊糊口耳。"予闻之，肃然起敬。其人大喜，作倾盖交。乃畅谈十年来事，唏嘘慷慨，凡两小时。予以归程仅半，赠茶敬二十元，约后会。其人送我数十步，犹仁立以视予后影，予亦屡回顾之。又三月，子复过此，则冷灶无烟，室迩人遐矣。

每阅报，见东北新闻，辄觉此卖茶人之影，宛在目前。

农家两老弟兄

乡居有警报，予不欲入洞，常携书一册，随谷中小路行二三里，于无人家处，就竹林或石缝，席草而坐。前年敌肆虐疲劳轰炸时，予野坐过久，乃就附近人家，乞茶水。行经小平原，于高粱丛中得瓦屋三椽。屋外有打麦场一片，整洁如洗。场外豆棚瓜架，绿荫环绕。有一老者，须发皓白，于瓜蔓下整理架竿。予与语，若不闻。乃大声作川语曰："跳（叶平）警报人患渴，愿出微资，购茶少许饮。"叟点首，指屋中曰：

"老幺在彼，可索之也。"予视其屋，门窗皆闭。旁屋一门独启，寂无声息。入内视之，则为厨室，灰灶洁白如雪，柴棍整齐堆叠灶口。灶上釜盖，灶旁方案，及一切器具，无油腻，亦无纤尘。予意此中主妇，必极贤惠人也。乃故作微咳，以惊之。通内室之门呀然辟，又一老者出。其人黑须蓬蓬，若虬髯公。短裤赤膊，臂粗如酒碗。殆即白须叟所谓老幺矣。予告以来意，彼指桌案上大瓦壶与粗饭碗，令予自斟老鹰茶（渝市乡间野茶，俗称老鹰茶——编者注）饮之。酬以资，不受，笑曰："君非新村中下江人乎？"亦无他语，自往打麦场上，以长斧劈干树块作柴片，适有敌机群，嗡嗡然过上空。予即避崖脚下，而叟挥斧自若也。

后予屡过此，窥其门上保甲户籍表，知此屋仅二叟。白发者兄，年七十四。黑须者弟，年五十七，杨姓，三代业农。予暗惊曰：然则由播种以至浆洗炊饭，皆此老兄弟自为之矣。后询诸其邻，予忖度果确。此二老兄弟，终身均未尝娶妇，一切自食其力。亦并不识字，更未知何者为新旧道德。近年兄老，唯担任家庭琐事。老幺则躬耕之外，且四出赶场。偶得余资，即市肉归食其兄。相依为命，老而弥笃。老幺每日傍晚，必赤膊担粪归，遥过吾门时，予常指以示家人或友人也。友或叹曰："可以风矣！"

儿时书

灯下课儿，予语家人，背诵不可废。但徒背诵，而不讲解，则事倍而功半耳。因举自身为例，儿时所读书，久练而得滚瓜烂熟者，今日犹能奔赴笔底。其强记得来，草草终卷者，则进锐而退速。试列一表，可以想见其情况也。

书　名	背诵距今日期	今日记忆百分比
《三字经》	四十一年前	百分之十几
《论语》	三十九年前	百分之四十几
《孟子》	三十八年前	百分之三十几
《左传》	三十八年前	百分之二十几
《大学》	三十八年前	百分之六七
《中庸》	三十八年前	百分之六七
《诗经》	三十七年前	百分之六七
《书经》	三十七年前	百分之二三
《礼记》	三十七年前	百分之二三
《易经》	三十七年前	零
《千家诗》	三十七年前	百分之二十几
《古文观止》	三十六年前	百分之二十几

试观此表，则愈在小时读者，废时愈久，而其记忆力愈强。及稍长，一年可毕数部书，而兴趣有所属，当时虽可背诵，久则渐忘。其不感兴趣者，当日除交代塾师外，出私塾门而入学校，即置诸脑后矣。此殆可为课儿者作一参考乎？

吴旅长

曩有一邻，辽宁人，朋侪称之曰吴旅长，予亦如是称之。

吴笑曰："后勿复尔，予固卸旅长职四年矣。"按吾国社会俗习，一度居官，人恒终身称其职，而受者亦安之若素，了不为怪。吴独异是，则其人尚极明白事理者。因之交渐密，谈亦渐多，常于夕阳西下，散步山麓，共谈天下事以为乐。吴一足微跛，散步时，常直其膝盖以行。予问曰："吾人入川，多患湿气，君亦病是乎？"吴曰："否！敌人血债也。八一三之役，予作战前方，率一连人防一桥，作撤退之后卫战。战半日，弟兄伤亡十八九。予以期限未到，不能退，借健全之士兵八，勤务兵二，并途中偶晤之参谋一，紧守桥头一机枪，阻敌去路。天将晚，限期亦届，予中弹二，一穿吾帽，一中腿，昏然仆矣，此其成绩也。"言讫，俯身卷其裤管，露腿上创痕如杯大。予曰："壮哉！君何以得脱险？"吴曰："予初无所知，醒时，则身卧一木板上。启目微视，星斗横天，夜幕如盖。板摇摇如舟荡，不若平地，辗转微吟，方欲坐起，则有人趋前俯首低语曰：'旅长苏醒乎？勿惊，某在是。'审其音，随余多日之老勤务也。予乃询以此何地？彼曰：'旅长挂彩后，弟兄尽散。余背负旅长走三五里，于近水人家，得二门板。叠而置诸小河中，卧旅长其上，洗涤血痕已，以绳牵板，溯流西上。不期港湾纷杂，反至前线。奈何？'余侧耳听，枪声密如雨点，炮弹曳巨光，嘘嘘然掠空而过。予曰：'尔速走，余当沉河以报国。'勤务泣曰：'旅长为营长时，即相随，由东北而江南，凡五六年矣，忍去乎？死则同死耳。'予屡嘱不去，相持久之。忽闻汽车声，勤务登岸探视，则公路相去不远，适军长驰车至此，机件小损，停而修理。闻予卧水上，即令护从舁予登车，送至苏州。予遂不死，而能与君作今日之散步也。"予闻其言，感触良深。其所述之勤务，改职矣，犹不时探望旧长官，惜竟未能一晤之也。

吴后迁去，不复再晤。犹忆彼言及张学良时，始终称副司令而不名，予虽诧异，亦未便询之。相传，军人有服从习惯性，其倍然欤？

对照情境

冬至矣，乃苦念北平。未至北平者，辄以北平之寒可怕。未知北平之寒，亦大有可爱处。试想四合院中，庭树杈丫，略有微影。积雪铺地，深可尺许。平常人家，北房窗户，玻璃窗板，宽均数尺，擦抹使无纤尘。当此之时，雪反射清光入室，柔和洞明。而室中火炉旺燃，暖如季春。案几之间，或置盆景数事，生趣盎然。虽着薄棉，亦无寒意。隔窗看户外一片银装玉琢，心地便觉平坦舒适。若得小斋，稍事布置，俗所谓窗明几净者，唯能于此际求之耳。

自然，雪非人人可赏者。冷眼旁观，则此项舒适反映，亦北平最烈。当满城风雪，街道入荒凉世界时，街旁羊肉火锅馆，正生涯鼎盛。富家儿身拥重裘，乘御寒轿车，碾街上积雪作浪花飞，驰至门首。掀棉门帘而入，则百十具铜火锅，成排罗列店堂中，炭烟蒸汽，团结半空，堂中闷热不可当，亟卸皮裘，挽艳装少妇而趋入雅座。此等店门悉以玻璃为之，内外透视。则有窭人子身披败絮，肩上加以粗麻米袋，瑟缩门下，隔玻璃内窥，冀得半碗残汁。而雪花飞粘其枯发上冻结不化，银饰星缀。视其面，则紫而且乌，清涕自鼻中陆续渗出。同为人子，一门之隔，悬殊若是。然记得当年，固无人稍稍注意也。

虽然，此并不足为北平病，天下何处不如此。草此文十分钟前，见溪上小路，一滑竿抬过。抬前杠者，为一老人，鸠形鹄面，须蓬蓬如乱草，汗流如雨，气喘吁吁。而坐竿上者则西装壮汉，方闲眺野趣，口作微歌。此与北平羊肉馆前小景，又相较如何乎？

《长生殿》《桃花扇》合刊本

近来欲温习《桃花扇》，向旧书店觅得一册，亟归展读之。不期思一得二，其中不仅为《桃花扇》，且与《长生殿》合刊。书系二十六年世界书局所印，年月非遥，距八一三之变仅一载。山中人好遐思，颇觉如是云云之先得我心也。唯就二书内容而言，《长生殿》一味搬演故事，侧重个人离合。《桃花扇》寄托遥深，则含有兴亡大义。读《长生殿》一遍，不过慨叹数四云尔，读《桃花扇》半部，即令人惊心动魄，卒读之不忍，而不卒读之又不可。故以是论作者，洪昇词人而已，孔尚任则孤臣孽子，不当仅以文人视之也。

若就两书本事而论，李三郎之荒唐起祸，不下于福邸之糊涂误国。徒以作者之思境不同，而取径遂致绝殊。且前书成于康熙己未（十八年），后书成于康熙己卯（三十八年）亡国之痛，洪应深于孔氏，而洪乃不能如孔言之痛，殆有所未敢软？说者谓洪作《长生殿》，凡三易稿，经营达十三年。书本名《沉香亭》，参入李白。后改为《舞霓裳》，去李白而易以李泌，搬演肃宗之中兴，卒又去之，代以钗钿复合，乃名为《长生殿》。是则不难窥其惧以文字构祸，故踌躇出此。而其意愈晦而文乃愈淡矣。

　　弄笔小暇，辄就合刊本前后翻数页，偶有所感，觉孔氏之文，令人唏嘘掩卷，尽世所知。而洪之良工心苦，则未闻人道，遂走笔记之。然孔卒能冒大险以成此书，技巧与胆量，尤可称也。

冬　晴

　　宿雾渐收，朝暾初出，对山白云暖暖，杂鸡子黄色。渡涸溪回顾吾庐，屋草重湿如洗，檐头白粉数片，似镂银花缀之，知昨夜霜矣。凝神小立，呼吸平和，则有热气二股，徐徐自鼻孔出。虽拂面微风，深带冷意，而环顾群山作黄赭色，罩以淡烟，小柏孤松，青影团团。面前瘦竹一丛，枝叶纷披，独作浓翠。景色冲澹，冬意毕现。在川东甚鲜冬味，浓雾终日，冬晴尤不易得。以此等情调言之，绝似江南小阳春十月，久别故乡，俯首微思，令人恨不肘生两翼矣。

　　无何，日上山头，檐下金黄朗澈，邻人争率儿童，移椅坐日光下曝背。有手捧碗箸，坐而红苕饭者，热气腾腾，自碗中上达空际，人在下风，若嗅微芳。而窃窥碗上堆苕，珊瑚之皮，中裹黄玉，亦甚可爱。食者为西邻之贫媪，着破袄，举蜡皮枯手，以箸夹苕大嚼，又似其味不恶。老饕之嗜，以色香味称，此岂不足称乎？而环境之配合，更有画意也。

　　"隔篱黄犬吠生客，曝背老人弄幼孙。"虽对偶颇觉不伦，情境实亦逼真。当山村静寂，阳光和暖，破竹篱前，苍髯叟拥败絮坐枯草堆上，二三小儿，环绕膝前，小犬蜷卧地下，时摇其尾，则宛然上诗之意境矣。久不得光明，一旦有之，犬且求温暖其中，而况人乎？冬日真可爱也。

跳　棋

　　吾于博弈竞赛事，悉病未能，偶或强之，辄不终局。唯舶来品跳棋，间可作二三盘。十余年前，内子归我，如小乔之初嫁，所谓其乐甚于画眉者，闺中亦不能平靖无事，因之予乃劝之读唐诗，作花卉写意，并习赵柳楷字。初一二课或亦感生兴趣，三日以上，即百呼不理矣。及予示之跳棋，则甚喜。北平冬夜，室外朔风虎吼，雪花如掌。而室中则电炬通明，炉火生春，垂帘对坐，盆梅吐艳。围炉小坐，剖柑闲谈，遂亦不思他乐。坐久人倦，乃对案下跳棋。相约予负则明日为东道，陪之观剧。胜则彼亲自下厨调鲜同膳。而十局之战，予必负七八，故彼极乐为此。棋本由予授之，未解彼何以胜我？吾侪患难相共已半生，犹引为笑谈也。

　　近渝市美术社，忽有跳棋出售。盘既易板为纸，棋亦具体而微。顾既观之，十五年旧事，兜上心来，遂购归示内子曰：“犹忆当年玩此物乎？”彼微叹曰：“璧犹是也，马齿加长矣。”予闻之而兴沮，嗒然无语。是夜，山中微雨，寒风绕室。壶中茗冷，案上灯青。予架镜于鼻，就昏黄光影，疾书小说稿，笔在纸上如春蚕食叶。内子在旁，共灯为小儿补结旧绳衣，各各默然。窗外万籁无声，洞黑如漆，风吹竹动，遥闻犬吠。予停笔昂首，乃作长喟。彼即起夺予纸笔曰：“尚不思睡，盍温跳棋乎？”予笑曰：“余子何堪共话，只君方是解人。”乃即移灯布棋，共下三局，而时转势移，三局皆予胜而彼负。予笑曰："果予术有进步乎？抑君之心未在是也？"彼遽起挑灯曰："日间忘购茶油，恐不足长继。熄灯睡休，留余油半夜燃之，为小儿把溺也。"予偶触其手，凉透如冰。因叹曰："树犹如此，人何以堪？"是夜，予梦北平，且三醒而三梦之。

建文峰

窗外为建文峰之外峦，名胜本若羹墙之对。顾所居长谷过深，外景尽为此峦所掩，峰虽高，亦不能入吾窗也。欲与峰晤，必攀登屋后山麓三四丈，于对山一坳口朝见之。峰在排山上，兀然锥立，状似埃及金字塔。其北无峰，山迤逦下饮虎啸泉。其南数峰紧逐，若受此峰之领导，曳尾在白云深处。附近山多废于樵薪，童然相向，而此峰林木葱茏，饰其山如绿堆，乃愈觉可爱。天高日晶，峰独映蔚蓝之天幕，率群峦虎视高空。而阴雨之时，白云时锁峰腰，露其顶如浮岛，尤婉约绝伦也。

吾识峰久，颇欲登其巅而访之。然道险而乏游伴，五年仅两至而已。造外峦毕，有平谷一线，与主峰为界。于群松簇拥中，得一线坡道，俯身曲折而登山，坡以外，丰草没膝，渺无人影。时至暮春，杜鹃花如千百丛野火，盛开草丛与松林中。登其颠，有坦地方可六七丈，中央置石台一座，阶级宛然，即废庙遗址，相传明建文帝驻锡处也。峰巅以游者少至，苍苔遍地，旁有石井，泉亦为苔浸作绿色。而藤蔓环绕松枝上，且下垂如流苏，时拂人首。松虽非极古，高亦四五丈，参差而笼罩北颠。杜鹃花有高至丈许者，群红压枝，于松阴中临崖作半谢状，境至幽寂。然北望丘陵万叠，俯伏烟雾中，长江一线，隐约如匹练，令人有登泰山而小天下之感。时则长风忽起，拂松作海啸声。建文当年小住，恐亦难息其犹蓬之心也。

禾雀与草人

风檐读报，偶作长叹，邻人怪其苦闷，问有恶消息耶？笑曰："否！读轴心巨憝演词不耐耳。"邻因与闲谈，各发慨叹。予乃举一小故事以解嘲。

鸟中有禾雀者，喜食方熟稻粒。当江南八月时，木叶微脱，新谷便黄，长穗垂垂，浆凝成粒矣。于是禾雀千百成群，翩然集于田中，且噪且食，陶陶然度其黄金时代，人来相逐，哄然飞去，人去，彼又如降落伞兵之骤至，田夫苦之，而无可如何。有黠者束草为人以惧之。草人戴草笠，覆短衣，手持长棍，宛然一农夫也。又以其不能人立，乃以钓鱼竿插田陌上，系草人于纶钩。草人之下，更坠以二石。禾雀见之，果以为人在，率不敢来。儿时初入农村，见之大笑，以为徒事皮毛之燕雀，终属易欺。但草人下坠以二石，则未解其意。时齿稚好弄，遂为代去二石。既而西风吹来，草人自动。衣翻草出，真相毕露。有禾雀过，遥集而睨之，良久，若觉草人之伪，则有一部分稍稍下田中，又少须，来者料已无患，坦然就食。未来者亦遂纷集，而草人恐吓之作用，乃完全失效。至此，吾始知于草人下之坠以二石，盖不欲其飘动无据，以真相示人耳。自后，吾村之草人，遂不复可恃。有时禾雀集于草人之身，格磔争鸣，鸟屎纷下，若群相戏侮草人也者。

斑鸠之猎取

斑鸠，野鸽也。其羽灰色，为状不美。鸣作咕咕之音，亦无可听。然江南人士养之者，善自喂伺，恒及数年。此非爱好逾恒，盖以鸠能为主人引致同类，以资烹割也。大凡养鸠者，捕得一头，即以竹笼囚之。笼外覆绿叶，不令其稍见天日。但水谷之需，则如所好。鸠噤若寒蝉，倦伏而已。逾数月，鸠与人渐昵近，饮食如常，于是去笼上绿叶悬之树间，鸠目前忽然开朗，重睹宇宙自然之美，不禁引吭而鸣，主人闻而乐之，自祝所谋成功矣。此时不以旧笼居鸠，而更置于打笼中。打笼者，分一笼而为二重。其一，如常制，鸠居之。其一，则敞开，以铁圈卷网于其上。网下有一机关，稍触则网落，盖陷阱也。

春夏之交，绿云连野。主人携笼行郊外，侧耳而听。闻树林间有斑鸠相呼者，即以打笼遥遥另悬一树上，使驯鸠亦闻声而呼。鸠故好斗，树中之鸠闻笼中驯鸠之呼声，以为骂己也，则飞来扑之。渐呼渐近，卒飞至打笼外层，及蹈机关，而身遂入网罗矣。善引鸠者，一日之间，可引三四头。鸠肉肥美，驯鸠尽一日之力，定供其主人一饱之所需。虽曰同类相残，然驯鸠实无所知。此法，与印度人之以象猎象法，甚属相似。然驯象引野象来，野象来不至死。而驯鸠引野鸠，则朝诱之于林野之间，暮置之鼎镬之内矣。涪州友人，冬季享以野味，其间有醢鸠，食之，辄思此事。因念人类遂其嗜欲，何所不用其极。怨人，毋宁怨上帝予人以智慧。

忆车水人

扬子江上有三个半火炉，为南昌、汉口、重庆。南京则半个也。当炎暑达华氏百度上时，此间富贵人士，颇思北戴河青岛牯岭，不得已而思其次，则为在京沪冷气间看电影。予畏暑如人，不免有思，然思与富贵人大异，思吾乡车水之农人。

吾乡居皖中，无井，以池塘储水。五六月之间，旱。农人乃架水车于塘沿，汲塘中水以灌田。水车有大小，小者长一二丈，以木格夹隔板于中，俗呼之为龙。龙头有两铁钮，各套一木拐。拐动钮转，节节引水上。此水车也，力巨者，一人可任之。大者龙长四五丈，木板以五六百节计。龙头支无沿之轮四或三。轮滚上有脚踏，人踏之而轮转车动。人不能凭空而立，则有一木架，作栏干状，农人扶而立之，以足车水。

日之午，骄阳燕发田中水上升，热不可当。禾稻虽生水中，犹燃烧作青草味。村中大树叶，均萎靡下垂。狗卧树阴下，吐其长舌，水牛匿泥坑中，微露其首。车水之农人，则赤背跣足，腰围蓝短裤，车水不已。架上或支布棚，或不支，然支棚亦仅蔽日于当顶时。故皮肤焦黑，转作红色。胸前汗如蚕豆大，若巨霖之下滚。天愈热，需水愈急。俯视足下水，从龙口滚滚而出，则作哟呵之声以呼风。然风辄不至，人乃误农人为欢呼也。

车水工作，须半夜起，日入而止。农人立转动之车轮上，凡十余小时。家近者，可归餐。否则有妇人或童子，以竹篮送饭至树阴，呼而食之。食饭外，唯农人藉抽旱烟，得小歇。附近或无树阴，即坐水滨烈日中，于腰间拔旱烟袋出，将田岸上所置燃火之蒿草绳，就烟斗吸之。偶视同伴，尚作一二闺阁谑语，以自解嘲。盖除此外，亦无以调剂苦闷与枯燥也。试思，此味与坐重庆洋房中，开电扇饮冰水意境如何？

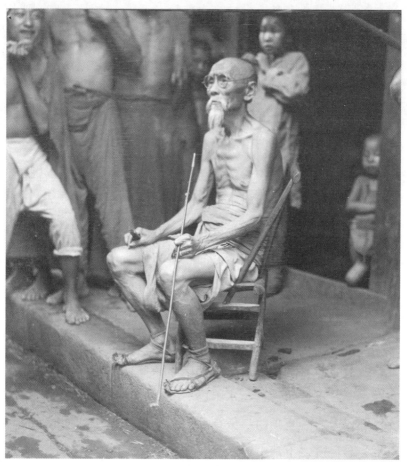

抽旱烟的老人

耙草者

大暑前后，江南禾长一二尺矣。莠草丛生，因田水而滋蔓。农人恐其压稻禾之营养，则群起以耘草，最苦事也。

耘，吾乡谓之耙草。耙草有三次，则以耙第一届草，耙第二届草，耙第三届草分之。耙第二届草，时最热，太阳如狂火之巨炉，天地皆炽，耙草者，戴草帽，赤背。然背不能经烈日之针灸，则以蓝布披肩上，藉稍抗热。下着蓝布裤，卷之齐腿缝。与都市女郎露肉，其形式一，而苦乐殊焉。农人赤足立水中，泥浆可齐膝。然实不得谓之泥浆，经久晒，水如热汤，酿浊气扑人胸腹。水中有蚂蟥，随腿蠕蠕而上，吸人血暴流。更有巨蚊马蝇藏水草中，随时可袭击人肉体。耙草者一面耙草，一面须防敌人。身上不得谓之出汗，直是巨瓮漏水，其披在身上之蓝布，不时可取下拧汗如注溜也。

耙草所用之刀，如月牙，分长短二种。长者柄四五尺，可立而耘之。短者柄仅六七寸，必弯腰蹲田中，伸臂入泥汤内，拨水潺潺作响。阳光曝人背，蹲久则周身酸痛并作。乡人不欲言其苦，掉以文曰："下蒸上晒。"故耙草者，非一午休息四五次不可也。以是，江南米中，稗粒甚少。近来吃平价米，苦稗，每饭架老花镜挑剔，辄愤恨以箸敲案，若古人之击唾壶。顾思及此，则爽然若失矣。

疗贫之铭

天下最苦人者莫如病，最困人者莫如贫。白香山昔曾为文，谓病有十可却，亦有十不治，人之处病如是，处贫独不然乎？戏仿其意为之。

贫有十可却：冷眼观世，以耳目嗜好，都是虚伪之物。一也。作一件事，不休不止，今日之事，不留于明日。二也。常将不如我者，巧自宽解。三也。早起晚歇，少管闲事。四也。

我可尽力者，绝不逃避，乐于领受。五也。室家和睦，无交谪之言。六也。人不能无短处，常自制止。七也。不交酒肉朋友。八也。闲则读启发思想之书。九也。娱乐无味之场合，一概不去。十也。

贫有十不治：恶衣恶食，求与有钱人一样。一也。终日烦恼，无人生兴趣。二也。心灰意懒，作事半途而止。三也。不惜光阴，好作不干己之事。四也。室人噪聒，耳目尽成荆棘。五也。作事不负责任，信用丧尽。六也。以境遇不良，在于运命，不认为人事有所未尽。七也。择友不慎，引入歧途。八也。闲则从事游荡，以慰无聊，无聊不能慰，心绪愈乱矣。九也。好趁热闹。十也。

撰文已，以素纸书之，贴短案竹片灰壁上，作座右铭。顾未三日，与家人或邻人谈柴米油盐琐事如故，予殆自欺也。一笑！

月下谈秋

一雨零秋，炎暑尽却。夜间云开，茅檐下复得月光如铺雪。文人二三，小立廊下，相谈秋来意，亦颇足一快。其言曰：

淡月西斜，凉风拂户，抛卷初兴，徘徊未寐，便觉四壁秋虫，别有意味。

一片秋芦，远临水岸。苍凉夕照中，杂疏柳两三株。温李至此，当不复能为艳句。

月华满天，清霜拂地，此时有一阵咿哑雁鸣之声，拂空而去，小阁孤灯，有为荡子妇者，泪下涔涔矣。

荒草连天，秋原马肥，大旗落日，笳鼓争鸣。时有班定远马援其人，登城远眺，有动于中否？

诵铁马西风大散关之句，于河梁酌酒，请健儿鞍上饮之，亦人生一大快意事。

天高气清，平原旷敞，向场圃开窗牖，忽见远山，能不有陶渊明悠明悠然之致耶？

凉秋八月，菱藕都肥，水边人家，每撑小艇，深入湖中采取之。夕阳西下，则鲜物满载，间杂鱼虾，想晚归茅芦，苟有解人，无不煮酒灯前也。

天高日晶，庭阴欲稀。明窗净几之间，时来西风几阵，微杂木稚香。不必再读道书，当呼"吾无隐乎尔"矣。

芦花浅水之滨，天高月小之夜，小舟一叶，轻蓑一袭，虽非天上，究异人间。

乱山秋草，高欲齐人。间辟小径，仿佛通幽，夕阳将下，秋树半红。孤影徘徊，极秋士生涯萧疏之致。

荒园人渺，木叶微脱，日落风来，寒蝉凄切，此处著一客中人不得。

浅水池塘，枯荷半黄。水草丛中，红蓼自开。间有红色蜻蜓一二，翩然来去，较寒塘渡鹤图如何？

残月如钩，银河倒泻，中庭无人，有徘徊凄凉露下者乎？

朝曦初上，其色浑黄，树露未干，清芬犹吐，俯首闲步，抵得春来惜花朝起也。

焚一炉香，煮一壶茗，横一张榻，陈一张琴，小院深闭，楼窗尽辟，我招明月，度此中秋。夜半凭阑，歌大苏水调歌头一曲，苍茫四顾，谁是解人？

一友忽笑曰："愈言愈无火药味矣，今日宁可作此想？"又一友曰："即作此想，是江南，不是西蜀也，实类于梦咥！"最后一友笑曰："君不忆抬头见明月，低头思故乡之句乎？日唯贫病是谈，片时作一个清风明月梦也不得，何自苦乃尔？"于是相向大笑。

劫余诗稿

尝自嘲作诗如旧秀才吃肉，终生不得十回。即作诗，亦多近体，偶感遂题，兴尽即止。内子随余久，间亦学读古唐诗合解。问曰："君诗无古体，何也？"予曰："此非卿所知。无平仄之诗较有平仄之诗难作，予为诗，类打牙祭，遣兴耳，何自苦作苦体。"彼亦无言。一日，于山窗外曝旧书，细君检得残报一角，中有花边文字，五古也。题曰："悠然有所思。"下独缺署名。彼持诵再三，因以相示，笑曰："此似君作，发表于《南京人报》者乎？"余大笑，因吟曰："喜得素心人，相与共朝夕。然向未示卿古体，何以知之？"曰："于'提壶酌苦茗'知之。"余复大笑，笑且一日数次，即收此残报夹书稿中。灯下共话，彼又请曰："偶发君诗，亦常事，何大喜若狂也？"予曰："三年来，非相与伤感物价，即为群儿顽劣事相争执，闺中之乐，甚于画眉者，此调生疏久矣。窃以为卿仅知予不谈物价，仅知予厌群儿嬉戏，大背人情，今觉殊不然也。乃一见而识吾诗，十余年相聚，诚未白费，焉得不乐？"彼掉首曰："卖文计字论钱，今百元千字，不及一升米，此诗所值几何？虽识之，宁足供吾人一餐油条豆浆耶？"予色沮，一日之乐尽去。事后思之，此诗辗转劫火，犹存，未可摒弃，谨录入小品，试问读者，值一餐油条豆浆否？其诗云：

庭前一树槐，长宵声瑟瑟，朝起露秋阳，满阶堆黄叶。幽影弄虚窗，依稀无几日，悠然有所思，人生良飘忽：多少儿时友，儿女亦绕膝。当日青春时，嬉戏无所惜，壮年今且半，往事空追忆。

儿时少读书，壮年百不足，来为尘市人，奚辞斗米辱？得暇便早归，阶前列群绿，西风昨夜凉，新开几盆菊。悠然有所思，闲吟度幽独。

悠然有所思，背手立斜晖。西风挥落木，北雁尚南飞。君自塞上来，先我征人归，常见汉家帜，已解百灵围。百灵围虽解，所失城尚多，城中有汉俘，见君泪滂沱。欣君朝奋翼，幕见汉山河。君见汉山河，所感转如何？长夜愁不眠，提壶酌苦茗，悠然有所思，寒灯照孤影。

小月颂

中秋之夕，月由建文峰蹩过，茅屋上如敷轻霜薄雪。邻人不招自集，相率立断桥两端，闲观四周山色。溪岸如洗，人影在地，兴感既生。各有所怀。于是苏邻谈此夕南京。鲁邻谈此夕济南。三五女眷，则谈在北平逛果子市玩兔儿爷。另一人忽作警觉语：月色太好，恐有空中夜袭。群斥其败兴。予觉斥之诚是。不见欧洲战火弥漫时，各国自度其圣诞耶？扶竹枝摇影小立，颇发遐思。即归户伏案，草短文以颂月。

今夜月之华丽者，小红楼畔，箫鼓船边，金谷园中，紫绡帐外。

今夜月之幽渺者，杨柳梢头，芭蕉窗外，机杼声边，临风笛里。

今夜月之清幽者，梧桐院落，野藕池塘，荒寺疏钟，小山丛桂。

今夜月之浩荡者，洞庭水满，扬子江空，瀚海沙明，边关风静。

今夜月之凄凉者，浅水孤舟，鸡声茅店，残井颓垣，断桥流水。

今夜月之惨淡者，一片蒿莱，四围荒冢，秋萤乱飞，狐狸拜影。

今夜月之可惜者，五父衢头，三家村外，酒肉场中，烟火队里。

今夜月之无聊者，画堂筵散，曲槛沉香，诗客吟成，绿窗人悄。

另一山窗

有人集古诗为联曰："无事此静坐，有福方读书。"此种旨趣，殊不合于现代人生观。然而吾人真有此种境地，岂非大幸之事。犹忆三十年前，丧父废学，乡居就食。老屋数椽，后负高山，前临草塘，自辟斗室，为起坐读书之所。室中绝无粉饰，唯有一窗，匝以小院。院中左有芭蕉六本，为家人代鸡鸭谋息阴地者。右有古桂一株，则祖考所手植。予既来，驱逐鸡鸭去之，代之以水缸，中养山鱼十余尾。院中经月未有人至，绿苔长至寸许，蒙茸如绒毯。于是放步偶瞩，则左右上下，一望皆绿，虽乏花香，饶有清趣。此心易定，读书便多。日午鸡鸣，家人来呼午餐，青菜黄米饭，可尽三器。因久坐不欲便观书，则出柴门，绕麦田负手闲步。麦中藏野雉，往往惊而突出，扑扑向后山飞去。每值此时，恒觉诗情画意，荡漾不止。麦田外有种荞麦油菜者，一片郁郁青青之中，略杂红黄一二亩，亦甚调和悦目。随步而行，忘路之远近，直至山脚溪边，不愿跋涉，始沿堤绕道而回。入门不无小倦，则伏案饮清茶半壶，依旧观书，至黄昏不能见字，乃在门前草塘水柳之间，苍茫暮色中，望远小立。晚餐后，观书甚少，或与家人闲话，或与叔伯辈下象棋二三局。约初更后，即灭灯睡，明日日出，自然清醒欲起，更理常课。以上所述，虽非日日如此，非大风雨，或有他事，亦未尝不如此也。

此窗虽非面山，而山在咫尺间。风光花气，固无时不挟山林之意以入吾几榻。且环吾居，水木明瑟，自异此穷谷。搁笔小息，瞑目遐思，便觉左芭蕉而右老桂，均摇曳身畔。因念吾何日得再坐彼一窗下？他日坐彼窗下时，亦念此一山窗否？偶一拾首，见隔溪竹枝，拂风作点首状，若曰："然也。"时破纸窗隙，有凉风习习然吹断纸片作嘘嘘声，又若如泣如诉曰："其然乎？其然乎？"

断桥残雪

断桥残雪，为西湖十景之一。民国四年春，赴杭，出涌金门，首遇此景。桥为石板堆叠，微拱。拱处直立一碑亭，若火柴盒，殊别致。时无雪，桥亦完好不断。址在苏堤之首，翠柳垂垂夹峙两端。瞰其下，水碧于油，远望则湖山环抱，渐入佳境。景至娇媚，毫无荒寒萧瑟之态。名固嫌不称矣。民十九年冬，与友郝耕仁、张盖游湖。郝老革命党，酒狂，亦诗雄也。举伞健步，沿湖滨行。环顾湖上溟濛烟水曰："愿得大雪，与子同过断桥。"予亦微笑。及至，桥改观矣。撤石板，易以水泥路面，无亭，敞然与马路一色。柳碍车马，亦多砍除。遥闻雷声隆隆，旗下至岳庙之公共汽车，蠕蠕而来。郝大怒，狂骂市政官为伧父。民二十四年冬，复偕内子游湖，彼固烂熟《白蛇传》者，亦亟欲至雷峰塔与断桥。乘车过苏堤矣，问断桥过乎？予遥指身后马路是，彼大失望。谓尝观画图，实不如是，画家欺人乎？予笑曰："予友先卿数年慨叹之矣。"因告其故。彼曰："富贵人执政，固不知萧疏中亦有美态也。"予是其言。

居寒谷，门外亦有断桥，予屡言之矣。前年，川东得雪，朝起启户，山断续罩白纱，涧溪岸上，菜圃悉为雪掩，竹枝堆白绣球花无数，曲躬向人。断桥铺白毡寸许，鸡犬过其上，一路印梅花竹叶。内子大喜，呼曰："吾家有断桥残雪矣。"予应声出，见村中两三穷汉，穿破烂短衣，片片翻乱，两手环抱胸前，赤脚踏坡上石板路，周身抖颤如农人筛糠秕，鼻中出气如云，予叹曰："此亦人子，宁知风景。"内子曰："彼等唯计今日有红苕粥啜否耳，何暇赏鉴断桥残雪？"予笑曰："尚忆过西湖断桥所言乎？是穷人亦不知箫瑟中有美态也。"彼爽然若失。

三十四年冬十二月十五日，谷中又飞雪花，浅淡真如柳絮，飞至面前即无。断桥卧寒风湿雾中，与一丛凋零老竹，两株小枯树相对照，满山冬草黄赭色，露柏秧如点墨，景极荒寒，遥见隔溪穷媪，正俯伏圃中撷青菜，吾人遂不复思断桥上有雪。

果 盘

予性不嗜水果，而酷爱供之。花瓶金鱼缸畔，随供一盘，每觉颜色调和，映带生姿。其初，夏日供桃李，冬日供橘柚，各求一律。后观学生作西洋画，填鸭鳜鱼，萝卜白菜，无不可供写生，予乃习其章法而供之。尝以杏黄彩龙大瓷盘，置天津大萝卜，斜剖之，翠皮而红瓤，置外向。其后置三雪梨，留蒂。上堆东北苹果二，红翠白三色润泽如玉，大于酒碗，尖端斜披玫瑰紫葡萄一串。水果空隙处，用指大北平红皮小萝卜，洗净使无纤尘，随意砌之，鲜红如胭脂球，色调热闹之极。又尝以深翠盘一，供雪藕半截，红嘴桃三，翠甜瓜一，黄杏四五，亦极冲淡可爱。如香柑佛手，则宜以小盘独供，盖以香取，而非以色取。至木瓜，则已十年不供。因曩有爱女名康儿，玉雪可爱，方能步行，取盘中木瓜弄之，盘旋地板上，令予狂笑。不二月，与予九岁长女慰儿，同以猩红热死，予为之老却五年，至今见木瓜辄心痛焉。

居蜀，花且少插，遑论供果。偶以水果四五，置书架碟中，群儿目灼灼如桃下之东方朔。拒予之，良不忍。则另购数枚分之。或外出，果去其一二，碟中不成章法，乃亟补之。但一疏忽，又去其一二，随补随缺，供辄不能终日。予或脸带愠色，内子即在旁强笑。予深知果之所以缺，必严令群儿勿动，非难行，山居固少糕饵，置此以诱之，又不令亲近，是虐政也，于是摒水果不供。

杜鹃花

今冬瓶花奇昂，腊梅一枝达百元，往年由城回山，常携花一束，今不尔矣。乡场间亦有售花者，唯不常至。昨得蜡梅六七枝，花苞达数百朵，仅费法币六十元，可称特贱。盖远乡老农携来，固不耗资本。且此间少富商巨宦，亦不得以重庆市价比耳。当暮春时，建文峰上，遍开红杜鹃，苟不患腿酸，百斤可担负归，乃不费一钱。使日能捆一束入城，当亦可供两餐薄粥。于是又令予忆一事。北方少杜鹃鸟，亦无杜鹃花。北平花儿匠谋得南种，以盆养之，夏初出售市上，一盆索银币五六元。若按今日物价千倍计，直是骇人听闻。尝于巨室，见雪窗下，供红白杜鹃各一盆。奇而问之，言系花儿匠暖房中烘出者。予恐露穷相，未询其价几何。素知苏扬人士，亦玩杜鹃盆景，尚白，红则视为凡品。于朔方严寒中，得杜鹃白者，宁非珍中之珍。富贵之家，何求不得？钱多，则以反常为乐，使其亦与予同住此寒谷中，谅必以玉盆供燕地黄芽白也。

墩儿饽饽，北平贱食品，面硬，微甜，食之硌齿。在平，家人无食者。近于渝市北方食馆，睹有此，购十枚归，家人见而狂喜，夺而食之，实有何好处，学富贵人反常耳。使杜鹃花冬日开于北地，何足入朱门？袁世凯欲称帝，必使西洋顾问，草国体意见书，其理将毋同？

除夕苦忆

民国二十四年冬，予自沪解《立报》职务，将北归。一夕接家中两电，嘱勿行。旋接航函，知日本特务机关，在平搜捕新闻教育两界反日人物，忝居榜末。不得已，遂中止南京。旧历除夕，聚饮于叶古红家。叶川人，好与新旧斗方名士游，慧剑兄所谓诗医也。其家在湖北路之东，面临外交部花园。城北故旷阔，景致萧疏，时雪花如掌，冻雾迷天，宇宙银装，荒林积素。叶于小楼上，盛陈年饭，案上巨瓶插蜡梅天竹高三四尺。电炬通明之下，更燃红烛如椽，铜柱双擎。屋角白铜巨炉，镂花做盖，其中煤火熊熊，满室生春。玻璃窗上，雪花扑打，水汗淋漓，于窗隙窥外交部大厦，真是琼楼玉宇。加以断续爆竹声，城南北远近相应，年味盎然也。

叶妻魏新绿，女票友，北地胭脂也。与周南素善，预约作天津女儿新年装。时则穿桃花袍，着红袜红履，且于鬓边插巨朵红花，周身尽赤。余哀乐中年，唯作微笑。叶齿豁头童，睹其艳妻，乐不可支。既而友人郭冷厂、陶荣卿等三五人来围坐把盏，即席赋诗，余得一律，不复尽忆，中有"已无余力忧天下，只把微醺度岁阑"之句，盖余固别有感慨也。（事后叶以诗钞示周邦式兄，揭载《中央日报》，易君左兄见而好之，和之至再。）诗酒阑珊，隔窗外视，雪涌如潮。湖北路稍远通衢，夜深声寂。偶有讨账人携灯笼过楼下，衣帽尽白。其前有马车，轮蹄破雪，的扑作声。车上堆食盒，亦似为过年忙者。予等乃嗟叹一般年味，各个赏鉴不同如此。于是古红豪兴大发，撤席作竹战，予不善此，与新绿坐炉边剥花生，谈梨园故事。天将明，雪稍止，叶着仆呼一轿式马车来，送客归寓。车由来龙巷入丹凤街，人家拥寒闭户，门上春联，与地上尺厚积雪对照，红白益显。晓色溟濛中，见二三拜年人，着新衣在风檐下零落行走，便非昨夜趣味。盖丹凤街是旧南京街道，仍有人自行其古风也。

当时草草过此一夕，初无深感。六年来，古红早已作古，新绿漂泊天涯，境遇至劣。郭在西安，五六年不晤。陶死兰州。余与南，抛别老幼，托迹陪都。长安不易居，借茅屋两椽，避居山谷。又届岁除，亦复聊煮鱼肉，同饱晚餐。方案之上，油灯之光如豆大，以竹凳反置，上支铁锅，燃木炭数根，藉除寒气。时门外瘦竹一丛，风吹之飕飕作响，雪子如珠扑入门户。饭后守岁小坐，与南回首旧事，一语三叹，人犹此人，雪犹此雪，除夕犹此除夕，非其地，非其时矣。谷中无爆竹声，取旧表视之，仅十点钟，而万籁均寂，宇宙若死，探首户外，漆黑无光，伸首不见其掌。亟掩户回视，南拥被酣然入梦矣。伸纸追记，掷笔惘然。三十年农历除夕。

跋

民国十八年夏，余去北平，筹设光华书局分店于王府井，读《世界日报》连载之《春明外史》，日不间断，此为余爱读恨水小说之始。民廿一年，《啼笑因缘》发刊于上海，销行之广，震撼出版界。时余方主现代书局，乃与总编辑施蛰存兄合购而研读之，此为余研究恨水小说之始。廿四年《立报》创刊，恨水主编《花果山》，应张友鸾兄之嘱，写文坛掌故投之，此为余与恨水结翰墨缘之始。然为时仅数月，恨水去京为办《南京人报》，两病疏懒，未尝有笺之通问也。翌年，抗战军兴，余由沪而汉而蜀，恨水亦来陪都，主编《新民报》副刊，乃更多机缘，读其所作长短作品。厥后，过从频密，了解益深，十年神交，相见恨晚。去秋，桂柳沦陷，余之全部事业，毁于金城一火，悲愤之余，辄欲退伍。恨水来，慰勉有加，愿以文稿，助余复兴。顾仓卒不能得长稿，乃强《新民报》先以旧存《山窗小品》让余印行。友谊深厚，情不可却。乃受而与贺礼逊兄合梓焉。礼逊，余廿年老友，盖亦愿献其精力助余事业之复兴而工作者也。书行之日，□述数语，以志余与恨水之一段因缘。

　　　　　　张静庐　三十四年春于璧山邓院

选自《山窗小品》，上海杂志公司1945年12月印行

重庆旅感录

张恨水

凡人寄居某地过久者，反于某地不能有所记述。非真不能，盖一部廿四史，不知从何说起也。光阴若弹指，落拓巴郡，忽忽经岁。孤枕椅眠之后，凭栏击节之间，但觉生平四海为家，未有如此番之抑郁不安者，故行都景物，仿佛若不经意。本刊主编赵先生君豪远道来书，嘱为写行都印象。友谊所系，义未容辞。因拉杂见闻，聊以成篇。犹忆去年季春，点缀白门杨柳，玄武芙蕖，为本刊作秦淮杂记。乃以人事变迁，若拽卷秀才，未得终场。今复与读者相见，真不期涕泪之何从也。

客子过蜀者，虽走马看花，亦必有二点印象，不可磨灭。其一为山，其二为雾。舟过宜昌，即如蝼蚁穿珠，终日在山缝中觅路。直抵重庆，形势依然。冬季水枯，长江一线，深陷山底，而两岸乃益拔峭。未出夔门者，当不信扬子江下游浩瀚之势也。

重庆地势如半岛，山脉一行，界于扬子嘉陵两江之间。扬子之南，沿山居人，街市村落，若断若续，统称之曰南岸。嘉陵之北，一城高踞山巅，与重庆对峙，则为江北县。旅客乘舟西来，至两江合流处，但见四面山光，三方市影，烟雾迷离，乃不知何处为重庆。或以为重庆形势，若武汉三镇之具体而微。实则武汉伟大，江巴雄险，固亦未见其微也。

重庆因山建市，街道极错落之能事。旧街巷坡道高低，行路频频上下。新街道则大度迂回，行路又辗转需时。故下游人至此，问道访友，首感不适。但若都邮街会仙桥小梁子诸地，则崇楼夹道，上达五六层。其下柏油路如带一环，行人蚁聚，亦仿佛近代化之都市矣。

此间地价不昂，而地势崎岖，无可展拓。故建屋者，由高临下，则削山为坡。居卑面高，则支崖作阁。平面不得开展，乃从事于屋上下之堆叠。屋向上叠，为楼为阁，人尽知之。向下亦云堆叠者，此则为蜀中之独特建筑。其法或沿坡支屋，逐渐斜下。或坡下作悬阁，其上架楼二三层，以超出地面。故他处出门必须下楼，而此地上楼乃得出门，亦为常事。骤睹此项建筑者，无不引以为怪。犹忆一次访友，门前朱户兽环，俨然世家，门启乃空洞无物，白云在望。俯视，则降阶二三十级处为庭院。立于门首，视其瓦纹如指掌也，不亦趣乎？

建楼为蜀中常事，而需费则奇廉。盖钢骨水泥，建筑固所罕用。即四面砖墙，基础坚固者，亦不易得。大都以木作架，以竹编壁，一客登楼，全屋俱动，平民世居，习不为怪。又如通衢商肆，楼高十丈，窗饰辉煌，百货罗列，观其外表，俨然沪汉模样也。顾叩其墙壁，则蓬蓬然如击鼓皮。盖系砌砖作柱，于两柱之间钉木条双层作夹壁者，夹壁上糊泥灰，若墙厚尺许，其实中空无物，不堪拳击。近商民虽觉其不当，有意改善。然全市翻造，非易言也。

游川者有言，成都如小北平，重庆如小上海。以人情风俗言，大抵近是。唯其重庆既追随上海，故城在重岚叠嶂之间，反无泉林之布置，客欲作郊外游者，当渡江至海棠溪（西南公路首站），更乘长途汽车十五公里至南温泉，作竟日之游。南温泉简称南泉，俗又称南温塘。车站近处，于两山间得一清溪，清风徐来，水波不兴，驾溪中小艇缓缓前进，凡五六里，乃达场所。（四川称乡镇为场，故赶集曰赶场。）场中有公园，青年会，旅馆，餐社，俨然闹市。泉则储蓄为游泳池，辟肆售票。另有小浴室，随时放水，俾旅客就浴。泉温度略高于吾人之体温，征尘小涤，足畅襟怀，盖温泉之佳者。就全场言，微峰夹峙，中凹浅谷，亦殊不恶。但场屋零乱，特少整理耳。

城区中有一公园，乃辟高坡之一部分为之，虽略植花木，配以亭树，顾地在闹市，毫无曲折，除在长亭茶社可啜茗俯瞰长江外，他不足取。居重庆而必欲稍近自然，当道出新市区，北过上清寺，顺成渝公路前行，小步浮图关山腰。其地为半岛之颈项，翠峰高耸，林木葱茏。嘉陵江蜿蜒而来，深居路下数百尺。白帆如羽，远入山缝而没，深有画意。尝于暮春偕友来此，时烟消日出，见夹江峰峦，重重环抱，江流不知何所自来，蜀道艰难，于是可见。川境多杜宇，绿叶深深，满山乱啼。攀条望江水东行，念唐人诗"频将两行泪，寄向故园流"之句，与友人咨嗟不置。

浮图关指山巅而言，旧有塔，已芜。登山则左扬子而右嘉陵，两江若双玉带，环绕山脚，了如指掌。徘徊四顾，云峰雾嶂，令人有山河缥缈之感。峰侧有人筑园，略布丘壑，投刺可游。

寓重庆而欲游览探胜，必出远道。至近亦须渡江而南。春二三月，遍山桃李花开，可游南山。夏日树木阴浓，可游老君洞。但笔者客意阑珊，屡言游而屡阻，愧无以告读者。北碚在川东，若浙江之西湖，至渝者必以一游为快。愚亦迭违友约，徒减雅兴，更无论于峨眉青城之远道登临矣。

四川气候温和，冬无苦冷，故梧桐晚凋，榆杨早叶。成都名为芙蓉城，而重庆亦复百花具备。山城有花市三四处，逐日罗列红紫，备客挑选。且花价极贱，玫瑰盈把，不过一角，木樨巨枝，仅索数分。而牡丹茉莉白兰均肯剪枝出售，为他处所未有。当笔者作稿时，室中罗菊花五六瓶，莲瓣蟹爪，各种均佳，耗资仅仅二三角。案头一瓶，且与水仙同供。此固江南花痴，所未及梦见者也。

人或有言：贵阳乌烟瘴气，重庆暗无天日，谑语，亦事实也。就愚在川所经历，大抵国历十一月开始入雾嶂时期，至明年三月始渐渐明朗。即明朗矣，亦阴雨时作，不能久晴，苟非久惯旅行，贸然入川，健康必难久持。其在雾罩时期，昼无日光，夜无星月，长容作深灰色，不辨时刻。晨昏更多湿雾，云气弥漫，甚至数丈外混然无睹。故春夜月华，冬日朝曦，蜀人实所罕见。又此间无大风，亦鲜霜雪。草木畅茂，殆由是欤？

人但知蜀人嗜辣，而不知蜀人亦嗜甜。此间于茶坊酒肆之外，另有甜食店。店中专售枣糕莲羹等食品，而鸡油汤团一项，尤脍炙人口。或谓在昔烟禁未申，此所以为瘾君子设者。然观于渝人酒席，恒多甜食，上说恐不尽然。有夹沙肉一项者，以肥肉切片夹豆泥烂熟，更以重糖蘸食，令人望之生畏，而渝人则目为珍品。此亦嗜甜之一证也。至于饭必备椒属，此为普通现象，愚亦嗜辣，与川人较，瞠乎其后。唯川人正式宴客，则辣品不上席。江南人有应川人之约者，固不必以椒姜为惧耳。

四川为天府之国，举世所知。然近年时移事迁，富在上层，故新市区周围十余里，红楼碧槛，参杂峰岚竹木间。出通远门，至上清寺，又一南京之山西路上。尝数叩巨室之门，其建筑之精，设备之周，即上海寓公之家，或未及是。若初来之客，不幸由临江门登岸，见竹墙木屋，平民鸡栖鸽聚于其间，以为重庆乃湫隘至此，则误矣。

广东谓客籍者为外江佬，四川则谓客籍者为下江人。其人苟不能操西方官话（川滇黔），虽来自甘青，亦在下江之列。又川谚谓下方曰脚底，故下江人俗又统称之曰脚底下人。苟客不悉其由，乍闻之，必当勃然色变。其实习惯如此，固无侮辱之意也。自去年十月起，脚底下人与脚底下货，充溢重庆市上。市招飘展，不书南京，即书上海。而小步五支衢头，南北方言，溢洋盈耳。客主之势既移，上下江之别，殆亦维持不易矣。

川菜驰名国内，殆与粤菜分庭抗礼，年来南北都市，川菜馆林立，其兴旺可知。顾至渝市，则纯粹川菜馆，营业黯淡，无可称述。其尚足当一名旗鼓者，乃为由京沪回蜀之庖人，以下江川菜为号召。于是吾人恍然在夔门以外所尝之川菜，非真川菜也。渝市大小吃食馆本极多，几为五步一楼，十步一阁。客民麇集之后，平津京苏广东菜馆，如春笋怒发，愈觉触目皆是。大批北味最盛行，粤味次之，京苏馆又居其次。且主持得人，营业皆不恶。其理由如下，冠盖云集，宴会究难尽免，一也。入川之人，半无眷属，视餐馆为家庖，二也。莼鲈之思，人所俱有，客多数日一尝家乡风味，三也。餐馆就地取材，设置较易，四也。至西餐则渝地无佳者。近受限制，餐价不得超过一元，因之餐馆缩其量为两菜一汤，面包亦限一片。人纵喜弄刀叉，每食不得果腹，则亦望望然去。若食时加菜，其价又特昂，事非必需，故此业不振云。

重庆浴室，简陋不如下江，然有三特点，可资谈助。（一）每家浴室均有家庭间。携眷同浴，固属正当。召妓戏谑，亦非所忌。（二）江上有船上浴室，亦分等级售座。笔者因闻不甚清洁，未尝问津。然想象就江煮水，虽甚便利，而篷舱局促，当不甚舒适也。（三）此地旅馆，均兼营浴室。家庭间论时不论人，亦一奇矣。

川境故有代步，长途为马，为滑竿，市区则用轿。轿为便于上下坡，乃两竹竿，架一竹制之小座，质甚轻。轿杠亦异他处，前短而后修。滑竿状如其名，以两竹竿夹一竹片所编之厚帘，以帘腹端下凹，恰可为座。座上铺衾褥，若绳床。更于竿上支竹枝，覆以布帐。人半卧其中，俯仰不移重心，为状甚适。川西北一带之盆地中，尚有双轮小车，制法甚古。行时，乘者在前，推者在后，仿佛钟进士嫁妹图中物也。

川人无论男女，喜头缠白布。且缠法极简单，纽布如巨绳，置一圈于头上。苟属新制，俨然下江人在重孝中。问何以故？则答以头惧风寒。问何不戴帽？则答以缠布其值较贱。其实布与帽之值，亦不甚悬殊也。川人头惧寒矣，而脚则惧热。中下阶级男子，十九赤脚草履。在寒冬时，上衣长袍，下赤双足，招摇过市，无以为怪者。蜀道艰难，民爱着草履，自属有由。唯国人旧习，最忌白色上头。而川人缠自布，陆放翁已形之于吟咏，未悉始于何时，而独与全国习俗相反也。

川戏在梨园行中，亦独树一帜，词句侧重字面典雅。一览其剧本，饾饤满纸，与粤剧同。唯在台上搬演时，唱者由脚色自由行腔，无丝索配音。至煞尾一句，往往金石丝竹，哗然并奏。乐场十余人，大声疾呼，同音相和，苟非习闻，颇觉毛戴，此所谓下里巴人和者众欤？至表演细腻，亦有皮簧所未及者。大抵悲剧则声泪俱下，喜剧则亵荡备至，剧中人出色当行，均肯极情描写。旅客或有川剧之嗜，决非有求于歌唱，乃可断言。

山地如贵州，处处皆石，既属不毛。高原如甘肃，粘土无骨，更无水源，亦徒见其博大。唯四川之山，其下为石，其上为土，高处植林，低处树谷，无一寸废地。气候温和，有年可三四收获者。即就水果言，北方之梨枣，南方之荔枝，重庆皆备，且为期甚早。尝于三月啖樱桃，八月嚼橄榄。橘柚之佳，尤推独步。其广柑一项，与沪上所售之花旗橘子，色香味三项，无一些差别。当其登市匝月之后，一元可购二百枚。使下江人早知国内有此佳果，当已夺美橘之席而有之矣。

文人若少女善怀，作客尤甚。为此文时，信笔所之，有不禁感慨系之者，自读一过，辄复弃去。今兹于读者所见，殆拉杂中十之五六。好在随忆随书，自成片段，初不觉其有所划裂。他日重返江南，当取道滇黔桂粤，必更有所贡献于本刊。今日言之未尽者，尔日或有以补其不足也。山河迢递，念我友生，岁云暮矣，谨祝百福。

廿七年十一月廿日晚，密雾笼山，寒窗酿雨，书于枣子岚公寓楼灯下。

选自《旅行杂志》1939年第13卷第1期，第49—52页

重庆旅感录续篇

张恨水

去年此日，曾应本刊编者之属，作有重庆旅感录一篇。见闻所及，走笔记之，覆瓿之物，初未尝有所经营，故既付邮筒，亦不复忆原文曾作何语矣。岁月匆匆，倏焉一周，编者君豪兄天海飞函，又以川游之文命题。姑因旧作，聊为续篇，前稿随书饮食起居，此则漫言四时，非能花样翻新，藉免重复耳。

川境广博，东西长达三千里，南北相距千余里，故一省之内，其寒燠亦小有悬殊，今兹所云，则川东气候耳。顺序言之，岁首之时，三峡以外，正霜雪交侵，朔风凛冽，而巴山蜀水间，则野草不黄，木叶微脱。苟偶得晴日，浓雾全收，青山耸秀。稍行田野间，麦苗如韭，豆花如蝶，俨然江南初春景象矣。

居川者如居粤，冬可不备重裘，虽阴雨之际，门户洞开，有蕴袍一袭，足以御寒。富贵之家，亦有火狐青羊，更迭为衣者，实则夸其富有，与温暖无关也。

谚有之，"四川人，来得阔，穿长衫，打赤脚。"此实未发挥尽致。就愚所见，则凡稍事劳动之人，终年均赤其脚，若在乡村，妇女亦复如是。前岁初入川，见羊裘少年，发光如漆，颈绕花巾，若甚畏寒，视其下，两足光赤着草履，上下极不相称。尝举以语川友，友乃笑其少见多怪。今旅川二年，自身且不免如此，当日真所见不广矣。

川人赤足成习，而其头乃反是，苟非酷暑，恒以白布缠头。且其缠之之势，非如缠回包扎全颅，亦非如印人之蓬然巨顶，盖仅于脑周扎一圈而空其颠。巾以久用，白转为黑，甚不雅观。两年来，当局力纠正之，今行都市区，已鲜见此种现象。唯乡间劳动民众，谓此可愈头风，则仍我行我素耳。

"十月先开岭上梅"，诗人若极夸此梅之早者，是在四川，又复寻常。重庆有花贩区若干处，就街角列摊，红紫杂呈。国历岁初，黄菊尚插标衢头，而红梅已负贩肩上，腊梅水仙，亦相继问世。岁云暮矣，王孙未归，江南人士，踯躅花前，固有不堪形于文字者。

盆地多雾，入冬愈甚，就经历所得，雾可分黑白二种。白者瀁涌如云，凝结较浓，十步之外，渺不见物。然天晓弥漫，午则渐消。残雾升空，遂成昙阴。故在是日，可偶得夕阳之一瞥。黑者遮盖天地，颇似昼晦。近视之，楼阁烟笼，远视之，山川夜失，终朝阴郁，不辨旦暮。雾结过久，辄变为烟雨，烟雨不散，更降为巨霖，巨霖之后，蒸气入地，可得小晴。顾小晴不克重朝，浓雾又起矣。

元宵前后，杨柳渐碧，惊蛰方交，桃李遍开，若言早春，则峡里春光，至少当早江南一月。蜀本农区，而春日之菜蔬茂美，尤胜他省，当杏花开时，若笋，若韭，若菘，若豌豆，若蒜苗，皆肥嫩可口。川人所谓菜头者，此际亦烂熟。其物为老芥之苋，（以盐腌制之，即川外之榨菜也。）去叶，硬茎如鹿角，自苋上出，旅人见之，乃不解为何物。携归庖厨，剥其外皮，里层如萝卜，切片以脂肪物（鸡油尤佳）烹之，则肤烂如葡萄，味美如鸡汁，足快朵颐。江浙盛行川菜馆，无人知尝此异味，殊可惜也。

犹忆儿时，读书南昌，清明放假，私塾先生曾各授学童一扇。二十年来，客居燕冀，颇觉先生赐物非时。及居川两载，不知有冬，始复悉西南腹地，夏季较长。每当云消雾散，烈日渐强，虽在仲春，辄成盛夏。唯山气蒸郁，天时多变，一雨连朝，又清冷如秋。故旅川之人，有三种小病不可免，咳嗽以冬，感冒以春，低处较久，皮肤又必患湿疹。后来入川者，知所珍摄焉。

世传杜鹃为蜀禽，非也。鹃与燕及布谷相似，乃春日来华之候鸟。蜀地春早，鹃来居较多亦较久，见者不察，乃误为蜀产耳。每当草长花开，绿盖山谷，则鹃声日夜相继，颇非旅人所堪。若夫茅檐风动，残月横山，断梦方醒，天明未明，时有"不如归去"之声，破空而至，真觉满耳凄惨，柔肠寸断。鹃之鸣甚怪，不如二字急促呼出，归字一扬，去字一顿。鸣不一次，次不二调，愈鸣愈高，愈高愈惨。人生不入蜀不知鹃啼之惨，不闻夜鹃，又不知其惨之令人魂销也。

川境水果早熟，亦他省所罕见，国历四月可食樱桃，五月可食荔枝枇杷，六月可食桂圆桃李。唯土质少沙，气候多雨，果均不佳，梨尤粗糙不可食。又橄榄结实特早，秋初乃与葡萄一同登市，他省人嚼橄榄取小，而川人食橄榄取大，亦不同之处也。

扬子江上，有三个半火炉，生平皆习居之。炉之一为汉口，二为重庆，三为南昌，其半个则南京也。兹仅言重庆，其地城于一半岛上，嘉陵扬子，夹于左右。江外有山，重重包裹，城内有坡，屋屋堆叠。故四塞无风，空气抑郁，骄阳肆虐，江水蒸发，此中夏日，暑犹可受，而闷塞不可当也。

立秋以后之炎暑，俗谓之秋老虎，生平足迹所经，但闻人言秋老虎为十八个。然川地昇是，增其数六，而曰二十四。愚初尚不解。既于此两度夏日，则知其言之果确。盖此地雨季，延及深夏，纵届盛暑，阴日居多。及秋高气爽，火伞高张，风雨不来，日甚一日。今岁中秋，即衣夏葛度过。愚执笔为文时，已衣棉帛，然去着单衫日，只月余耳。

橘柚秋黄，为川地胜事之一。柚大如碗，柑大如拳，橘亦肥饱如巨杯。秋末冬初，无论城野，有井水处即可购得之。此类柑尤芳甜，圆洁可玩。以视上海洋场所夸花旗橘子，有过无不及。二十七年冬，一元可购柑二百枚，江南人士入蜀之初，辄羡为奇遇。然又甚怪蜀人之怀宝自弃，而未负贩下游与舶来品一较短长也。

川无寒风，亦无霜雪，故池塘不冰，山谷常绿，苟有余暇，随时可作郊游。郊游之旧式代步有二，曰滑竿，曰马。滑竿之为物，乃两竹杠中，夹一竹片所编之帘，帘如吊床，重点下垂，故人卧坐其中，上下山坡，甚减俯仰之劳。马则身躯矮下，略壮于驴，但驰驱山道，举步便捷，非川外之马所可比拟。尝于夕阳影里，一鞭成渝道上，时则松径烟迷，竹溪水暗，峰峦折叠，若失东西，古来栈道风味，当亦如是矣。

中国人有言，老不入川，少不入广，盖以往昔交通阻塞，衰老入川，归正首邱不易也。以是，夔门以内乡民，绝少与外省人接触。旅人不谙西方官话，则闻者不解，旅人不谙四川习俗，则见者称奇，隔膜所至，误会易生。然自民二十七以来，成渝两地，旅人麇集，两大城不能容，则散之附近小县，县城不能容，又更散之乡村。宾主杂处，言习渐通。试于重庆顺公路西行，时可于田野山谷间，见摩登少妇，偕短装男子同行，

闻其言，则南自江浙，北及幽燕，各音皆有，而今而后，四川
当非昔日之四川，更亦毋须守临老勿入之戒矣。

拉杂书之，略备四时，非能尽其客感，聊为本志补白而已。
此稿付邮筒已，将有川西之行，若有所获，当录供同好也。

选自《旅行杂志》1940年第14卷第1期，第31—33页

红球挂起

张恨水

李先生上半夜的困扰，是为了剧本上半幕戏；下半夜的困扰，是为着一个女伶叫了一声。精神上太劳顿了，需要休息。猪肉已不能再给什么兴奋，就安然地睡去。不知是他什么时候翻了个身，眼睛闪动一下，见着面前一片通亮。李太太道："该起来了。九点多钟了。"他一个翻身坐起来，见太太正把一束野花，插在小桌上那只陶器瓶子里，另外还有一个粗纸包，放在桌沿。桌面上撒了不少芝麻，可想纸包里是两个小烧饼。因道："你都上街回来了？"李太太道："我已上街两次了。起来吧。听说天一亮，就挂了三角球。我下山到街上的时候，还听到侦察机的响声。外面大太阳，恐怕上午就有警报。"李先生见屋后壁窗户洞开，由窗户看屋后的山，全是强烈的阳光罩住。便道："那么，赶快弄点水洗把脸。先喝茶，享受这两个烧饼。"李太太笑道："我还替你做了一件顺心的事，下山的时候，遇到了老徐，看那样子，好像是要向咱们家来。他一问你，我就说你熬了一宿，还没起床。他站在路上很踌躇的样子，约了下午再来看你。他到底有什么要紧的事找你？"李南泉道："他异想天开。他要到衡阳去做生意，说是路上过关过卡，怕有麻烦。要我找新闻界替他找个名义。就算我肯介绍，哪家报馆，也不会这样滥送名义吧？"

李太太道："不要谈老徐的事了，三角球放下两小时了，敌人的侦察机已回到了基地，恐怕敌机要来了。"李南泉笑道："我说怎么样？我是有先见之明，我知道今天一大早，就要来警报的。好在我已把剧本写完。今天就借敌机放一天假。"说着，他匆匆地洗脸喝茶。

在每天早上，李先生有一定的工作，竹书架上堆着的两百本旧书，必须顺手抽出一本来看，不问是中文或英文的，总得看上二三十分钟。他坐在那竹椅子上，正翻开一页书，却听到山溪对过人行路上，有人操着川音道："挂起，挂起！"邻居的甄太太，是位五十多岁的人，只和一个十四岁的男孩子家居。身体弱，家境又相当清寒，最是怕警报，听到这挂起两个字，就战战兢兢地由走廊那头跑过来，操着江苏音问道："李先生，阿是挂了红球？阿是挂了红球？"李南泉道："甄太太不要紧，还只挂了一个球。你慢慢地收拾东西罢。甄太太扶了窗户挡子，向屋里望着道："警报越来越早，阿要尴尬？李太太躲不躲？"李太太托了个纸包出来，苦笑着道："我孩子多，不躲怎么行呢？"说着，把那纸包放在桌上，纸散开了，里面是半个烧饼。因道："你看，这些孩子，真不听说，一转眼，把给你留的三个烧饼，吃了两个半。"小玲儿听了这话，由外面跑了进来道："爸爸，我只吃了一个，我叫哥哥别吃，给爸爸留着，他又分了我半个，你说，是不是岂有此理？"说着，她伸了个小指头，向爸爸连连指点几下。李先生哈哈大笑。

李太太道："孩子这样淘气，你还笑呢。"李南泉道："我不是笑她别的，笑她天真。尤其是岂有此理四个字，她四岁多的孩子，引用得这样恰当，不愧是咱们拿笔杆朋友的女儿。得受点奖励，还有半个烧饼，还是赏了你。"说着，就把那半个烧饼，赏了小玲儿。就在这时，两个男孩子，由对面溪岸的高坡上，一口气跑了下来，跑过溪上的那小桥时，踏得木桥叮叮咚咚作响。大孩子小白儿，一面跑，一面喊着："妈呀！挂了球了！挂了球了！"他们跑进屋来，兀自喘着气。小的孩子小山儿，看到桌上一大碗茶，两手端起来就喝。李南泉道："你这两个小东西，实在是不成话，一大早就出去玩，不是挂球，大概还不回来。走路没有看见你们走过，总是跑，由那边坡上跑下来，一口气就到，假如让东西绊了一下，栽下沟去，怕不是重伤？"李太太道："快放警报了，他还不该跑回来？你女儿做什么事都是好的，你儿子无论做什么事都是错的。"李南泉还想辩论什么事，早是"呜呜呜"一阵警报的悲呼声，由空气里猛烈地传了过来。便把墙上一件旧蓝布大褂，往身上一披。书架子下，经常预备着一只旅行袋子，里面是几本书，一只灌好冷开水的玻璃瓶子。这就是逃警报的东西，他已是一手提了起来。李太太道："你就要走吗？你一点东西还没有吃呢。"他道："解除警报回来再吃罢，反正不饿。"

李太太道："你暂别忙走，我到山下去买两个馒头来带了去。"李南泉连说着不用，找了顶旧帽子在头上戴着，又拿了一把芭蕉扇子在手上，正待出门，小玲儿扯着他的衣襟道："爸爸，我和你一路去，我不躲防空洞。"说时，索性两手抱了爸爸的腿。李先生对于孩子这个新提的要求，忽然有点锐敏的感觉，便道："好，我们今日都到后面山缝里去。太太，你看我这个提议如何？"李太太道："我带三个孩子，怎么能跟你跑上四五里路？这样大太阳，来去就是一身透汗，你就不必向山缝里跑了。虽然洞子里人多，反正不会有多大的时候。"李先生沉吟了一会子，因道："让我到山上去观察观察天势罢。"说着，就走到屋后小山坡上去。这时，天空是一片蔚蓝的大幕，虽是也飘荡几片白云，那白云的稀薄程度，像是破烂的白纱，悠悠地在长空飘荡。偶然有两三只鸟，在头顶上掠过。大自然，一切平静，与往常毫无分别。看看这山沟两旁的大山，青草蒙茸，像蹲着的狮子，抖动着全身的长毛。那阳光罩在山上，像有一丛火光向上反射。真的，自己随了山坡的石砌向前面走着，那深草里面，就有一阵阵的热气，向人衣服下面直钻上来。他也不去理会，踢着深草的蚱蜢乱飞，径直奔往山坡的北端，那里是可以看到山下这一个镇市的。

　　山下市镇中间，有片川地难得的平坦广场。在那里插了一根高高的旗杆，横钉了一块木棍。在稍远的地方，虽是不能看清楚这根长杆，可是那横杆上所悬挂的两个大红纸球，在猛烈的太阳下，却异常明显。山脚下一条人行道，是镇市上奔往防空洞去的路径。人是一个跟着一个，牵了一大群，向山麓左角、另一个山峰上走去，在镇市的那头，另有一条公路，除了摆了一字长蛇阵，沿着对方的山麓走去而外，那却有一辆辆的卡车，疏散了开去。同时，也有一辆一辆的小座车，载着躲警报的人，由城里开来。李先生正在出神，李太太在屋角下叫道："南泉，你还站着尽看些什么？"他摇着头走回来道："今天躲空袭的人似乎比往日还要紧张。"李太太道："既然比往日还要紧张，你就预备走罢，还犹豫什么？"李先生道："我不走了，今天就陪你们躲一天洞子罢，一来，天气热，二来，我也和你带孩子。"说着走回家来。见小白儿、小山儿各背一个小布包袱在肩上，另外还各拿了一条小竹凳子，小玲儿腋下夹着她布做的小娃娃，手上也提了麦草秆的小手提包。王嫂已把朝外的房门锁起。墙壁下一路摆了四个大小手提旅行袋。李先生道："天天躲警报，天天带上许多东西，多麻烦。"李太太道："那有什么法子呢，万一房子中了个炸弹，连换洗衣服都没有。由南京到重庆，这种事就看得多了。你怕什么麻烦，又不要你拿一项。往常躲警报，你是最舒服，带着开水，带着书，到山沟里竹林子里去睡觉，我们可真受罪，又是东西，又是孩子。"

李先生道："躲警报，还有什么舒服可言吗？我叫你和我一路到山后面去，你又说难跑路。"李太太沉着脸道："躲警报的时候，我不和你吵。解除了，我再和你讲理。"李南泉道："也许一个炸弹下来，先把我炸死，你要讲理，趁早！"那邻居甄太太提着小箱子，夹着小包袱正走门前经过，便道："李太太。勿要吵哉！快放紧急哉！走罢。"李太太提了两个小包袱，一声不响，引了孩子们走。小玲儿走过了山溪，回转身来，将手连招了几下道："爸爸，你马上就来呵，我给你占着位子。你和我带一包铁蚕豆来，洞子里坐着怪闷的。铁蚕豆就是四川人叫的胡豆，你晓得吧？"李先生被太太埋怨着，心里本是藏着一腔无名火。小女儿小手一招，还把蚕豆作了一番解释，乐得心花怒放，哈哈笑道："这孩子，什么全知道。"李太太已走上了山坡，回头看着丈夫，也是忍不住一笑。甄太太拿了三四样东西，喘着气上山坡，因道："侬家李先生，真个喜欢格位小姐。小姐讲啥个闲话，伊拉总归是笑个。"李太太道："那有什么法子，这孩子给她爸爸带缘来了。"李先生在走廊上叫道："别说闲话了，太太，你看路上这么些个人，回头洞子里找不到座位。入洞证带了没有？"李太太一扭头道："谁和你废话！"她虽是这样说了，带着孩子真的加快了步子走。因为这村子口上，在山石下面，统共是两个防空洞。其中一个最大的，还是机关私有的，百姓不能进去。这个公用洞子虽小，凭证入洞，常是超出额外。

这时，村子里面向防空洞去躲飞机的人，也是摆出了一条长蛇阵。这山路下的一条人行路径，也不过是二尺宽。有的老太太扶着手杖，一步一步地挨，旁边还有小孩子扶着。那抢着要占位的人，可有些不耐，侧了身子，就挨着身子挤了过去。有的中年太太，手上抱着一个吃乳的孩子，衣襟可又被五六岁的小孩子牵着。那行路的速度，也不曾赛过扶杖的老太太。恰好有把人送进防空洞，而又二次回来拿东西的人，让这娘儿三挡住，只管是左闪右躲，想找个空当抢过去。还有那挑着行李的人，尽管防空洞有规则，不许带大件东西进去。然而他一挑东西，就是他全家的资产。他把家产挑了来，虽然不能进洞，放在洞子附近，将青草遮盖了，也是物不离人，人不离物。尤其是摆香烟摊子，摆小百货摊子的人，度命的玩意，全在一担，他必须挑着。于是在许多走不动的人群之外，还是东碰西撞的担子。李太太带着三个孩子四个旅行袋，也就不怎么利落。正好前面是走不动的甄太太。再前面是一个小公务员的太太，肩上扛着一只大布包袱，手里提着锁门已坏，绳子捆着的小皮箱。手边还有两个孩子，都不满三尺长。小孩子走不动，她也拿东西不动，又不敢歇，走得身子七歪八倒。

这样的情形，可难坏胆小的人、性急的人。他们在后边喊着："前面的人，快点走罢。若是走不动，就让一点路，让别人好走哇。"也有人喊道："空袭都放了十多分钟了，马上就要放紧急。飞机到了头上，我看你们跑不跑？"也有人向前挤着跑，腿撞着小孩子，就把人撞倒在一边。小孩哇的一声哭了，那孩子母亲是能扛着三个小包袱的人，恰不示弱，便叫道："你抢什么？炸弹下来，就会炸死你一个。"立刻，这小小行路上，闹成了一片。李先生虽是碰了太太一个钉子，可是看到这种情形，却不能再袖手旁观，就由家门口跑上路来，抱着小玲儿随在太太后面道："今天怎么这样乱？我送你们到洞子里去罢。"他一来了，李太太的气就要平些。因道："哪一天，又不是这样乱呢？一挂了球，你就独自个游山玩水去了，这些情形，你哪里看得见？你还没有看到洞子里那种情形呢。坐了一小时，比……"李南泉道："那末，我又说了，为什么你不和我到后面山沟里去呢？"李太太道："别抬杠了。你不忙。别人还要抢洞子呢。"李先生也就不再说什么话，抱着孩子在前面走。这村子口上，就是一个下坡的山口，站在这山口上，镇市广场里那旗杆上的红球，被太阳照着热烘烘的颜色，极明显地射入各人的眼帘。不断有人来到山口上，向那红球看，也就不断有人在后面问"两个球吗？落下去了吗？"小玲儿抱着李先生的颈脖子道："爸爸，红球落下去了，就是日本飞机不来了吗？"

李南泉笑道："这回你说得不对。两个球都落下去了，就是紧急情报。"小玲儿笑道："我晓得，绿球挂起来了。就是解了除。"南泉笑道："对的，对的。好一个解了除。"李太太道："你看，你爷儿俩，又在这里说上了。孩子多，我得坐在洞子里面。快来罢！"说着，她先走。在这山口的小路上，就是一堵青石悬崖。在青崖上打了两个进出洞门，难民们陆续向洞里进去。管洞子的两名防护团丁，站在门口，正向进洞子的人，检验入洞证。李南泉道："不忙了，今天检察入洞证，闲杂人等，不得进去的。"那团丁向他点了头道："今天李先生也来躲洞子？还是洞子好，在山沟里怕机关枪扫射。你们不用看入洞证了，脸上就是人洞证。"正要说笑，忽然有一个人叫着："球落下去了，球落下去了！"这洞门口的斜坡，原来还有几丈见方的一块坦地。这里或站或坐，还拥着几十位没有入洞的人。在这一声叫中，大家就一阵风似的拥到了洞口。两个团丁四手一伸，把洞口挡住，叫道："忙啥子？日本鬼子杀得来了？"李南泉一家人，原站洞口，被这一拥，早就塞进了洞子。外面正是大太阳，由光处向这里面走来，立刻两眼漆黑，寸步难移，但觉得身子以外，全是人在碰撞。

所幸洞的深处，立刻有两支手电筒放出白光来，照见洞子里面的人还不十分拥挤，只是大家全塞在这进口的一截路上。李太太和孩子说两句话，洞底有人听出了李太太的声音，便叫道："老李，这里来坐罢。"这是一位下江太太的口音，那正是李太太的牌友。李太太随了这声音走过去，那位下江太太，就伸着手扯了她的衣服，让她在洞壁下的长板凳上坐着。她笑道："老李，你在家里做起贤妻良母来了，两天没有见着你。今天解除了警报，我们来八圈，好不好？"李太太还没有答言，李先生已抱了孩子，摸索着过来了。他道："孩子交给你罢，放了紧急我再来。"那位下江太太笑道："哎呀！李先生在这里。"李太太道："他在这里怎么样？谁也不能拦着我打小牌。"李南泉分明知道这是太太一句要面子的话，在洞里，全是村子里的熟人，这一点面子总是要给她的。这也就没说什么，默然地出了洞子。因为那一声球落下来了，并无下文，而警报器，又没有作凄惨的紧急呼声。原来拥塞在洞口上的人，都已走了出去。这平坦的一方地上，有几丛大芭蕉，又有两株槐树。原是给这洞口上，加起一番伪装。现在散开了满地的绿阴，倒是太阳下一个很好的歇脚地方。不曾入洞的人，大家都拥在槐树和芭蕉阴下。李南泉伸头一看山脚下的镇市，那两个表示空袭的红球，还挂在天空。这已有了相当的时间，躲警报的人，都已找得了存身之所。不愿躲警报的人，各各守家未出。

山下几条人行路，恰好和刚才的情形，处在相反的地位。空荡荡的没有一个人。俯瞰山下那整群的屋脊，也不曾在烟囱里冒出一缕烟。天上的白云，大小几片，停止在半空，似乎它也和警报声过后的大地一样，把动作给呆定了。李先生觉得眼前情景，是有一种大自然的死气，同时也觉得心中空洞无物。想起昨晚上和吴教授有约，今天来了警报，是预备不躲的，和他在屋檐下聊天。吴先生最爱聊，这倒是消磨警报时间的一种好办法，于是就转身向家里走，刚到路口，就有人老远地叫道："李先生，不躲了吗？向哪里去？"回头看时，在一颗大黄桷树下，转出来一位梳两个辫子的女郎，这就是昨晚过门叫了一声的杨艳华。她那番好意，昨天晚上，就闹了整宿的家务。今天她又来打招呼，真是替自己找麻烦。可是看到杨小姐穿了一件黑栲绸长衫，越是显着皮肤雪白，长头发梳两个小辫，垂在肩上，辫梢上有两个小红丝线结子，顿觉得她身段苗条而娇小。因笑道："杨小姐，你身上穿的衣服，虽然全是防空颜色，只是这两支辫子梢红红的，有点欠妥。"她笑道："敌人的飞机上，带着显微镜吗？它会看到我这辫子梢？"正说着，有一位白太太含着笑由身边过去。李先生暗下叫一声不好。因为这位白夫人，也是太太的牌友，她们是很有帮助的。她进洞子去了，告诉太太，说你们李先生在和女戏子说话，那又是给人的一种麻烦了。

他有了这样一个感觉，不敢耽误了，和杨艳华点了个头，竟自走开。一面走着，一面向白太太道："白太太，你到洞子里去吗？请告诉我太太，我回家了，万一放了紧急，我来不及跑的话，我就躲在屋后面那小洞子里，那里倒也是很安全的。"他说着话，还是加紧了脚步走。走到家里，见那吴先生一家，一位太太，四个孩子，正沿了屋后小山上一条羊肠小径，向山的北端走去。那边有个天然山洞，叫仙龙洞，是个风景区，里面可以藏纳一千人。他们的学校，在大洞子里，又凿了小洞，是最安全的区域。他们原说，今天是不躲警报的，不想还是走了。隔了山溪，因叫了一声。吴先生道："李先生，李先生，你还是躲一躲吧。今天有七批敌机来袭，第一批二十八架已经过了万县，马上就要放紧急了。"李南泉道："好的。反正我现在是一个人，又不带东西，躲起来，倒没有什么困难。"老远的，就听到吴先生长声唉了一下。原来他抱着一个四岁的男孩，手背上又挽着一个包袱。六十岁的人，走着那步步高升的山路，相当吃力。他太太是双解放脚。左手牵着一位七岁的孩子，右手扶了根竹杖，走得是非常的慢。他们面前还有一位十五岁的小姐，十二岁的公子，全拿了包袱和旅行袋。虽是走得快，却是走一截停一截，等后面的人。太阳是高升起来，火一般地向人身上照着，叫人热汗直流。吴太太一路怨恨着说："生这么些个孩子干什么？躲起警报来真要命。不躲警报，也吃不起这贵的米。"

吴先生本人，正累得有点儿上气接不了下气，听到太太这么一埋怨，他就叫道："你说这话，简直不讲理，俺叫你今天别跑，你要跑。"吴太太随身就坐在石头上，扭着头道："咱不跑就不跑了吧。过这种揪心日子，还有个活头哇？炸弹炸死了，俺说是干脆。"李先生已跑过了山溪，走到屋后山上来了，便道："吴先生，走罢。这大太阳，在这山上晒着，可受不了，你不说是今天有七批敌机吗？吴太太，你走罢，你孩子多，回头大批敌机投弹，骇着了孩子。"吴太太听到这话，就不愿和先生闹别扭了，扶着竹手杖，又开始爬山。李先生站在走廊的角端，看到这一群人走去，心里正在想着，怎么这么多年夫妻，全是闹别扭的？正在出神，有人遥远地叫道："李先生，你没有走？"看时，是山溪对岸的邻居石正山教授。他家的屋子，和这里斜斜相对，大水的季节，倒是一溪流水两家分。他们的草房子，一般有条临溪的走廊。在无聊的时候，隔着山溪对话，却也有趣。他的走廊下，山壁缝子里，生出两株弯曲的松树，还有两丛芭蕉，倒也把这临溪茅舍，点缀得有些画意。便道："你怎么没有躲呢？我看到你太太带孩子都到洞子里去了。"石正山道："我刚刚由城里回来，一身的汗，先擦个澡，喝碗茶，我这沟下有个小洞子，敌机来了，就钻一钻罢。"李先生道："你要开水，我这里现成。"他还不曾答言，他家里出来个女郎，端了一只茶碗，送将过去。

这个女郎是石先生的丫头。但既为教授，无蓄婢之理，就认为义女。她倒是和孩子受同等待遇一般，叫着爸爸妈妈。她十八岁了，非常的能干，挑花绣朵以至洗衣做饭，无所不能。而且，由义母亲自教导，还很认得几个字。石先生这个家庭组织，她是个强有力的分子。石太太有这样一个义女，减轻了不少主妇负担，家里也就不必再用老妈子。因之她对这位义女，是另眼相看，怕的是她有辞职之意。这丫头对于太太的命令，除了全体驳回，有时还狠狠顶撞几句，石太太倒也一笑置之。石先生对此，大不以为然，以为就是自己亲生的孩子，也不能民主到这种程度。所以他对于这义女，是拿出一种严父的身份。当着家人，很少和义女透出笑容。石先生对太太的命令，无不乐从，也不敢不从。只有对待丫头的态度，始终和太太唱着反调。石太太对先生的抗命，向来是不容许的，但反对自己宽待丫头这一点，石太太却例外地不予计较。今天太太带孩子躲警报去，留着丫头在家里暂时看门，等候养父回来，同他一路进洞。石先生一回来，在门口先叫了一声："太太，快去躲洞子罢。今天情形紧张。"丫头迎出来道："妈妈早走了。"石先生这就笑道："小青，你胆子大，你就不躲？"

小青道："我走了，谁给你开门呢？你不洗脸喝茶吗？"石先生道："小青，你一天也够累的，打洗脸水我自己来；你给我弄一碗茶来喝罢。"石先生进屋去脱衣抹了身上的汗，站在走廊上来纳凉，看到李先生，他就先叫了一声。李南泉对于石教授没有多大的交情，不过是为了同村子住，见着就点头而已。这时，他遥远打着招呼，倒不知道是何用意。站在走廊角上定了一会神，见石先生走进屋子去，不到几分钟，却又走了出来，而且是四处张望一番。李先生觉得他有点不愿人家看他房子似的，这就不再打量了。走上山坡去，对山下广场看了一会，见那两个红球，还是红鲜鲜地悬在高空。由平常的经验说空袭警报一刻钟上下，就应当放紧急警报，今天由空袭，这一段间隔，距离得太远，倒不明白什么缘故，他看了一会，自行走回家来。警报之刺激人，也就是那开始的十来分钟。到了二十分钟后，心理上也就慢慢地松懈下来。他背了两手，在走廊上走来走去，听到隔壁邻居，还有人说话，就伸头看了一看。却见那主妇奚太太拿了一本书，在走廊下说话。她道："这有什么不知道的，大不列颠联合王国，就是大英王国，不列颠是打不倒，也不会分裂又联合各党的王国，英国现在还有皇帝，所以叫王国。"李南泉一听，心想这位太太给谁在解译大英王国？她倒是先看到了，笑道："李先生没有去躲警报？"李南泉道："放了紧急再走罢。"奚太太向来胆大。她笑道："我不怕。一放警报，我的家庭大学就开课，我给孩子补习功课。老实说，中学堂里，无论哪一门功课，我都可以教得下来。"奚太太说的是普通话，容易懂。但她有强烈的下江音尾，如"怕"读"薄"之类。

李南泉点着头笑道："奚太太多才多艺，没有问题。不过，你也有一样小学功课教不了。"奚太太道："你是说不会教唱歌？我年轻的时候，什么歌都会唱，现在……"李南泉立刻接着笑道："现在你还年轻啦。"奚太太听了这话，两眉一伸，立刻笑了起来；她是张枣子脸，两头尖，牙齿原是乱的，镶了三粒金托子假牙。眼角向下微弯着，带了好几条鱼尾纹。这一笑之中，实在不能引起对方的多少美感。但她依然笑道："我倒是不吹牛，于今摩登太太那套本领，全是化妆品的工夫。我有化妆品，我不照样会摩登起来？"李南泉听了，哈哈一笑，但立刻觉得不妥，便道："奚太太，你猜我笑什么？我笑你这是很大的一个失策，太太不摩登，那是很难于驾驭先生的。"奚太太将肩膀一扛，鼻子一耸，摇着头道："我们家奚敬平，是被我统治惯了的。慢说轨外行动他不敢，就是喝酒吃香烟，没有我的许可，他也不敢自己作主。你看他由城里回来，抽过纸烟没有？"李南泉昂头想了一想，点头道："果然的，我没有看到奚先生吸过纸烟。奚太太真是家教严明。不愧说是家庭大学。"奚太太道："你那句话没有说完。你说我有一样小学功课教不来，我倒想不出。小学功课，我还有教不来的吗？"李南泉道："我想，国语这一课，你该不行吧？"她将右手的书，在左手一拍，操着下江口音道："那我太行了。我自小就学过注音字母。"

李南泉笑道："也许你讲国语的时候，可以蹩着说出来。可是在平常谈话的时候，你的下江口音是很重的。"奚太太听说急了，抢着道："这句闲窝（话），我不能承仍（认），我小的十（时）候，在学号（校）里演过窝结（话剧）。"李南泉笑道："我的小姐，你看，你这一急，接二连三的下江话，你还演话剧呢！"奚太太也笑了，于是向这边屋角走近了几步，隔着廊檐外一段屋檐，笑道："李先生，我喜欢和你谈天，你说的话是怪有趣的。天天你都去躲警报，今天情形更紧张，你为什么反倒不走？"李南泉道："因为今天紧张，我得陪着太太躲洞子，随时听用。"奚太太抬起一只手来，扶着走廊上的柱子，情不自禁，打了个呵欠。但她立刻拿起左手的那本书，将嘴掩着。她笑着把眼角的鱼尾纹，又条是条地掀起。因道："李先生，你对太太是忠实的。本来，有这样年轻漂亮的太太，那还有什么话说。"李南泉摇摇头道："比黄脸婆子略胜一筹罢了。站在奚太太一处，那就差之远矣。"奚太太高兴极了，不觉说了一句川语道："你客气啥子，我向来不化妆。"李南泉笑道："你无须化妆呀！"奚太太听说，眉飞色舞，笑得假牙的金托子全露出来。这时她十一岁大的男孩子，拿了一册英文走过来，伸着书问字。

她看也不看，昂着头道："那有什么不知道？I is a man. You is a boy。"小孩子道："两个人怎么念呢？"奚太太道："多数加s，有什么不知道，two mans，"说着她头又是一扬。李南泉听到奚太太这样教她孩子的英文，真有点骇然。可是他知道的，她是一位最好高的妇人，决不能当了她孩子的面，真截说她的错误，便沉默了一下，没有作声。奚太太道："李先生，你正在想什么？"他是低了头望着走廊前那道干沟的，这就抬起头来笑道："我所想的，也正是和管家太太们一样的问题。这样不断地闹着警报，市面受影响，东西恐怕要涨价。假如明天不闹警报的话，我想跑二十里去赶回场，买两斗米回来。"奚太太笑道："是不是青山场？我们明天一路去，好不好？"李南泉道："来回是三四十里路，你走得动吗？"奚太太道："我有什么走不动？石正山的太太，一个礼拜，她要到青山场去三次。这位太太，我是佩服之至，现在菜油卖一百多元了吧？她现在还是吃八元一斤的菜油，人家是老早预备下了的。"李南泉道："她家那个丫头小青，也很能干，真是强将手下无弱兵。"奚太太道："的确是可以羡慕。我这里有这么一位小姑娘，那就好了。"李南泉笑道："奚太太，你这个买贱价苦力的算盘，那是打不得的。你要当心奚先生年纪还不大。"

奚太太冷笑了一声，她又不免昂起头来，因道："这个我放心，我有这么一个主张，丈夫讨小老婆，太太就讨小老公，而且必须是说得到做得到。在这种情形下，男子受到威胁，他才不敢为非作歹。"李南泉笑着摇了两摇头，没有敢多说什么。因见大路上，有人背了小包袱向山口里面走，便道："躲警报的人回来了？"那个过路的人答道："他们防护团得来的消息，说是敌机由川北直袭成都，看那样子，也许不会到重庆来。"奚太太笑道："你看，还是我有把握吧？我并不躲，省得跑这次冤枉路，你还不快去接你太太回来？"李南泉正踌躇着，却见杨艳华又同着两个女戏子，在对面山路上经过。他就故意掉过脸来和奚太太说话，只当没有看到。一会儿工夫，听到后面一阵脚步响，回头看时，正是三个人全来了。只得迎上前笑道："欢迎欢迎。可是门倒锁着，钥匙在太太身上，不能请三位到里面去坐，抱歉之至。"那另两位戏子，一个是唱小生的，一个是唱花旦的，都在三十上下，可说是老江湖。那个唱花旦的，有时还反串小丑。她倒是毫不在乎，头上却也梳了两个小辫，穿件旧黑绸长衫，衣襟上统共只扣了两个纽襻。光着腿赤着脚，穿着麦草编的凉鞋，手里拿着芭蕉扇，两只手搓了扇子柄消遣。

她笑道："无事不登三宝殿，李先生，我向你们借东西来了。"杨艳华笑道："你也慢点开口吧！人家认识你吗？"她笑道："唱戏的人天天在台上鬼混，几百只，几千只眼睛全望着他，不熟也熟，李先生一定知道我是胡玉花吧？这个唱小生的小胖子王月亭，你一定也认得。"说时，她将手上的芭蕉扇倒拿着，把扇子对着王月亭点了几点。那姓王的倒是有点难为情，把一条手帕放在嘴里，将牙齿咬着，两只手拿了手帕的另一端，微微地笑着。李南泉道："三位小姐，我全认得。要借什么东西呢？挑我有的罢。"她笑道："躲起警报来，真是闷得慌，我们想和你借两本小说看看。"李南泉笑道："有的，不过门锁了，我没法子拿。我太太回来了，让她送到你们家去。"杨艳华道："那可不敢当，还是我们自己来罢。"李先生正想表示着拒绝，可是一回头，就看到奚太太在隔壁屋子走廊下微笑，便表示了不在乎的样子，因道："那也好。我太太最喜欢看小说，书都堆在书架子上，你们自己来挑罢。"杨艳华笑道："解除了警报，我们照样要唱戏的……"她还没有把话说完，却有一种很粗暴的声音，叫道："杨艳华，你好安逸，在这里躲警报呢。"她"哟"了一声，笑道："刘副官，也走到这儿来了？"说着话，她就带着两个女伶，走上溪对岸山路上去了。

那个刘副官就站在路头上等她。他穿了件蓝绸短袖衬衫，腰上的皮带，束着一条黄色卡叽裤衩，下面光着半截腿子，踏了双紫色皮鞋。头上盖着巴斗式的遮阳帽，手里拿了根乌漆刻字手杖。这是在重庆度夏最摩登的男装，手中不方便的人是办不到的。李南泉老远地看了这家伙一眼，觉得他派头十足，就打算趸过屋角去，避开了他。却听到他大声道："那不行呀！我的客都请好了，你若是不到，你赔我酒席钱。"杨艳华站在他身边，像是做哀告的样子。还听到她用很柔和的声音道："刘副官，你得原谅我。我决不能平白无事地不唱戏。我若是唱完了戏再到公馆里去，那又太晚了。"刘副官道："不唱戏要什么紧！那一晚上的戏份，算我包了就完了。"李南泉听了这话音，分明是杨艳华在受着压迫。虽是没有力量给她解围，说也奇怪，立刻一阵无名火起，两只脚再也走不开去，就睁着眼向对面山麓人行路上望着。见那刘副官拿起粗手杖，像发了疯似的，乱刷着山上的长草，抽得长草呼呼作响。他道："没有错，你来就是。一场牌，那不就给你赢个万儿八千的，你还怕不够你的戏份？你们唱一晚戏，能卖多少张票？"杨艳华道："倒不完全是戏票问题。"说到这里，她的声音就小了。李南泉在这遥远的地方，就听不清楚。不过看她站在那里的姿势，仿佛是向刘副官鞠着躬。那刘副官依然是拿了手杖，向山草上扫荡，那气焰是非常嚣张的。

这就听到那唱花旦的插言道："艳华，就是那么说罢。我们明天一路到刘公馆去就是了。刘副官的面子，那有什么话说。"那刘副官拿了手杖把的钩子，将手杖在空中舞着个圈圈，又顺手掀了那帽子，向后脑勺子挂着，挺了胸道："我反正是这样预备下了，就看你杨老板赏脸不赏罢。"说着，他大开着脚步，向山口上走了去。这三个女戏子，站在路头上，对了刘副官的后影，有点出神。随后她们集合在一处，叽叽咕咕地说着。李南泉站在走廊上，遥遥地对她们望着。杨艳华正回过头来向这里偷看，看到了他，就悄悄地点了两下头，李南泉抬起手来，指了指自己的鼻子，她和两个同伴，都点了几点头，那意思是叫他过去。女人的招呼，是有决定性的作用的。她三人这样的招呼了，李南泉就不能不迎了上去。胡玉花不等他走近，便道："李先生，你看这事是不是岂有此理？那老刘硬叫我们放了戏不唱，让我去陪他们打牌。这简直是叫条子的玩意……"杨艳华瞪了她一眼，拦着她道："你还怕人家不知道，站在路上就这样大声疾呼，什么话你都说得出来。"胡玉花道："本来是嘛！你以为人家把我抓了去了，还把我们当上宾吗？"李南泉还不曾答言，却有人插言道："谁请胡老板去当上宾？我们请过两三次，都请不到。"回头看时，正是今天早上要躲开的那个游击商人老徐。

虽然这个时候，在重庆穿西装，已是第一等奢侈生活，可是这位徐老板，倒是穿着一套挺括的拍力司米色衣服。胸前飘着白底红花的漂亮领带。只是他瘦得像只猴子似的，满脸的烟容，两只眼睛落下两个大框子，鼻子高耸起来，上下嘴唇都各自缩着，露出里面两排马牙齿。这一看之下，心里就发生了一种厌恶，便向他点了两点头。老徐倒是表示更为亲热，老早地伸出手来为礼。李南泉只好和他握了一握，说了声"好久不见"。老徐笑道："老兄，我今天找你两回了，不是来追刘副官，今天又碰不着。"李南泉不愿他把所要说的话说下去，因道："你要找刘副官，你就赶快追上去吧。他也是刚刚走的。"老徐笑道："我们刚才在一处的，我晓得。我们现时正做一桩买卖。不是警报我们就进城了。不久，我要到衡阳去一趟，若是交通便利的话，我还走远一点。老兄要什么东西，我可以给你带一点回来。"李南泉笑道："我什么也不要。我倒有些东西要你带出去。"老徐愕然道："是金子吗？还是关金？这些东西，带起来都很便利。"李南泉将手拍了身穿的一件旧蓝布大褂道："你看我这么一副穷相，会有金子关金吗？我要你带去的，是几句闲话。你可以告诉前方人士，大后方虽然让敌机炸得很凶，虽然有人发国难财，可是大多数的国民，他们还是坚持着抗战到底。"

　　老徐听他说的是这种话，既觉得迂腐，又觉得扯淡，便微笑道："我们做商人的，哪里管这些国家大事，你还是和我谈谈生意经罢！"李南泉说了句"隔行"，转身就要走开。那老徐比他更快，一把将他衣袖扯住，笑道："你别忙，我要和你说的话，还没有说呢。我前次托你的一件事，怎么样？这在你是不费什么力的。"李南泉沉着脸子道："老板，你不是自己说了吗？你是商人，你不管国家大事。当新闻记者的人，正和你相反，国家大事要管，国家小事也要管。你要一个新闻记者的名义，人家凭什么给你这个国家大小事全不管的人？"老徐笑道："我上了当。原来你先绕一个弯子说话，把我的嘴堵上。可是你要晓得，我要一个新闻记者名义，我并没有要报馆里给我薪水，它无非是一张秀才人情。我若有工夫，也可以把前方的新闻寄了来的。"南泉摇着头淡笑道："这些话都不必去提它。记者这名义不值钱，你何必去要，值钱，人家又岂能白给？"那老徐被他的话问窘了，正不好再说什么，却听到半空"呜呼呼"又是一阵警报器发声。杨艳华一手拉了胡玉花，一手拉了王少亭，也是转身就走，口里还道："紧急警报来了，走吧！"老徐放开了李南泉，伸长了两手，在路上一拦，笑道："不要害怕，这是解除警报。"听了这话，大家都静静地偏了头向半空里听了去。那警报声，果然呜呜地拖着长响，并没有吱呀吱呀地转弯。杨艳华更是内行，在警报器一响的时候，她就抬起手表来看了一看。看到长针走了两分半钟，而警报器声还在长空呜呜地响着，便踢着足笑道："好了好了，解除解除。"

选自《巴山夜雨》，四川文艺出版社1986年出版

疲劳轰炸

张恨水

在李先生一方面，他醒过来，觉得是自己过于荒唐，多一次忏悔，就多叫一句"魂兮归来"。可是在李太太一方面，她就疑心是自己昨晚上的刺激太深了，所以老让丈夫心里介意，便笑道："老提过去的事作什么？洗脸喝茶罢。一切都给你预备好了。"李先生进屋来洗过了脸，李太太斟着一杯热茶双手送到他面前，笑道："我给你道歉。"说着，还勾了勾头。李南泉接着茶杯，"啊哟"了一声道："筠，这不是有意见外吗？你要知道，人一穷，就喜欢装名士派，为的是不衫不履，可以掩盖许多穷相。昨晚上是装名士派的顶点，以后我改了。"李太太笑道："我倒喜欢你的名士派。在这上面，往往可以看到你天真之处。"李先生道："有时候你闹点小孩子脾气，我也很原谅，因为也是天真之处。"两人正说到这里，忽听到外面有人道："多少钱一张票？"这话有点突然，他夫妻向外看时，是那位家庭大学校长奚太太来了。她永远是那样，穿了件半新的白花长褂，脚下拖着一双皮拖鞋，脸上从来不施脂粉，薄薄的长头发，梳着两个老鼠尾巴的小辫子。手里拿了一本英文杂志。那杂志封面上清清楚楚地印了一个英文字：Time。李南泉笑道："卖什么票？不懂。"她笑道："你夫妻两个在演话剧，我们看看，要不要买票？"李太太笑道："因为我们又有点小误会，互相解释着，语意里面，也许有点客气存在。奚太太真是多才多艺，又看起英文来了。"奚太太将书一举道："这是家庭杂志，有不少东西，可以给我们参考。"李南泉眼望了那书封面，笑道："你买到多少种英文杂志？"她道："奚先生带回来了几本，都是家庭杂志。躲警报的时候借给你看。"李南泉笑道："那你送非其人。我的英文，还是初中程度，怎么能看英文杂志？"

随着这话，又有太太在后面插言道："何事罗？怕我们讨教，这个样子客气。"这太太带着很浓重的长沙音。一听就知道是石正山太太了。她又是疏建区另一型的妇人，是介乎职业妇女与家庭太太两者之间的人物。她圆圆的脸，为了常有些妇女运动的议论，脸上向来不抹脂粉，将头发结个辫子横在后脑勺上，身上永远是件蓝布大褂。不过她年轻时曾负有美人之号，现在是中年人，更不忍牺牲这个可纪念的美号。因之，头发梳得溜光，脸上也在用香皂洗过之后，薄薄敷上一层雪花膏。那意思是说，只要人家看不出她用化妆品，她还是尽可能地利用化妆品。她随着奚太太后面走了来，手上拿了个拍纸簿，似乎是有所为而来的。李南泉就把两位太太让进屋里，石太太道："无事不登三宝殿，我有点子事情请求李先生，不知道可能赏个面子？"她说的话多用舌尖音，透着清脆。李先生青春时代在长沙勾留过一个时期。那个时候，青年男女，说一种俏皮的长沙话，曾是这个作风，让他立刻憧憬着过去的黄金时代。便笑道："只要我能做到的，无不从命。"奚太太表示着她是和李家更熟识一点，便笑道："哪好意思不答应的？石太太要组织一个妇女工读合作社，请你当名发起人。"李南泉点头道："我虽然不是妇女，我也乐观其成，不过有个但书。若是出股子的话，我的力量可小到了极点。"石太太笑道：

"那是第二步的事哕，冒得钱，也一样当发起人。请你就在这只簿子上签个名罢。"

李南泉笑道："没有问题，将来我们还可以买些便宜东西呢。"说时，接过那簿子来看，上面写了段缘起。这合作社的社址，却在十里路远的一个小镇上，因摇摇头道："这便宜想不到了，谁为了一点小便宜去跑这样远的路。"石太太道："那没有关系，我三两天就去一次，你们要什么东西，我大担子挑了回来，大家分用。"李太太道："你常不在家，我以为你不怕空袭，进城去了呢，原来是下乡。你这位管家太太，倒放得下心，把家丢到一边。"奚太太拍了石太太的肩膀，笑道："她太有办法了。一手训练出来的小青，当家过日子，粗细一把抓，样样在行。而且她还和太太作一件秘密工作。"李南泉听到这话，心里吓了一大跳，心想，这位太太口没遮拦，可别胡乱说出来，可是她并不感到什么为难，继续地道："小青她是太太的情报科长，先生一举一动，她都秘密报告太太。太太走了，太太的眼睛、耳朵留在家里，要什么紧？"石太太笑道："你说得我是这样子厉害。你管得先生不洽香烟，我就冒问过他洽不洽香烟。李太太，你是怎样子管理你先生的？"李太太摇摇头道："我是块懦肉，他不管我就是了，我还想管他呢！"奚太太一着急，把家乡话也急出来了，笑着叫道："啥个闲话？中骨（国）要恢复赞（专）制？陆雅（老爷）可以公刻（开）呀薄（压迫）特特（太太）。"说着，她把手里的英文杂志，在桌上拍了一下。她们两位太太一起哄，主人就感到脑筋发胀。他立刻在那簿子上签了名，拿着簿子，向石太太作了个揖笑道："名已签了，还有什么事要我作的吗？"石太太笑道："现在没有什么事相烦，将来总免不了有许多事求教。走罢，奚太太，我还要跑几家呢。"

　　主人对于这样的客人，当然也不挽留，亲自送到走廊上分手。他回到屋子里向太太笑道："这两位太太，都够做官的资格，法螺吹得很响。最有味的是隔避这位邻居，她喜欢卖弄英文。英文好又怎么样呢？她那种You ie的教法，还不是在家里当家庭大学校长。"李太太道："你管她怎么样，反正人家奚先生佩服她就够了。已快到放警报的时期，你想吃点什么，好早早给你预备。"李南泉道："还预备什么呢？有什么吃什么罢。我去看看挂球了没有？"他说着，就向屋后走。老远地就看见山坡上朝外的人行路上站着两个人。一位吴先生，一位就是甄太太的少爷。吴春圃向他招招手，笑道："来罢。咱三家恰好各来一个，在这里当监视哨。"李南泉看他那情形，料着是并没有挂球，便笑道："不放警报，心里倒老是嘀咕着，放了警报，倒也死了心预备逃跑了。"说着迎向前来，看山下镇市，那个挂球的旗杆，正是秃立在一片绿树梢上。吴春圃笑道："我连饭都忙到肚子里去了，包袱凳子，一切都预备妥当。红球一挂起，立刻就走。"李南泉摇摇头道："这不是办法。以前没有预行警报，大家是听了警报器有响声才走。自从有了挂球的办法，比放警报的戒备进一步，躲警报的人开步走也就早了一步。这么一来，一天有大半天牺牲在警报声中，精神上的损失，太不能计了。从今以后，我要改变办法了，非放空袭警报不走。"甄家的少爷叫小弟，虽是中学生，父母的老儿子，是这样疼爱地叫着的。唯其是父母疼爱，父母要他躲警报，比自己躲警报还要关切。

　　在昨天饱受了长时间空袭经验之下，甄太太已经让小弟来看过红球三次了。小弟正借了本武侠小说看得有趣，很为了这事感到烦恼。这时，他索性把那本小说插在短裤袋里，预备坐在这山坡上看书。可是这山坡上的大树，都让有力量的人砍走了。没有个遮阴的地方，还是没有办法。李、吴说完了话，他也就插嘴道："敌人的飞机，真是讨厌，难道我们就没法子对付他？"李南泉笑道："等你和你的同学都会驾飞机了，就有办法了。"小弟道："我本来愿意学空军的。我父亲说，到了我可以考空军的年龄，他也赞成我去投考。可是有一个条件，一定要像刘副官、黄副官这种人都不再做副官，才可以让我去。"李南泉笑道："令尊那意思我懂得。可是他们不做副官那中国事更不可问，他们做了更大的官了，我们别作那梦想，他们穷不了，也闲不了。"吴春圃向山溪对面人行路上一努嘴，低声笑道："他正来着。"果然，他站在那边，远远地一招手，叫道："李先生预备罢。三十六架，在武汉起飞了。"李南泉道："什么时候得到的消息？"他道："刚刚得到的城里电话。最好你们带几块沾着胰子水的湿手巾。"吴春圃吃惊地道："什么？敌人会投毒气弹？"刘副官道："那没有准呀！"说着他匆匆地向街上走。在他后面就是一大群男女拿着包袱，提了小箱子，成串地向前走，已开始去抢防空洞里的好地位。小弟听了这消息，脸色变得苍白，扭转身，就要走。李南泉一把将他抓住，因道："你别信他的话，他是危言耸听。他也没有得到敌人的报告。他怎么会知道今天丢毒气弹？"

这话一说破，吴春圃也想过来了，因道："这是实话，他怎么会知道敌机会放毒气？"小弟看了看镇市上那红球并没有挂起，也就没走。可是甄太太走来了，战战兢兢站在屋檐下，老远地问道："阿是有消息哉？"小弟道："没有挂球。"李太太已换上了旧的蓝布长衫，这是防空衣服，也走来了，问道："没有挂球吗？你看大路上那些人在走。"李南泉道："挂球本就是未雨绸缪。他们不等挂球，再做个未雨绸缪的绸缪。有何不可！"两位太太站在屋檐下，四周看看天色，似乎还相信不过李先生的解说。就在这时，山底下，又有成群的人，走进谷口来，向山里面走，其中有位江苏太太招着手道："老李，你不打算走吗？今天来的形势，恐怕比昨天还要凶，我不愿躲公共洞子，要到山里面去了，你去不去？"李太太笑道："我胆子小，敞着头顶，看到飞机我可害怕，我还是躲洞子。现在又没有挂球，忙什么？"江苏太太道："反正是要走的，何必挂了球走呢？昨天空袭警报一放，战斗机就来了，我那时还没有进洞子，吓出了一身汗。"她站在人行道边，正是这样说着。后面有两个男子，放开了脚步，连跑带走，抢着擦身过去。江苏太太身边有个男孩子，他说了句"有警报了"，拉了孩子就走。在大路上的行人，全为了这两个开快步的男子所引动，一齐开始跑动，甄太太连忙问道："阿是有了警报？不挂球警报就来哉，阿要尴尬。"那两个跑路的人，遇到了乡村的防护团丁，问道："跑啥子？"其中有个答道："没得啥子，好耍喀。"防护团丁立刻向路上走着的人连摇着手，喊着"没得事，没得事"。

李太太问道："不是警报？可吓了我一跳。"正说着，隔溪斜对过，"唵啷唵啷"的一阵响。甄太太道："啊，敲锣哉？阿是警报来哉？"小弟站在山坡上，正是四面观望，摇手笑道："不是，不是，对面王家把一只破的洋铁洗脸盆，丢到山沟里去。"他虽然这样交待着，对门邻居袁家，小孩子们哄然地由屋子里跑了出来，叫道"空袭警报，空袭警报，敲锣了！"李南泉摇摇头道："这真弄成了风声鹤唳，草木皆兵。这空袭对于人民心理上发生的作用，实在太大了。"李太太苦笑了一下。甄太太牵着她的手，抖了两抖，笑道："骇得来。"吴春圃笑道："回去罢，管他挂球不挂球。想安全的朋友，马上可以带了东西，到防空洞里去等着。反正每日总有这么一趟。"他说着，缓缓地走下了坡子。李南泉和小弟，也都走下来，李太太道："这大太阳，在山坡上守着红球，那不是办法。过一二十分钟，我们可以轮流来看一次。"李南泉笑道："我以为你真放弃了看守红球的计划，原来你还是要十几分钟来一次。"甄太太咬着牙摇摇头道："俚是大意勿得格。"大家在不断的虚惊之下，倒反是笑着各走回家去。李南泉在这时候，读书写字，他都感到不能安帖，便索性和太太闲话，把昨天晚上的事，详细地报告了一遍。她在靠门的椅子上坐着，笑道："原来有这些缘故。若是你回来就告诉我，免了许多误会。"李南泉道："若是我到现在还不告诉你，岂不是还在误会着吗？"她笑道："你又凭什么不告诉我呢？"说着她顺手一带门，却有阵呜呜的声音。她突然站起来道："这回可真放了警报了。"

李南泉笑道："你忘了一个笑话。我们在南京乡下住着的时候，听到磨坊里的驴叫，以为是紧急警报。现在空袭的警报，也不是……"李太太也听出来了，忽然笑起来道："真是草木皆兵。这是门角落里的蚊子群，让我惊动了。"李南泉笑道："我们可以稍安毋躁了。现在有月亮，可能是敌机下午来，连着晚上的空袭，干脆，我们早点儿吃午饭。饭后，睡一场午觉，到了晚上，我们打起精神来进防空洞。"李太太笑道："真闹得不成话。我们现在一天到晚，都是在挂心警报。我也想破了，不理他，照样做我的事。"说是这样说了，她却跑到后面的屋子里，在枕头下摸出一只手表来看了看。这手表还是战前三年的储藏品，轮摆全疲劳了，一年至少得修理两次。新近是刚刚修得，所以还在走着。她看了看表，笑道："才到十点钟。"李南泉在外面屋子哈哈笑道："你说不挂心警报，可是说完你又去看表了。看表又有什么用，只有求天下场暴风雨，把起飞的敌机，全数刮到长江里去。"李太太笑道："我不否认我是个饭桶。可是，不承认作饭桶的人，也很少法子，对付敌人的空袭，单说献机运动，我出过多少次钱，我那钱究竟在那架飞机身上我猜不出来，也许，那钱变成了外汇之后，冻结在美国。"李南泉笑道："你说这话是太乐观了。不过，我也不悲观，报上登着，德国出动飞机，一来就是两三千架。他也没有把小小的英伦三岛炸服。日本一来百把架飞机，这样大的中国，那是摇撼不动的。"

窗子外吴春圃笑道："我以为谈警报的人，不一定是胆小。谁不怕死？只有那些心里怕警报口里说不怕的人，那才是虚伪呢。"李南泉坐在屋子里，已开始工作，伏在桌子上写字。他听了邻居的话，倒有些感想，觉得大家全是把警报这问题放在心上，实在不妥。也就不向窗子外答话了。在大家心境的不安中，拖过了正午，村子里的人家也就开始煮饭。吃午饭的时候，看到那些未雨绸缪的去躲空袭的人，又成串地回来。有人在山路上笑道："还是你们胆子大的人好，免得来回地跑。千万可别我们到了家，球又挂起了。"李南泉坐在饭桌边摇摇头道："真是弄得人食不甘味。"李太太也只是笑笑。吃过了午饭，已经是两点钟。照着往回空袭的时间而论，已将近解除，因此大家心里就宁帖些，一直到傍晚，都没有任何空袭的象征，大家更是心情轻松了。不过这已是阴历十一，太阳一沉过了山头，那像把大银梳子似的新月，已横挂在天空，夏季来乘凉的人，抬头看到月亮，就会谈到空袭。因此，为着这月亮特别的明亮，没有一片云彩配合，大家的心情又紧张了两小时。终于是平安无事地月亮西斜，算混过了一天。因为有这一天的轻松，次日早上，大家有些恢复原状，没有做什么急迫的准备。李南泉照普通的生活，喝一杯热茶，吃两个冷烧饼。刚刚从事早餐，甄家的小弟，在隔溪人行大路上，就高声大喊道："挂了球了。"这回是真的挂了球了，李太太正清理着几件衣服，预备拿去洗，这就站在屋子里呆了一呆。

李南泉笑道："发什么呆？兵来将挡，我们预备走罢。"她道："我倒不是害怕。你看，今天的警报，来得这样早，免不了又是一整天。"李南泉道："你说罢，今天是躲村口上这个洞子，还是躲山那边的公共洞子？"李太太道："村口洞子自由一点，公共洞子空气好一点，消息也灵通一点。"李南泉低头想了一想，因道："我看还是躲公共洞子罢。第一，是我不愿意在那漆黑的洞子里闷坐；第二，我也愿意看看公共洞子里的紧张场面。"李太太道："怎么着，你还要看看紧张的场面吗？"李南泉笑道："但愿没有紧张场面就好。不过我总得向这条路上去防备。你赶快去收拾东西罢。"这样交待了，大家也就来不及多说话，立刻分手去办理逃难事务。好在吃午饭的时候还早，大家也不必顾虑到吃的东西。在十分钟之内，大家都把事情预备好了。李太太带着孩子，提了包袱，王嫂抱了小妹妹殿后，一同出门。李南泉笑道："今天我决计陪你们躲一回公共洞子，我等放了紧急警报才走。先在家里坐镇，你们有什么要我办的没有？"李太太道："公共洞子里嘈杂得厉害，你还是去游山玩水罢。"她还想交待什么话时，半空里已是传着呜呜的空袭警报声，李南泉道："你们走罢，随后我就来。"说着，接过太太手上的包袱，一直提着在先走，送到屋角上山坡的路头。这条路是不大有人走的，这时也是三三五五，拉长了一条线，沿着山坡向前移动。再回头看山溪对岸的那条人行路，也拖了半里路的长蛇阵，李太太道："你看，今天又很紧张，你快走罢。"

李南泉点点头道："大概今天不躲的人是很少。你们放心去罢。赶得及时的话，我一定到公共洞子里来。赶不及，我向山后走，走一截躲一截。"李太太接过他手上的包袱，又握着他的手道："你可要躲，不是闹着玩的。"小玲儿也指着她爸爸道："不是闹着玩的。"李南泉看了她那肉包似的小手，指头像个王瓜儿，他就乐了，摸着她的小手亲了个吻。李太太皱了眉头道："你倒是全不在乎，这时候还有工夫疼孩子。走走走。"她落在后面，催了孩子们走。李南泉回转身来，到屋子里周围看了一番，把躲警报的旅行袋提着。先锁起了屋子门，然后到厨房去看看。见土灶里还有些火星，在水缸里接连舀了两概水将水泼熄，又伸头对左右邻居的厨房看看。见吴家灶外，还有两概焦木柴，放在地上兀自冒着青烟。好在他的厨房门没锁，就进去，也用水将柴头泼熄。走出厨房来，遇到吴春圃。他问道："还有火吗？"李南泉道："我已经给你泼熄了。"吴春圃道："劳驾劳驾。我是走到半路上，想起来了，不得不回来看看。过去重庆有好几次发生这事情，大家全去躲警报，屋子里留下火种，起了火是关着门烧。我们住的又是草房子，危险性更大。李兄，走罢，今天那个洞子里都客满。往后山去的人，也是随处都有。你要找个清静而又安全的地方，非跑出去五六里路不可。再过十分钟，恐怕就要放紧急了，迟了你来不及跑。"李南泉道："我今天躲公共洞子了，帮太太照应照应孩子。"说着由走廊经过自己家门口，不知是何缘故，有点放心不下，将锁打开，重新进家去看看。

他到了屋子里，周围看看，一切安静如常。外面屋子里看了一看，又到里面重新检点了一次，实在没有什么令人不放心的地方。四周看过了，再又对地下看看，这算是发现了，地下有两概纸烟头，将纸烟头捡起来看，那不但是烟头上没有火气，而且烟质还是潮的呢。他扔在地面将脚乱踏了一阵，方才在谨慎检查的情形之下，反锁了屋子门出去。就是这样几分钟，环境是整个地变了，耳朵里一丝声音没有，左右邻居，全不见一个人出来活动。就是人家屋顶上，也没有烟冒出来。溪对面大路上，除了偶然有个防护团丁走过，也是没有人迹。早晨算已过去的太阳，现在变了强烈的白光，照得大地惨白。对面竹子林，叶子微微颤动着，正望着那竹子有点出神，却见两三只小鸟，闪动着尾巴，在竹枝上站着。这也就越显得这宇宙整个儿沉寂着过去了。他忽然省悟着，要走就走，这还等什么。于是拿了旅行袋子，踏上了屋角后的山坡，向公共洞子走去。这公共洞子，是重庆郊外的一个名胜区。山峰脚下，山头凹进去一个房屋似的大洞。裂口的山崖，像很宽大的屋檐，在上面盖着。洞前是幢庙，庙也有两进。洞里是越深越窄小。四周玲珑的石乳，在壁上高高低低突出。随着大洞外的小洞，雕上了很多的佛龛。自经了两三年的空袭，这里更布置得周密，在洞口上将沙包堆得像山似的，挡住了空隙，沙包和石壁相连的地方，也辟了个洞门，躲警报的人，就由那里走进去。

李南泉翻过那个山头，就是公共洞子外的庙宇。这庙宇的两重佛殿，都已自行拆除，佛龛兀立在露天下。来躲警报的男子们纷纷站在无顶殿中闲话。也有几个贩卖零食的人，挽了个篮子，坐在阶沿上，等候买卖。这些避难的人，不是镇市上的，就是村子里的，大半都认识，彼此看见，都点点头。有人还笑问道："李先生今天也加入我们这个团体？"他笑道："天天躲清静警报，今天也来回热闹的。"有个老人立刻变了颜色道："这是什么话？糊涂！"看这老人，胡子都有半白了，李南泉可不能和人家计较。只是付之一笑。走进了沙包旁边的小侧门，那大山洞里，倒是洋洋大观，不问洞子高下，矮凳上，地面上，全坐满了。人不分阶级，什么人都有。这些人各自找着伙伴谈话。大家的谈话，造成了一种很大的嗡嗡之声。仿佛戏院里没有开戏，满座的人都在纷乱中。他站着四周望了一遍，并没有看到自己家里人。这洞子是个葫芦形，就再踏上几步台阶，走进了小洞子。这里约莫是三丈宽，五六丈深，随着洞子，放了四条矮脚板凳，每条凳子上，都像坐电车上似的，人挨人地挤着。在右边的洞壁上，有机关在洞中凿开的横洞，门是向外敞着的，每个洞口两个穿制服的人把守着。他想太太为了安全起见，也许走到这洞子里去了，可是自己并无入洞证，是犯不着前去碰钉子。再向里走，直到洞子底上，有个小佛龛，前面摆着香案。便是那香案，也都有人坐着。依然不见家里人。他正有点犹豫，以为他们全挤到洞子外面去了。小玲儿却由佛龛后面转了出来，向他连连招着手道："我们全在这里呢。"

看那佛龛后面，正还有个空档，便笑道："你们真是计出万全，一直躲到洞底上来了。"李太太也由佛龛角上伸出半截身子，向他招招手。他牵着小玲儿走到佛龛后面看时，依然不是洞底。还有茶几面那样大一个眼，黑洞洞的，向里伸着。这里的洞身，高可五六尺，大可直起腰来。宽有四五尺，全家人坐在小板凳子和包袱上，并不拥挤，李南泉向太太笑道："你的意思，以为藏在这里，还可以借点佛力保佑。"她笑道："我什么时候信过菩萨？这不过是免得和人家挤。别人嫌这个地方黑，又没有周旋的余地，都不肯来，人弃我取，我就觉得这里不错。坐着罢。"说着，把一个旅行袋拿了出来，拍了两下。李南泉站着，周围看看，并没有坐下，在身上取出纸烟盒子和火柴来，敬了太太一支烟。她笑道："我看你在这里有些坐不惯，还是到山后去罢。"李南泉还没有答复，却听到洞外"呜嘟嘟"一阵军号声，李太太道："紧急紧急。"早是轰然一声，在庙外的人，乱蜂子似的，向洞子里面拥挤着进来。原来洞子上下已是坐满了人。现在再加入大批的人，连站的地方都没有。原来这佛龛转角的所在，还有些空地，现在也来了一群人，塞得满满的。同时，在洞子里嘘嘘地吹着哨子，继续着有人叫道："不要闹，不要闹。"果然，这哨子发生很大的效力，洞子里差不多有一千人上下，全是鸦雀无声地站着或坐着。也不知是哪个咳嗽了一声，这就发生了急性的传染病，彼起此落，人群里面，就发生着咳嗽。突然有个操川语的人道："大家镇定，十八架飞机，已经到了重庆市上空。"

这个报告，把大家的咳嗽都吓回去了。可是也只有两三分钟，喁喁的细语声，又已发生。尤其是去这佛龛前不远的所在，矮板凳的人堆中间，坐着一个中年妇人。她身旁坐了个孩子，怀里又抱了个孩子。那最小的孩子，偏在人声停止、心里紧张的时期，哇哇地哭了起来。"不许让小孩哭！"那个妇女知道这是干犯众怒的事，她一点回驳没有。把那敞开的现成的衣襟，向两边拉开，露出半只乳，不问小孩是不是要吃，把乳头向孩子嘴里塞了进去。抱着孩子的手，紧紧地向怀里搂着。可是那个孩子偏不吃乳，吐出乳头子来，继续地哭。这就有人骂道："哄不了小孩子，就不该来躲公共洞子，敌机临头，这是闹着玩的事吗？你一个小孩子，可别带累这许多人。"那妇人不敢作声，把乳头再向孩子嘴里塞了去。不想她动作重一点，碰了大孩子，大孩子的头碰了洞壁，他又哭了。这可引起了好几个人的怒气，有人喝道："把这个不懂事的女人轰了出去，真是混蛋！"这位太太正抱着小孩子吃乳，又哄着大孩子说好话呢。听了这样的辱骂，她实在不能忍受，因道："轰出去？哪个敢轰？飞机在头上，让我出去送死吗？"紧靠了她，有位老先生，便道："大嫂，你既知道飞机在头上，就哄着孩子别让他哭了。敌人飞机上有无线电，你地面上什么声音他听不到？孩子在这里哭，他就发现这里是防空洞了。"李南泉听了这话，却忍不住对了太太笑。李太太深怕他多事，不住向他摇着手，而且还摇了几摇头。

在若干杂乱的声中，防护团走向前，轻轻喝道："啥子事，大家不怕死吗？小娃儿哭就怕飞机听到，你们乱吼就不怕飞机听到吗？"他说着，在制服袋里，掏出个大桃子，塞到那大孩子手上，弯了腰道："悄悄地，歇一下，我再拿一个来给你吃。"那大孩子有了这个桃子，立刻就不哭了。吃乳的孩子，竟是在这混乱中睡着了，一场危险，竟然过去。那团丁横着身子在人丛中挤了进来，自然还是横了身子挤了出去。当他在人丛里，慢慢向外拖动身子的时候，自不免和他人挨肩叠背。在这里，他发现了面前站着一个下江人，戴了眼镜，便瞪了眼道："把眼镜拿下来。"那人道："戴眼镜也违犯规则吗？新鲜！"团丁听这话，就在人丛里站着，望了那人道："看你像个知识分子，避难规则你都不懂得，镜子有反光，你晓不晓得？"这个说法，提醒了其他的避难人，好几个人接着道："把眼镜拿下来，把眼镜拿下来！"那人道："眼镜反光，我知道，那是指在野外说，现时在洞子里，眼镜向那里反光，难道还能够穿透几十丈的石头，反光到半空里去吗？那我这副眼镜倒是宝贝。真缺乏常识。"于是好些人嘻嘻一笑。五个字批评和一阵笑，团丁如何肯受，越发地恼了，喝道："你不守秩序，你还倒说别人缺乏常识，你取不取下眼镜来？不取下，我们去见洞长。"那团丁的话音，也越来越大，又引着其他两个团丁来了，难友们有认识这人的，便道："丁先生，这是小事。你何必固执？"丁先生道："并非我固执，我的近视很深，我若没有眼镜，成了瞎子，在这人堆里，把头都要撞破。"

大家听了这话，又看到那副近视眼镜，紧贴地架在鼻子上，实在觉得他取下了眼镜，那是受罪的事，又笑了起来。那位丁先生心生一计，在袋里掏出一方手绢，向眼睛上罩着。嘴在手绢里面说着话道："这样子，行不行？我隔了手绢还看得见，而各位也不必怕我的眼镜反光。"这就连那三个团丁也带着笑挤走了。然而眼镜的问题方告一段落，左佛龛前，又有两起口角发生。一起是两位女客为了手提箱压在身上而争吵。一起是坐的板凳位子，被人占了，一个老头子和一个中年男子汉争吵。人丛中虽也有人调解，那口角并不停止。这个洞子，里外两大层，口角声，调解声，谈话声，又已哄然而起。李南泉默然地坐在神龛后，向太太道："这里的秩序，怎么这样坏？"她道："敌机不临头，总是这样的。人太多了，有什么法子呢。"李先生还想问话，只听"嘀哩哩"一阵哨子响，这又是警报的信号。果然，耳根子立刻清静，任何的嘈杂声都没有了，约莫静了三、四分钟。有人操着川语报告道："敌机二十四架。在瓷器口外投弹。我正用高射炮射击，现在还没有离开市空。"这时，仿佛有那飞机群的轰轰轧轧之声在头顶上盘旋，所有在洞里的人，算是真正静止下来。成堆站着的人，都呆定了，坐着的人，把头垂下去。每个母亲紧搂着她的小孩子。所有的小孩子也乖了，多半是业已睡着，睡不着的，也是连话都不说。李南泉把小玲儿搂在怀里，不住地用鼻子尖去嗅她的小童发。

在成千人的呼吸停顿中，什么声音都没有。约莫是五六分钟，却听到有人报告道："敌机已向东逸去，第二批飞机，在巴东发现。现在大家可以休息一下。"在这个报告完毕以后，洞里的避难者，就复行纷纷议论起来。有些人也就缓缓地挤出洞子去，在佛龛面前也就留出了个大空档。这是重庆防空洞的新办法。原来自发生了大隧道惨案以后，当局感觉长时期的洞中生活，那是太危险的事。因之，在敌机已经离开市空的时候，宣布休息。所有警报台挂警报信号球的地方，却挂上两个红球，等于空袭警报。凡是洞子里的人全可以到洞外站站。李太太向李先生道："这个洞子生活，你是不习惯的。趁着这个机会，你由这庙后的小路到山后去罢。"李南泉道："我既到这里来了，就陪着你在洞里罢。我看今天的秩序太乱，我在这里帮着你也好些。"李太太笑道："今天秩序太乱？哪天也是这样。你就不到山后去，在洞子口上站站，和熟人聊聊天也好。"李南泉摇摇头笑道："我觉得很少有几个人可以和我谈得拢。"说着，站起来牵牵衣服，走到佛龛前站了一会。又在身上掏出纸烟盒子来，靠了佛龛桌子，缓缓地吸着烟。忽然之间，洞子外的人向里面一拥，好像股潮浪。李南泉也只好向后退着，退到神龛后面来。但听到那些人互相告诉着道："球落下去了。"因为这些人来势的猛烈，把那佛龛的桌子角，都挤着歪动了。李太太赶快搂着孩子，把身子偏侧过去。李南泉也赶快抢过来，挡住了路口，以免人拥过来。

李太太道："不要紧的，不要紧的，落了球，照例有这么一阵起哄的，没有关系。"但是她虽这样说了，李先生还是不肯放松那把关的责任。约莫是五、六分钟，那哨子又"嘘哩哩"地吹了一阵。这才把那惊动蚊子堆的声音平定下来。大家静悄悄地坐着，什么响声也没有。李南泉挤回神龛后面，搂着小玲儿坐在旅行袋上。她虽是站着，头靠在爸爸怀里，已经是睡着了，他抚摸着小女儿的手，一阵悲哀，由心里涌起。他想着，这五岁的孩子，她对人类有什么罪恶？战火，将这样天真无知的小孩子，一齐卷入里面。这责任当然不必由中国人来负。只要日本人不侵略中国，中国人不会打仗。可是中国人要是早十年、二十年伸得直腰来，也许日本人不敢向中国侵略。由此他又想到那些侵略国家了。无论军力怎样优势，侵略别人的国家，总要支出一笔血肉债的。用血肉去占领人家的土地，出了血肉的人，算是白白牺牲，让那没有支付血肉代价的人，去作胜利者，去搜刮享受，这在侵略国本身，也是件极不平的事。他慢慢地想着也就忘了是在防空洞里了。忽然有人大声报告着道："敌机十八架，在化龙桥附近投弹，现在已向东北逸去。第三批敌机，已经过了万县，大家要休息，可以出洞去透下空气，希望早一点回到座位上，免得回头又乱挤一阵。"报告过，洞子里又是哄哄一阵响起，有些人也就陆续地挤出洞子去。李南泉听说第三批敌机已过万县，根本也就不打算走，依然坐着。

　　果然，不到十分钟，又是哨子叫，又是人一阵拥进。紧张了二十来分钟，经过洞中防护团员的报告，敌机群已东去，敌人的行动，倒不是刻板不动的，这次是四、五两批，同时扑到重庆市上空，而且敌机数目也减少了，各批都是九架。防护团员报告过，最后带了一点轻松的语调叫道："大家注意，今天敌机硬是滥整，第三、四批后面，还有几批。不过第五批是刚刚过巴东，要是有人想吃晌午饭的话，回家去吃点饮食，还来得及。"避难的洞中人，自然也就陆续地出去了。可是李家这家人，藏躲在洞子的最里，像听戏的坐前三排似的，散戏之时，非等着后面的人走了过半数是走不出去的，而坐防空洞的人，除非解除警报，却不能像散戏那样都走。有些人怕变生不测、有些人家又住得远、有些人扶老携幼，虽是知道敌机还远，大家也坐着不走。这只有人丛当中，让开了一条缝，让大胆的出去。李先生便道："这个样子，今天又是一场整日工作，现在已经两点钟了，孩子们可不能久饿，我去找点吃的来。"王嫂道："家里有冷馒头，菜没得，我抢着去买两个咸蛋来，要不要得？"李太太笑道："少舒服一点罢。而且街上的铺子也关了门。冷馒头就好。"李南泉也不考虑，起身就走。

他以五百米跳栏竞赛的姿势，由庙门口转入山后，一口气奔回家里。直待走到草屋廊檐下，才停住了脚。向山下镇市上看去，见树木丛中，乃一枝挺立出来的旗杆上，兀自挂着红滴滴的两个大球，右手撑了屋角，左手掏起保护色的蓝布大襟，擦着额角上的汗。口里喘着气，向山溪对岸大路上望去。见吴春圃先生也是开了快步子向家里走，便问道："吴先生也是回来办粮的？"他抬起一只手，在空中摇摆着道："不忙，不忙，那批敌机，还没有过万县。我们镇定一点。还得留着这条老命，和敌人干个十年八年呢。"李南泉站了两三分钟，喘过那口气，开着屋门，将冷馒头找到，又到厨房里去寻找了一阵，实在没有什么小菜，仅仅有半碗老倭瓜，已经有了馊味。另外有个碟子，盛了几十粒煮的老豌豆。他想到孩子究不能淡食，这盛豌豆的碟子底上，盐汁很浓，于是找了张干净纸，将豌豆包了。回到屋子里，找了个小旅行袋，将冷馒头装着，没有敢多耽误立刻回转身来就向防空洞走去。可是吴先生在后面拦着了。笑道："李兄，不要过分紧张，我们还是谈笑麾敌罢。"李南泉回头看时，他并没有带什么熟食品，手里提着一串地瓜。这个东西，产生于川湘一带。湖南人叫作凉薯。它的形状和番薯差不多。它是地下的块根，和番薯也是同科。不过它的质料很特别，外面包着一层薄皮，在茎蒂所在，掐个缝将皮撕着，可以把整个地瓜的外皮撕去。薄皮里的肉，光滑雪白，有些像嫩藕。若把它切了，又像梨。吃到嘴里脆而且甜，水津津的。可是它有极大的缺点，有带土腥气的生花生味。

李南泉看到，便问道："吴先生，这就是你们躲警报的干粮吗？"他将提的地瓜举了一举，笑道："日本人会对付我们，我们也就会对付日本。他轰炸得我们作不成饭，要多花钱。我就不作饭，而且也就不多花钱，我也会把肚子弄饱。李先生对这玩意怎么样，来两个？"李南泉摇摇头道："到四川来，人家初次请我吃地瓜，我当是梨，那土腥味吃到嘴里，似乎两小时都没有去掉。不过你这分抗战精神，我是赞同的。"吴先生提了地瓜，随了他后面走着，走一截路，就看看那旗杆上的红球。直走到了公共防空洞口，吴先生忽然笑了起来道："我这人喜欢谈话大概世无其匹。我只顾和你谈着，忘记我是干什么的了。我躲的是第二洞，我跑到这里来了。"说着扭身转去。李南泉看了这位先生的行为，也不免站着微笑。后面却有人问道："李先生也去办了粮草来了？"看时却是杨艳华提了一只篮子，开始向洞子里走。看她篮子里，有饭有菜，而且还有筷子碗，因笑道："你们躲警报躲得舒服，照常吃饭。"杨艳华道："我们是天天晚上预备着，现成的东西，警报来了，拿起就走，我躲在第二洞，王少亭和胡玉花在这里，我送来她们吃的。李先生袋子里是什么？"他笑道："惭愧，我一家人全啃冷馒头。不过这已可满意了。那位吴先生刚过去，你没有看见吗？提的是十来二十个地瓜。"杨艳华伸手到篮子里，拿了两个咸鸭蛋，交给他道："拿去给弟弟妹妹吃。"李南泉依然放到她篮子里去，因道："这就太不恕道，有了我的，没有两位小姐的了。"杨艳华道："她们还有榨菜炒豆腐干呢，大家患难相共，客气什么？"

他们这么一客气，身后有人插话了。她道："到洞子里去谈罢。"杨艳华立刻叫了声师母。正是李太太赶出洞子来了。李南泉道："杨小姐一定要送我们孩子两个咸蛋，那是送胡小姐、王小姐吃的，我们怎好半路劫下来呢？"李太太接过先生手上的旅行袋，向杨艳华道："杨小姐，我们躲在洞子最后面，来找我们呀。"说着在前面走了。李南泉看太太的脸色，并不正常，就不再和杨艳华谈话，跟着挤到洞里面来。李太太坐下，分着冷馒头给孩子吃，并不说话，李南泉笑道："你又怪上我了。"她冷笑一声道："你这人叫我说什么好？挂着两个球儿呢，回家去了这久，我真急得不得了。若是球落下去了，你正在路上走着……你看，为了要东西，让你冒着这大危险，我心里真过不去。谁知道你倒没事，站在外面和杨艳华闲聊。若不是我出去，不知道要情话绵绵到什么时候。"说到"情话绵绵"也扑哧一声笑了。李南泉道："我就是一百二十分不知死活，我也不会在这个时候和她说情话吧？真是巧，她和我一客气，你就到了。女人的心里总是这样，不能让她先生……"李太太塞了个冷馒头在他手上，低声道："吃罢，你也饿了，这是什么地方，你说这个。"李南泉见她用剿抚兼施的手段，直摸不着她是怒是喜。她对于杨艳华的接近，一直是误会着，自己是大可避开这女子。说也奇怪，一见了她，就不忍不睬人家。太太也是这样见了她也就软化了，总是客客气气地和她说话。

这个女戏子，真有一分克服人的魔力。想到这里，他也自笑了。李太太道："你想着什么好笑？"他道："回家慢慢地告诉你罢。我想，将来抗战结束了，这防空洞里许多的事情，真值得描写。"李太太摇摇头，她的话还没有表示出来，人丛中又是一阵哨子响，又是一阵人浪汹涌，接着声音也寂然了。这次敌机的声势来得很凶，只听到嗡嗡的马达声就在洞顶上盘旋。这洞是很厚而很深的。飞机声听得这样明显，那必然是在洞顶上，有人嘘嘘地低声道："就在头顶上，就在头顶上。"有人立刻轻喝道："不要作声。"李南泉向神位外看去，见站着的人，人靠着人，全呆定了，坐的人，低了头，闭上了眼睛。遥遥又是轰通轰通两声，不知道是扔炸弹，还是开了高射炮。靠着这神案前，有个中年汉子，两手死命地撑住了桌子，周身发抖，抖得那神案也吱吱作响。大家沉寂极了，有一千人在这里，好像没有人一样，一点声音没有。看看自己太太，搂着女儿在怀里，把头垂下去，紧闭了眼睛。越是大家这样沉寂，那天空里的飞机声，越是听得清楚。那嗡嗡之声，去而复还，只管在头上盘旋。李南泉看到太太相当惶恐，就伸手过去握着她一只手。这很好，似乎壮了她的胆。她将丈夫的手紧紧地握着。李南泉觉着她手是潮湿的，又感到她手是冰凉的。但不能开口去安慰她，怕的是受难胞的责备，也怕惊动了孩子，只有彼此紧紧地握着手，好像彼此心里在互相勉励着：要死，我们就死在一处。也不知道是经过了多少时候，那飞机的声，终于是听不见了。铃叮叮的，有阵电话铃响。大家料着是报告来了，更沉静了等消息。

　　这个紧张的局面，到了这时，算略微松一点。那接电话的地方，本在大洞子所套的小洞子里，平常原是听不到说话的，现在听到接电话的人说：“挂休息球，还不解除，还有一批，要得，今天这龟儿子硬是作怪。”大家听了这话，虽知道暂时又过了一关，可是还有一关。只有互相看着，作一番苦笑。接着那个情报员，出来大声报告，刚才是炸了市区上清寺，正在起火。敌机业已东去，大家可以休息一下，李南泉放了太太的手，因道：“霜筠，我看你神经太紧张了，我们出洞子到山后去躲躲罢。”李太太把搂抱着孩子的手松开，理着鬓边的乱发，摇摇头苦笑着道：“不行。你知道敌机到了什么地方？万一我们刚出洞子，球就落下来了，到哪里找地方去躲？好在已到五点钟了。天色一黑，总可以解除。还有两个多钟头，熬着罢。"李南泉道："我摸你的手冷汗都浸得冰凉了。你可别闹病。"李太太道："病就病罢，谁让中国的妇女都是身体不好呢。"他夫妻二人说话，神龛外面一位四川年老太太，可插上嘴了。她道："女人家无论做啥子事，总是吃亏的，躲警报也没得男人安逸。那洞口口上有个你们下江太太在生娃儿，硬是作孽。"李太太"呀"了一声道："那不要是刘太太吧？他先生不在家，她还带着两个孩子呢，我看看去。"李南泉知道这也是太太牌友之一。这刘太太省吃俭用，而且轻重家事，一切自理，就是有个毛病，喜欢打小牌，一个苦干的妇女，还有这点嗜好，容易给人留下一个印象。而这疏建区有牌癖的太太们也就这样，认为她是个忠实的艰苦同志，非常予以同情。因此李先生并不拦着太太前去探视。

李太太由人丛中挤了出来，这倒不用问，大家争着说，有一位太太在生孩子。随了人家传说的方向，出了洞子葫芦柄的所在，看到前面洞身宽敞之处，许多难民的眼睛，都向右边洞壁下张望着。顺了人家眼光看去，石壁有个地方凹进去一点，在前面放了两张椅子，椅子背上搭了个旧被单。被单外面，居然有个尺来宽的空当，没有人挤。就是有人坐着，空当外也是些太太和老太婆，围坐了半个圈。李太太知道那必是刘太太的"产科医院"了。走到被单外面，问道："是刘太太吗？你两个孩子呢？"刘太太在里面哼着道："孩子让朋友带走了。我托人雇滑竿去了。可是这警报时间，哪里去找滑竿？"李太太证明了这是刘太太，这就由被单下面钻了进去，见刘太太面色苍白，半坐半睡地在地上。地上仅仅一件旧蓝布大褂垫着，是她身上脱下来的。这时，她身上只穿了件男子的对襟褂子，想必还是临时借来的。她头发蓬松着，还有两缕乱发纷披在脸上，她将左手扶了椅子，右手撑着地面，抿了嘴，咬了牙，似乎肚子疼得厉害。李太太低声道："这个地方，怎样能生产？隔层布是整千的人，而且连个转身的地方都没有。你有什么要我帮忙的吗？"刘太太咬着牙连哼了几声，微微地摇着头。李太太道："这个样子，就是把滑竿找了来，你也不能坐上去。"正说着，一位老太太奔过来，扶了椅子背，由被单上面看下来，因道："满街店铺全关门的。找着洞口子上几个乡下人，说是多出钱，请找副滑竿来。他们听说是抬产妇，全不肯抬。"刘太太道："这样罢。王老太太，还有位李太太，搀着我到洞外山上去生罢。"

李太太道："那不行，敌机来了，怎么办呢？若是你在那机关小洞子里想不到办法的话……"她的话，还不曾说完，刘太太忽然咬着牙站起来，摇摇头道："不行，我要生了。"李太太道："那么，我让这老太太帮着你，我再去找两位太太来罢。"她扭身走着，在人丛中找到两位女友，可是当她走回来的时候，那被单里面，已经有着哇哇的哭声了。那被单外面围坐着的人，皱着眉头，各自闪开。恰好在这个时候，情报员吹着哨子，告诉人敌机又已临头。去洞子外休息的人，可不问这些，一股潮浪，向里面涌了进来。闪开的人，和涌进来的人也两下一挤，李太太和邀来的两位女同志，全已冲散。李太太没有力量可以抵抗这股人浪，好在是站在人浪的峰头，就让他们一冲直冲到洞底神龛面前来。李南泉一听到哨子响，就知道情势严重，将几个孩子交给了王嫂，前来迎接，看到李太太撞跌着过来，赶快伸着两手，将她撑住。然后挤了身子向前将她挤转到身后。李太太到了神案边上，将身子缩下，由神案下钻到佛龛后面，才算是脱了险境。李南泉在人丛中支持了两三分钟，把脚站定。伸手扶了神案，要转到后面去。却看到右手五个指头沾遍鲜血，仔细看着却是两个指甲被挤翻断了。大概是扯出太太来的时候，受的伤，这也没工夫来管它，也是由神龛案下钻进了后面，才算定神。他将左手把右手两指紧紧捏着，不让它继续出血，此外却也并无别法。所幸这次空袭，敌机并未临头，洞子里的空气，比较安定一点。

这一场紧张场面，时间也不怎样久，大概是三十分钟。由情报员的报告，敌机分批东去。但巴东方面，还发现有三架敌机西来，依然没有解除警报的希望。这时天色已经昏黑了。部分难民，听说只有三架敌机，而且快要天黑了，就陆续回家。李南泉向太太道："由早上八九点钟起，直到现在，快是十二小时了，仅仅是吃两个冷馒头，"说着，他"哎哟"了一声，笑道："我在家里曾用纸包了几十颗煮豌豆，我忘了拿出来了。"说着，在衣袋里摸索那个小纸包。二个孩子就不约而同地伸出了手来，李南泉笑道："你们算是不错，赶上了这个大时代。我来配给一下。"于是透开那纸包，将煮的几十粒豌豆分作三份。用三个指头撮着，各放到小孩子手掌心里。李太太皱了眉道："别孩子气了。我实在支持不住了，回去罢。我想在乡下，夜袭不大要紧，真是敌机临头，屋后那个洞子，总也可以钻钻。"说着，手扶了洞壁，缓缓地站了起来。王嫂首先将小玲儿抱着，因道："今天若是不躲，也没得事。日本鬼子，他把炸弹炸茅草棚棚，啥子意思，炸弹不要本钱喀？"李南泉笑道："大家都有经验了，你都能发挥这套议论，好，回去。"于是他牵着两个男孩，作螃蟹式的横行，由人丛中走出去。在庙门口坡上，正俯瞰着街市上的那警报旗杆。暮色苍茫中，旗杆上的两枚红球里面亮起了蜡烛，越是显得惨红。看到这东西，就让人心里，立刻泛出了一种极不愉快的观念。绕着庙边的山路走，看到山谷里没有了反照的阳光，已是阴沉沉的，而抬头看去，大半轮月亮，却因天色变深灰，便成了半边亮镜。

大家看到了月亮，都有同一的感觉，就是她不是平常给人那种欣赏的好风景，而是带来一种凄惨恐怖的杀气。大家走一阵就抬头望望。李太太道："唉！月亮，老早的就驾临了。敌人的空袭，还不是继续到深夜，甚至到天亮。天亮，明日的空袭又来了。老天爷这两天来个连阴天罢。整日整夜，真……"她这句话不曾说完，在深草的小路上，踏着块斜石头，人向草边一倒。李南泉笑道："你刚说了句没出息的话，希望老天爷下雨，老天爷就惩罚着你了，你看还是大家艰苦奋斗靠自己罢。"李太太道："怎么靠自己呢？我们也不会造飞机，也不会造高射炮。"王嫂在后面道："我们找一个有道行的和尚，念起咒语把龟儿子日本飞机咒得跌下来。"李南泉哈哈笑道："还是你这个办法万无一失。"他们说笑着，走近了家。在屋檐下的吴先生问道："解除了吗？"王嫂道："又有三架飞机来了。哪里会解除？"吴先生道："我听到你们有说有笑，所以就这样猜想了。这有典故的，有道是空袭警报，吓人一跳；紧急警报，百事不要；解除警报，有说有笑。"李家一家走到了屋檐下，见吴先生又是拿了干手巾，伸到衬衫里面擦汗，同时，并咬着牙摇头。李南泉道："吴兄，准备罢。敌人在广播里说了，要空袭重庆十日十夜，不让我们解除警报，我看这趋势，大有可能。我们不能不作个永久坚持的办法。"

大家说着话，不曾得个结论，却听到警报器的呜呜之声，在空中发出。吴先生道："也该解除了。"大家经过这一日夜的疲劳，都也觉着松了这口气。王嫂放下孩子，开着门，首先抢到屋子里去亮着灯火。然而，那警报器的声音，早已改变着呜呀呜呀急促的惨叫。大家都喊着紧急紧急。有几户人家本是亮着灯火的，立刻都已吹灭。吴春圃在廊檐下叫起来道："这就奇怪了。拉过紧急之后，照例不拉第二次的，既未解除警报为什么又拉紧急呢？"他这个问题，乡村的防护团丁在山溪那岸人行路上答复了。他走着路叫道："休息球挂的时间太久了，怕大家忘记，现在敌机来了，又拉紧急。诸位注意！"李太太本也带着孩子进了屋子跑了出来，抓着李南泉的手道："这怎么办？"李南泉道："山路晚上不好走，孩子们也受不了。就是走到公共洞子里去，也是秩序太乱。"一言未了，便有飞机的嗡嗡之声。三个孩子全跑了过来，围着爸爸站住。王嫂在廊沿外叫道："那是啥子家私？那山顶上好大个星罗。不是，不是，变大了，这个时候，还有人放孔明灯？"李南泉道："山那边是重庆，这是敌机到了市空丢下的照明弹。什么孔明灯！你们看，又是两个。"说着，向北方一排山头指去。

大家向他手指的所在看去，天空里有大小三个水晶球，大的有面盆大，小的也有碗口圆，而那东西不是固定的形态，慢慢地膨胀变大，它大了之后，晶光四溢，对面那个山头，相隔约莫五里路，照得树影清清楚楚，同时这亮球由三个加到七个，那半边天像挂了七个圆月亮。天空如同白昼。李太太道："扔下这么些个照明弹，地下什么看不出来？敌机快要投弹了，快躲罢。"她说着，向屋后山坡上跑，跑了十几步，却又跑回来。李南泉道："不要慌，镇定一点。照明弹是在重庆上空，并不是乡下。"说着，他一手抱着小玲儿，一手推着山儿白儿，说着："你们都跟我来。"他也顾不得高低踏着山坡上的丛草乱响，奔向屋后山坡。这里有个村里人自盘的防空洞，因为经费不足，半途而废。这洞子径深不过一丈多，借着崖石的坡度斜伸开了两个洞门，洞门是斜着向下，洞里蓄着潜水，出不去；洞底已是一个小井泉，洞口进去，就是烂泥。虽然山是很高的，因为这在斜坡上，洞顶的石头，就不过两三丈厚。村子里人既感到不保险，而且洞底又不能下脚，所以无人过问。洞门上的藤蔓，经过半个夏季纷纷的下垂，不到之处，有蜘蛛帮着封锁，洞门内外的蚊子嗡嗡地叫，人来了，更是哄然一声。李南泉已听到头顶的马达声，在呼呼狂叫，顾不得许多，冲开了草藤和蛛网，连抱带拖，把三个孩子，涌进了洞子。太太是牵着他的后衣襟，借了他的拉力向前跑。洞子是本来就黑，夜里更是什么都看不见。

在这里几位邻居，也同有此感，觉得这回夜袭相当厉害，一个跟着一个，都向这洞子里摸了进来。幸亏是甄家小弟，带得有手电筒，而且他还是非常内行，把手电筒直伸到洞口里面，方才给电光亮着。大家趁了这亮光，才看出了洞底下全是浮泥，大家都站在浮泥里面，那洞子的石壁，正是湿黏黏地向外冒水。吴先生一家人，差不多也挤进来了。但吴先生本人，却因压队的关系，还站在洞外。他叫道："没有关系，没有关系，这不过是照明弹吓人。李先生出来看罢，重庆市上空在空战。"李南泉既把家里人都送进了洞子，胆子就大了，扶着洞子门伸出头来，见那大半轮月亮，正当了头顶，眼前一片清光，吴先生站在洞子外平坡上，向北昂头望着那五六里外的山顶。这时，排在那边山外的照明弹，已只剩了两颗。在那两颗照明弹的外边，却有两串红球，向天空飞机射上来。那就是我们高射炮阵地里射出来的高射炮弹。敌机本是在照明弹上边，地面上并不能因为有照明弹的光，将它发现。但当照明弹已经熄灭了五个时，我们城四周的照测部队，立即向天空上放出了探照灯。天空上横七竖八，许多条直线的银虹，已作了三四个十字架，在十字当中的交叉点所在，就照出了一只白色的毒鸟。正好，那最后的两颗照明弹，突然变成了一阵青烟，光芒全熄。照明的灯光，格外明亮。高射炮的红球，又对了那白光的十字架里，连续地射出去几十颗红球。

　　李南泉看到这样精彩的表演，也就情不自禁地由洞子里慢慢走出来，和吴先生并肩站着。吴春圃见那射上去的红球，到了探照灯光线十字叉所在，就消失了，不住顿着脚，连叫"唉"字。因为那敌机一被探照灯找着，它立刻爬高，逃脱照射，我们高射炮的力量，射不到那样高，只好让敌机逃去。李南泉道："到底是让它跑了。虽然让它跑了，究竟比毫无抵抗要好得多。像白天敌机那样毫无顾虑……"吴春圃不等他把话说完，拉着他的手就向洞口跑来。他也是有着锐敏的感觉，觉得那敌机的声音，已临到头上。同时，那探照灯两条万尺长的白光，直向这村子顶上射来。两人抢进了洞里，见地面上已插了一枚土蜡烛。照见洞里的人，全是半低了头，站在烂泥里的。李太太低声道："你真是胆大妄为，外面空战那样厉害，你跑到洞外去看。多少人是看热闹出了毛病的。这点经验你都没有，快进来罢；里面有地方，站进来罢。"甄小弟把手上的电筒交给他道："里面是水坑，请李先生照着走。"他接过电筒，在人丛中挤到洞底，电光照着，果然是桌面大一坑水。这洞口另一个出口，却在水坑那面，并没有人过去站着。他想到这安全路线，应当探照探照。将手电筒，向水坑对面，逐节地照射着。白光射去，有条红白相间的花带子，在洞口石壁缝下蠕动，再仔细地照着，正是一条酒杯粗的花蛇，被白光照着，向外面屈曲着钻了去。他不觉"哎呀"了一声，连叫道："蛇！蛇！"

　　他这一声叫喊，早把全洞子里的人都惊动了。吴春圃连喊道："在哪里？在哪里？"他手上正拿了一根手杖，赶快就跑到洞子底上来。李南泉将手电筒向那边洞口紧紧地照着，却见那条花蛇缓缓地向外面蠕动。还有一条尾巴拖在洞里面。吴春圃拿了那手杖，跳不过水去，只将手杖头子，打着水哗啦哗啦地响。在洞里躲着的人，以为是蛇游水过来了，吓得跌跌撞撞，又向洞子外面跑。到了洞外，灯光和飞机声，都已消失，也就站着不动，及至吴、李二人也出来了，说明原委。大家知道蛇出来了，又是一阵跑。那吴太太扶着大的一个孩子，走一步身子歪倒一下，吴先生抢向前搀着她道："怎么回事？"她道："不行不行，我的腿软了，站不起来了。"大家听了都忍不住哈哈地笑。吴春圃道："还没有解除警报。大家就有说有笑了，这未免有点不合理论。"听着，大家又笑起来了。李太太已走回到屋檐下，因叹口气道："这实在太难了，站在外面，怕飞机炸弹，躲到洞子里去，又怕蛇。再有了警报，我们怎么办？"李南泉也带了孩子们走回来，笑道："不要紧的。我们那些人在洞子里，条把蛇有什么关系！"吴太太还是搀着她的大孩子，慢慢地摇摆着到了屋檐下，摇着头道："怎么着我也不进那个洞子了。"甄太太扶着一根竹棍子当手杖，站在屋檐角上，总有十分钟不曾说话，这才接着道："再要逃警报，我就吃不消。"说着慢慢蹲下去，坐在台阶沿的石头上。吴春圃道："有什么法子呢？吃不消也要吃得消呀。敌人在广播里说，这叫疲劳轰炸，要轰炸我们十天八天的，这还是第一天呢。"

甄太太道："别格罢哉。我们小弟早浪到格些晨光，还勿曾好好交吃一眼末事，阿要吃勿销？真格唔陶成。"她一急，急得一句普通话都没有了，吴太太和甄太太作邻居久了，相当懂得苏白。她以纯粹的山东腔接着道："俺说，甄太太，这个年头哇，死着比活着强咧。小孩儿他爹，中上就是捎了几个地瓜给小孩儿啃咧。他们吃多了，拉上稀咧，可糟咧糕咧。"李太太站在两位当中，听了这南腔北调的呼应，很是有趣，不由得笑起来。李先生道："你不怕了。"李太太道："我也想破了，愁死了白愁死了。作饭吃去。"她说着，刚是走了两步，那对溪人行道上，团丁操着川话叫道："是哪一家人在烧火？烟囱里烟冒起好高。朗个的？不怕死。不晓得敌机没有走远，熄火不熄火？不熄火给老子上警察局！"李太太站着道："不行，防护团丁，在村子里监视着呢。屋子里又不能点灯，坐的地方也没有。"吴春圃笑道："好月亮，坐在屋檐下赏月乘凉罢。我们不要不知足，在重庆城里的人，这时候，大概藏在洞子里还没出来罢？"说完，有好几个人叹着气，也就搬了凳子在露天里坐着。隔壁那位奚太太，隔了空地，向这边叫着道："喂！你们坐在那里挨饿吗？开水也当喝一杯。我有个新发明，你们听着，把木炭在小炉子里生火，可以作饭。既没有烟，敌机来了，一盆水就泼熄了。我总有办法，什么都难不倒我。"李南泉道："此法甚好，不愧足下有家庭大学校长之称。"奚太太笑道："那不是吹的，让我当防空司令，我也有办法。一个人总要脑筋灵活，才能适应这个大时代呀。"大家听了她高声自吹，虽没有作声，但她这个办法，倒是全都引用了。

在半小时内，由于大发明家、家庭大学校长奚太太的启示，大家都用了木炭生着小炉子火，开始做饭。在这半小时内，邻居们轮流去看球，倒始终悬着，并没有落下，又是半小时，各家的饭都熟了，有什么菜就作什么菜，至多是两碗，又是不能点灯的，各家将饭碗放在凳子上，人就站在月亮下面吃饭，却也别有风味。小孩都饥不择食，没有哪个为了饭菜简单而吃不下去的。李家饭后，大家还在月亮下坐着。吴春圃将新烙得的饼、卷了个卷子捏在手上，站在屋檐下吃。李南泉道："不错，吴先生还有烙饼可吃。"他道："只有这东西，作起来来得快。和着面就下锅去烙。"李太太笑道："吴先生吃得很香，卷着什么吃的？"吴春圃把手上的烙饼卷子一举，笑道："你猜不到，这是炒的芝麻盐。这个办法很简单，就是弄一碟生芝麻加上一撮盐，在锅里一炒，包在烙饼里，又咸又香，虽然没有什么馅儿，可是吃起来，还是很爽口的。"他说着，又送到嘴里咀嚼着。就在这时，听到对面山溪路上，又有人叫道："球落了。大家当心。"李南泉道："怎么办，现在还要躲洞子吗？"李太太道："我不行了。"她说到这里，未免犹豫了一阵子，接着道："我们还是躲一躲罢。我想，对门王家后面那个私人洞子，虽是只有一个门，可是石头很高，倒是很可保险。敌机不来，我们在洞口坐着；敌机来了，我们再进洞子，好不好？"李南泉还不曾答复这个问题，那位甄太太扶着竹棍子手杖，已经起身向过溪的那木板桥步着了。月亮不好，几个人同声叹着，真是疲劳轰炸。

选自《巴山夜雨》，四川文艺出版社1986年出版

人间惨境

张恨水

　　溪岸那边的惊讶声，随着也就听清楚了，是这里邻居甄子明说话。他道："到这个时候，躲警报的人还没有回来，这也和城里的紧张情形差不多了。"李南泉道："甄先生回来了，辛苦辛苦，受惊了。"他答道："啊！李先生看守老营，不要提啦。几乎你我不能相见。"说着话，他走过了溪上桥，后面跟着一乘空的滑竿。他把滑竿上的东西，取着放在廊子里，掏出钞票，将手电筒打亮，照清数目，打发两个滑竿夫走去。站在走廊上，四周看了看，点着头道："总算不错，一切无恙。内人和小孩子没什么吗？"李南泉道："都很好，请你放心。倒是你太太每天念你千百遍，信没有，电话也不通，不知道甄先生在哪里躲警报。"甄子明道："我们躲的洞子，倒还相当坚固。若是差劲一点，老朋友，我们另一辈子相见。"说着，打了个哈哈。李南泉道："甄太太带你令郎，现在村口上洞子里。他们为了安全起见，不解除警报是不回来的。你家的门倒锁着的，你可进不去了，我去和甄太太送个信罢。"甄子明道："那倒毋须，还是让他们多躲一下子罢。我是惊弓之鸟，还是计出万全为妙。"李南泉道："那也好，甄先生休息。我家里冷热开水全有，先喝一点。"说着，摸黑到屋子里，先倒了一大杯温茶，给甄先生，又搬出个凳子来给他坐。甄先生喝完那杯茶，将茶杯送回。坐下去长长唉了一声，嘘出那口闷气，因道："大概上帝把这条命交还给我了。"李南泉道："远在连续轰炸以前，敌机已经空袭重庆两天了。现在是七天八夜，甄先生都安全地躲过？"他道："苦吃尽了，惊受够了，我说点故事你听听罢。我现在感到很轻松了。"于是将他九死一生的事说出来。

原来这位甄子明先生，在重庆市里一个机关内当着秘书。为了职务的关系，他不能离开城里疏散到乡下去，依然在机关里守着。当疲劳轰炸的第一天，甄子明因为他头一天晚上，有了应酬。睡得晚一点；睡觉之后，恰是帐子里钻进了几个蚊子，闹得两三小时不能睡稳，起来重新找把扇子，在帐子里轰赶一阵。趁着夜半清凉，好好地睡上一觉。所以到早上七点钟，还没有起来。这时，勤务冲进房来，连连喊道："甄秘书，快起来罢，挂了球了。"在重庆城里的抗战居民，最担心的，就是"挂了球了"这一句话。他一个翻身坐起，问道："挂了几个球？"勤务还不曾答复这句话，那电发警报器和手摇警报器，同时发出了"呜呜"的响声。空袭这个战略上的作用，还莫过心理上的扰乱。当年大后方一部分人，有这样一个毛病，每一听到警报器响，就要大便。尤其是女性，很有些人是响斯应。这在生理上是什么原因，还没有听到医生说过。反正离不了是神经紧张，牵涉到了排泄机关。甄先生在生理上也有这个毛病，立刻找着了手纸，前去登坑。好在他们这机关，有自设的防空洞，却也不愁躲避不及。他匆匆地由厕所里转回卧室来，要找洗脸水，恰是勤务们在收拾珍贵东西，和重要文件，纷纷装箱和打包袱。并没有工夫来料理杂务。甄先生自拿了洗脸盆向厨房里去舀水，恰好厨子倒锁门要走，他首先报告道："火全熄了。快放紧急了，甄秘书你下洞罢。"

甄先生看到工役们全是这样忙乱，自己也没了主意，只好立刻到办公室里，把紧要文件和图章，收在手皮包里，锁着门，赶快就向防空洞子里走。他们这防空洞，就在机关所在地的楼下。这里原是一座小山，楼房半凿了山壁建筑着，楼下便是半山麓。洞子门由山壁上凿进去，逐步向下二十来级，再把洞身凿平了，微弯着作个弧形，那端是另一个洞门，通到山外边。虽然这山是风化石的底子，洞顶上约莫有十来丈高，大家认为保险。洞里有电灯，这时电灯亮着照见拦着洞壁的木板，撑着洞顶的木柱和柳条，一律是黄黄的颜色。这种颜色，好像是带有几分病态，在情绪不好的人看来，是可以让人增加不快的。甄先生手上带了个手电筒，照着走进洞子，看到除了机关的人已在像坐电车似的，在两旁矮板凳坐着之外，还有不少职员的眷属，扶老携幼夹在长凳上坐着。洞子是条长巷，两旁对坐着人，中间膝盖弯着对了膝盖，也就只许一个人经过。而这些眷属们都是超过洞中名额加入的，各将自己带的小凳或包裹，就在膝盖对峙中心坐着。甄先生在人缝里伸着腿，口里不住说着谦逊的话。只走了小半截洞子，电灯突然灭了。重庆防空的规矩，紧急警报五分钟后就灭电灯，这是表示紧急警报已过五分钟了。甄先生说了声"糟糕"，只好在人丛里先呆站着。但他是这机关里最高级的职员，他在洞子里有个固定的位置，无论如何，管理洞子的负责人是不许别人占领的。这人是刘科员，准在洞中。

甄先生立刻叫了两声刘科员。他答道："甄秘书，快来罢，我给你把位子看守好了的。"他说着话，已由洞子那端打着电筒照了过来。甄先生借了个光，手扶着人家肩膀，腿试探着擦入人家腿缝，挤着向前。刘科员立刻拉着他的手，拖进了人丛。甄子明感觉到身边有个空隙，就挨着左右坐下的人，把身子塞下去坐着。洞子里漆黑但听到刘科员在附近发言道："今天的警报，来得太早，洞子里菜油灯、开水全没有预备。大家原谅一点罢。"洞子里那头也有人答话。立刻有人轻喝道："别作声，来了。"同时，坐在洞子里的人，也就一个挨着一个，向里猛挤一挤。他们这机关，在重庆新市区的东角，有些地方，还是空旷着没有人家的。两个洞口都向着空旷的地方，外面的声浪，还容易传进。大家早就听到"哄咚哄咚"几阵巨响。在巨响前后，那飞机马达声，更是轧轧哄哄，响得天地相连，把人的耳朵和心脏，一齐带进恐怖的环境中。甄先生是个晚年的人了，生平斯文一脉的，向不加入竞争恐怖的场合。现时在这窄小的防空洞里，听到这压迫人的声浪，他也不说什么，两手扶了弯起来的大腿，俯着身子呆呆坐着，不说话，也不移动，静默地像睡着了一样。他自进洞以后，足有三四小时，就是这样的。直到有人在洞口喊着，"挂休息球了。"有人缓缓向外走着。甄子明觉得周身骨节酸痛，尤其是腰部，简直伸不起来。他看到洞子里的人差不多都走出去了，自己扶着洞子壁，也就缓缓地向洞子外面走了出来。到了洞口首先感到舒适的，就是鼻子呼吸不痛苦，周身的皮肤，都触觉一阵清爽。

同事们有先出洞子的，这时楼上、楼下跑个不歇，补足所需要的东西。甄子明对别的需要还则罢了，早上起来，既未漱口，又没洗脸，这非常不习惯，眼睛和脸皮，都觉绷着很难受。自己先回卧室里拿着洗脸盆，向厨下舀水。厨房门是开着了，却见刘科员站在厨房门口，大声叫道："各位，不能打洗脸水了。现在厨房里只剩大半缸冷水，全机关四五十人，煮饭烧水全靠这个。自来水管子被炸断了，没有水来。非到晚上找不着人去挑江水，这半缸水是不能再动了。"他是负着防空责任的人，他这样不断地喊着，大家倒不好意思去抢水，个个拿着空脸盆子回来。甄了明是高级职员，要作全体职员的表率，他更不便向厨房里去，在半路上就折回来了。到了卧室里，找着手巾，向脸上勉强揩抹几下。无奈这是夏天，洗脸手巾挂在脸盆架子上过了夜，早是干透了心，擦在脸上，非常不舒服，只得罢了，提了桌上的茶壶，颠了两下里面倒还有半壶茶，这就斟上一杯，也不用牙膏了，将牙刷子蘸着冷茶，胡乱地在牙齿上淘刷了一阵。再含着茶咕嘟几下，把茶吐了，就算漱了口。这就听到有人叫道："我们用电话问过了，第二批敌机快到了，大家先到洞门口等着罢，等球落下了再走，也许来不及。"甄子明本来就是心慌，听了叫喊声，赶快锁了房门就走。锁了房门，将顺手带出来的东西拿起，这就不由得自己失笑起来，原来要带的是皮包，这却带的是玻璃杯子和牙刷。于是重新开了房门，将皮包取出，顺便将那半壶茶也带着。

这时听到人声"哄然"一声，甄子明料着是球落下去了。拿了东西，赶快就走。洞里不是先前那样漆黑，一条龙似的挂了小瓦壶的菜油灯。他走进洞子时，差不多全体难胞都落了座。他挨着人家面前走，有人问道："甄先生，还打算在洞子里洗脸漱口么？"他道："彼此彼此，我们没有洗成脸，含了口冷茶就算漱了口了。"那人道："你已经漱了口，为什么还把漱口盂带到防空洞子里？"甄先生低头一看，也不觉笑了。原来是打算一手拿着皮包，一手提了那半壶茶。不想第二次的错误，承袭了第一次的错误，还是放下了茶壶将漱口盂拿着来了。匆忙中，也来不及向人家解释这个错误，自挤向那固定的位置去坐着。他身边坐着一位老同事陈先生，问道："现在几点钟了？早起一下床，就钻进防空洞。由防空洞里出去，脸都没洗到，第二次又钻进洞子来。"甄子明道："管他是几点钟，反正是消磨时间。"说毕，将皮包抱在怀里，两手按住了膝盖，身子向后一仰，闭了眼睛作个休息的样子。就在这时，听到洞里难民，不约而同地轻轻放出惊恐声，连说着"来了来了"。又有人说，这声音来得猛烈，恐怕有好几十架，更有人拦着："别说话，别话话。"接着就是轰轰两下巨响。随后"啪嚓"一声，有一阵猛烈的热风扑进洞子来。当这风扑进洞子来的时候，里面还夹杂着一些沙子。同时，眼前一黑，那洞子里所有的菜油灯亮，完全熄灭。这无论是谁都理解得到，一定是附近地方中了弹。立刻"呜咽呜咽"，有两位妇人哭了。

甄子明知道这情形十分严重，心里头也怦怦乱跳。但是他是老教授出身，有着极丰富的新知识。他立刻意识到当热风扑进洞，菜油灯吹熄了的时候，在洞子里的人有整个被活埋的可能。现时觉得坐着的地方，并没有什么特别变化之处，那是炸弹已经爆发过去了。危险也已过去了。不过听那"哄哄轧轧"的飞机马达声，依然十分厉害地在头顶上响着，当然有第二次落下炸弹来的可能。大概在一声巨响之下，完全失去了知觉，这就是今生最后一幕了。他正这样揣想着生命怎样归宿，同时却感到身体有些摇撼。他心里有点奇怪，难道这洞子在摇撼吗？洞子里没有了灯火，他已看不出来这是什么东西在作怪。在这身体感到摇撼之中，自己的右手臂，是被东西震撼得最厉害的一处。用手抚摸着，他觉察出来了，乃是邻座陈先生，拼命地在这里哆嗦。在触觉上还可以揣摩得出来。他好像是落了锅的虾子，把腰躬了起来，两手两脚，全缩到一处。他周身像是全安上了弹簧，三百六十根骨节，一齐动作。为了他周身在动作，便是他嘴里也呼哧呼哧哼着。甄子明道："陈先生，镇定一点，不要害怕。"陈先生颤动着声音道："我……我……不不怕，可是……他……他……他们还在哭。"甄子明也不愿多说话，依然用那两手按着膝盖，靠了洞壁坐着。也不知道是经过了多少时候，洞子里两个哭的人，已经把声音降低到最低限度，又完全停止了。有人轻轻地在黑暗中道："不要紧了，过去了。"

这个恐怖的时间，究是不太长，一会马达声没有了。洞子里停止了两个人的哭泣声，倒反是一切的声音都已静止过去，什么全听不到了。有人喁喁地在洞那头低声道："走了走了，出洞去看看罢。"也有人低低喝着去不得。究竟是那管理洞子的刘科员胆子大些，却擦了火柴，把洞子里的菜油灯陆续地点着。在灯下的难民们彼此相见，就胆子壮些。大家议论着刚才两三下大响，不知是炸了附近什么地方，那热风涌进洞子来，好大的力量，把人都要推倒。甄子明依然不说话，说不出来心里那分疲倦，只是靠了洞壁坐着。所幸邻座那位陈先生，已不再抖战，坐得比较安适些。这就有人在洞口叫道，挂起两个球了，大家出来罢，我们对面山上中了弹。随了这声音，洞子里人陆续走出，甄子明本不想动，但听到说对面山上中了弹，虽是已经过去的事，心里总是不安的。最后，和那位打战的陈先生一路走出洞子。首先让人有恍如隔世之感的，便是那当空的太阳。躲在洞子里的人，总以为时在深夜，这时才知道还是中午。所有出洞的人，这时都向对面小山上望着，有人发了呆，有人摇了头只说"危险"。有人带着惨笑，向同事道："在半空里只要百分之一秒的相差，就中在我们这里了。"甄先生一看，果然山上四五幢房子，全数倒塌，兀自冒着白烟。那里和这里的距离，也不过一二百步，木片碎瓦，在洞口上一片山坡，像有人倒了垃圾似的，撒了满地。再回头看看其他地方，西南角和西北角，都在半空里冒着极浓厚的黑烟，是在烧房子。

这种情形下，可以知道这批敌机，炸的地方不少。甄子明怔怔地站了一会，却听到有人叫道："要拿东西的就拿罢。我们刚和防空司令部打过电话，说是第三批敌机，已飞过了万县，说不定马上就要落下球来了。"甄子明听了这话，立刻想到过去四五小时，只喝了两口冷茶，也没吃一粒饭，再进洞子，又必是两小时上下。于是赶快跑上楼去，把那大半壶冷茶拿了下来。他到楼下，见有同事拿几个冷馒头在手上，一面走着，一面乱嚼。这就想到离机关所在地不远，有片北方小吃馆，这必是那里得来的东西。平常看到那里漆黑的木板隔壁，屋梁上还挂了不少的尘灰穗子，屋旁边就是一条沟，臭气熏人，他们那案板，苍蝇上下成群，人走过去，"哄哗"一阵响着，面块上的苍蝇真像嵌上了黑豆和芝麻。这不但是自己不敢吃，就是别人去吃，自己也愿意拦着，这时想着除了这家，并无别路，且把茶壶放在阶沿上，夹了那个寸步不离的大皮包，径直就向那家北方小馆跑了去。他们这门外，是一条零落的大街，七歪八倒的人家，都关闭着门窗，街上被大太阳照着，像大水洗了一样，不见人影。到了那店门口时，只开了半扇门，已经有两个人站在门口买东西。那店老板站在门里，伸出两只漆黑的手，各拿了几个大饼，还声明似的道："没有了，没有了。"那两个人似乎有事迫不及待，各拿了大饼转身就跑。甄子明一看，就知无望，可是也不愿就走，就向前道："老板，我是隔壁邻居，随便卖点吃的给我罢。"

那店老板倒认得他，哦了一声道："甄秘书，真对不起，什么都卖完了。只剩一些炒米粉，是预备我们自己吃的，你包些去罢。"他说着，也知道时间宝贵，立刻找了张脏报纸，包了六七两炒米粉，塞到甄子明手上，问他要多少钱时，他摇着头道："大难当头，这点东西还算什么钱，今日的警报，来得特别紧张，你快回去罢，我这就关门。"随手已把半扇门关上。甄子明自也无暇和他客气，赶快回洞。经过放茶壶的所在，把茶壶带着。但是拿在手上，轻了许多。揭开壶盖看时，里面的冷茶，又去了一半，但毕竟还有一些，依然带进洞去。不料，这小半壶茶和六七两炒米粉，却发生了很大的作用，解除了这一天的饥荒。这日下午，根本就没有出洞。直到晚上十二点钟以后，才得着一段休息时间。警报球的旗杆上，始终挂了两个红球。出得洞来，谁也不敢远去，都在洞门口空地上徘徊着，听听大家的谈话。有不少人是一天半晚，没吃没喝。甄子明找着刘科员，就和他商量着道："到这时候，还没有解除警报的希望。夏日夜短，两三个钟头以后就要天亮，敌机可能又来了。这些又饥又渴的人，怎么支持得住？火是不能烧，饭更不能煮，冷水我们还有大半缸，应该舀些来给大家喝。"刘科员道："现在虽然谈不到卫生，空肚子喝冷水，究竟不喝的好。"甄子明道："我吃了一包炒米粉，只有两小杯茶送下去。现在不但嗓子眼里干得冒烟，我胃里也快要起火了。什么水我不敢喝？"刘科员道："请等我十分钟，我一定想出个办法来。"说时，见有两个勤务在身边，扯了他们就跑。

甄子明也不知道刘科员是什么意思，自己依然是急于要水喝，他忙忙地向厨房去，不想厨房门依然关着。却有几个同事在门外徘徊。一个道："管他什么责任不责任，救命要紧，撞开门来，我们进去找点水喝。"只这一声，那厨房门早是"哄咚"一声倒了下来，随了这声响大家一拥而进，遥遥地只听到木瓢铁勺断续地撞击水缸响。甄子明虽维持着自己这分长衫朋友的身份，但嗓子眼里，阵阵向外冒着烟火，又忍受不住。看到还有人陆续地向厨房走去，嗓子好像要裂开，自己也就情不自禁地跟了进去。月亮光由窗户里射进来，黑地上，平常地印着几块白印，映着整群的人围着大水缸，在各种器具舀着冷水声之外，有许多许多"咕嘟咕嘟"的响声。那个在洞里发抖的陈先生也在这里，他舀了一大碗冷水，送过来道："甄秘书，你挤不上前吧？来一碗。"甄先生丝毫不能有所考虑，接过碗来，仰着脖子就喝了下去，连气都不曾喘过一下。陈先生伸过手来，把碗接过去，又舀着送了一碗过来，当甄子明喝那第一碗水的时候，但觉得有股凉气，由嗓子眼里直射注到肺腑里去，其余的知觉全没有。现在喝这第二碗水的时候，嘴里可就觉得麻酥酥的，同时，舌尖上还有一阵辣味。他这就感觉出来，原来那是装花椒的碗。正想另找只碗来盛水喝，可是听到前面有人喊叫着。大家全是惊弓之鸟，又是一拥而出。甄子明在黑暗中接连让人碰撞了好几下。他也站立不定，随着人们跑出来。到了洞门口时，心里这才安定，原来是刘科员在放赈。

刘科员放的赈品，却是很新鲜的，乃是每人两个冷馒头和一大块冷大饼，另外是大黄瓜一枚，或小黄瓜两枚。不用人说，大家就知道这黄瓜是当饮料用的。那喝过冷水的朋友，对黄瓜倒罢了。不曾喝水的人，对于这向来不大领教的生黄瓜，都当了宝物，个个掀起自己的衣襟，将黄瓜皮擦磨了，就当了浆瑶柱咀嚼着。甄子明是吃干米粉充饥的，虽然喝了两碗冷水，依然不能解渴。现在拿着黄瓜，也就不知不觉地送到口里去咀嚼。这种东西，生在城市里的南方人，实在很少吃过，现时嚼到嘴里，甜津津的，凉飕飕的，非常受用。大家抬头看见，那大半轮月亮，已经沉到西边天脚下去了。东方的天气，变作乳白色，空气清凉，站在露天下的人，感到周身舒适。但抬头看西南角的两个警报台，全是挂着通红的两个大球。这就有一种恐怖和惊险的意味，向人心上袭来，吃的冷馒头和黄瓜，也就变了滋味。这机关里也有情报联络员，不断向防空司令部通着电话。这时，他就站在大众面前，先吹了吹口哨，然后大声叫道："报告，诸位注意。防空司令部电话，现在有敌机两批，由武汉起飞西犯。第一批已过忠县，第二批达到夔府附近，可能是接连空袭本市。"大家听了这个消息立刻在心上加重了一副千斤担子。为了安全起见，各人便开始向洞子里走着。这次到洞子里以后，就是三小时，出得洞子，已是烈日当空。警报台上依然是挂两个球。这不像夜间躲警报，露天下不能站立。大家不在洞子继续坐着，也仅是在屋檐下站站。原因是无时不望着警报台上那个挂着球的旗杆。

这紧张的情形，实在也不让人有片刻的安适。悬两个球的时候，照例是不会超过一小时，又落下来了。警报台旗杆上的球不见了，市民就得进防空洞，否则躲避不及。因为有时在球落下尚不到十分钟，敌机就临头了。虽有时也许在一小时后敌机才到，可是谁也不敢那样大意，超过十分钟入洞。甄子明是六十岁的人了，两晚不曾睡觉，又是四十多小时，少吃少喝，坐在洞里，只是闭了眼，将背靠住洞壁。便是挂球他也懒得出来。在菜油灯下，看到那些同洞子的人，全是前仰后合，坐立不正，不是靠在洞壁上，就是两腿弯了起，俯着身子，伏在膝盖上打瞌睡。到了第二个日子的下午三点钟，洞子里有七八个人病倒，有的是泻肚，有的是头晕，有的是呕吐，有的说不出什么病，就在洞子地上躺着了。洞子里虽也预备了暑药，可是得着的人，又没有水送下肚去。在两个球落下来之后，谁也不敢出洞去另想办法。偏是在这种大家焦急的时候，飞机的马达声，在洞底上是轰雷似的连续响着。这两日来虽是把这声音听得惯了，但以往不像这样猛烈。洞子里的人，包括病人在内，连哼声也不敢发出。各人的心房，已装上了弹簧，全在上上下下地跳荡。那位陈先生还是坐在老地方，他又在筛糠似的抖颤。他们这个心理上的作用是相当灵验的，耳朵边震天震地的一下巨响，甄子明在沙土热风压盖之下，身体猛烈地颤动了一下，人随着晕了过去，仿佛听到洞子里一片惨叫和哭声涌起，却不知道发生了什么事情。有两三分钟的工夫，知觉方始恢复。首先抢着抚摸了一片身体，检查是否受了伤。

这当然是下意识作用，假如自己还能伸手摸着自己痛痒的话，那人的生命就根本没有受到损害。甄子明有了五分钟的犹豫，智识完全恢复过来了。立刻觉得，邻座的陈先生已经颤动得使隔离洞壁的木板，都咯吱咯吱地响着。他已不觉得有人，只觉一把无靠的弹簧椅子，放在身边，它自己在颤动着，把四周的人也牵连着颤动了。他想用两句话去安慰他，可是自己觉得心里那句话到了舌头尖上，却又忍受住了，说不出来。不过，第二个感觉随着跟了来，就是洞子里人感到空虚了。全洞子烟雾弥漫，硫磺气只管向鼻子里袭击着，滴滴得得，四周全向下落着碎土和沙子。这让他省悟过来了，必是洞子炸垮了。赶紧向洞子口奔去，却只是有些灰色的光圈，略微像个洞口。奔出了洞口，眼前全是白雾，什么东西全看不见。在白雾里面，倒是有几个人影子在晃动。他的眼睛，虽不能看到远处。可是他的耳朵，却四面八方去探察动静。第一件事让他安心的，就是飞机马达声已完全停止。他不问那人影子是谁，就连声地问道：“哪里中了弹？哪里中了弹？”有人道：“完了完了，我们的机关全完了。”甄先生在白雾中冲了出来，首先向那幢三层楼望着，见那个巍峨的轮廓，并没有什么变动。但走近两步，就发现了满地全是瓦砾砖块，零碎木料正挡了去路，一截电线杆带了蜘蛛网似的电线，把楼下那一片空地完全占领了。站住了脚，再向四周打量一番，这算看清楚了，屋顶成了个空架子，瓦全飞散了。

他正出着神呢，有个人叫道：“可了不得，走开走开，这里有个没有爆发的炸弹！"甄子明也不能辨别这声音自何而来，以为这个炸弹就在前面，掉转身就跑。顶头正遇着那个刘科员，将手抓住了他的衣袖道："危……危……危险。屋子后……后面有个没有爆发的炸弹。"刘科员道："不要紧，我们已经判明了，那是个燃烧弹。我们抢着把沙土盖起来了。没事。"说毕，扭身就走。甄子明虽知道刘科员的话不会假，可是也不敢向屋子里走，远远地离开了那铁丝网的所在，向坡子下面走。这时，那炸弹烟已经慢慢消失了，他没有目的地走着，却被一样东西绊了一下，低头看时，吓得"哎呀"一声，倒退了四五步，几乎把自己摔倒了。原来是半截死尸，没有头，没有手脚，就是半段体腔。这体腔也不是整个的，五脏全裂了出来。他周身酥麻着，绕着这块地走开，却又让一样东西劈头落来，在肩膀上重重打击了一下。看那东西落在地上，却是一条人腿。裤子是没有了，脚上还穿着一只便鞋呢。甄子明打了个冷战，站着定了一定神，这才向前面看去。约莫在二三百步外，一大片民房，全变成了木料砖瓦堆，在这砖瓦堆外面，兀自向半空中冒着青烟，已经有十几个救火的人，举着橡皮管子向那冒烟的地方灌水。这倒给他壮了壮胆子，虽是空袭严重之下，还有这样大胆子的人，挺身出来救火。他也就放下了那颗不安的心，顺步走下山坡，向那被炸的房子，逼近一些看去。恰好这身边有一幢炸过的屋架子，有两堵墙还存在，砖墙上像浮雕似的，堆了些惨紫色的东西，仔细看时，却是些脏腑和零块的碎肉紧紧粘贴着。

甄子明向来居心慈善，人家杀只鸡、鸭，都怕看得。这时看到这么些个人腿、人肉，简直不知道全身是什么感触，又是酥麻，又是颤抖，这两条腿，好像是去了骨头，兀自站立不住，只管要向下蹲着。他始终是不敢看了，在地下拾起一根棍子，扶着自己，就向洞子里走来，刚好，警报球落下，敌机又到了。甄先生到了这时，已没有过去五十小时的精力，坐在洞子里，只是斜靠了洞壁，周身瘫软了。因为电线已经炸断，洞子里始终是挂着菜油灯。他神经迷糊着，人是昏沉地睡了过去。有时也睁开眼睛来看看，但见全洞子人都七歪八倒，没有谁是正端端地坐着的。也没有了平常洞子里那番嘈杂。全是闭了眼，垂了头，并不作声。在昏黄的灯光下，看到人头挤着人头的那些黑影子，他心想着，这应当是古代殉葬的一群奴隶吧？读史书的时候，常想象那群送进墓穴里的活人，会是什么惨状。现在若把左右两个洞门都塞住了，像这两天敌人的炸法，任何一个地方，都有被炸的可能。全洞人被埋，那是很容易的事。他沉沉地闭了眼想着，随后又睁开眼来看看。看到全洞子里，都像面粉捏的人，有些沉沉弯腰下坠。他推想着，大概大家都有这个感想吧？正好飞机的马达声，高射炮轰鸣声，在洞外半空里发出了交响声。他的心脏，随了这声音像开机关枪似的乱跳。自己感到两只手心冰凉，像又湿黏黏的，直待天空的交响曲完毕，倒有了个新发现，平常人说捏两把冷汗，就是这样的了。

空袭的时间，不容易过去，也容易过去。这话怎么说呢？当然那炸弹乱轰的时候，一秒钟的时间，真不下于一年。等轰炸过去了，大家困守在洞里，不知道外面是什么时间，根本没有人计算到时间上去，随随便便，就混过去了几小时。甄子明躲了这样两日两夜的洞子，受了好几次的惊骇，人已到了半昏迷的状态，飞机马达响过去了，他就半迷糊地睡着。但洞子里有什么举动，还是照样知道。这晚上又受惊了三次，已熬到了雾气漫空的深夜。忽然洞子里"哄然"一声，他猛可地一惊。睁开眼来，菜油灯光下，见洞子里的人，纷纷向外走去，同时也有人道："解除了！解除了！"他忽然站起来道："真的解除了？"洞中没有人答应，洞口却有人大叫道："解除了，大家出来罢。"甄子明说不出心里有种什么感觉，仿佛心脏原是将绳子束缚着的，这时却解开了。他拿起三日来不曾离手的皮包，随着难友走出洞子，那警报器"呜呜"一声长鸣，还没有完了。这是三日来所盼望，而始终叫不出来的声音，自是听了心里轻松起来。但出洞的人，总怕这是紧急警报，大家纷纷地找着高处，向警报台的旗杆上望去。果然那旗杆上已挂着几尺长的绿灯笼。同时，那长鸣的警报器，并没有间断声，悠然停止。解除警报声，本来是响三分钟，这次响得特别长，总有五分钟之久。站在面前的难友，三三五五，叹了气带着笑声，都说"总算解除了"，正自这样议论，却有一辆车，突然开到了机关门口。

甄子明所服务的这个机关，虽是半独立的，可是全机关里只有半辆汽车。原来他们的金局长，在这个机关，坐的是另一机关的车子。这时来了车子，大家不约而同地有一个感觉，知道必是金局长到了。局长在这疲劳轰炸下，还没有失了他的官体，穿着笔挺的米色西服，手里拿了根手杖，由汽车上下来。他顺了山坡，将手杖指点着地皮，走一下，手杖向地戳一下，相应着这个动作，还是微微一摇头，在这种情形下，表示了他的愤慨与叹息。在这里和金局长最接近的，自然是甄子明秘书了。他夹着他那个皮包，颠着步伐迎到金局长面前，点了头道："局长辛苦了。"这时，天色已经大亮，局长一抬头看到他面色苍白，两只颧骨高撑起来，眼睛凹下去两个洞，便向他注视着道："甄秘书，你倒是辛苦了。"他苦笑道："同人都是一样。我还好，勉强还可以撑持，可是同人喝着凉水，受着潮湿，病了十几个人了。"金局长说着话，向机关里走。他的办公室，设在第二层楼。那扇房门，已倒塌在地上。第三层楼底的天花板，震破了几个大窟窿。那些粉碎的石灰，和窗户上的玻璃屑子，像大风刮来的飞沙似的，满屋都撒得是。尤其那办公桌上，假天花板的木条有几十根堆积在上面。还有一根小横梁，卷了垮下来的电灯线，将进门的所在挡住。看这样子，是无法坐下的了。金局长也没有坐下去，就在全机关巡视了一番。总而言之，屋顶已是十分之八没有瓦，三层楼让碎瓦飞沙掩埋了，动用家具，全部残破或紊乱。于是走到楼底下空场，召集全体职员训话。

金局长站在台阶上，职员站在空地上围了几层。金局长向大家看看，然后在脸上堆出几分和蔼的样子，因道："这两天我知道各位太辛苦了。但敌人这种轰炸法，就是在疲劳我们。我们若承认了疲劳，就中了他们的计了。他只炸得掉我们地面一些建筑品，此外我们没有损失，更不会丝毫影响军事。就以我们本机关而论，我们也仅仅是碎了几片玻璃窗户。这何足挂齿？他炸得厉害，我们更要工作加紧。"大家听了这一番训话，各人都在心里拴上了一个疙瘩。个个想着，房子没有了顶，屋子里全是灰土，人又是三天三晚没吃没喝没睡觉，还要加紧工作吗？金局长说到了这里，却立刻来了一个转笔，他道："好在我们这机关，现在只是整理档案的工作，无须争取这一两天的时间。我所得到的情报，敌人还会继续轰炸几天。现在解除警报，不是真正的解除警报，我们警戒哨侦察得敌机还入川境不深，就算解除。等到原来该放警报的时间，前几分钟挂一个球。所以现在预行警报的时间，并不会太久。这意思是当局让商人好开店门作买卖，让市民买东西吃。换句话说，今日还是像前、昨两日那样紧张。为了大家安全起见，我允许各位有眷属在乡下的，可以疏散回家去。一来喘过这口气，二来也免得家里人挂心。"这点恩惠，让职员们太感激了。情不自禁地，哄然一声。金局长脸上放出了笑意，接着道，时间是宝贵的，有愿走的，立刻就走，我给各位五天的假。

这简直是皇恩大赦，大家又情不自禁地哄然了一声。金局长接着道："我不多不少，给你们五天的假，那是有原因的。这样子办，可以把日子拖到阴历二十日以后去，那时纵有空袭，也不过是白天的事，我们白天躲警报，晚上照样工作。在这几天假期中，希望各位养精蓄锐，等到回来上班的时候，再和敌人决一死战。"说着，他右手捏了个拳头，左手伸平了巴掌，在左手心里猛可地打了一下，这大概算是金局长最后的表示，说完了，立刻点了个头就走下坡子。这些职员，虽觉得皇恩大赦虽已颁发，可是还有许多细则，有不明白的地方，总还想向局长请示。大家掉转身来，望了局长的后影，他竟是头也不回，直走出大门口上车而去。有几位见机而作的人，觉得时间是稍纵即逝。各人拿上衣服，找算就走。可是不幸的消息，立刻传来，警报器"呜呜"长鸣，不曾挂着预行警报球，就传出了空袭警报。随后，大家也就是一些躲洞子的例行手续。偏是这天的轰炸，比过去三日还要猛烈。一次连接着一次。这对甄子明的伙伴，是个更重的打击。在过去的三日，局长并不曾说放假，大家也就只有死心塌地地等死。现在有了逃生的机会，却没有了逃生的时间。各人在恐怖的情绪中，又增加了几分焦急。直到下午三点钟，方才放着解除警报。甄子明有了早上那个经验，赶快跑进屋子去，在灰土中提出了一些细软，扯着床上的被单，连手提包胡乱地卷在一处，夹在腋下，赶快就走，到了大门口，约站了两分钟，想着有什么未了之事没有。

但第二个感想，立刻追了上来，抢时间是比什么东西都要紧。赶快就走罢，他再没有了考虑，夹了那个包袱卷就走。他这机关，在重庆半岛的北端，他要到南岸去，正是要经过这个漫长的半岛，路是很远的。他赶到马路上，先想坐公共汽车，无奈市民的心都是一样的，停在市区的大批车辆，已经疏散下乡，剩着两三部车子在市区里应景，车子里的人塞得车门都关不起来。经过车站，车子一阵风开过去，干脆不停。甄子明也不敢作等车的希望，另向人力车去想法，偏巧所有的人力车，都是坐着带着行李卷的客人的。好容易找着一辆空车，正要问价钱，另一位走路人经过，他索性不说价钱，坐上车子去，叫声"走"，将脚在车踏板上连顿几下。甄子明看到无望，也就不再作坐车的打算，加紧了步子跑。那夏天的太阳，在重庆是特别晒人。人在阳光里，仿佛就是在火罩子里行走。马路面像是热的炉板，隔了皮鞋底还烫着脚心。那热气不由天空向下扑，却由地面倒卷着向上冲，热气里还夹杂了尘土味。他是个老书生，哪里拿过多少重量东西，他腋下夹着那个包袱卷，简直夹持不住，只是向下沉。腋下的汗，顺着手臂流，把那床单都湿了几大片。走到了两路口附近，这是半岛的中心，也是十字路口，可以斜着走向扬子江边去。也就为了这一点，成了敌机轰炸的重要目标。甄子明走到那里还有百十步路，早是一阵焦糊的气味，由空气里传来，向人鼻子里袭去。而眼睛望去，半空里缭绕着几道白烟。

这些现象，更刺激着甄子明不得不提快了脚步走。走近了两路口看时，那冒白烟的所在，正是被炸猛烈的所在，一望整条马路，两旁的房屋全已倒塌。这带地点，十之八九，是川东式的木架房子，很少砖墙。屋子倒下来，屋瓦和屋架子，堆叠着压在地面，像是秽土堆。两路口的地势，正好是一道山梁，马路是山梁背脊。两旁的店房，前临马路，后面是木柱在山坡上支架着的吊楼。现在两旁的房屋被轰炸平了，山梁两边，全是倾斜的秽土堆，又像是炮火轰击过的战场。电线柱子炸断了，还挨着地牵扯了电线，正像是战地上布着电网。尤其是遍地在砖瓦木料堆里冒着的白烟，在空气里散布着硫磺火药味，绝对是个战场光影。这里原是个山梁，原有市房挡住视线。这时市房没有了，眼前一片空洞，左看到扬子江，右看到嘉陵江，市区现出了半岛的原形，这一切是给甄子明第一个印象。随着来的，是两旁倒的房子，砖瓦木架堆里，有家具分裂着，有衣被散乱着，而且就在面前四五丈路外，电线上挂了几串紫色的人肠子，砖堆里露出半截人，只有两条腿在外。这大概就是过去最近一次轰炸的现象，还没有人来收拾。他不敢看了，赶忙就向砖瓦堆里找出还半露的一条下山石坡，向扬子江边跑，在石坡半截所在，有二三十个市民和防护团丁，带了锹锄铁铲，在挖掘半悬崖上一个防空洞门。同时有人弯腰由洞里拖着死人的两条腿，就向洞口砖瓦堆上放。

他看到这个惨相，已是不免打了一个冷战。而这位拖死尸的活人，将死人拖着放在砖瓦堆上时，甄子明向那地方看去，却是沙丁鱼似的，排了七八具死尸，离尸首不远，还有那黄木薄板子钉的小棺材，像大抽屉似的，横七竖八，放了好几具。这种景象的配合，让人看着，实在难受，他一口气跑下坡，想把这惨境扔到身后边去。不想将石坡只走了一大半，这是在山半腰开辟的一座小公园，眼界相当空阔。一眼望去，在这公园山顶上，高高的有个挂警报球的旗杆，上面已是悬着一枚通红的大球了。甄子明这倒怔了一怔。这要向江边渡口去，还有两三里路，赶着过河，万一来不及，若要回机关去躲洞子，也是两里来路，事实上也赶不及。正好山上、山下两条路，纷纷向这里来着难民，他们就是来躲洞子的。这公园是开辟着之字路，画了半个山头的。每条之字路的一边都有很陡的悬崖。在悬崖上就连续地开着大洞子门。每个洞子门口，已有穿了草绿色制服的团丁，监视着难民入洞。甄子明夹了那包袱卷，向团丁商量着，要借洞子躲一躲。连续访过两个洞口，都被拒绝。他们所持的理由，是洞子有一定的容量，没有入洞证，是不能进去的。说话之间，已放出空袭警报了，甄子明站在一个洞门边，点头笑道："那也好，我就在这里坐着罢，倘若我炸死，你这洞子里人，良心上也说不过去。"一个守洞口的团丁，面带了忠厚相，看到他年纪很大，便低声道："老太爷，你不要吼。要一下嘛，我和你想法子。"甄子明笑道："死在头上，我还要一下呢。"

那个团丁，倒是知道他的意思，便微笑道："我们川人说要一下，就是你们下江人说的等一下。我们川人这句话倒是搁不平。我到过下江，有啥子不晓得？"甄子明道："你老哥也是出远门的人，那是见多识广的了。"那团丁笑道："我到过汉口，我还到过开封。下江都是平坝子，不用爬坡。"甄子明道："可是凿起防空洞来，那可毫无办法了。"他说这话，正是要引到进洞子的本问题上来。那团丁回头向洞里张望了一下，低声笑道："不生关系。要一下，你和我一路进洞子去，我和你找个好地方。"甄子明知道没有了问题，就坐在放在地上的包袱卷上。掏出一盒纸烟和火柴来，敬了团丁一支烟，并和他点上。这一点手腕，完全发生了作用。一会儿发了紧急警报，团丁就带着甄子明一路进去。这个洞子，纯粹是公共的，里面是个交叉式的三个隧道，分段点着菜油灯。灯壶用铁丝绕着，悬在洞子的横梁上。照见在隧道底上，直列着两条矮矮的长凳。难民一个挨着一个，像蹲在地上似的坐着。穿着制服的洞长和团丁，在隧道交叉点上站着，不住四面张望。这洞子有三个洞口，两个洞口上安设打风机，已有难民里面的壮丁，在转动着打风机的转钮。有两个肩上挂着救济药品袋的人，在隧道上来去走着。同时，并看到交叉点上有两只木桶盖着盖子。桶上写着字：难民饮料，保持清洁。他看到这里，心里倒暗暗叫了一声惭愧。这些表现，那是比自己机关里所设私有洞子，要好得多了。而且听听洞子里的声音，也很细微，并没有多少人说话。

但这个洞子的秩序虽好，环境可不好。敌机最大的目标，就在这一带。那马达轰轰轧轧的响声，始终在头上盘旋。炸弹的爆炸声，也无非在这左右前后。有几次，猛烈的风由洞口里拥进，洞子里的菜油灯，完全为这烈风扑熄。但这风是凉的，难胞是有轰炸经验的，知弹着点还不怎样的近。要不然，这风就是热的了。那个洞长，站在隧道的交叉点上，每到紧张的时候，就用很沉着的声音报告道："不要紧，大家镇定，镇定就是安全。我们这洞子是非常坚固的。"这时，洞子里倒是没有人说话。在黑暗中，却不断地呼哧呼哧地响，是好几处发出惊慌中的微小哭声。甄子明心里可就想着，若在这个洞子里炸死了，机关里只有宣告秘书一名失踪，谁会知道甄子明是路过此地藏着的呢？转念一想，所幸那个团丁特别通融，放自己进洞子来，若是还挡在洞外，那不用炸死，吓也吓死了。他心里稳住了那将坠落的魂魄，环抱着两只手臂，紧闭了眼睛，呆坐在长板凳的人丛中。将到两小时的熬炼，还是有个炸弹落在最近，连着沙土拥进一阵热风。"哄隆咚"一下大响，似乎这洞子都有些摇撼。全洞子人齐齐向后一倒，那种呼哧呼哧的哭声，立刻变为哇哇的大哭声。就是那屡次高声喊着"镇定"的洞长，这时也都不再叫了。甄子明也昏过去了，不知道作声，也不会动作。又过去了二三十分钟，天空里的马达声，方才算是停止。那洞长倒是首先在黑暗中发言道："不要紧，敌机过去了，大家镇定！"

又是半小时后，团丁在洞子口上，吹着很长一次口哨，这就是代替解除警报的响声。大家闷得苦了，哄然着说了一声："好了，好了！"，大家全向洞外走来。那洞长却不断地在人丛中叫道："不要挤，不要挤，不会有人把你们留在这里的。"甄子明本来生怕又被警报截住了，恨不得一口气冲过洞去。但是这公共洞子里的人，全守着秩序，自己是个客位，越是不好意思挤，直等着洞子里走得稀松了，然后夹了那包袱卷儿，慢慢随在人后面走。到了洞外，见太阳光变成血红色，照在面前山坡黄土红石上，很是可怕。这第一是太阳已经偏西，落到山头上了。第二是这前前后后，全是烧房子的烟火，向天上猛冲。偏西的那股烟雾，却是黑云头子在堆宝塔。一团团的黑雾，只管向上去堆叠着高升。太阳落在烟雾后面，隔了烟阵，透出一个大鸡子黄样的东西。面前有三股烟阵，都冲到几十丈高。烟焰阵头到了半空，慢慢地散开，彼此分布的烟网，在半空里接近，就合流了。半空里成了雾城。这样的暑天，现在四面是火，好像烟糊气味里，带有一股热浪，只管向人扑着。甄子明脱下了身上一件旧蓝布大褂，作了个卷，塞在包袱里。身上穿着白色变成了灰黑色的短褂裤，将腰带紧了一紧。把秘书先生的身份，先且丢到一边，把包袱卷扛在左肩上，手抓了包袱绳子，拔开脚步就跑。他选择的这个方向，正是火焰烧得最猛烈的所在。越近前，烟糊气越感到浓厚。这是沿江边的一条马路，救火的人正和出洞的难民在路上奔走。

这条马路，叫做林森路，在下半城，是最繁华的一条街，军事委员会也就在这条路的西头。大概就为了这一点，敌机在这条沿扬子江的马路上，轰炸得非常之厉害。远远看去，这一带街道，烟尘滚滚，所有人家房屋，全数都被黑色的浓烟笼罩住。半空里的黑烟，非常之浓，漆黑一片，倒反是笼罩着一片紫色的火光。甄子明一面走着，一面四处张望着警报台上的旗杆，因所有的旗杆上，都还挂着一个绿色的长灯笼。他放下了那颗惊恐的心，放开步子走，他跑进了一大片废墟。那被炸的屋子，全是乱砖碎瓦的荒地，空洞洞地，一望半里路并没有房屋。其门偶然剩下两堵半截墙，都烧得红中带黄，远远就有一股热气熏人。在半堵墙里外，栽倒着铁质的窗格子，或者是半焦糊的短柱，散布的黑烟就滚着上升，那景象是格外荒凉的。在废墟那一头，房子还在焚烧着，正有大群的人在火焰外面注射着水头。甄子明舍开了马路，折向临江的小街，那更是惨境了。

这带临江小街，在码头悬崖下，有时撑着一段吊楼，只是半边巷子。有时棚子对棚子，只是一段烂泥脏水浸的黑巷子。现在马路上被轰炸了，小街上的木板竹子架撑的小矮房，全都震垮了，高高低低，弯弯曲曲，全是碎瓦片压住了一堆木板竹棍子。这时，天已经昏黑了，向码头崖上看，只是烟焰。向下看，是一片活动的水影。这些倒坍的木架瓦堆，偶然也露出尺来宽的一截石板路。灯火是没有了，在那瓦堆旁边，间三间四地有豆大的火光，在地面上放了一盏瓦檠菜油灯。那灯旁边，各放着小长盒子似的白木板棺材。有的棺材旁边，也留着一堆略带火星的纸钱灰。可是这些棺材旁边，全没有人。甄子明误打误撞地走到这小废墟上，简直不是人境。他心里怦怦跳着，想不看，又不能闭上眼睛。只有跑着在碎瓦堆上穿过。可是一盏豆大的灯光，照着一口白木棺材的布景，却是越走越有，走了一二百步路，还是这样地陈列着。走到快近江边的所在，有一幢半倒的黑木棚子，剩了个无瓦的空架子了。在木架子下，地面上斜摆着一具长条的白木棺材。那旁边有一只破碗，斜放在地上，里面盛了小半碗油。烧着三根灯草。也是豆子大的一点黄光。还有个破罐子，盛了半钵子纸灰。这景致原不怎样特别，可是地面上坐着一位穿破衣服的老太婆，蓬着一把苍白头发，伏在棺材上，窸窸窣窣地哭着。甄子明看到这样子，真要哭了，看到瓦砾堆中间，有一条石板路，赶快顺着石板坡子向下直跑。口里连连喊着："人间惨境！人间惨境……"

选自《巴山夜雨》，四川文艺出版社1986年出版

轰炸以后

张恨水

早上下着云一般的雾，空气中的水份重了，都沉到了地面。这时，天空反而碧净无云。深秋的太阳，照得十分明亮。由亮处向暗处走来，洞里虽挂了两盏昏昏的菜油灯，却是乌黑一片。老太爷慢慢探着步子，在人丛中挤着，走到洞子深处，手扶了洞壁，慢慢的坐在矮板凳上，家中老小，也贴着他坐下。

这时，人进洞的声浪，已突然停止，耳根立刻沉寂下来，但听到人语喁喁的，说敌机临空了，敌机临空了。区老太爷的两肘，撑住了弯着的膝盖，手掌托住了自己的下巴颏，虽然是在黑洞中，也紧紧的闭上了双眼。猛然间一阵大风，由洞口拥入，菜油灯扑灭，洞外轰轰的响声和洞里的惊呼声，也随着轰然一阵，人浪向里一倒。区老太爷是相当镇定的，虽然脚上被人踩了两脚，身上被人压着，他并不移动一点。洞里本来就没有什么声息，这时更格外沉寂。老太爷可以将并坐一个男子短促的呼吸声，听得清清楚楚。这样有十来分钟，外面上下的轰击声一齐都没有了。觉得洞口上有个人说附近中弹了，于是洞里人声突起，人影乱动，又有着一阵小小的骚扰。有人轻轻喝着不许吵，似乎是军警在发号施令。

但到了这时，紧张的空气便松懈多了。黑暗中听到区老太太低声问道："不是我们家吧？"老太爷道："这个时候问也无用，大可不管。"区老太太虽依着他的话，没有再去理会，可是嘴里头倒接连着念了几声佛。洞里慢慢的有了说话声，这紧张空气越发松懈了。静静的坐着，也不知道经过了多少时候，洞内外又是轰然一声，但听到有人大声喊着解除了，立刻有几处手电筒发着光芒，照见了大奶奶抱了小孩子缩做一团，坐在矮板凳上。老太爷道："现在解除了，更不用忙，可以慢慢走着回家，这一刻工夫也不会有人抢了我们家。"于是他们等洞里人走空了，洞口放出一线白光来时，方才陆续的随在人后面出来。到了洞口，全家人不由得同时"呵哟"一声，原来张眼一望，便看到自己家的房屋所在地，青烟夹着尘雾，腾跃起来，遮了半边天；一排有七八幢房子，全倒塌了。远远看到若干堵墙，秃立在空中，木料的屋架，七手八脚似的在烟尘里堆着。至于自己所住的那幢房屋，大致是在这排倒塌房屋的中间，情形如何，已是看不出来了。区老太太对着这一丛烟焰，战战兢兢，只是自言自语的道："怎办，怎办！"大奶奶抱着孩子，一言不发，抢着直奔家门。老太爷也不说什么，随着老太太后面走。

到了家门口时，见那条路上纷纷的拥挤了人，救护队拿了皮条向烟头上注着水。军警布了岗，弹压着秩序。被难的老百姓，在倒塌的屋子里抢运东西，地面横倒的梁柱和零散的电线，纠缠成一团，拦住了去路。而且橡皮管子里的水又撒了遍地，像下过大雨，真是寸步难行。区家住的屋子，虽未直接中弹，屋顶上的瓦，却一片也没有，只有屋架子了。而且坍了两堵墙，斜了一只屋角，楼是整个完了。上面的木器家具和梁柱楼板，都压到楼下来。在外面，已把屋子里看得清清楚楚，里面全是断砖残瓦，木头竹屑，哪里还看得到家里的动用家具？大奶奶已由人丛中转身回来，迎着二老顿脚道："怎么办？怎么办？全完了！"老太爷摇了两摇头，淡笑道："这有什么法子？完了也好，干干净净，只剩了这条身子，也好另作打算。"说着话，大家走近了倒塌完了的大门前。大奶奶把小孩子放在老太太身边，便在砖瓦堆上爬着钻进木板梁柱夹杂的缝里去。老太爷虽然在后面竭力招手的叫喊着，她绝对不理会。

就在这时，亚雄满头是汗，跑到面前来，先看到二老带了孩子站在路边，脸上还没有什么惨象，才喘着气道："您二位老人家受惊了！婉贞呢？"老太爷道："她到屋子里抢东西去了，我很怕屋子倒下来压着她，可是又拦她不住。"亚雄道："只要老小安全，东西损失了也没有什么了不得。"说着，他也站到破大门边竭力喊着婉贞。于是大奶奶滚了满身的灰尘，左手提了一只搪瓷盆，右手胁下夹了一条被，在地面上拖了出来。亚雄跳上前去将她接着，因道："东西要是毁了呢，也就毁了，若是不毁，明日慢慢掏取也还不迟。"大奶奶道："被条和箱子、洗脸盆，非拿出来不可呀！今天晚上怎么过呢？"亚雄举起手来将头发乱搔一顿，叹口气道："就是这样不巧，我们正短着人手的日子，就正需要着人力。"大奶奶道："今天晚上，我们还不知道在何处安身，这些砖瓦堆里的东西，若不趁天色还早掏了出来，明天就难免更有损失了。"亚雄听了这话，也就透着没有了主张，站在倒塌了的短墙脚下，向内外两面看着。

这时，老远的发生了一片尖锐的喧哗声音，正是西门德夫妇坐了两乘轿子，由人头上拥了回来。他们在破屋门前下了轿，西门德将手里的手杖，重重在地面上顿了一下，骂道："混蛋的日本！"西门太太却对了破屋指手划脚的骂道："我们这房子碍着日本鬼子什么事？毁得这样惨！喂！老德，我们的东西一点都没有了。怎办？"西门德道："那有什么了不得？只要留着这口气，我们再来！"说时，他们家的刘嫂由人丛里跑了前来，迎着西门夫妇两手乱摇道："朗格做吗？家私炸得精光，龟儿！死日本鬼子！狗……"西门德摇摇手皱着眉道："现在不是骂大街的事，我们想法子雇几个工人来，在砖瓦堆里先清清东西。"他回头看到区家人，惨笑道："老太爷，我们成了患难之交了。你可想到善后之策？"区老太爷迎近了他一步，拱拱手道："博士没有受惊吗？"西门德道："还好，我找了一所好洞躲的。洞在十丈悬崖之下，里面还有电灯茶水。我们只要生命安全，就可继续奋斗，身外之物，丝毫不足介意。"区老太爷道："只有如此想，才好筹善后之策，不然，我们把身体急坏了，也等于炸死，岂不是双重的损失！"西门德太太道："善后又怎么善呢？午饭不知道在哪里吃，晚上也不知道在什么地方去找安身。身外之物不足介意？哼！你有多少钱制新的？"说着，她板了脸望着西门博士，分明是讨厌他夸下海口。西门德皱着眉发了苦笑道："遇到了轰炸，我们只……"他没有把话继续的说下去，因为他在说话时，太太的脸色已是红中变紫，实在很气了。

西门德突然点了点头，好像是解释的样子，说道："是的，是的，现在第一件大事，是抢救这破屋子里的东西，我去找几个人来。"说完，抽身走开了。

亚雄抬头看了看天色，这时太阳偏西，云雾又在慢慢腾起，因向老太爷道："这个样子，我们也须冒险把东西抢出来。"老太爷道："那一百多块钱我还放在身上，就凭了这笔款子，我们可以找几个抬滑竿的人来专做这件事。"亚雄还没有答复，只见亚男跑了前来，后面倒跟了一群青年女子同跑着。她一直跑到面前，看到全家人都在这里，就站在她母亲面前，一手抓了母亲的衣袖，一手理头上披散下来的短发，喘着气道："还好，还好！大家都在这里。"她说着话，回头望了她同来的几位女伴。老太太看时，这里面有穿短装的，也有穿长衣的，年纪都在二十岁上下，少不了都是和亚男性情相同、行为仿佛的人。当那些人纷纷说着安慰之词的时候，老太太却也不肯作那徒然懊丧的话，因道："我们逃难入川，也没有什么了不得的东西，炸了就炸了吧。只要人还在，就是好的。"亚男道："解除了警报，我还没有知道我们家被炸呢，我准备要去开会。是这位沈小姐得了消息，知道我们家附近被炸了才跑回来看的。"亚雄在旁不免淡淡的看了妹妹一眼。亚男对全家人看看，情形十分狼狈，也就没有敢作声。

这时，她同来的一位女伴，穿着草绿色的中山服，壮黑的皮肤，颇带几分精神，她看见亚雄的态度，知道他是不满意妹妹，便向亚男道："区小姐，你有什么事要我们帮忙？我看到大家都在搬东西出来，我们也去搬出一些东西来吧！都是些什么东西？你引着我们去拿！"说着，她向同来的几位女伴道："你们都来！"区老太爷认得她是沈小姐，便向她拱拱手道："不敢当！不敢当！"那沈小姐摇着头，连说"不要紧"，已由破墙上跳了进去，其余几位小姐，也都跟着去了。边样一来，亚雄夫妇就不好意思站着，也只得跳进破屋子里去搬取东西。

那西门博士却已带领几个力夫来，自己拿了一只手杖，站在墙头上，向屋子里指指点点。等到搬出一部分东西来的时候，便有好几拨朋友前来向西门德慰问。这些来慰问的朋友，有穿中山服的，有穿西服的，有穿长衣的，虽然所穿的不同，对西门德都相当客气。他也没有怎样减折了他博士的架子。只是和人握手，说两句"还好还好。"最后，来了一位穿漂亮西装的瘦子，头上斜戴丝绒帽，身上套了细呢夹大衣，一乘轿子直抬到灾区中心，方才放下。西门德一见，扬起了手杖，迎上前去，笑着点头道："不敢当！不敢当！钱先生也来了。"那钱先生点头道："我还没有知道博士受灾了。我是听到说这里附近受了炸，特意跑来看看，不料就是府上。怎么样？损失不大吧？"西门德叹气道："完了，完了！半生的心血，一齐完了！干干净净，什么都没有了！"

这时，虽然他所雇的那几位力夫正在废土堆里向外搬着东西，但他并不去理会，却回过头来向太太道："玉贞，我给你介绍介绍，这就是我和你说的那位钱尚富经理，重庆市上的新商业闻人。"西门太太听说，便向来人深深的一鞠躬。钱先生回礼道："西门太太受惊了！"她说："这倒无所谓，我们由前方到后方，这种经验多了，只是这样一来，眼前连个安身的地方没有了，这可有点急人。"

钱经理回转头来向西门德道："暂住是不成问题，我们旅馆里长月开有两间房间，博士委屈一下子，在那里挤两天。至于迁居的话，我想若不一定住在城里，那还有法子可想。"西门德道："有了这个教训，家眷当然要疏散下乡去。"西门太太道："下乡去？那太偏僻了的地方，我可不去！"西门德笑道："既然疏散，当然是越偏僻越好。"钱尚富笑道："若是西门太太不嫌过江麻烦的话，我倒有个适宜地方。南岸一个外国使馆后面，有幢洋楼，是一部分银行界人租下的，除了家具齐备，有电灯电话之外，而且还打有很好的防空洞。"西门太太笑道："那太好了，就请钱先生替我们想想法子。"钱尚富道："西门太太若是愿去的话，那屋子的几位主人翁，我们差不多是天天见面，都很容易介绍，我们也正有许多事要向西门先生请教，若是能住到一处，那就好极了。"西门太太道："钱先生也是住在南岸吗？"钱尚富脸上似乎添了一番红晕，踌躇了一会儿，笑道："我有一部分家眷住在那里。"西门德道：“有这样好的所在，那就好极了，不过现在还谈不到此。旅馆里那房间能转让给我们，却就是救苦救难，虽然每天多花几十块钱，那也说不得了。”钱尚富笑道：“用不着转让，去住就是了。我们是整月付钱的，写一张支票交给旅馆帐房，连小帐都包括在内，若是让给你们名下住两天，你们少不得付出百余元，而我们所省有限，又要从新记起日子来，实在也透着麻烦。”西门德道：“那我就谢谢了！”钱尚富伸手拍了西门德几下肩膀，笑道：“唉！我们自己人嘛，怎么说这种话？大概还没有吃午饭吧？到河南馆子去吃瓦块鱼去！拿四两茅台给博士压惊。”西门德笑道：“吃瓦块鱼，那该是什么价钱？现在是好几十元吧！”钱尚富又拍着他的肩膀道：“没关系，没关系！我先去等着了。”说着才掀了帽子向西门夫妇点了个头，又说声“不可失信”，径自坐上原来的轿子走了。

西门太太道：“一切东西都没有清理出来，我们哪有工夫去吃馆子？”西门德道：“他们是实心实意来和我们压惊，若是不去的话，却大大的辜负了人家的盛意。”西门太太道：“吃河南馆子很贵吧？一顿吃一千块钱也很平常，那又何必？”西门德道：“吃早点的时候，我们会到的那个常先生，不是对我们说了吗？他这一批五金，赶上了重庆大兴土木，又赚了二百多万，一千块钱一顿，一个月也只吃得了他九万，你说算得了什么？我不能不去，你在这里看守一会，我去一趟。”西门太太把脸色沉下来，向了他道：“我在这露天闻硫磺味，给你看守东西，你却要去喝茅台酒，吃瓦块鱼？”西门德陪笑道：“我听你的口气不愿意去，所以这样说；你既愿意去，那就很好，我们一块儿去就是了。”西门太太道：“那么，我们的东西谁来看守着呢？”西门德道：“这不成问题，刘嫂在这里呢！区府上全家人都在这里，托老太爷给我们照应照应就是了。好在几口箱子都搬出来了，不过是些零碎，可以明天慢慢清理。吃完了饭，你径直向旅馆去，我回来搬运行李，你看好不好。"西门太太道："与其那样，我们不如先把箱子送到旅馆里去，回头再去吃饭，岂不省得你跑上一趟？"西门德站着踌躇了一下，便走到区老太爷面前，抱着拳头拱了两拱，笑道："老先生，一点小事只好托重你了，我想先把箱子搬到旅馆里去。至于破屋子里那些零碎东西，今天只好由它，明天慢慢的来搬。我想今天晚上，府上一定有人在这里看守，附带的就请代我照应一点。"区老太爷道："大概我们全家都不会离开的，博士只管放心去吧。"西门德又道了两声"劳驾"，便跟在太太后面坐轿子走了。

区家全家人在那群小姐们鼓励之下，已在那砖瓦竹木堆里，将衣箱铺盖等没有压碎的东西，陆续的搬出来，堆在空地上。老太爷的旱烟袋所幸还保留在手里。他坐在一只破旧皮箱上，口角里衔了烟袋嘴子，似吸不吸的，只望了地面上那些零碎出神。亚雄还在那里整理东西，把被条上的泥点掸掉。老太爷道："暂时不必忙着这个，趁天色看得见，陆续到里面去寻些东西出来为妙。万一晚上下了雨，这屋架子有全部坍下来的可能，便是东西还挖掘得出，你想水和泥一染，任何东西也没有了。"亚雄拍着两手的灰，又对天色看了一看，点头道："您这话是对的，这房子已经被震得体无完肤了，一遇到了雨，决计会变成泥团。"区老太太在旁插嘴道："既是这样说，那是千万不能放在这破屋子里过夜的，我们抢着搬出来一些是一些。"亚雄拍着两只灰尘的手，望了那破屋子出上一回神，因道："那也好，反正我总可以请两天假，拼着出一天苦力，休息几天就是。"他接着又钻进破屋去搬。亚男更不会退让了，她和那几个女朋友也在继续搬东西。

可是雾季加着天阴，日子越发的短。这里电线断了，又没有一盏街灯，只是五点多钟，已黑得看不见走路。左右邻居，有的亮着灯笼挂在树上，有的亮着瓦质的油壶灯，系在长铁柄上，插在土墙缝里，有的将萝卜作墩子，插上一枝土蜡烛，放在地面，都纷纷抢着整理东西。离这里不远，便是几百级坡子，爬到大街上去的。黑暗中，看不到坡与悬岩，但见若干点火光，在暗空里上下摇动，可想附近邻居们也正在搬东西走。

亚雄只管把动用家具陆继向破屋子外搬出，却未曾想到晚上搬东西走动的一层困难。这时，亚男的那些女友都走了，她见全家人一晚都不曾吃饭，便将破屋子里掏出来的白铁壶，在小茶馆里买了一壶开水来，另外又将旧报纸包了二三十个冷烧饼带回，一齐放到抢搬出来的一把木椅上。然后提了一只白纸圆灯笼，向自己家人团坐的所在，都照了一照，见大家分坐在铺盖卷或箱子上，因道："现在什么东西也不能搬出来了，妈和爸爸，先吃一点烧饼，就去住小客店吧。这里的东西，只好由我和大哥看守着。天色漆黑，就是多出钱也找不到搬夫了。"亚雄在篮子里摸出一只缺口饭碗来，筛了开水，站着喝，因道："你一个姑娘家，怎好在露天里过夜？你们都去住小客店吧，有我一个人在这里看守着就够了。"大奶奶在黑暗里道："那也只好这样。不过我劝你把那件破灰布棉衣穿上，穿寒酸点，也没有什么人看见。"亚雄道："这个我知道，你也吃两个烧饼，晚上孩子没奶吃，也要吵的不得了。"说着，把那破饭碗递给大奶奶。于是亚男提着那只灯笼在手上，照着大家悄悄的吃烧饼，喝开水。

这在这时，有人叫道："不好了，下雨了。"那雨点声，随了这吆喝，的笃的笃打得地面直响。在这灾区的邻居，正还不少，立刻大人咒骂声，小孩啼哭声，东西移动声，闹成一片。老太爷在黑暗里没有主意，百忙里摸了一条被单，从头上向下披着，因跺脚道："这怎么办！这怎么办！"亚雄道："据我看来，你两位老人家，还是带着小孩子先走，趁石头坡子还没有泥浆，赶快上坡。不然雨下大了，坡子上有几处滑极了，这黑夜里爬不上去。"老太爷道："我们走了，你怎样呢？"亚雄道："我有办法，至少我也可以打一把雨伞，在雨里站一夜。亚男，快点，快点，雨下大了，快引他们走吧！"亚男道："大家跟我走吧！"老太太道："我们走了，让亚雄一个人在这里淋雨吗？"亚雄见那灯光闪照着雨丝，是一条条的黑影，像竹帘子般罩在人身上，便跺着脚道："大家为什么还不走？再不走，就真要爬都爬不上坡了！"正在这时，大奶奶抱着的那个孩子，被雨淋的哇一声哭了起来。老太爷虽然疼爱儿子，却知道小孙子更不能淋雨，便道："好，好！我先送着你们走，回头再来。"于是接过亚男手上的灯笼，就向上坡的路上走。亚男一只手提了口小箱子，一只手挽住了母亲的左臂，紧跟了这灯笼。

百忙中谁也没想到这灯笼是纸做的，大雨里淋着，把纸湿透了，益发的不经事。老太爷又忙着要早些达到目的地，步子走得沉着些，灯笼晃荡了两下，突然熄了。大家只"哦哟"了一声，眼前猛可的乌黑起来。这个坡子两面，全是空地，没有人家的灯光，街灯又遥远地在半天里的坡上，看去好像是星点。这里黑得伸出手去，几乎看不清五指。

在这步步上坡的地方，根本就不能不看着走，雨水在坡上一冲，石级上已浮起一层泥浆。大家穿的是薄皮底便鞋，但听到脚下践踏了唧唧喳喳的响，随时可能跌倒，谁又没有打雨伞，戴雨帽，雨丝尽管在身上注射着，雨点打在脸上，阵阵冰凉，水由颈脖子上淋到胸前去，却也不容停留。老太太既害怕，心里又焦急，更吃不了这样的苦，一阵心酸，眼泪便纷纷滚下来。在这黑暗中，自然谁也看不见谁。这里是三分之一的坡路中间，抬头看看坡上，灯光相距甚远，大家在雨丝下淋着，一寸路走不得，也没有人理会老太太在哭。正在万分无奈中，坡下有两丛灯火拥上来，也是逃难的邻居，肩上扛了铺盖卷，手里打着灯笼，挨身过去。区家一家人如在大海中遇到了宝筏，哪肯放过，立刻跟了灯火走。其中有个人说："天也和敌人一样残暴，把我们灾民都变成鱼了！"这句话倒引起老太爷另一种感想：同一疏散，这个时候西门博士却在河南馆子里吃瓦块鱼呢！

区家几个人在雨淋中随了人家这一丛灯火走，既走不动，又怕走远了会离开人家的灯火，只好狠命的爬坡子。到了坡子半中间，有截平地，左右有几家木板支架的小店面，其中有爿小茶馆，半掩着门，里面露出灯光来。区老太爷道："不必冒着雨走了，我们在茶馆子里躲躲雨吧！"说着，放弃了那有火的行人，向茶馆里走。区老太太巴不得这一声，首先进了屋檐下。这茶馆小得很，平常是把三张桌子放在门外平地上卖座。这时把桌凳都搬进屋子来，因之桌面上倒竖着桌子，前面一排三副座头，都不能安身。大家也不问店内是否卖茶，一直走了进去。脚上的泥，身上的水，把假楼的地板，倒淋湿了一片。屋梁上悬着一盏三个灯头的菜油灯，照见屋角落里坐着一个汉子，口里衔了旱烟袋，先是瞪了大眼望着，后来等大家走到里面来了，才起身摆了一只手道："不卖茶了。"区老太爷道："我晓得你们不卖茶了，我们是坡子底下被炸的难民。露天里站不住脚，到这里躲一躲雨。平日我们也常到这里吃茶，刘老板就不认得我了吗？"灯下另坐了一个女人，两手捧了一只线袜子在补底，听了这话，便点点头道："歇一下儿嘛，歇一下儿嘛！"

区老太爷走到屋里，又伸头到屋檐下去看了一看，皱了眉回来，向大家道："这样子，雨是不会就停，我们大家身上都打湿了，必须找个安身的地方，弄点火来烘烘衣服才好。"那茶馆老板衔着旱烟袋，走近前来，对他们看了一遍，向门外指着道："再上一段坡子，那里有一座卖面的棚棚，是你们下江人，你到那里去想想法子吧！"区老爷对他这个善意的建议，还没有答应，却听得前排桌子角里有人插嘴道："别个要能走的话，他不会上坡去找旅馆，为啥子到棚子里去？"

老太爷回头看时，原来是那桌上倒竖过来的桌腿，挡住了灯光，那里正有一个人躺在长板凳上呢。这时，那人坐起来了，看上去是个苦力模样，旧蓝布短袄，用带子拦腰一系，头上扎了一道白布圈子，脸上黄瘦得像个病人，也没有怎么介意。那人倒先失惊道："呀！原来是区家老太爷，你受惊了！我知道你公馆炸了，下去看了一趟，没有看到人，想是你们走了，朗格这时候冒了雨跳？"老太爷听他说出这串话，好像是熟人，却又不怎么认得。及至他走近，灯光照得更清楚点，这才想起来了，便是自己曾在宗保长面前替他讲过情的杨老幺。因问道："你病好了？"他道："得了老太爷那两块钱，买了几粒丸药吞，今天摆子没有来。五哥，这就是我告诉你的那个区老太爷，真是好人！"

那茶店老板听了这话，两手捧了水烟袋，向区老太爷拱拱手道："这杨老板是我们老幺，昨天多谢老太爷救了他一命。"区老太爷上了岁数，多少知道社会上一点情形，在他们一个叫"五哥"，一个叫"老幺"之下，已了解他们的关系，因道："那也值不得挂齿。我们也不过一时看着不平，帮个小穷忙而已。"杨老幺这时已走到了老板身边，轻轻说了两句，他点头道："就是嘛！就是嘛！"杨老幺向区老太爷道："老太爷，我和这位刘老板商量好了，雨大了，没得轿子叫，就在这里安歇，后面脚底下灶上，还有火，可以请到那里去把衣服烤烤干。"区老太爷道："那太好了。不过脱下衣服等着烤，究竟不方便，既是这里刘老板有这好意，让我们在这里停留，那我越发要求一下，请借把伞我用用，我下去搬口箱子上来。"杨老幺道："老太爷，你相不相信我？我去把箱子给你搬上来。"区老太爷哈哈一笑道："彼此熟人，我有什么不放心你？不过你也是有病在身的人。"杨老幺道："我们是贱命，歇一下梢，病就好了。就怕你们家里人不肯让我搬。"亚男道："这样吧，只要有伞，我不怕雨，我和这位杨老板下去，把东西搬来。同时也告诉大哥一声，我们在这里。"老太爷见大家淋得透湿，决不能和衣围着煤灶烤火，也就答应了她这个办法。于是刘老板引着区家一门老少，到下一层屋子里去烤火。杨老幺打了灯笼，撑着雨伞，由亚男引着去搬箱子。在一小时内，区家全家人总算换上了干衣服，接着杨老幺给他们陆续的搬运东西，又搬了两捆行李卷上来。忙碌了半夜，大家便在茶馆里桌子上勉强安睡。

次日早上，雨算是住了，天色微明，老太爷就跑下坡去，看那再度遭劫的破家。到了那里，见自己家那所破门楼子下面，是雨点淋不到的五尺之地，亚雄和几个邻居，在那里堆了箱篮杂物，人都拥挤了缩成一堆，坐在衣箱或行李卷上打瞌睡。区老太爷走近时，见亚雄将一床破毡毯裹住了身子，人坐在墙角落里，两腿曲起，身子伏在膝盖上睡，竟是鼾声大作。老太爷见门楼屋檐下满地是泥浆，瓦檐上兀自滴着水点，门前几棵常绿树，炸剩下的一些残枝败叶，在晓风下只是抖颤着，便是睡了半晚的人，这时由坡上下来，也觉凄凉得很。亚雄在这凄风苦雨之中，守过一个黑夜，这辛苦不问可知。因之站在门槛外，对他呆看着，不觉心酸一阵，有两粒泪珠子，在脸腮上滚了下来。自己抬起袖子来将眼睛揉擦着，又咳嗽了几声，这样，将坐而假寐的亚雄惊醒，他连忙站了起来说道："哟！你老人家这早就来了。"老太爷向他周身望着，然后问道："昨天夜里没有冻着吗？"亚雄道："冻是没有冻着，只是这场雨下得实在讨厌，那破屋子里东西，不免都埋在泥浆里了。"老太爷道："大概细软东西，已运出了十分之五六，其余笨重的东西，只好学句大话：破甑不顾，现在无须顾虑这些。第一件事，我们要找个地方落脚，然后把这里东西搬走，不然今天再下一场雨，还让你在这风雨里坐守一夜不成？我来给你换个班，你可以到上面小茶馆子里去洗把脸，喝口热茶，你母亲和婉贞，都在惦记着你。"亚雄本不愿走，听了他父亲最后这句话，只得彼此换一换班。

老太爷在这里约莫坐了一小时，只见亚男同杨老幺引着四五个力夫走向前来。亚男笑道："这位杨老板真肯帮忙，已经在小客店里和我们找好了两间房子，又找了几个人替我们搬东西！"区老太爷心想：真不料两块钱的力量，会发生这样大的效果。当时向杨老幺道谢一番，并说明所有搬力照付，就此忙碌了大半天，总算把全家人抢救出来一些的应用物品，都囤在小客店里。客店虽开设在大街上，但是实在难于安身。下面是一爿小茶馆，上面两层楼，是客店。这屋子只有临街一面开着窗户，其余三面，全是竹片作底，外糊黄泥石灰的夹壁。区家所歇前后两间，是半截木板隔开的。后间只借着木板上半截通过来的一些余光，白天也黑沉沉的看不见。上楼梯的角落里，虽有一个窗户向后开着，那下面是尿池，带来一阵阵的尿臊。两旁夹壁漏了许多破洞，都用旧报纸糊住。前面屋予窗户格上，糊着白纸，关起来，屋子太暗；开着呢，马路天空上的风，向里面灌着，又十分阴凉。

这里有一张木板架的床，一张桌面上有焦糊窟窿的桌子，两只歪脚的方凳，此外并无所有。即便如此，屋子里已不许两个人转身。区家人将东西放在后屋子里，一家人全在前面坐着，仿佛拥挤在公共汽车里一样。而且每行一步，楼板摇撼着闪动了夹壁，夹壁又闪动了窗户，那窗户格上的纸，被震得呼呼有声。

老太爷在这楼上坐不住，泡了一碗茶，终日在楼底下小茶馆里坐着。如此，他本已十分不耐了，而且衣袋的二百元钱，经这次灾难，花了一些搬家费，便将用个精光。第二三两个儿子，都走了，大儿子是个奉公守法的小公务员，叫他有什么法子能挽救这个危局？他躺在茶馆里的竹椅上，只沉沉的想着，有时口衔了旱烟袋，站在茶馆屋檐下，只是看来往行人出神。忽见西门德家里的刘嫂，手里提了一只包裹，由面前经过，便叫住她问话。刘嫂抬头向楼上看看，因道："老太爷就住在这里？"区老太爷皱了眉道："暂住一两天吧，我也打算搬到乡下去了。你们先生搬过南岸去没有？"刘嫂道："太太在旅馆里住得很安逸。她说不忙展。先把东西办齐备了，再展过南岸去。我们先生还问过老太爷呢！"说着，径自去了。

选自《魍魉世界》，上海文化出版社1982年出版，标题为编者所加

西餐厅

张恨水

　　两人各自坐上一辆人力车，到了目的地，正是一家西餐馆。亚雄向他兄弟道："你怎么会引着我到这大餐馆里来？你知道这里的西餐是什么价钱一客？"亚英笑道："我怎么会不知道。我已经到这里来吃过一顿了。你不要以为我是浪费，我在乡镇上，关了许多日子，到重庆来一次，也应该享受一些现代都会的物质文明。反正这也不是花我的钱，假如我代人把事情办好了，这一切开销，都可以报帐的。"他口里说着，伸了一只手，扶着他大哥向大餐馆里走去。

　　亚雄深知道在重庆市上经商的人吃喝穿逛，决不怕费钱。亚英这种行为，自也平常得很，只好跟着他一路进了大餐馆。亚雄虽是常住在重庆，这样摩登的大餐馆，还不曾来过。推开玻璃门，但见电灯开得光亮如白昼，阴绿色的粉壁，围着很大一所舞厅，白布包着的座头，被墙上嵌的大镜子，照成了两套。那些花枝招展的女郎和穿着漂亮西服的男子，围坐着每副座头。他看到镜子里一位穿旧蓝布大褂的人，随在一位穿青呢大衣的人后面，走进了这餐厅。再低下头一看自己，立刻有了个感想："我也会向这地方来走走！"

　　亚英走在他后面，看他颇有点缓步不前的样子，便向左面火车间式的单座边走去，转身向亚雄点了点头。亚雄走过来，立刻看到一位旧日的上司和一位极年轻的美丽女郎，坐在隔座，所幸他是背向着这里的，虽然曾回过头来扫了一眼，好在他立刻回过头去和女郎说话去了。这位前任上司，和自己总差着七八层等级，虽是已不受他的管了，可是在习惯上，总觉得有点不安。

亚英已是坐下了，向茶房招呼着先来两杯咖啡。亚雄悄悄的在他对面坐下，故意向座椅里面挤了一挤。亚英低声笑道："我们吃东西，照样花钱，你为什么感到局促不安的样子？"亚雄将嘴向前一努，对了那前座望着，低声道："那是我的上司。"亚英笑了一笑，也没有作声。咖啡送来了，亚雄道："你有话和我说，找个小茶馆喝碗沱茶，不也就行了吗？"亚英笑道："我不是说了吗？你不必爱惜钱，这钱也并非由我花，就是由我花，你也当记得，我走出家门只有一条光身子，这钱也不是卖田地产业来的。"亚雄正了一正颜色道："你们青年人经商，这个思想，非常危险。以为反正是便宜挣来的钱，花去了大可不必心痛。你却没有想到，人人存着这种心思，物价就无形抬高，并且养成社会上一种奢侈的风气。"

正说着，隔座那位旧上司站起身来，送着那位摩登女郎走了。他说了一声"再会"，却没有离座。亚雄一抬头，眼看个对着，这就不好意思再装马虎，只得含着笑容站了起来。那人竟是没有当年上司的架子，迎着走过来伸着手和他握了一握，因道："区兄，多年不见了。现时在哪里工作？"亚雄叹了口气道："正是愧对梁先生当年的栽培，依然故我而已。"那人回过头来，和亚英握着手笑道："我猜你今天一定会到。"亚英道："刚才看见梁经理和一位小姐在一处，不便向前招呼。"梁先生笑道："没有关系，是我朋友的女朋友，在这种地方会到，不能不作个小东。亚英兄你到这边来坐一会，我们谈几句话。"说着他拉了亚英的手，到隔壁座位上去了。亚雄看这样子，两人竟是很熟，显然这位梁先生，也改为商人了。自己方才这一份儿畏惧，正是多余的。

自己守着一大杯咖啡，且在这里闷坐等着。约莫有十五分钟之久，亚英走了过来，弓身在桌子角边向他道："大哥你若饿了，先来一盘点心，我和梁经理还有几句话说。"说毕，也不等着亚雄同意，他又到隔壁谈话去了。

亚雄坐着不耐烦，不免听听他们说些什么，因为他们的声音低微，仿佛中听到亚英说了好几次"开包袱"，直等那梁先生大声哈哈一笑，方才把话停止。只见这位梁先生拿出好几张一百元钞票，交给了茶房，笑道："这钱存在柜上，这边座位上的帐，由我会，明天我来了结帐。"说着和亚英握握手，又和亚雄点点头，拿起衣钩上的帽子和大衣，满脸笑容走了。看亚英那样子，对他并未表示谢意。

亚雄心想，这是一个奇迹，没有想到会叫旧日上司会了自己个大东。他正这样的出神，亚英表示着很高兴的样子，两只手揉搓着，坐了下来，笑道："我说不用我掏腰包不是？"亚雄道："你怎么会认得这位梁先生？当他作我顶头上司的时候，那还了得！在路上遇到他，我们脱帽行礼，他照例是爱睬不睬，如今竟是这样客气。"亚英笑道："他现在和我一样，也是一个商人。不过他资本大，是个大商人。我的资本小，是个小商人而已。他现在正有一件事，要我帮他的忙，他是非和我客气不可。"亚雄道："我还是要问那句话，你怎么会认识他的？"亚英道："上次你到渔洞溪去，你没有受着那李狗子招待吗？你当然不会忘了这个人。"亚雄道："一个在南京拖黄包车的人，如今当了公司的经理，我当然不会忘了他。这与我们这位老上司有什么关系？"

　　说话时茶房将一只赛银框子的纸壳菜单子，交给了亚英。亚英看了一看，递了过来。亚雄一摆手道："我不用看，照你那样子给我来一份，就是了。"茶房拿着菜牌子去了。亚雄叹了一口气道："世人就是这样势利，他看到你穿西装，我穿旧蓝布大褂，他送咖啡来，是先给你，拿菜单子来，也是先交给你。他瞧我这样子，就不配到这里来吃西餐。现时重庆，有这样一个作风，只要这个人穿一身漂亮的西服，不论他是干什么的，更不会论到他的出身如何，品格如何，便觉得总是可以看得上眼的一个人。有话愿和他说，有事情也愿意和他合作，有钱也……"亚英笑着连连的摇了几下手，低声道："这里这么许多人，你发牢骚做什么！"亚雄向四座看了一看，笑道："那么，你是由李狗子的介绍认识这梁先生的了。"亚英点了点头，只是微笑着。

　　这时茶房已经开始向这里送着刀叉菜盘，兄弟两人约莫吃到两道菜，一阵很重的脚步，走到面前，有人操着很重浊的苏北口音，笑道："来缓了一步，来缓了一步，真是对不起！"亚雄抬头看时，一个穿厚呢大衣的大个子，手上拿着青呢帽子，另一只手从口袋里掏出金壳子表看了一看，笑道："总算我还没有过时间。"他看到了亚雄，"呵"了一声道："大先生，也在这里，好极了。"

　　亚雄认出他来了，正是刚才所说的李狗子，便站起来笑道："原来是李经理，我们刚才还提你呢！"亚英笑道："这是梁经理留下的钱会东请客的，我借花献佛，就请你加入我们这个座位，好不好？"李狗子还没有答话，这里一个穿白布罩衫的茶房，老远的就放下一张笑脸，走到李狗子面前，弯着腰点了点头道："李经理，就在这里坐吗？"他道："不，那边座位上，我还有几位客人。"

　　他说话时，看区氏兄弟桌上虽摆着菜，却还没有饮料，便回过头来笑着低声道："这是熟人，你倒两杯白兰地来。"茶房笑着，没有作声。李狗子笑道："你装什么傻！用玻璃杯子装着，若有'警报'，把汽水橘子水冲下去就是。你再拿两瓶橘子水来，这个归我算，不要梁经理会东。他请人吃，我就请人喝。"说着，向那茶房望了一眼道："懂得没有？拿汽水橘子水来！"又低声道："放心，不会有'警报'！"茶房点着头去了。

　　李狗子拍了亚英的肩膀道："我先到那里去，坐一会儿再来谈。"说着，又向亚雄点了点头，匆匆的走了。茶房果然依了李狗子的话，拿了两瓶橘子水，两只大玻璃杯来。这杯子底层，有一层深橙色的液体，不必喝，已有一股浓厚的酒味，送到鼻子里来。他将两只橘子水瓶的盖塞子，都用夹子拨开了，将瓶子放在二人手边，悄悄笑道："请预备好了，随时倒下杯子去。不是熟人，我们是不卖那杯子里的红茶的。"说毕，还对二人作个会心的微笑，然后才走去。

　　亚雄道："他们是在这里取乐呢，还是应酬？"亚英道："作国难商人，取乐就是应酬，应酬就是取乐。"亚雄用叉子叉住一小块炸猪排，蘸了盘子里的蕃茄酱，正待向口里送着，听了这话，未免迟延了一下，睁眼望着他道："这是什么意思？"亚英笑道："你吃着炸猪排，好吃不好吃呢？"亚雄将叉子举了一举，笑道："你又要笑我说漏底的话了。我总有两年没吃过西餐，今日难得尝上一回，怎么能说不好吃的话。"亚英道："假如你天天吃西餐，你觉得是西餐好吃呢？还是中国饭好吃呢！"亚雄笑道："虽然偶尔尝一回西餐，口味还不算坏，但是天天吃这玩意，恐怕不适合于中国人的胃口吧。"亚英笑道："你这个答复就很对了。天天吃西餐，岂有不腻之理？他们每日到这里来，鬼混一阵，其实不吃什么，另外到川菜、苏菜、粤菜馆子里去足吃足喝。到这里来，只是应酬而已。可是中国菜馆子里，不是一样应酬吗？但没有这样欧化，也没有这样方便，更没有这里快活。这里是个大敞厅，所有干着国难生意经的人，容易碰头。遇到人多，可以吃上十客八客西餐。遇到人少，喝一点真正的咖啡，或威士忌苏打都可以。不像进中餐馆子，非吃饭不可。而且这里有摩登女性，有一班专找暴发户的小姐，在这里进进出出。他们也可以谈谈那种不正常的恋爱，有了这些原故，所以说他们在这里也是取乐，也是应酬了。"

亚雄端起大玻璃杯喝了一口，笑道："这就是和普通商人上茶馆讲盘子的情形一样了。然而所谓吃一碗沱茶，那个价目，和这就有分别了。拿普通商人吃沱茶的事来比，就可见国难商人的身份是怎样的高。他们每日在这种大餐馆里鬼混，一个月总要花上万吧？"亚英笑道："你真够外行。他们是为了生意，所以必须在这个地方，一次就可以花好几万。"亚雄道："那怎么花得了？"亚英端起玻璃杯来喝了一口，微微的笑着。

就在这个时候，只见那李狗子匆匆忙忙的跑来了，脸上带了几分笑容，弯了腰，伸着头低声向亚英道："就在这里开一张支票。"这句话首先教亚雄吃上一惊。记得在南京的时候，他拿着新的十元钞票，还要请教人，问问是哪家银行的，更不用问他什么是支票了。如今是居然会开支票了。其实李狗子是无日不开支票的，他并没有理会到有人对他这行为感到奇怪。他挤着和亚英坐下，在西装袋里先掏出一本支票簿子来，然后又在小口袋上拔起一支自来水笔，伏在桌上写了一个五万元的数目，然后在户头名下签了"李福记"三个字，再由身上摸出一个图章盒子，取了一方小牙章，在名字下盖上了印鉴。看他的字虽写得很不好，然而也笔画清楚，至少他把支票上这几个字已写得很纯熟了。

亚雄不免注意着李狗子的态度。李狗子偶然一抬头，却误会了亚雄的意思，因笑道："大先生觉得这数目不小吗？这一种事是难说的。有时候两三倍这样的数目还不够，生意人有生意人的打算。有道是暗中去，明中来。"亚雄知道这话是江南人劝人作慈善事业的言语，便道；"你倒是大手笔，这是向哪个大机关捐上这样一笔钱？"李狗子笑道："捐钱？哪里有这样大的事，要我捐五万。上次飞机募捐，我也只捐了五十元。"他一面说话，一面将自来水笔、图章盒、支票簿子陆续的向身上收着，笑道："我还要到那边去坐坐，也好把这件事办完。二位在这里再坐一会，我还有事要请教呢！"说着在身上掏出一只银制的纸烟盒子，打开来，将支票收在里面，手里捏着盒子，笑嘻嘻的走了。

亚雄问道："他真有钱，带了支票簿子在外面跑，一提笔就是五万。我看他写着五万元的数目，一点也不动声色，分明是满不在乎。"亚英道："作生意的人，在要下本钱的时候，五百万，五千万，也是大大方方的拿出来，动什么声色。作生意怕下本钱，那还能发财吗？"亚雄道："可是听他那话，暗中去，明中来，并非是下本钱呀！"亚英低声道："这就是所谓'开包袱'了。不是直接下本钱，也不是间接下本钱。"亚雄道："什么叫'开包袱'？"亚英笑道："大庭广众之中，你老问这种事作什么？喝酒吧！"说着把玻璃杯子举了起来，眼睛望着哥哥，眼光由杯子口上射了过来。亚雄看这情形，也就明白了一点。只是那李狗子在这桌上开了一张支票就走了，这"开包袱"经过的手续，还是有些不懂。因为亚英不愿说，也就算了。

两人已有微醉，吃过了几道菜，面对着桌上的一杯咖啡，杯上腾起一道细微的清烟，香气透进鼻孔，颇也耐坐。随便谈了些家常，但看这大厅里面电灯都照得雪亮，回头看窗子外面，却是一片漆黑。亚雄开始催着要走，却见李狗子额角上冒了汗珠，脸上红红地，手上夹了大衣，拿着呢帽，匆匆的跑了来，笑道："事情完了，事情妥了，有累二位久等。明天正午，请二位吃餐江苏馆，我们在那里集合。"亚雄道："这不必了。我想明天陪舍弟一路下乡去一次。他自离开了家庭，家父家母都很惦记着。"李狗子道："哎呀！我一直想去看老太爷，至今还抽不出工夫来，真荒唐，真荒唐！"说着却又将另一只空手，拍拍亚英的肩膀道："我们要办的那一件事，还没有接头，你怎么可以离开呢？这并非十万八万的事，你不要不高兴干呀！"亚英笑道："我倒并没有打算在这上面发多大的财。"李狗子"哦哟"了一声，又把手在他肩上连连的拍了几下，笑道："小伙子，不要说这话呀！不发小财，怎么能发大财呢？你老大哥，到如今还不敢说这话呢！"

亚雄见他放出那不尊重的样子，还自称老大哥，实在让人生气。可是亚英对这样一个称呼，并没有什么感觉。亚雄虽然并没有什么顽固的想法，只是想到李狗子在南京是个拉黄包车的，便觉得他今日衣冠楚楚，一掷万金，令人发生一种极不愉快的情绪。因之他站了起来，将挂在壁间衣钩上的那顶破呢帽子，取在手里，身子走出座位以外，作个要走的样子。

李狗子现在是到处受人欢迎的一个小资本家，如何会想到有人讨厌他？便将拍亚英肩膀的手，伸到亚雄面前来。亚雄却没有那勇气置之不理，也就和他伸手握着。他摇着亚雄的手，笑道："我们自己兄弟，不必见外，明天中午，我准到你旅馆来奉邀午餐。"亚英点着头笑道:"经理赏我们弟兄饭吃,我们还有不欢迎的吗?"李狗子大笑,拍着亚英的肩膀道:"我们这位老弟,活泼得很!"说着把那肥大的巴掌,向空中一举,作个告别的样子,然后走了。

亚雄望了他兄弟道:"你何必和他这样亲热?一个目不识丁的粗人,现在又是个市侩,和他这样要好!"亚英笑道:"你这种顽固的思想,在重庆市上如何混得出来?他虽是个粗人,还有三分爽气,市面上那些鬼头鬼脑、满眼是钱的商人,我们不是一样和他们在一处亲热着吗?在不久以前,我还不是个挑着担子赶场的小贩?是的,在早一些时,我是一个西医的助手,仿佛身份比他高些;可是也就为了这狗屁的身份,几乎饿死在这大都会里了。"他原是站起来要走的,越说越兴奋,又不觉坐了下去,手上端起那残余着的半杯咖啡,又呷了一口。

亚雄笑道:"算我说错了。我们自己的正经话还没有谈,可以走了。"亚英原也不能说兄长的话错了,一个青年为了挣钱,和什么人也合得起伙来,前途也实在危险。只是已走上了这条路,不能不辩护两句。现在亚雄认了错,他更没得可说的,便笑着一同出了大餐馆。他已找着上等旅馆,开了一间房间,引着亚雄去谈了半夜。亚雄算是知道了他来重庆的任务,也了解他与市侩为伍自有他相当的理由,直到夜深,两人才尽欢而散。

选自《魍魉世界》,上海文化出版社1982年出版,标题为编者所加

重庆一角大梁子

张恨水

民国三十四年春季，黔南反攻成功。接着盟军在菲律宾的逐步进展，大家都相信"最后胜利必属于我"这句话，百分之百可以兑现。本来这张支票，已是在七年前所开的，反正是认为一张画饼，于今兑现有期了，那份儿乐观，比初接这张支票时候的忧疑心情，不知道相距几千万里，大后方是充满了一番喜气。但人心不同，各如其面，也有人在报上看到胜利消息频来，反是增加几分不快的。最显明的例子，就是游击商人。在重庆游击商人，各以类分，也各有各的交易场所。比如百货商人的交易场所，就在大梁子。

大梁子原本是在长江北岸最高地势所在的一条街道。几次大轰炸，把高大楼房扫为瓦砾堆。事后商人将砖砌着高不过丈二的墙，上面盖着平顶，每座店面，都像个大土地堂，这样，马路显着宽了，屋子矮小的相连，倒反有些像北方荒野小县的模样。但表面如此，内容却极其紧张，每家店铺的主人，都因为计划着把他的货物抛出或买进而不安。理由是他们以阵地战，和游击商比高下的，全靠做批发，一天捉摸不到行市，一天就可能损失几十万法币。

在这个地方，自也有大小商人之分。但大小商人，都免不了亲到交易所走一次。交易所以外的会外协商，多半是坐茶馆。小商人坐土茶馆，大商人坐下江馆子吃早点。

在大梁子正中，有家百龄餐厅，每日早上，都有几批游击百货商光顾。这日早上七点半钟，两个游击商人，正围着半个方桌面，茶烟点心，一面享受，一面谈生意经。

上座的是个黄瘦子，但装饰得很整齐。他穿了花点子的薄呢西服，像他所梳的头发一样，光滑无痕，尖削的脸上，时时笑出不自然的愉快，高鼻子的下端，向里微钩，和他嘴里右角那粒金牙相配合，现出他那份生意经上的狡诈。旁座的是个矮胖子，穿着灰呢布中山服，满脸和满脖子的肥肉臃肿着，可想到他是没有在后方吃过平价米的，他将筷子夹了个牛肉包子在嘴里咬着，向瘦子道："今天报上登着国军要由广西那里打通海口。倘若真是这样，外边的东西就可以进来了，我们要把稳一点。"

那瘦子嘴角里衔着烟卷，取来在烟缸子上弹弹灰，昂着头笑道："我范宝华生在上海，中国走遍了，什么事情没有见过？就说这六七年，前方封锁线里钻来钻去，我们这边也好，敌人那方面也好，没有碰过钉子。打仗，还不是那么回事。把日本鬼子赶出去，那不简单，老李，你看着，在四川，我们至少有三年生意好做，不过三年的工夫也很快，一晃就过去了。为了将来战事结束，我们得好好过个下半辈子，从今日起，我们要好好的抓他几个钱在手上，这倒是真的，我们不要信报上那些宣传，自己干自己的。"

老李道："自然不去信他。但是你不信别人信；一听到好消息，大家就都抛出。越是这样越没有人敢要，一再看跌。就算我们手上这点存货蚀光了为止，我们可以不在乎。可是我们总要另找生财之道呀。于今物价这样飞涨，我每月家里的开销是八九上十万，不挣钱怎么办？你老兄更不用说了，自己就是大把子花钱。"

范宝华露着金牙笑了一笑，表示了一番得意的样子，因道："我是糊里糊涂挣钱，糊里糊涂花钱。前天晚上赢了二十万，昨天晚上又输了三十万。"老李道："老兄，我痴长两岁，我倒要奉劝你两句，打打麻将，消遣消遣，那无所谓。唆哈这玩意，你还是少来好，那是个强盗赌。"

范宝华又点了一支纸烟吸着。微摇了两摇头道："不要紧，赌唆哈，我有把握。"老李听了这话，把双肉泡眼，眯着笑了起来。放下夹点心的筷子，将一只肥胖的右巴掌，掩了半边嘴唇，低声笑道："你还说有把握呢，那位袁三小姐的事，不是我们几位老朋友和你调解，你就下不了台。"范宝华道："这也是你们朋友的意思呀。说是我老范没有家眷，是一匹野马，要在重庆弄位抗战夫人才好。好吧，我就这样办。咳！"说到这里，他叹了口气，改操着川语道："硬是让她整了我一下。你碰到过她没有？"老李笑道："你倒是还惦记她呢。"范宝华道："究竟我们同居了两年多。"正说到这里，他突然站起身来，将手招着道："老陶老陶，我们在这里。"

老李回头看时，走来一位瘦得像猴子似的中年汉子，穿了套半旧的灰呢西服，肋下夹了个大皮包，笑嘻嘻的走了来。他的人像猴子，脸也像猴子，尤其是额头前面，像画家画山似的一列列的横写了许多皱纹。

老李迎着也站起来让坐，范宝华道："我来介绍介绍，这是陶伯笙先生，这是李步祥先生。"陶伯笙坐下来笑道："范兄，我一猜就猜中，你一定在大梁子赶早市。我还怕来晚了，你又走了。"范宝华道："大概九点钟，市场上才有的确消息，先坐一会吧。要吃些什么点心？"

茶房过来，添上了杯筷，他拿起筷子，指着桌上的点心碟子道："这不都是吗？我不是为了吃点心而来。我有件急事，非找你商量一下不可。"范宝华笑道："又要我凑一脚？昨天输三十万了，虽然钱不值钱，数目字大起来，也有点伤脑筋。"

陶伯笙喝着茶，吃着点心，态度是很从容的。他放下筷子，手上拿了一只桶式的茶杯，只管转着看上面的花纹。然后将茶杯放在桌上，把手按住杯口，使了一下劲，作个坚决表示的样子，然后笑道："大家都说胜利越来越近了，也许明年这个时候，我们就回到南京了。无论如何，由现在打算起，应该想起办法，积攒几个盘缠钱。要不然，两手空空怎么回家？"范宝华道："那末，你是想作一笔生意。我早就劝过你了，找一笔生意作。你预备的是走哪一条路？"

陶伯笙额头上的皱纹，闪动了几下，把尖腮上的那张嘴，笑着裂痕伸到腮帮子上去，点了头道："这笔生意，十拿九稳赚钱。现在黄金看涨，已过了四万。官价黄金，还是二万元一两。我想在黄金上打一点主意。"范宝华对他看了一眼，似乎有点疑问的样子。

陶伯笙搭讪着把桌上的纸烟盒取到手，抽出一支来慢慢的点了火吸着。他脸上带了三分微笑，在这动作的犹豫期间，他已经把要答复的话，拟好了稿子了。他喷出一口烟来道："我知道范兄已经作有一批金子了，请问我当怎么作法？"范宝华哈哈一笑道："老兄，尽管你在赌桌上是大手笔，你还吃不下这个大馍馍吧，黄金是二百两一块，买一块也得四百万。自然只要现货到手，马上就挣它四百万。可是这对本对利的生意，不是人人可以作到的。"

陶伯笙道："这个我明白。我也不能那样糊涂，想吃这个大馍馍。你说的是期货，等印度飞来的金砖到了，就可以兑现，自然是痛快。可是我只想小做，只要买点黄金储蓄券。多一点三十两二十两，少一点十两八两都可以。"范宝华道：
"这很简单，你挤得出多少钱就去买多少得了。我还告诉你一
点消息，要作黄金储蓄，就得赶快。一两个礼拜之内，就要加
价，可能加到四万，那就是和黑市一样，没有利息可图了。"

陶伯笙看了李步祥一下，因道："大家全不是外人，有
话是不妨实说。我也就为了黄金官价快要涨，急于筹一笔钱来
买。范兄，你路上虽很活动，你自己也要用，我不向你挪动。
但是，我想打个六十万元的会。"范宝华不等他说完，抢着
道："那没有问题。不就是六万元一脚吗？我算一脚。"

陶伯笙笑道："我知道你没有问题，除了你还要去找九个
人呢。实在不大容易。我想，求佛求一尊。打算请你担保一下，
让我去向人家借一笔款子。"范宝华两手同摇着笑道："你绝对
外行。于今借什么钱，都要超过大一分，借六十万，一个月要
七八万元的利钱。黄金储蓄，是六个月兑现。六七四十二万，六
个月，你得付五十万的子金。这还是说不打复利。若打起复利，
你得付六十万的利息。要算挣个对本对利，那不是白忙了？"

那胖子李步祥原只听他两人说话。及至陶伯笙说出借钱买
黄金的透顶外行话，也情不自禁地插嘴道："那玩不得，太不
合算了。"陶伯笙道："我也知道不行，所以来向范兄请教，
此外，还有个法子，我想出来邀场头，你总可以算一脚吧？"
范宝华道："这没有什么，我可以答应的。不过要想抽六十万
头子，没有那样大的场面。而且还有一层，你自己不能来。你
若是也加入，未必就赢。若是输了的话，你又算白干，那大可
不必。"

陶伯笙偏着头想了一想，笑道："自然是我不来。不过到
了那个时候，朋友拉着我上场子，我要是说不来的话，那岂不
抹了人家的面子？怎么样？李先生可以来凑一脚？"李步祥笑

道："我哪里够资格？我们这天天赶市场的人，就挣的是几个脚步钱。"

范宝华道："提起了市场我们就说市场吧。老李，你到那边去看看，若是今天的情形有什么变动的话，立刻来给我一个信。我和老陶先谈谈。"

李步祥倒是很听他的指挥，立刻拿起椅子上的皮包就走出餐厅的大门。刚走到大门口，就听到有人在旁边叫道："我一猜就猜着了，你们会在这里吃早点的。"他掉转头去看时，说话者就是刚才和范宝华谈的袁三小姐。

她穿着后方时新的翠绿色白点子雪花呢长袍，套着浅灰法兰绒大衣。头发是前面梳个螺旋堆，后面梳着六七条云丝纽。胭脂粉涂抹得瓜子脸上像画上的美女一样，画着两条初三四的月亮型眉毛。最摩登的，还是她嘴角上那粒红豆似的美人痣。看这个女人也不像是怎样厉害的人，倒不想她和范宝华变成了冤家。他匆遽之间，为她的装饰所动，有这点感想，也就没答复出什么话来，只笑着点了两点头。

袁小姐笑道："哼！老范也在这里吧？"她说着，把肋下夹的皮包拿出来，在里面抽出一条小小的花绸手绢，在鼻子上轻轻抹了两下。李步祥又看到她十个手指头上的蔻丹，把指甲染得血一般的红。

她笑道："老李！你只管看我作什么？看我长得漂亮，打什么主意吗？"李步祥哎哟了一声，连说不敢不敢。

袁三小姐笑道："打我什么主意，谅你也不敢，我是问你，是不是打算和我作媒？"李步祥还是继续地说着不敢。

袁三小姐把手上的手绢提了一只角，将全条手绢展开，抖着向他拂了一下，笑道："阿木林，什么不敢不敢？实对你说，你要发上几千万元的财，也就什么都敢了。"老李笑道：

"三小姐开什么玩笑，你知道我是老实人。"

她笑道："哼！老实人里面挑出来的。哪个老实人能作游击商人？这也不去管他了。你是到百货市场去吧？托你一件事，给我买两管三花牌口红来。别害怕，不敲你的竹杠，我在百龄餐厅等着你。买来了，我就给你钱。"李步祥先笑道："袁小姐就是这一张嘴不饶人。东西买来了，我送到哪里去？"

袁三道："你没有听见吗？我在百龄餐厅等着你。你以为老范在那里我不便去。那没有关系，不是朋友，我们也是熟人。回头要来。"说着笑对了他招招手，她竟是大开了步子，走进餐厅里去。李步祥望着她的后影，摇了两摇头自言自语的道："这个女人了不得。"于是走上百货市场去。

这百货交易所在一幢不曾完全炸毁的民房里。这屋子前后共有四进，除了大门口，改为土地堂的小店面而外，里面第二第三两进屋子，拆了个空，倒像个风雨操场。这两进房子里挨着柱子，贴着墙，乱哄哄地摆下摊子。那些摊子上，有摆衬衫袜子的，有摆手绢的，有摆化妆品的，也有专摆肥皂的。夹着皮包的百货贩子，四处乱钻，和守住摊子的人，站着就地交涉。全场人声哄哄，像是夏季黄昏时候，扰乱了门角落里的蚊子群。

李步祥兜了两三处摊子，还没有接洽好生意。这就有个穿蓝布大褂的胖子光了头，搬一条板凳，放在屋子中间。他这么一来，立刻在市场上的游击商人，就围了上来。人围成了圈子以后，那胖子站在凳子上，在怀里掏出一本拍纸簿，在耳朵夹缝里取出一支铅笔。他捧着簿子看了看，伸了手叫道："新光衬衫九万。"只这一声，四处八方，人丛中有了反应："八万，八万五，八万二；两打，三打，一打。"同时，围着的人群头上，也乱伸了手。那胖子又在喊着野猫牌毛巾一万二。在这种呼应声中，陆续地有人走来，加进了那个拥挤的人圈，人的声音，也就越发嘈杂了。

李步祥的意思，只是来观场，并不想买进货品，也就只站在人丛后面呆望了一阵。约莫有十来分钟，他把市场今日的行市，大概摸得清楚了。却有人轻轻在肩上拍了一下，看时，正是那位邀赌的陶伯笙。便笑道："陶先生，你也有兴致来观观场吗？不买东西，在这里站着是无味的，声音吵得人发昏。"陶伯笙笑道："那位袁三小姐又去找老范去了。我想坐在一处，他们或者不好说话，所以我就避开来了。"

李步祥笑道："没有关系。我和他们混在一处两三年，什么不知道。这位袁三小姐是什么全不在乎的。不是你提起我倒忘怀了。她正叫我给她买两支口红呢。来吧，我们一同来和袁小姐看口红。"说着，转了两三个化妆品摊子，果然找到了两支三花牌口红。

李步祥一问价钱，那位摊贩，并不开口说话，将蓝布衫的长袖子伸出来。当李步祥也伸过手去和他握着时，他另一只手，立刻取了一块白的粗布手巾，搭在两个人手上。也不知道他们两只手在布底下捏了些什么，那李步祥缩回手来，摊贩子立刻摇了两摇头道："那不行，差远了。"李步祥笑着伸过手去两只手捏住，又把布盖着。他连问着："可不可以？"于是两个人一面捏手，一面打着暗号，结果，李步祥缩回手来，掏出几千元钞票，就把口红买过来了。

陶伯笙跟着他走了几步，笑道："为什么不明说，瞒着我吗？"李步祥道："市场上就是这么一点规矩，明事暗做。其实什么东西，什么价钱，大家全知道。你非这样干，他不把你当内行，有什么法子呢。走吧，把东西送给袁三去。"

陶伯笙笑道："你当了老范的面，送她这样精致的化妆品，恐怕不大妥当。老范那个人疑心很重。"李步祥笑道：
"没关系，大家全是熟极了的人。"

他说着，向前走，一到餐厅门口，陶伯笙不见了。心想，
这家伙倒是步步当心，是个精灵鬼，自己也不可太大意。于是
缓着步子向里走，隔着餐厅玻璃门，先探头望了一下。那袁三
和范宝华坐在原先的桌位上，谈笑自若。她倒是先看见了，抬
起手来，连招了两下。

李步祥只好夹着皮包走过去了。看看范袁两人脸色，都
极其自然。便横头坐下来笑道："刚才范兄还提到你的，不想
你就来了。"袁三将眼睛向两人瞟了一眼，笑道："那多谢你
们惦记了。"李步祥道："本来你和范兄是很好的。大家还可
以……"袁三立刻把笑脸沉下来道："老李，话不要说得太远
了。过去的事提他干什么？我们都不过是朋友而已。朋友见
面，坐坐茶馆何妨？"李步祥把脸腮上的胖肉拥起来，苦笑了
一下。

袁三又笑道："你自说是个老实人，说错了话我也不怪
你。托你买的口红，你买了没有？"他便在口袋里掏出两支口
红管子，放在桌上。袁三拿过去看了看装潢上的记号，又送到
鼻子尖上闻了两下，点着头道："这是真的，你花了多少钱买
的？"李步祥笑道："小意思，还问什么价钱？"袁三道：
"我敲竹杠要敲像老范一样的，敲就敲笔大的。你这个小小游
击商人，经不起我一敲。多少钱买的？说！"

李步祥一想，这家伙真凶，和她客气不得。于是点了头笑
道："袁小姐说的是，你就给五千块钱吧！我们买得便宜。"
袁三道："两千五百元买不到一支口红，你说实话。"李步祥
将肥脖子一缩，笑道："袁小姐真是厉害，市场上价目都晓
得。我是七千元买的。"

袁三将朱漆的小皮包放在桌上打开，在里面抽出一叠钞票，拿了几张由桌面上向李步祥面前一丢。因笑道："你真是阿木林。北平人有句话，叫做窝囊废，你说对不对？"李步祥红着胖脸道："民国二十一二年，我混小差使在北平住过两年，这句话我懂得。那比上海人说的阿木林还要厉害一点。"袁三道："你看！要钱就要钱，白送就白送，少算两千块钱，那算怎么回事？"他笑道："我怕袁小姐嫌我买贵了。"她笑着叹了口气道："你真是一块废料。"说话时，还把手上拿的花绸手绢隔了桌面向他拂了几拂。李步祥心里十分不痛快，可是对了她还只有微笑。

袁三站了起来，将皮包夹在肋下，向范宝华道："你大概是不要我会东的了。"范宝华笑道："根本你也没有扰我，就只喝了半杯茶。"袁三道："胜利快来到了。大概一两年内，我们可以回上海。好孩子，好好的抓几个钱回家去养老婆儿女，别尽管赌唆哈。"她说着话时，手拿了皮包，将皮包角按住桌子，在地面悬起一只脚，将皮鞋尖在地面上点着。最后，说了两个字"再见"，扬着脖子挺了胸脯子就这样地走了。

范李怔怔地对望了一阵。还是范宝华笑道："这家伙越来越流，简直是个女棍子。幸而她离开了我，若是现今还在一处，我要让她搜刮干了。"李步祥道："我在餐厅门口碰着她，是她先叫的。她叫我到市场上去买口红。不知道什么缘故，我见着她就软了，她叫我买东西，我不敢不买。我想老兄不会见怪。"

范宝华也笑着叹口气道："你真是一块废料。这且不谈，今日市场情形怎么样？"李步祥道："还在看跌，市场上很少人进货，我们还是按兵不动的好。"范宝华将桌子一拍道："我还看情形三天，三天之内，还是继续看跌的话，我决计大大地变动一下，要干就痛痛快快地大干一阵，这样不死不活的也闷得很。我也不能让袁三小视了我。"

李步祥道："如果你有这个意思，我倒可以和你跑跑腿。那衡阳来的几个百货字号，当去年撤退的时候，他们把所有的东西都搬进来了，就是存着货不肯拿出来，预备挣钱又挣钱。现在国军打胜仗，眼见不久就要拿回桂柳，货留着不是办法，预备倒出来。你若买进一部分回来，赶快运到内地去卖，还是一笔好生意。"

范宝华笑道："你真是不行，大后方可作的生意多着呢，除了作百货，我们就没有第二条路子吗？你瞧着吧，这个礼拜以内，我要玩个大花样。老陶那家伙溜了，你到他家去找他一趟，让他到家里来找我。老李，你看我发财吧！"说着，打了一个哈哈。

选自《纸醉金迷》，上海百新书店1949年3月刊行

艺术与战争

张恨水

　　疏建区的房子，是适合时代需要的一种形式。屋顶带些西洋味，分着四向，不是砖，不是瓦，更不会是铅皮，乃是就地取材的谷草。黄土筑的墙，用沙灰粉饰得光滑如漆，开着洞口的大窗眼。窗格扇外层是百页式，木板不缺。里层大四方木格子，没有玻璃嵌着，却是糊的白纸。屋外也有一带走廊，没剥皮的树干，支着短短栏杆。栏杆外的芭蕉，是那样肥大而肯长成。屋子还是新的，一列六七棵芭蕉，都有两丈多高，每片叶子，都不小于一扇房门，因之这绿油油的颜色，映着屋子里也是阴暗的。屋子里的陈设，简陋而又摩登，那正与这屋子一样，栏窗户有一张立体式的写字台，但没有上漆，也没有抽屉。主人翁的一幅半旧的白布，遮盖了这木料的粗糙的本色。

　　桌上有个大白瓦盘子，盛着红滴滴的橘子与黄澄澄的佛手柑，配着一个椭圆的白皮萝卜，还带了一些绿色的茎叶，叶下正有一圈红皮。桌子角上放了一只三叉的小柳树兜，上面架着钵大的南瓜。那瓜铜色而带些翠纹，颇有点古色斑斓。一个尺来高的瓦瓶子，在这两种陈设之间，里面插了二丛野菊花，又一枝鲜红的野刺珊瑚子。

　　这些田沟山坡上的玩意，平常满眼皆是，不经人留意，于今放在这四周粉墙的白布桌子上，便觉得有些诗情画意。这屋靠左边墙下，有一个竹子书架，虽是每格将书本列得整齐，其

实并没有百十本书。所以最上一层，又是一个小瓶子插了一丛
野花，一只水盂，里面浸了一块圆木，木上放出两箭青葱的嫩
芽。另有一个黄淡色的瓷碟子，蓄了一圈齐齐密密的麦芽。

但右手一桌一书架，却陈设得十分富足，那里有大大小
小几十尊泥人。这泥人有全身的，有半身的，也有只雕塑着一
颗人头的。这其中有个二尺高的全身像，是个中国式的绅士模
样。蓄着短发的圆头，下面是个长方面孔。高高的鼻子，下面
垂着一部长可及胸的浓厚胡子。身穿了长袍，外罩了马褂。在
长衣下面，还露了一对双梁头的鞋子。

这一切，表示着这个相貌，是代表古老一派人物的，否则
也不这样道貌岸然。这是雕刻家丁古云的作品，而这个偶像，就
是他拿了自己的相片，塑捏的自己。丁先生在艺术界，有悠久的
历史，是个有身份的知识分子。他爱艺术，爱名誉，更爱祖国。
所以在中日战事爆发以后，由华北而香港，由香港而武汉，终
于来到这大后方的重庆。丁先生由东南角转到这西南角来的时
候，他没有计划到他艺术的本身上去。他早就想到，在对付飞
机与坦克车的战场上，那里不需要一尊偶像。而在后方讲统制
货物，增加生产的所在，也不需要大艺术家在这里讲雕刻学。
可是他想着，他是中国一个有名的艺术家。

艺术家自然是知识分子。是中国人，便当抗战，是中国
知识分子，更当抗战。这大前提是不错的，问题是怎样去抗战
呢？无论自己已过四十五岁，已无当兵资格，便算是个壮丁，
而根本手无缚鸡之力，也不能当兵。所以谈抗战，是要在冲锋
陷阵以外去想办法的。

那么，既不必冲锋陷阵，在前方便无法去发展能力，还是
随了政府到四川吧。到了四川，再找一样自己可尽力的工作去
做，多少总可以对抗战有所贡献。这样决定着，就到了四川。

在一路舟车旅行之间，虽然也偶一想到入川以后的生活问题，但是自己早已下了决心，将生活水准放低，只须每日混两顿饭，于愿已足。这还有什么办不到的吗？譬喻到后方总有中小学，中小学里去当个教员也不就解决生活了吗？他在华北上海武汉经过，知道得前方人民，是过着一种什么生活，他就打算着过那极艰苦的生活。

谁知到了四川以后，他发现着自己有点过虑。首先自然是住在旅馆里，后来慢慢的将朋友访着了，依次的和朋友交换意见，也就感觉出来，生活不至于十分严重。先是托朋友介绍，在各种会里，当几名委员。有的是光有名义的，有的也能支给伕马费，而且在机关里作事的朋友，又设法给予一个名义，几处凑合起来，也有二百元上下的收入，那时生活程度很低，旅馆论月住，不过是四五十元的开支。两顿饭是在小饭馆里吃，倒很自由，爱在哪里吃就在哪里吃。而且还可以尽量的省俭，甚至不到一块钱可以吃饱了。所以二百元的收入，除吃喝住旅馆之外，还可以看看电影，买几本杂志看。

只是有件事感到苦闷的，便是这样混着将近一年，前方不需要任何一种雕刻，后方也不需要任何一种雕刻，自己的正当本领，无法表现，也无事可作。而饮食起居太自由了，又觉着这生活无轨道可循，成了个无主的游魂。就公事上说，抗战两三年了，忝为知识分子，可以不作一点工作吗？

就私事上说，终年不作事，过于无聊。自己曾好几次奋励起来，打算用黄土和石灰磨研细了，作一种塑像的材料。极力的教这种作品与抗战有关，雕塑抗战名将的肖像。并且雕塑些抗战故事，作教育用品。这个计划，在穷极无聊的时候，想了起来，自己很觉是个办法。

可是随着来，又有两个困难问题。第一是住在旅馆里，小小的一间屋子里，根本无法安排雕塑工作。第二点，自己的作品，向来价格很高，平常和人塑一尊石膏像，可以要到千元以上。教育用品，要大量的产生，要低价卖出，虽说为抗战不惜牺牲，可是怕引起人家的误会，以为丁古云不过是个无聊作泥像的匠人，那就影响到自己的立场了。他有了这一个转念，便停止了他的新计划。这样就是好几个月，物价颇有点上涨，原来的收入，有些不易维持生活。而在重庆市上过着相类似生活的朋友，也都纷纷有了固定的职业，自己想着，抗战还有着长期的年月，这样游移不定，实在不是办法，也当找个固定职业才好。

有了这个意思，自不免向可以找工作的地方去寻找机会。他到底是艺术界有名的人，有关方面想到他的艺术，尽管与抗战无关，而究竟是国家一个文化种子，为了替国家传扬文化起见，便是暂时用不着这一个人，也当维持他的正常生活。并且让他继续他的研究，留他在国家平定以后，再来发挥。

在这种情形之下，于是一位教育界的权威莫先生便定了时间，约着丁古云去谈话。丁古云生活在艺术圈子里，本就不曾去多方求教人，所以对于有关方面，常保持一种不即不离的态度。这时接到请约谈话的通知，为了找职业，不能不去。而又想着，当了教书匠二三十年，也不能成了一种召之便来，挥之便去的人物，所以他虽是照着约会的钟点去，可是到了莫先生家里，在传达房里递过名片，就到普通会客室里去候着，并不如其他人物，先去见莫先生的左右，也不按下什么敲门砖。莫先生在他会过一群要钱要事问安上条呈的来宾之后，才着听差，将丁古云约到他屋子里去。他一见面之后，就觉丁先生颇有点不同凡响。

他大袖郎当的高大的个儿，一件青布马褂套着蓝布夹袍子。脸上带着沉郁的颜色。将一部连鬓的长黑胡子，垂到胸前，完全是种老先生的姿态。莫先生是诸葛亮在五丈原一般的人物，食少事烦，计划勤劳，身体是瘦小而衰弱。虽然不养一根胡须，可是头发稀疏全白。站起身来，半弯着腰，老相毕露。和丁古云一比，便很有点分别了。

他伸出右手五个指尖，和丁古云握了一握，然后伸手作个招呼的姿式，请他在客位上坐。这丁古云和莫先生的教育主张，向来有点枘凿不入，今天虽为衣食而来屈尊就驾，可是"瞧不起你"那一点意思，根本不能铲除，所以在谦逊之中，依然带了几分骄傲，大模大样的在客位上坐下。

莫先生在他主位上坐着，展开他书桌上放的一叠会客表格，看了两行，然后向丁古云道："丁先生的艺术，我久仰得很。"丁古云淡笑道："自己人说话，用不着客气，研究艺术的人，都要讨饭了，哪里还敢要人仰慕？"莫先生也许是每日会客太多，无从知道每个来宾的身份。也许满脑筋里被政治哲学装满了，没有一点空隙来装艺术，所以对艺术家的一切，很是隔膜。说了两句话，将手慢慢抚摸面前的表格，又去看看表上所填的字句。

这是他左右早已把丁古云履历及来意，已填好了的一张，所以他听到丁先生第一句话就是牢骚语，有些莫名其妙，赶快又翻了一翻表格。但这会客的表格，每人只有一张，无论左右填得怎样详细，不会把来人有某种牢骚预先推测了出来。因之莫先生在无所得的情形下，强笑着向他道："在军事第一的条件下，当然关于非军事的，都得放在一边。"

丁古云手摸了胸前的长胡子，正色道："不然，抗战期间，军事第一是当然的，但是有个第一，就有个第二第三，以至第几十，第几百，决不能说第一之外，无第几，果然第一之外无第几，这第一也就无从算起了。而且严格的说，某一国的文化，就与某一国对外的战事有关。艺术也是文化之一，未见得就与抗战无关。若以为可以放到一边去的话，却多少当考量考量。许多艺术，是不能像故宫博物院的骨董，可以暂时藏到山洞里去的。抗战以后，骨董搬出洞来还是骨董。有若干艺术，是要活人来推动的。若是停止若干时候，这运动恐怕要脱节。等到抗战以后，骨董回到故宫博物院，我们再来谈艺术时，那么，古云敢断言，有些艺术，不但会没有进步，就是想保持到骨董一样，原封不动，那已很困难了。"

这位莫先生，最爱听人家谈理论。丁古云这一段话，他倒是听得很入味，因点头道："兄弟所说放到一边，也非完全不管之意。不过放在中间而已。我们现在谈的是抗战建国，就建国一方面而言，当然也包括了文化在内。就兄弟平素主张而论，至少对于培养文化种子，以为将来发展文化一层，未曾放松。"他说这话时，不免向丁古云望着。见他只管用手理那长胡子，瞪了一双眼，挺直了腰杆，颇有些凛凛不可犯之势。

莫先生所见念书教书的多了，尽管闻名已久，等着到了见面之时，也和官场中下属见上司一样，很是有礼貌，一问一点头，一答一个是，向来很少见到他这样泰然相对，毫不在乎的。便微笑道："中国是礼义之邦，虽然在和敌人作生死斗争，但为了百年大计着想，我们当然不会忘了文化，也就不会忘了艺术。丁先生是艺术大家，正希望丁先生传播艺术的种子。我想，不但关于丁先生个人的生计，应当设法，而且关于艺术教育方面，少不得还要由大家来商量个发展计划。这件事，我们正注意中。严子庄先生，想丁先生是认得的，可以去和子庄谈谈。"古云知道，莫先生不会作了比这再肯定的允诺，便告辞了。他这样走了，自觉没有多大的收获，但是在莫先生一方面，有了极好的印象。他觉得社会上对艺术家的批评，一贯都是认为浪漫不羁的。可是这位丁先生，道貌岸然，在自己提倡德育的今天，这种人倒可以借用借用，以资号召。否则大家同吃教育饭，这种人不为己用，也不当失之交臂。这样想着，他就通知了所说的那位严子庄先生，和丁古云保持接触。

这位严先生是法国留学生，专习西洋画，其曾出入沙龙，那是不必说。但他回国以后，却早已从事政治，所以抗战军兴，他并没有遭受其他艺术家那种惨酷的境遇。只是为了和莫先生合作的原故，有关于艺术的举动，还是出来主持，因之艺术界的人物，都和他往来。在丁莫谈话之后，严子庄就去看望了丁古云两次。因为法国人谈的那套艺术理论，和丁古云谈的希腊罗马文化，相当的接近，两人也相当谈的来。两个月内，便组织了一个战时艺术研究会，除了在大后方的各位艺术家都被请为会员，会员之外，又有一批驻会的常务委员，这常务委员，是按月支着伕马费的，大概可以维持个人的生活。丁古云便被聘为常务委员之一。因为艺术是要一种安静的环境去研究的，所以这会址就设在离城三十里外一个疏建区里。又为了大家研究起见，距会所不远，还建了一片半中半西的草房，当为会员寄宿舍。

丁古云在重庆城里，让那游击式的生活，困扰得实在不堪，于今能移到乡下来，换一个环境，自是十分愿意，便毫无条件的接受了这种聘请，搬到寄宿舍来住。在寄宿舍里的会员，有画家，有金石家，有音乐家，有戏剧家。而雕刻家却只有丁古云一位。

大家因为他虽只略略年长几岁，究竟长了那一部长胡子。言行方面，都可为同人表率。隐隐之中就公认他为这寄宿舍里的首领，对他特别优待，除了他有一间卧室而外，又有一间工作室。这一带寄宿舍，建筑在竹木扶疏的山麓下。远远的是山峦包围着。寄宿舍面前，正好有一湾流水，几顷稻田，山水不必十分好，总算接近了大自然。

丁古云到了这里，有饭吃，有事做，而且还可以赏鉴风景，精神上就比较的舒服。在开过一次大会，两次常会之后，大家便得了一个唯一的工作标的，就是一方面怎样使艺术与抗战有关。一方面继续研究艺术，以资发扬，免得艺术的进展脱了节。他自然也就这样的作去。只是在这寄宿舍里，艺术家虽多，而研究雕刻的就是自己一个。若要谈到更专门一点的理论，还是找不着同志。而为了达到会场议决下来的任务起见，又必须赶出一批作品来，拿去参加一种义卖。这便由自己出了几个题目，细心研究着下手。

题目都是反映着时代的，如哨兵，负米者，俘虏，运输商人，肉搏等等，都很具体，脑筋一运用，就有轮廓在想象中存在。但如苦闷者，灯下回忆，艺术与抗战，便太抽象，这题目不易塑出作品来，尤其是最后一个题目太大。要运用缩沧海于一粟的手腕，才能表现出来，未免有点棘手。但有了这个困难题目，他倒可以解除苦闷与无聊。

打开工作室的窗子，望了面前的水田，远处的山，公路上跑过去的卡车，半空里偶然飞过的邮航机，都让他发生一种不可联系，而又必须联系的感想。他端坐在一把藤椅上，在长胡子缝里衔着一枚烟斗，便默默的去想着一切与战事，也就是艺术与战争。甚至他想到，要他这样去想，也无非产生在艺术与战争这个题目里呢。

选自《偶像》，南京新民报股份有限公司1944年出版